10
개월,
종말
이
오다

10개월, 종말이 오다

황금가지

차례

일러두기

이 책에 쓰인 본문 종이 E-light는 국내 기술로 개발된 최신 종이로, 기존에 쓰이던 모조지나 서적지보다
더욱 가볍고 안전하며 눈의 피로를 덜게끔 한 단계 품질을 높인 고급지입니다.

종말문학, 그리고 신체 강탈자
인류의 존망을 위협하는 가까운 미래를 만난다.

　이 책에서 우리는 인류의 어두운 미래를 다루는 종말문학과
신체강탈자문학을 테마로 한 단편 소설 일곱 편을 만난다. 인류
나 지구, 혹은 여러 의미에서의 종말을 다룬 종말문학은 오래 전
부터 많은 이들의 주목을 받아 왔다. 100여 년 전, 외계인의 침공
을 다룬 『우주전쟁』을 시작으로 싹을 틔운 종말문학은, 제2차 세
계대전 직후부터 냉전시대에 이르기까지 핵전쟁 위협으로 인한
첫 번째 융성기를 맞이했다. 이 당시 발표된 작품 중에는 세 차례
나 영화로 만들어진 『나는 전설이다』, 방사능으로 인한 최후의 인
류를 그린 네빌 슈트의 『해변에서』, 스티븐 킹의 대작 『스탠드』 같
은 본격 종말문학에서부터, 마이클 클라이튼의 『안드로메다 스
트레인』, 아서 C 클라크의 『태양계 최후의 날』, 『유년기의 끝』과
같은 SF를 비롯하여, 오에 겐자부로 『핀치러너 조서』, 왕리슝 『황

휘(黃禍)』 등 아시아 거장의 작품들까지 포함되어 있다. 이 외에도 『라이보위츠를 위한 송가』, 『세계가 충돌할 때』, 『고양이의 요람』, 『아아, 바빌론(Alas, Babylon)』, 『지구는 죽지 않는다(Earth Abides)』, 『기나긴 내일(The Long Tomorrow)』, 『잔디의 죽음(No Blade of Grass)』등 국내에는 소개되지 않았지만 1950~1980년에 이르기까지 전 세계적으로 다양한 종말문학이 쏟아져 나왔다. 그러나 베를린 장벽의 붕괴와 함께 냉전 체제가 무너지자 종말문학은 잠시 주춤하는 듯했다.

하지만 세기말의 도래와 불투명한 미래, 9.11 테러 등 새로운 위협 다가오면서 최근 종말문학이 다시 주목받기 시작했다. 『로드』, 『눈 먼 자들의 도시』, 『세계대전Z』 등의 베스트셀러가 두 번째 종말문학의 융성을 이끌고 있는 대표작들이다.

종말문학의 한 축으로 볼 수 있는 신체강탈자문학은 존 W. 캠벨 주니어의 1938년 중편소설 「거기 누구냐?(Who Goes There?)」에서 비롯되었다고 보는 경향이 있다. 이 작품은 존 카펜터의 유명한 영화 「괴물(The Thing)」의 원작이다. 외계의 생명체가 인간의 육체와 기억을 점거하고 접촉을 통해 종족을 번식시켜 결국 인류가 멸망에 이르게 될 위기에 처한다는 내용이다. 물론 이 작품이 정확한 의미의 '신체 강탈자'를 뜻하지는 않지만, 이후에 발전된 여러 작품들을 생각해 보면 『나는 전설이다』가 마치 좀비가 등장하지 않음에도 좀비 아포칼립스 문학의 기원인 것처럼, 「거기 누구냐?」가 '신체 강탈자' 문학의 기원이 되었다고 볼 수 있다.

1951년 발표된 로버트 하인라인의 『에일리언 마스터(the puppet

masters)』와 1955년 발표된 잭 피니의 『바디 스내처』는 '신체 강탈자'를 구체적으로 다룬 작품들이다. 흉측한 외계 생명체가 등판에 붙어 인간을 조종한다거나, 씨앗이 인간이 잠들면 육체를 점령한다는 내용은 종말문학의 융성과 함께 큰 주목을 받았다. 이 두 작품은 영화로도 다양하게 발전했는데, 최근 영화 「인베이전」에서 거슬러 올라가면 「패컬티」, 「에일리언 마스터」, 「바디 에일리언」, 「우주의 침입자 : 원제 신체 강탈자의 침입」(1978, 1956) 등이 있다.

본 도서에 수록된 작품들은 모두 넓은 의미에서 종말문학이다. 신체강탈자문학 공모전 수상 작품을 이 작품집에 넣은 이유도, 신체강탈자문학 역시 기본 개념은 종말문학이기 때문이다. 일곱 작품 모두 재기 넘치는 이야기와 흡인력이 뛰어난 장점을 자랑하며 수상한 작품들로서, 국내 장르 문학에서 종말문학의 가능성을 엿볼 수 있을 것이다.

황금가지 편집장

10개월

종말문학 공모전 당선작

최경빈

이십대 후반으로 연세대 국문과를 나왔다. 소설가 지망생이다.

0. 성탄절

그날도 그가 아내를 사랑했는지는 알 수 없다. 누군가 그에게 아내를 사랑하느냐고 묻는다면 그는 언제나 그렇다고 대답했을 것이다. 그러나 그는 아내에 대한 사랑을 매일 같이 자각하거나 하지는 않았다. 사랑을 자각하지 않는 순간에도 사랑이 존재하는 가라는 질문에 대한 답이 무엇이냐에 따라, 그가 그날 아내를 사랑했는지 혹은 사랑하지 않았는지를 판단할 수 있을 것이다. 확실한 건 그가 아내를 사랑하고 있다고 자각하는 빈도가 잦았던 시절은 이미 이십여 년 전에 지났다는 것과, 그 전날 밤 그가 당직으로 집에 들어오지 못했다는 사실뿐이다.

아내가 불임으로 인한 우울증을 수십 년째 앓고 있다는 사실이 아내를 향한 그의 사랑에 영향을 끼쳤는지는 알 수 없다. 어쩌면 자식을 가질 수 없다는 사실이, 어쩌면 아내가 몇 번의 자살 기도를 할 정도로 심각한 우울증을 앓고 있다는 사실이, 어쩌면 두 사실 모두 아내를 향한 그의 사랑에 영향을 끼쳤을지 모른다. 혹은 두 사실 모두 아내를 향한 그의 사랑에 영향을 끼치지 않았을지도 모른다. 그러나 아내를 사랑하는 마음이 어찌되었든 그는 이십여 년간 성실한 남편이었고, 비록 다정하진 않았지만 남편으로서의 의무를 충실히 수행했다. 아내의 우울증이 영향을 끼쳤다고 확신할 만한 일은 그의 사랑이 아니라 그날의 일이었다.

그날, 그는 당직을 마친 터라 몹시도 피곤했다. 그는 어서 쉬어야겠다고 생각하며 집으로 차를 몰았다. 길에는 성탄절을 맞아 전구를 단 나무들이 반짝이고 있었다. 반짝이는 나무를 물끄러미 바라보다가 그는 차를 돌렸다. 제과점에 들려 작은 케이크를 하나 샀다. 케이크에는 산타와 눈사람이 장식되어 있었다. 그는 케이크 상자를 옆 좌석에 싣고 다시 차를 집으로 몰았다.

집에 도착한 그는 아내를 불렀다. 아내는 대답하지 않았다. 케이크 상자를 식탁 위에 두고는 안방으로 걸어갔다. 안방 문을 열려다가 멈칫하고는 다시 발걸음을 돌려 식탁으로 돌아와 케이크 상자를 집어 들었다. 케이크 상자를 한 손에 든 채, 그는 안방 문을 열었다. 삐걱 소리와 함께 문이 열렸다. 그리고 그는 아내를 보았다.

아내는 천장에 목을 맨 채 축 늘어져 있었다.

그는 케이크 상자를 떨어뜨렸다. 다리에 힘이 풀렸지만 주저앉지 않기 위해 벽을 짚었다. 잠시 동안 멍하니 아내의 시체를 바라보았다. 그는 천천히 아내에게로 다가섰다. 무언가 조금 이상했다. 아내의 시신을 바라보며, 그는 무엇이 이상한지 한참을 생각했다. 그리고 깨달았다.

그는 눈을 의심하며 시신을 가까이서 살폈다. 사실을 확인한 그는 충격에 빠져 시신의 얼굴을 자세히 뜯어보기 시작했다.

그는 도무지 믿을 수 없었다. 비록 많이 달라지긴 했지만 그의 아내가 맞는 듯했다.

아내는 남자로 변한 채 죽어 있었다. 마침내 그는 주저앉고 말았다.

1. 어느 연인

세상은 작년 12월 25일부터 변하기 시작했다.

왜 하필 크리스마스부터였을까, 하는 생각을 한다. 그날의 사람들은 어느 때보다 들떠 있었다. 눈이 오지 않았지만 사람들은 개의치 않았다. 크리스마스는 그 자체만으로 사람들을 설레게 만들었다. 누군가는 그날에도 공장에서 먼지를 마시고, 누군가는 전 날의 당직으로 쌓인 피로에 종일을 잠자는데 보내고, 또 누군가는 마지막 숨을 거두었을 테지만, 대부분의 사람들은 거리에 반짝이는 알록달록한 불빛과 가수들이 부르는 캐럴, 그리고 어쩐지 평소보다 상쾌한 공기를 들이마시는 데 만족하고 있었다.

그날이 좀 특별한 날이었더라면 사람들이 받은 충격 역시 덜했을까, 또 내가 그날을 이토록 생생하게 기억하진 않았을까, 하는 생각을 할 때면 머릿속이 무거워진다. 현실감이 없는 보도였고, 휴일의 기분에 젖은 사람들은 말도 안 되는 이야기라며 TV를 껐다. 각자 데이트를 하고 술을 마셨다. 나 역시 그랬다. 누군가의 장난이려니, 어차피 별로 믿음도 가지 않는 언론의 오보이려니 했다. 조금 더 믿을 만한 거짓말을 하지, 웃어넘기며 여자 친구의 손을 잡았다. 여자 친구 역시 웃었고 우리는 계속 걸었다. 그때의 여자 친구가 입은 검은 코트를, 하얀 목에 두른 푸른 목도리를, 또각또각 소리가 나던 적당한 굽의 구두를, 투명한 듯 반짝이던 매니큐어 바른 손톱을, 만약 그날이 크리스마스가 아니었더라면 이토록 생생하게 기억하진 않았을 텐데. 이틀 전에 입은 옷도 잘 기억하지 못하는 나인데. 그런 생각들을 하며 신의 저주를 원망한다.

3일 전에 받은 전화는 그녀에게서 걸려온 열흘만의 전화였다. 그 열흘간 우리는 단 한순간도 떨어져 있지 않았기에 전화를 할 필요 역시 없었다. 불치병에 걸린 아이의 손을 꼭 붙잡고 곁을 떠나지 않는 엄마처럼, 난 그녀의 손을 붙잡고 놓지 않았다. 혹시나 하는 희망에서라기보다는 필연적인 절망에 대한 위로였다. 그녀의 손을 잡고, 그녀의 반짝이는 손톱을 쓰다듬고, 그녀의 머릿결을 매만지며, 두려움에 질린 그 검고 선명한 눈동자를, 나 역시 불안을 감추지 못해 흔들리는 시선으로 바라보며, 우리는 열흘을 내리붙어 있었다. 모든 순간을 마지막 순간이 될까 불안해하며, 혹여나 함께 있는 지금을 세월 지난 후에 잊게 될까 머릿속에 꾹꾹 새기며, 그녀의 살 냄새를 깊이 들이마셨다. 그녀의 매끈한 손톱을, 자꾸만 쓰다듬었다.

단 세 시간에 불과했다. 갈아입을 속옷이 필요했고 장을 볼 필요가 있었을 뿐이다. 불안해하는 그녀를 안심시키고, 그녀의 집에서 나와 내 방에 들러 속옷을 챙기고, 마트에서 귤을 집어 들었을 때였다. 그녀와 떨어져 있던 시간은 세 시간뿐이었다. 그녀에게서 단절된 지 세 시간 만에 걸려온 전화를 받은 후 난 들고 있던 귤을 떨어뜨렸다. 귤을 고르는 내 곁에 서 있던 마트 직원은 별일 아니라는 듯 떨어진 귤을 집어 들었다. 그는 그러한 일에, 그러니까 전화를 받은 고객이 절망적인 표정을 지으며 들고 있던 귤을 떨어뜨리는 것과 같은 일에 익숙했던 것일까. 혹시 그도 여자였을까. 지금 생각해 보니 그의 키는 자그마했고 얼굴선도 고운 편이었다.

집으로 돌아오며, 장바구니를 마트 한구석에 아무렇게나 내려놓은 채 그녀의 집이 아닌 나의 집으로 돌아오며, 전화기 너머 흐느끼던 목소리를, 그 낮고 굵직한 음색을, 익숙한 듯 낯선 목소리가 숨을 삼키며 중얼거리던 낱말들을, 고막에 달라붙은 듯 귓가에서 떠나지 않는 미안하단 말들을, 곱씹고 다시 곱씹었다. 그녀의 방으로 찾아갔어야 한다는 생각이 든 건 이미 집에 돌아와 베개에 얼굴을 묻었을 때였다. 그리고 난 찾아가지 않았다. 차마 용기가 나지 않았다.

사흘 동안 나는 그녀와 함께한 추억들을 끊임없이 되새기며 지냈다. 함께 밤을 새운 날, 추운 계절엔 꼭 붙어 있다가도 더운 계절엔 손에 땀이 난다며 슬며시 잡은 손을 놓던 나날들. 그러다 보면 어느새 두 달 전의 크리스마스가 생각이 났다. 함께 보낸 두 번째 크리스마스, 그녀의 푸른 목도리, 매니큐어 바른 반짝이는 손톱. 이제는 목도리를 둘러줄 수도, 손톱을 매만질 수도 없을 것이다. 더 이상은 그녀와 함께 할 수 없다. '그녀'는 없다.

지난 두 달간, 혹시나 하는 마음에 이따금 떠올리던 망상들이, 우리는 남들과 다를지도 모른다는, 우리만은 특별할지도 모른다는 미약한 희망의 잔상들이 머릿속에 떠올랐다 사라지길 반복했다. 소용없을 것을 알면서도 수시로 떠오르는 헛된 기대의 파편들을, 단지 떠올랐다는 것만으로 위로받으며 서로의 눈을 바라보던 두 달. 그럼에도 기대가 무너질 순간의 절망이 두려워 서로에게 그 희망을 감추던, 각자 가슴 깊숙한 곳에 희망을 파묻던 나날들의 적막함이 후회로 남아 날 괴롭혔다. 우리는 지난 두 달간, 아니 붙어 있던 열흘간이라도 희망을 가져야 했을까. 혹시 희망을 놓아버린 우리의 보잘것없는 의지가 그녀를 그렇게 만들어 버린 것은 아닐까. 왜 우리는 우리가 특별할 것이란 믿음을 그리도 쉽게 포기해 버렸을까.

앞날에 대한 막연함이 그 어느 때보다 무겁게 허파를 짓눌렀다. 이제는 그 어떤 여자도 사랑할 수 없을 것임을 나는 잘 알고 있다. 이건 그녀와의 사랑을 과대평가하는 감수성이 아닌, 지극히 현실적인 전망일 뿐이다.

세상은, 아니 인류는 멸망해 가고 있다. 천천히, 혹은 빠르게, 인류는 번식을 할 수 없는 상태로, 더 이상 후손을 남길 수 없는 상태로, 죽어갈 것이다. 사라져갈 것이다. 여자가 사라져 간다. 12월 25일 이후, 모든 신생아는 남자로 태어나고 여자들은 소녀건 할머니건 남자로 변해가고 있다. 더 이상 태아는 수정되지 않는다. 오직 인간만이 그렇다. 오늘 아침 본 뉴스에서 아나운서가 밝힌 성비 추정치는 이미 7:3을 넘어섰다. 이제 더 이상 내가 사랑할 수 있는 여자는 세상에 존재하지 않을 것이다. 새로운 사랑을 시작할 준비가 되었을 즈음에는 세상에 여자가 없을 테니까.

사랑은 사랑으로 잊으라던 케케묵은 처방전은 실효성을 잃었다. 지구에 남자만 남는 순간은 머지않아 도래할 것이다. 두 달 만에 삼분의 일이 넘는 여자들이 남자로 변했다. 모든 인류에 대한 거세. 수컷의 슬픔은 공포와 절망의 색채를 띠었고, 수컷의 세상은 미쳐갔다. 남은 여자들이나마 유린하려 눈을 벌겋게 뜬 광기어린 사람들이며, 일찌감치 동성애로 눈을 돌린 영리한 사람들, 다 포기하고 경건히 수음하는 사람들, 그러한 무리 속에 이제 나 역시 속할 터였다. 절박하고 치열한, 그러나 아무런 희망도 없는 멸망의 심연, 그 한가운데에서 다만 내가 조금 특별한 점은 여느 이별한 연인과 같은 '평범한' 실연의 아픔을 겪고 있다는 점 정도일 것이다. 연인과의 이별은 그 상황이 어떻건 다른 모든 가치를 무색하게 만들고 한 사람을 단지 슬픔에 젖게 만든다. 그래서 난 거세된 수컷의 공포에 질린 어떤 한 부류에 속하기보단 한 명의 철저한 개인으로 실연의 슬픔에 지배당하고 있다. 나는 근본적인 절망보단 추억과 그리움 때문에 괴로웠다.

사흘 만에 집을 나섰을 때, 자취방의 냉기가 아닌 한 겨울 저녁의 공기가 뺨에 시리게 달라붙을 때, 나는 세상이 그대로라는 안도와 좌절을 동시에 겪어 기분이 묘해졌다. 여전히 바삐 지나다니는 사람들, 그러나 거의 눈에 띄지 않는 여자들. 여전히 건물마다 다닥다닥 달라붙어 있는 간판들, 그러나 벽마다 쓰인 세상을 저주하는 낙서들. 여전히 쌩쌩 지나다니는 차들이 변한 점은 전보다 신경질적이라는 것 정도였다. 신호등이 바뀐 횡단보도에 화를 내듯 끼익 소리를 내며 멈추는 승용차와 그 차를 향해 거친 욕설을 뱉으며 횡단보도를 건너는 행인들. 그 행인들 사이에 껴서 나 역시 횡단보도를 건넜다. 그리고 횡단보도의 끄트머리에서, 행인들이 피해가는 어떤 것이 버려져 있는 그 곳에서, 사람들이 눈살을 찌푸리며 고개를 돌려버리는 그것을 보았다.

뚱뚱한 고양이. 하지만 이제는 고양이가 아닌 고양이 시체일 뿐인 뚱뚱한 고양이. 어느 난폭한 차가 잔뜩 성을 내며 지나갔기 때문일까. 혹 전화기 너머 굵은 목소리에 절망한 어느 운전자의 좁아진 시야 때문일까. 으깨어진, 원래는 흰색과 갈색이 적당히 섞여 있었을, 이제는 납작하고 빨간 고양이. 그 고양이를 바라보다 날카로운 경적소리를 듣고 황급히 인도에 들어섰을 때, 그 큰 경적소리만큼 화가 났을 봉고차가 쌩-하는 소리를 내며 지나갔을 때, 나는 문득 언젠가 그녀에게 들은 이야기가 생각났다. 저렇게 뚱뚱한 고양이는, 아마 임신한 고양이일 거야. 내가 키우던 고양이는 임신하니까 온 몸이 다 뚱뚱해지더라.

지하철을 기다리며 머릿속의 고양이를 지우기 위해 떠올린 생각은, 놀랍게도 사회는 아직 제대로 돌아가고 있다는 사실이었다. 비록 말도 못할 혼란 중이지만, 어쨌든 지어지던 건물은 마저 지어지고 은행 속의 예금도 꼬박꼬박 이자로 불어나고 있다. 수많은 회사와 가게들이 망했지만, 그래도 아직 사람들은 법을 지키고 돈을 번다. 인류가 멸망할지라도 당장 죽지 않는 한 먹고는 살아야 하기 때문이다.

내가 가고 있는 이탈리안 레스토랑은 거의 망했다. 파스타가 잘 팔리기엔 여자가 너무 적어졌다. 1년간 아르바이트를 해 정이 꽤 들었던 데다가 사장도 사람이 좋았기에 안타까운 마음이 들었지만 어쩔 수 없다. 파스타 집을 고깃집으로 바꿀 수는 없는 노릇이다. 사장은 장사가 잘 되던 가게인지라 미련이 꽤 남는 모양이었다. 아니, 사실 그보단 정신이 반쯤 나가버린 것 같았다. 2주 전쯤, 내가 가게를 그만두겠다고 말했을 때, 텅 빈 홀에서 주방장과 함께 TV를 멍하니 보고 있던 사장은 고개를 끄덕였다.

"이번 달 며칠 일했지?"

"3주 일했습니다."

"어차피 나와서 한 것도 없잖아."

내 표정이 굳어지자 사장은 고개를 선선히 끄덕이며 말했다.

"농담이야. 입금해 줄게. 수고했다."

그러나 사장은 2주가 넘도록 입금하지 않았다. 그래서 난 다시 사장을 만나기 위해 지하철을 기다리고 있는 것이다.

지하철이 도착하고 아이부터 노인까지 남자뿐인 지하철에 올라탔다. 지하철은 여자들이 다니기엔 너무 위험한 곳이 되어버렸다. 여자들은 이제 인류의 3할밖에 남지 않았고, 그나마 남은 이들도 숨어 있기에 급급했다. 괜히 밖을 돌아다니다가는 봉변을 당하기 십상이었다. 아무리 사회가 가까스로 유지되고는 있다지만, 범죄를 억제하는 힘이 나날이 약해져 가고 있는 것은 자명했다. 그래서 지하철엔 남자만 있었다. 애초에 남자였던 자들과, 남자가 되어버린 자들이 절망 가득한 한숨을 내쉬며, 그래도 살아야겠기에 한 차 가득 붐비고 있는 것이다.

한 정거장이 지났을 때 새롭게 탄 사람들 역시 남자뿐이었다.

그 중에 여든은 되어 보이는 한 노인이 노약자석에 앉았다. 노약자석 옆에 서 있던 난 그를 찬찬히 살펴보았다. 구멍이 숭숭 뚫린 모자. 깊게 팬 팔자 주름. 흰 솜털이 수북한 귀, 그리고 혈관이 천천히 뛰고 있는 낡고 건조한 손. 지하철이 한강을 지날 때, 노인은 힘겹게 허리를 돌려 창밖을, 밤의 강과 그 어둠 속 수면 위에 일렁이는 주홍 불빛들을 바라보았다. 창에 노인의 얼굴이 비쳤다. 노인의 무테안경 너머로 보이는 희미한 눈동자를, 세월에 바랜 듯 연해진 눈동자를 바라보며, 나는 횡단보도에 죽어 있던 고양이를 떠올렸다. 죽은 고양이의 뱃속에서 죽어갈 핏덩이들을, 그리고 그녀의 반짝이던 조그맣고 예쁜 손톱을 떠올렸다. 그녀는 이제 그 길쭉하고 모양 좋은 손톱을 잘랐을까, 손톱을 덮고 있던 얇고 반짝이는 막을 벗겨냈을까. 그녀의 손톱이 노인의 눈동자처럼 흐릿해진다.

강을 바라보는 노인의 눈이 축축해진 듯싶어 난 고개를 돌렸다. 저 만큼 산 이가 어떤 생각을 하고 있을지, 지금의 현실을, 신의 저주라고 할 수밖에 없는 이 지독한 상황을 어떻게 받아들이고 있을지, 상상해 볼 엄두조차 나지 않았다. 그러다가 다시 힐끔 본 노인의 회색 눈동자에서 한강의 불빛이 일렁였을 때, 문득 그녀의 손톱이 아직 반짝이고 있을지도 모른다는 생각이 들었다. 아직 뚱뚱한 고양이의 뱃속에서 새끼들이 꾸물거리고 있을지도 모른다는 생각이 들었다. 이윽고 지하철은 한강을 지나쳤다. 다시 어두운 터널로 들어선 지하철의 창은 세상 대신 차 내부를 비추는 거울이 되었다. 노인은 다시 허리를 돌려 정면의 허공을 응시했다.

지하철역에서 나와 5분쯤 걸어 도착한 가게는 닫혀 있었다. 지금껏 정기휴일 외에는 가게를 닫는 일이 없던 사장이었기에 가게 문이 닫혀 있는 건 무척 의외였다. 문을 두드렸지만 아무도 나오지 않아 사장에게 전화를 걸었다. 통화음은 갔지만 전화는 받지 않았다. 문득 사장에게 돈을 받는 일에 대한 회의가 들었다. 사실 사장이 말한 대로 3주간 일하면서 받은 손님은 하루에 한두 팀이 고작이었다. 대개는 가게에 앉아 사장, 주방장과 노닥거린 것이 전부였다. 그럼에도 난 돈이 필요했다. 계획했던 대로 이번 학기를 다니기 위해선 어쩔 수 없다. 받아야 할 돈을 점잖게 거절할 수 있는 여유를 가지고 싶었지만 모아 놓은 돈은 그리 많지 않아 당장 두세 달이 빠듯했다. 돈이 얼마나 사람을 치졸하게 만드는지, 스스로를 외면하게 만드는지, 이젠 무언가 삭막하다는 느낌 외에는 잘 들지 않을 정도로 무뎌졌다. 세상이 이렇게 된 마당에 당장 일자리를 구하기도 어려울 것이다. 어쩔 수 없다. 3주 치 월급이 힘들면 그 절반이라도 받아야만 하는 것이다.

닫힌 가게 문 앞에 잠시 쭈그려 앉아 어떻게 할 것인가에 대해 고민하고 있을 때, 가게 앞 작은 횡단보도의 불이 바뀌고 익숙한 얼굴이 걸어왔다.

"어쩐 일이냐?"

주방장은 담배를 한 대 입에 물며 말했다.

"사장님 안 나오시나봐요?"

물음에 물음으로 답한 나를 주방장은 빤히 쳐다봤다.

"응, 그저께부터."

"이제 장사 그만 한대요?"

"아니, 집에 일이 좀 생겼다나봐."

주방장은 담배를 깊게 내뿜었다. 불혹 즈음의 몸속을 휘젓고 나온 연기가 닫힌 가게 문 앞에서 흩어졌다.

"주방장님은요?"

"나야 뭐 저녁에 집에서 할 것도 없으니 앉아 있기나 하려고 나온 거지. 알잖아, 우리 사장 자기 없을 땐 장사 안 시키는 거."

"네."

난 몸을 일으켜 섰다. 오래 쭈그려 앉아 있어서인지 다리가 저려왔다.

"월급 아직 안 넣었디?"

"네."

"정신이 없어서 그런 거니까 곧 넣어줄 거야."

"무슨 일인데요?"

"마누라가, 그렇게 됐대."

그리고 오랜 침묵이 감돌았다. 말없이 서 있는 내게 주방장은 잘 가라고 말하곤 가게 문을 열기 위해 열쇠를 꺼냈다. 쭈뼛거리며 인사를 하고 돌아섰다가 다시 한 번 주방장을 불렀다.

"주방장님."

"왜?"

"저 담배 한 대만 주세요."

"너 담배 안 피우잖아."

"그냥 하나만 주세요."

주방장은 담뱃갑에서 담배를 한 대 건네면서 물었다.

"불은?"

"제가 알아서 할게요."

불이 붙지 않은 담배를 물고 걸으며, 난 사장과 몇 번 본 적이 있을 뿐인 사장의 아내, 그리고 딱 한 번 가게에 놀러왔던 사장의 두 어린 아들들을 떠올렸다. 가혹한 일이라는 생각이 들었다. 그러고는 지나가는 한 남자에게 라이터를 빌려 담배에 불을 붙였다. 몇 년 전에 잠깐 피웠을 뿐인 담배였지만 기침 같은 건 나오지 않았다. 언제쯤 돈을 받을 수 있을까를 가늠해 보았다. 칠십만 원까진 됐고, 한 사오십만이라도 빨리 줬으면 좋겠는데. 사장의 아내와 아들들에 대한 생각이 사라진 자리에 들어선 돈 생각에 난 더 깊은 한숨을 담배 연기로 내뱉었다.

가야금 소리가 듣고 싶다. 이따금 짊어지고 걸어갈 때면 무거워 던져버리고 싶기도 했지만, 그녀의 무릎 위에 얹어진 가야금은 모습도 소리도 아름다웠다. 대금 부는 친구의 성화에 관심도 없던 어느 대학교 국악과 공연에 갔던 날을, 그날의 가야금 소리를, 실컷 졸기나 해야겠다는 마음으로 갔건만 잠들기는커녕 허리를 곧추세우게 만든 그 소리와 그 자태를, 다시 보고 싶고, 듣고 싶어진다. 공연장의 공기가 파르르 떨리던 은근한 울림이, 그 음색이, 가야금 위를 노닐던 그녀의 흰 손이, 자꾸만 생각났다.

"잠깐 매니큐어 좀 바를게요."

공연이 끝나고 친구를 기다리며 앉아 있던 카페에서, 짐 좀 나르고 올 테니 같이 기다리고 있으라며 내 앞 자리에 그녀를 남겨두고 휙 떠나버린 친구를 소재 삼아 몇 마디 나눈 말도 멎었을 때, 그녀는 매니큐어를 꺼내 손톱에 발랐다.

"공연 때는 절대로 못 바르거든요."

그녀는 가야금 위를 노닐던 매끈한 손톱 위에 투명한 매니큐어를 발랐다.

"색깔 있는 건 평소에도 못 발라요."

그녀가 입으로 후후 불고 있는 손톱이 반짝였다.

"지금 바르고 있는 투명한 게 더 예쁠 것 같은데요."

말을 하자마자 어색하게 입을 다문 나를 그녀는 멀뚱멀뚱 쳐다봤고, 때마침 도착한 친구는 기껏 둘이 있게 해 줬더니 분위기가 이게 뭐냐며 쓸데없는 소리를 늘어놨다.

그녀의 가야금 소리가 듣고 싶다. 난 예정치 않았던 행로를 결정했다. 그녀의 집은 이곳에서 버스로 15분. 15분 후에 나는 그녀의 집 앞에 서, 마치 가게 앞에서 했던 것처럼 문을 두드리고, 사장에게 돈을 요구하듯 그녀에게 가야금 연주를 요구할 것이다. 남자로 변했더라도 그녀의 연주 실력은, 또 가야금 줄을 뜯던 손놀림은, 그 가야금에서 흘러나오는 음색은, 변하지 않았을 터였다. 나의 결핍을, 지난 3일간에 한 쪽 구석이 뭉텅이 채 떨어져 나갔던 마음의 공허를, 나는 위로받아야만 한다. 그래서 난 버스 정류장에 서 버스를 기다렸다.

익숙한 번호의 버스를 타고 그녀의 집으로 향하는 길에 가로등 불빛이 창가 가득 떨어졌다. 더운 히터에 몸이 따끈해져 창문을 살짝 열었다. 5센티미터쯤 열린 창문으로 찬 공기가 들어왔다. 난 그녀의 모습을 상상해 보았다. 굵은 골격과 턱 밑에 두껍게 자라고 있을 수염, 언젠가 본 적이 있는 그녀의 남동생과 닮았겠지. 날카로워졌을 눈매, 투박해졌을 턱과 코, 그리고 이제는 다부질,

원래는 가느다랗던 흰 팔. 상상할수록 괴리감이 날 괴롭혔다.

"우리는 잃어가는 거야."

남자가 되기 며칠 전 그녀는 절망적인 눈빛으로 말했다. 남자가 될 것이란 공포에, 자신의 성 정체성을 송두리 채 빼앗길 것이란 공포에, 새로운 성으로 살아나가야 한다는 변화의 공포에 질려, 그녀는 내 귓가에 대고 소곤거렸다.

"인간은 잃어가고 있어."

"뭘?" 하고 묻는 내 질문에 그녀는 떨리는 목소리로 답했다.

"모든 걸."

침묵이 감돌았다. 난 그 침묵이 간지러워 얼마를 참지 못하고 답했다.

"더 이상 아이를 낳지 못할지라도, 당장 죽는 게 아닌 이상 지금을 사는 사람들이 모든 것을 잃는 건 아니야."

"아니야 모든 걸 잃는 거야. 성을 빼앗긴 사람들도, 동반자를 잃는 사람들도."

내 손을 꼭 움켜쥐는 그녀의 손이 차가웠다.

"지금 태어나는 아이들이 불쌍해. 그 아이들은 엄마도 잃고 사회도 잃은 채 살게 될 거야. 평생을 그것들 없이 살아야 해."

"원래 사람은 혼자야."

"알아. 난 혼자가 되는 것에 대해 이야기하는 것이 아니야. 결핍에 대해 이야기하는 거야."

그녀는 내 손을 놓고 돌아누웠었다. 난 돌아선 그녀의 머릿결을 쓰다듬으며 말했다.

"어차피 성은 결핍이야. 절대로 채워질 수 없는걸."

그녀는 대답하지도, 날 돌아보지도 않았다. 그때 그녀는 소리 없이 울었다. 섹스 생각이 났던 나는 그녀의 울음에 어쩔 수 없이 그녀의 어깨를 토닥이면서도 말했다.

"하자."

"싫어."

"왜?"

"하고 싶지 않아."

"왜?"

"하고 싶지 않으니까."

한참을 달래고 나서야 그녀는 날 돌아봤고, 우리는 섹스를 할 수 있었다.

이제는 그녀가 아닌 '그'가 되어 있을 그녀의 집 앞에 서서, 나는 버스정류장 근처 편의점에서 산 담배를 연거푸 피워댔다. 그녀를 만나는 일이 그녀에게 혹 상처가 되지는 않을까 하는 생각이 들었다. 내가 받을 상처가 두렵기도 했다. 전화기 너머 그녀의 굵은 음색을, 나지막이 울리던 그 목소리를, 이제는 눈앞에 선 어떤 남자의 입을 통해 들어야 한다. 그녀를 많이 닮았을, 하지만 그녀가 아닌 어떤 한 남자. 그런 그녀의 앞에서 당황하지 않을 자신이 없었다. 그 당황이 그녀에게 얼마나 큰 상처가 될지, 안 그래도 도무지 가늠할 수 없는 그녀의 속내를 얼마나 어지럽힐지, 나는 겁이 났다. 그럼에도 가야금 연주를 듣고 싶다는 갈망은 사그라지지 않았다. 난 이내 마음을 굳히곤 그녀의 집 문을 두드렸다.

157cm. 아담한 그녀의 키. 내 앞에 서 있는 157cm의 남자는

나를 보고 얼어붙은 듯했다. 나 역시 움직일 수 없었다. 작은 키를 빼곤 그녀의 동생을 많이 닮아 있었다. 숱 많아진 눈썹, 거칠어진 피부, 그리고 굵어진 코. 예전에는 가슴이 봉긋 솟아 있던, 그러나 이제는 다부진 몸에 달라붙어 있는 연두색 펭귄 티셔츠.

먼저 움직인 건 내가 아니었다. 그녀는, 아니 그는 서둘러 문을 닫으려 했다. 반사적으로 닫히는 문을 붙잡았다. 그는 흔들리는 눈동자로 나를 바라보았다. 그 흔들리는 눈동자를 마주 볼 자신이 없어 시선을 돌렸다.

"왜 이래?"

전화기 너머로 들리던 그 굵은 음색이 마침내 그의 입을 통해서 나왔고, 그 목소리가 그녀와는 너무나도 달라 난 그와 그녀가 같은 사람이라는 걸 납득할 수가 없었다. 내가 당황하고 있는 동안 그는 문을 세게 잡아당겼다. 쾅하는 소리와 함께 문이 닫혔다. 닫힌 문을 멍하니 바라보다가 문에 대고 말했다.

"열어줘."

문 너머로 낮게 흐느끼는 소리가 들렸다.

"왜 왔어?"

이를 앙다물고 하는 말이었다. 마치 으르렁거리는 소리 같아 대답하는 내 목소리는 작아졌다.

"가야금. 가야금을 듣고 싶어."

그는 한참을 울었고, 난 그의 문가에 기대앉아 그가 우는 소리를 들었다.

그녀의 방은, 그러나 이제는 그녀가 아닌 그가 살고 있는 방은 난장판이었다. 흐느낌이 잦아들 때쯤 문을 열어준 그는 내가 방에 들어서자 침대에 누워 이불을 뒤집어쓰고 다시 울었다. 등을 돌린 그의 곁에 다가가 어깨를 잡아줄 용기가 나지 않아 침대 옆에 우두커니 서 울음이 멈추길 기다렸다.

"미안해. 그냥 가야금 소리가 듣고 싶어서 찾아왔어."

"연주 안 해."

"왜?"

"하고 싶지 않아."

"왜?"

"하고 싶지 않으니까."

그의 말투가 그녀의 말투여서 놀랐다. 난 어느새 그를 그녀와 다른 사람으로 생각하고 있었던 것이다. 그녀를 보고 싶다는, 정말 남자로 변했는지 확인하고 싶은 마음을 깊숙이 감춘 채, 그저 가야금 소리가 듣고 싶다는 바람을 핑계 삼아 만난 그녀가 더 이상 '그녀'가 아닌 것을 알게 되자, 난 그녀에 관한 생각을 잊고 오로지 가야금에 대해서만 집착해 버린 것이었다. 내가 찾아온 것은 가야금 때문이니 그녀가 없더라도 가야금 소리를 듣고야 말겠다는 집착, 그건 내심 있을 거라 믿었던 그녀의 부재에 대한 치사한 자기기만이었다. 그녀와 닮은 키 작은 남자와 그녀를 내심 분리시키고 싶었던 것이다. 그런데 그가 그녀의 말투로, 그 퉁명스런 말투로 대답하는 모습에서 나는 새삼 그녀를 느꼈다. 그가 그녀라는 사실이 어렴풋이나마 다가왔다.

"미안해. 제발 들려줘."

그는 뒤집어쓰고 있던 이불을 걷고 눈물에 범벅이 된 눈으로 날 쏘아봤다. 난 그 눈빛을 담담히 받아내려 노력했다.

그는 이윽고 가야금을 꺼내들었다. 그의 단단한 무릎 위에 그녀의 가야금이 놓였다.

첫 번째 음. 첫 번째 현이 진동할 때 모든 것이 시작된다. 팽팽히 당겨진 현이 파르르 떨리기 시작할 때 흐트러지는 대기를, 현이 떠나간 자리를 어루만지는 손가락의 움직임을, 대기의 파문이 공간에 일렁이는 여운을, 나는 사랑한다. 영영 울릴 것만 같은 그 첫 음이 고요하게 잦아들 때, 느림에 조마조마해지는 나의 가슴, 그 조바심을 토닥이는 긴 숨.

그의 어깨가 둥글게 흘러내렸다. 흘러내리던 어깨가 튕겨 오르며 두 번째 음이, 또 세 번째 음이 이어졌다. 그의 손은 오르락내리락 거리며 파도처럼 넘실댔다. 열두 줄 위의 열 손가락이 정교하게 춤췄다. 손가락은 현을 달래듯 어루만지다가 때론 나무라듯 튕겼고, 음은 점차 넓고 얇은 비단처럼 퍼져갔다. 애달팠다.

방 한가운데에 주저앉아 가야금을 타는 그를 바라보며 나는 뒷걸음질쳤다. 그의 어깨가, 그의 팔이, 그의 손가락이, 읊조리듯 애잔하게 퍼지는 음색이, 그녀의 것과 똑같아 나는 그로부터 물러설 수밖에 없었다. 물러서는 발걸음과 반대로 나의 시야는 좁아져만 갔다. 그의 몸, 그의 손, 그의 손가락, 그의 손톱. 그의 손톱이 별처럼 반짝였다. 그 반짝임은 그녀의 것이었다. 얇고 투명한 매니큐어의 막. 아직 벗겨내지 않았구나. 그녀가 남자가 되어도 여전히 그 손톱을 덮고 있는, 그의 손톱이 그녀의 손톱이었음을 기억하는 투명한 매니큐어. 아직도 반짝이고 있는 그 손톱을 얼마나 사랑했던가. 그리고 또, 얼마나 사랑하고 있는가.

등이 벽에 닿았을 때, 난 뒷걸음질을 그만두고 앞으로 걸어가기 시작했다. 한 발자국 내딜 때마다 그 한 발자국만큼 그가 가까워졌다. 방 안은 음의 진동으로 가득했다. 그 끊길 듯 이어지는 구슬픈 음색 가운데서 나는 어지러움을 참으며 한 발짝씩 내디뎠다. 가야금의 한 곡조가 된 듯, 13번째 현이 된 듯, 몸이 부드럽게 떨리기 시작했다. 그의 팔이 그리는 곡선은 내가 사랑한 그녀였다.

그를 안았다. 대충 잘라낸 듯한 그의 거친 머리카락 끄트머리가 목 언저리를 간질였다. 따스했다. 그녀의 온도였다. 그는 그녀였다. 그녀가 내 품 안에서 둥근 선을 그리며 우리를 연주하고 있었다.

그녀의 손을 잡았다. 멈춘 그녀의 손가락 아래에서 현 한 가닥이 파르르 울었다. 그 울림이 우리를 감쌌다. 내 품 안에서 그녀가 울리기 시작했다. 현이 아닌 그녀의 몸이 진동하며, 그녀의 흐느낌이 가야금 음색처럼 방 안에 울려 퍼졌다. 난 그녀의 울림을 막지 않고 그녀의 울림이 방 안에 파문으로 번지는 것을 가만히 들었다. 영영 멈추지 않을 것 같은 파문의 생성도 언젠가는 멈춘다는 것을 알기에, 파문이 번져나가는 구심점을, 그녀의 몸을, 껴안은 팔에 힘을 주지도 팔을 놓아버리지도 않은 채, 그 파문이 방과 내 가슴 속에 번지는 것을 내버려두었다.

파문이 잦아들었을 때 난 그녀의 입술에 입을 맞추었다. 그건 어떤 특별한 종류의 환희였다. 떨어져 나갔던 나의 일부분이 재생되는, 혹은 귀환하는 축복이었다. 멎었던 음악이 다시금 연주 되는 앙코르였다. 그녀의 입술이 따스하다고 느끼며, 농밀한 입 속을 혀로 구석구석 어루만지며, 비로소 내가 진정 원했던 바가 무엇인지를 깨달을 수 있었다. 내가 사랑한 건 그녀 자체였다. 그녀라는 사람을 사랑했기에, 혹 그녀가 여자가 아닐지라도 문제될 것이 없었다. 중요한 건 내가 그녀를 사랑하고 있고, 그녀 역시 나를 사랑한다는 것을 느낄 수 있다는 것 그 자체였다. 그런 그녀와의 섹스는 결핍이 아닌 충족이었던 것이다.

입맞춤이 격해지며 난 예전만큼 부드럽지 않고 딱딱한, 그러나 그녀의 것이 확실한 등을 어루만지다가 습관적으로 그녀의 가슴을 찾았다. 보드랍고 물컹한 가슴은 손에 닿지 않았다. 그녀의 가슴이 없는 자리에서, 그녀의 가슴이 있었던 자리에서, 허공을 움켜쥔 나의 손이 불안으로 굳었다. 그 일말의 불안이 거세질까 두려워 얼른 다시 그녀의 등을 매만졌다.

"하고 싶어."

그녀의 말에 난 그녀의 눈을 바라보았다. 그녀의 눈이었다. 고개를 끄덕이고는 자리에서 일어섰다. 따라 일어선 그녀가 날 안았다. 그녀가 날 안았을 때, 오른쪽 허벅지 쪽에 무언가 닿는 낯선 느낌이 들었다. 나도 모르게 오른 발을 뒤로 뺐다가 그녀가 실망할지도 모른다는 생각에 슬쩍 다시 제자리로 옮겼다.

"괜찮겠어?"

그녀가 말했다. 그녀의 안에 나를 조금 남겨두고 오는 그 행위를 지난 며칠 간 얼마나 하고 원했던가. 그녀가 내 것이란 사실을 얼마나 확인하고 싶었던가. 비할 데 없는 쾌감을 얼마나 그리워했던가.

"응. 하고 싶어."

내 대답에 그녀는 조심스레 고개를 끄덕이곤 침대에 누웠다. 나 역시 그녀의 옆에 누웠다. 그녀의 매니큐어 바른 손가락이 천천히 움직이며 나와 그녀의 옷을 벗겼다. 알몸이 되었을 때, 그녀는 나의 성기를 매만지며 속삭였다. "사랑해." 난 눈을 꼭 감고 있었다.

그녀가 엎드렸다. 그리고 그녀는 기다렸다. 나는 천천히 몸을 일으켰다. 눈을 감고 있는 채였다. 이건 새로운 시작이야, 하는 생각이 들었다. 이 시작은 우리의 사랑이 지속될 수 있음을, 그녀를 잃지 않을 수 있음을 뜻하는 것이었다. 그녀를 지키기 위해선 어떤 일이든 할 수 있다, 나는 되뇌었다. 어떤 이들은 이 행위에 대한 역사를 논하고, 어떤 이들은 이 행위에서 보통 남녀의 성교로는 얻을 수 없는 쾌락을 느낀다고 한다. 내가 알지 못하는 것이 다른 어떤 이들에게 각광받고 있다면, 그 일은 분명 나름의 매력을 가진 일일 것이다. 아직 내가 모른다고 해서 배척해선 안 된다. 그 매력을 깨닫는 일일지도 모른다. 엎드린 그녀의 뒤에 무릎으로 선 채, 어렵사리 눈을 떴다.

내 눈 앞에 펼쳐진 광경은 항문을 들이민 채 삽입을 기다리는 한 남자의 육체였다. 어깨에서 둔부까지 이어지는 각진 선과 튀어나온 척추, 둔부 아래 다리 사이로 보이는 고환. 그 고환이 달랑거렸을 때, 고환 너머로 빳빳해진 남자의 성기가 보였다.

엉겁결에 나는 그를 밀쳤다. 갑작스레 밀쳐진 그는 경악한 표정으로 날 쳐다보았다. 허겁지겁 팬티를 입고 바지를 입었다. 바지에 다리 한 쪽을 집어넣고 반대쪽 다리를 집어넣다가 중심을 잃고 넘어졌다. 넘어지며 가야금에 부딪쳐 가야금이 댕-하고 울렸다.

그는 그런 나의 모습을 멍하니 바라보고 있었다. 난 다시 몸을 일으켜 바지를 추어올리고 웃옷을 입었다. 그리고 코트를 옆구리에 낀 채 그의 방을 나섰다. 신발도 구겨 신은 채였다. 문이 닫힐 때, 흐느끼는 소리가 비명처럼 들려 난 정신없이 달렸다.

그녀의 집 앞 골목길을 멈추지 않고 달리며, 난 지하철에서 본 노인의 옅은 눈동자를 떠올렸다. 그 눈동자는 어차피 머지않아 사라질 것이다. 세상 여자들이 남자로 변해간다고 해서 노인의 수명이 짧아지거나 길어지진 않는다. 내 채워질 수 없는 섹스에 대한 갈망 역시 예전과 다를 바 없다. 어쩌면 세상은 변하지 않았는지도 모른다. 그렇다면 뚱뚱한 고양이는 누가 죽였을까. 난 폐가 찢어지도록 도망치고 또 도망쳤다.

2. 아이들

"우리가 엄마를 지켜야 해."
인석의 말에 9살 난 큰 아들은 고개를 끄덕였고 6살 난 작은 아들은 눈을 끔뻑였다. 그는 두 아들을 번갈아 쳐다보고는 비장한 목소리로 말을 이었다.
"너희도 엄마가 남자로 변하는 건 싫지?"
큰 아들은 고개를 끄덕였다. 작은 아들은 잠시 망설이다가 물었다.
"근데 아빠. 엄마가 남자가 되면 엄마도 아빠가 되는 거야?"
인석은 곤혹스러운 얼굴로 작은 아들을 잠시 바라보았다. 작은 아들은 무언가 잘못을 저지른 것 같다는 느낌이 들자 아빠의 시선을 피해 바닥만 바라보고 있었다. 작은 아들이 무언가를 물어볼 때면 다정하게 대답해 주곤 하던 아빠였지만 요즘엔 웃기는커녕 신경질적으로 왜 그런 걸 물어보냐고 면박을 주기 일쑤였다. 작은 아들은 아빠가 또다시 신경질을 낼까 두려워 발가락을 꼼지락거렸다. 인석은 작은 아들의 꼼지락거리는 발가락을 바라보다가 목소리를 가다듬고 말했다.

"아니. 아빠는 아빠고, 엄마는 엄마야. 엄마가 남자가 되도 엄마는 엄마야."

"그렇지만 엄마는 여자잖아. 남자는 아빠잖아."

인석은 화가 치밀어 오르는 것을 억눌렀다. 그의 표정이 심상치 않아지자 작은 아들은 다시 고개를 푹 숙였다. 인석은 의젓하게 앉아 있는 큰 아들을 힐끔 보고는 말했다.

"어쨌든 우리는 엄마가 남자로 변하지 않게 엄마를 지켜야 해. 아빠 혼자는 할 수 없어. 너희들이 아빠를 도와줘야 해."

"알았어."

큰 아들이 대답했다. 작은 아들은 형과 아빠의 얼굴을 번갈아 보더니 주눅 든 얼굴로 고개를 끄덕였다. 인석은 두 아들의 동의를 확인하고는 말을 이었다.

"좋아. 이제 우리가 어떻게 엄마를 지켜야 하는지 설명해 줄게. 잘 들어."

그의 설명을 요약하면 '불침번을 서자'였다.

여자들이 잠들어 있는 동안에 남자로 변한다는 것은 익히 알려진 사실이었다. 그래서 이 사실이 밝혀진 초기에는 남자로 변하고 싶지 않은 여자들이 잠을 자지 않기 위해 허벅지를 꼬집어 가며 잠을 참는 일들도 많았다. 그러나 그 방법은 변하는 것을 잘해야 이틀 정도 미룰 수 있을 뿐이었고, 졸음을 참지 못해 결국 잠이 든 여자들은 여지없이 남자로 변해갔다. 누군가 옆에서 함께 잠을 자도 마찬가지였다.

어떻게든 여자가 남자로 변하는 것을 막고 싶었던 사람들은 이런 저런 실험을 시작했다. 우선 여자가 자는 방에 CCTV를 설치해 여자가 어떤 방식으로 변하는지를 살펴보았지만 별다른 소용이 없었다. 몸이 급작스럽게 변한다거나 번쩍하는 빛이 나는 등의 변화는 CCTV에 잡히지 않았다. 사람들이 알아낸 건 그저 여자가 자는 동안 불규칙하게 신체가 남성으로 변해간다는 것뿐이었다. 변하는 속도는 사람마다 달랐고 또 자는 시간에 따라 달랐다. 과학적으로 변화를 설명하려 한 시도는 모조리 실패했다.

사람들은 잠든 여자를 직접 지켜보기로 했다. 누군가 지켜보고 있는 와중에 잠드는 것은 쉽지 않은 일이었기에 여자들은 괴로움을 호소했다. 그러나 그 와중에도 피로를 이기지 못하는 이들과 신경이 두꺼운 이들이 있었기에 실험은 계속될 수 있었다. 실험은 고무적인 결과를 얻었다. 사람이 지켜보고 있는 동안에는 변화가 일어나지 않았다.

이러한 실험은 일부 사명감 투철한 연구소에서 진행되었지만, 그 결과가 세상에 곧바로 공표되지는 않았다. 연구원들은 예외가 생길까 봐 두려워했다. 그 예외에 대한 힐난과 적개심이 자신들에게 향할 것은 불 보듯 뻔한 일이었다. 그래서 그들은 충분한 양의 샘플을 확보할 때까지 발표를 미루기로 했다. 그러나 그들이 확보할 수 있는 샘플은 날이 갈수록 적어졌으므로 발표 역시 무한정 미뤄질 수밖에 없었다.

인석이 그 실험의 내용을 들은 건 자신이 운영하고 있는 가게에서였다. 한 명 있던 아르바이트생이 일을 그만두고부터는 그가 직접 서빙을 하고 있었다. 여자들이 줄어든 이후 손님은 하루를 통틀어 한두 팀 있을까 말까였기에 작은 파스타 가게에는 그 손님들밖에 없었다. 두꺼운 안경을 써 눈이 조그맣게 보이는 삼십대 정도의 남자는 목소리를 낮춘 채 이야기하고 있었다. 점잖은 옷을 입고 점잖게 파스타를 내려놓던 인석은 본의 아니게 이야기의 일부를 엿들을 수 있었다. 안경을 쓴 남자는 인석이 오자 말을 그쳤지만 맞은편에 앉은 남자가 나지막이 중얼거렸기 때문이다.

"오늘 밤부터 당장 밤을 새야겠군. 고마워, 정말."

인석이 품위 있게 돌아섰을 때, 그의 뒤에서 미세하게 떨리는 목소리가 들려왔다.

"제발, 안 변했으면 좋겠어."

인석은 순간적으로 멈춰 설 뻔했지만 가까스로 계속 걸을 수 있었다. 카운터에 돌아온 그는 이후 호시탐탐 손님들의 이야기를 엿들을 기회를 노렸고, 그 결과 실험에 대한 이야기를 대충 끼워 맞추는 데 성공했다. 놀라운 이야기였다. 여자가 남자로 변하는 걸 막을 수 있다.

그는 그날 집에 돌아오자마자 아내를 안방으로 끌고 들어와 손을 부여잡고 손님들에게서 들은 이야기를 전했다. 평소에도 느굿한 성격이 아니었던 아내는 최근 한 달간 거의 정상적인 생활을 하지 못할 정도로 예민해져 있는 상태였다. 인석은 아내를 자극하지 않기 위해 낮고 부드러운 목소리로 말했다.

"당신이 아직까지 남자로 변하지 않은 건 행운이야. 이제 당신이 변하는 걸 막을 수 있는 방법을 알았어. 내가 당신을 지킬게."

결혼 생활 10년간 남들로부터 애처가 소리를 들을 때마다 은근히 뿌듯해하던 인석이었다. 연애하기 전 짝사랑한 기간 1년, 연애 4년, 결혼 생활 10년, 도합 15년간 인석은 한순간도 아내를 사랑하지 않은 적이 없었다. 그는 변치 않는 애정으로 아내의 볼을 쓰다듬었다. 그의 분수에 맞지 않을 만큼 아름다운 여자였다. 건강하고 잘생긴 아이를 둘이나 낳아준 여자였다.

인석은 그날부터 당장 밤을 새우기 시작했다. 밤이 새도록 아내를 지켜보다가 아침에 아내가 깨어나면 그제야 잠자리에 들었다. 간혹 자는 중간에 깨어난 아내는 미안한 표정으로 그를 꼭 안아주곤 했다. 그 포옹이면 충분했다. 그는 이어폰을 귀에 꽂은 채약 일곱 시간 동안 아내를 지켜보았다. 아내가 깬 후 아침 햇살을 받으며 잠자리에 들 때면 자신이 아내를 지켜냈다는 만족감이 들었다. 그러나 곧 한계가 왔다.

아내는 남편을 위해 일찍 잠들려 애썼지만, 신경을 쓰면 쓸수록 잠드는 시간은 오히려 늦어졌다. 얼른 자야 한다는 부담감이 잠을 쫓기 때문이었다. 인석은 아침에 잠들어 서너 시간만 잔 후에 가게에 나섰고 밤이면 파김치가 되어 돌아와 눈에 억지로 힘을 줘가며 밤을 새웠다. 아내는 서로 교대로 깨어 있으면 어떻겠냐고 제안했지만, 그는 아내가 밤에 잠을 푹 자지 못하면 낮잠을 잘지도 모른다는 이유로 반대했다. 그러다가 결국 그는 아내를 홀로 지킨 지 5일 만에 두 아들을 끌어들이기로 결심한 것이었다.

　새벽 4시에 일어난 큰아들은 엄마를 지켜보고 있었다. 인석은 큰아들을 깨운 뒤 세수를 시키고 절대로 졸면 안 된다는 말을 네 번이나 한 다음에야 잠을 자러 큰아들의 방에 들어갔다. 큰아들은 무척 졸렸지만 눈을 비벼가며 엄마를 지켰다. 엄마가 남자로 변한다는 것의 의미를 큰아들은 쉽게 이해하지 못했다. 동생의 질문에 아빠는 엄마가 남자로 변해도 엄마는 엄마라고 했다. 엄마가 남자로 변해도 엄마일 수 있다면 그다지 큰 문제가 아닐 수도 있을 것 같다는 생각이 들었다. 그럼에도 엄마가 남자로 변하는 것에 대한 막연한 거부감이 피어오르는 것은 사실이었다. 큰아들은 그런 생각들을 하다가 시계가 5시를 가리키고 있는 것을 확인하곤 동생을 깨웠다.
　동생은 형보다도 힘겨워했다. 칭얼대며 이불을 끌어 당겼다. 형은 동생을 점잖게 타일렀다.
　"일어나야지."
　세 살 어린 동생은 희한하리만큼 형의 말을 잘 듣는 아이였지만 새벽에 일어나는 고욕 앞에선 반항했다.
　"싫어!"
　형은 동생을 가만히 지켜보다가는 다시 엄마의 방으로 향했다. 동생을 위해 한 시간 정도 덜 자야겠다는 생각을 한 것이다. 여섯 시에 엄마가 맞춰 놓은 알람시계가 울렸지만, 큰아들은 이것 역시 꺼버렸다. 엄마도 푹 자길 바라는 마음에서였다. 결국 7시 반에야 깬 엄마는 큰아들을 안고 울었다.

그날 저녁 일찌감치 가게를 닫고 돌아온 인석은 작은아들을 어마어마하게 혼냈다. 작은아들은 크게 울었지만 인석은 개의치 않았다. 아빠가 말하는 가족 간의 사랑과 책임감에 대해 작은아들은 거의 이해하지 못했다. 엄마가 화를 내고서야 아빠는 작은아들을 혼내길 그만뒀고, 작은아들은 형의 방으로 갔다.

형은 아빠가 동생을 혼내는 동안 방 안에서 동화를 읽고 있었다. 동화가 눈에 잘 들어오지 않았지만, 동생이 아빠에게 혼나고 있는 상황에서 그가 할 수 있는 일은 몇 가지 없었다. 동생은 침대에 누워 동화를 읽고 있던 형 옆에 누웠다. 눈물이 속눈썹 끝에 대롱대고 있었다.

"형. 뭐 읽어?"

"마법사 이야기야."

"재밌어?"

"응."

"나도 읽어줘."

형은 동생을 물끄러미 쳐다봤다. 아직 책을 읽지 못하는 동생은 축축한 눈을 비볐다. 밖에선 엄마의 날카로운 고함소리가 여전히 들려왔다. 왜 애한테 그래! 아빠는 엄마에게 꼼짝도 못하고 당하고 있는 모양이었다. 형은 동화의 첫 장을 펴고는 조용히 읽기 시작했다.

* * *

옛날 어느 작은 성에 마법사가 살았습니다. 마법사는 아주 잘 생기고 똑똑해서 모든 사람들이 마법사를 좋아했습니다. 하지만 마법사는 누구도 좋아하지 않았습니다. 마법사가 좋아하는 사람은 자기 자신뿐이었어요. 아무리 예쁜 아가씨를 봐도, 아무리 멋진 청년을 봐도, 마법사는 자신보다 아름답지 못하다고 생각했습니다. 그래서 마법사는 자신의 작고 예쁜 성에 그 누구도 초대하지 않고 혼자만 살았습니다.

하지만 마법사가 혼자 살기에는 성이 너무 넓었어요. 작고 예쁜 성이지만 마법사 혼자밖에 살지 않으니 무척 쓸쓸했습니다. 마법사는 매일 같이 거울을 보며 생각했어요. '나와 똑같은 사람이 있다면 얼마나 좋을까!' 하지만 세상에 마법사와 똑같은 사람이 있을 수 없다는 건 당연한 일이잖아요. 그래서 마법사는 저녁마다 흔들의자에 앉아 고민했습니다. '나와 똑같은 사람이 있을 순 없을까?'

어느 날 저녁이었어요. 평소처럼 마법사는 흔들의자에 앉아 있었습니다. '나와 똑같은 사람이 있다면 많이많이 사랑해 줄 텐데…….' 마법사는 자신과 똑같은 사람과 함께 차도 마시고 정원도 산책하고 싶었습니다. 하지만 도무지 그럴 방법이 없으니 괴로웠어요. 그러다가 문득 좋은 생각이 떠올랐죠.

"그래! 나와 똑같은 사람을 마법으로 만들면 되겠군!"

마법사는 손뼉을 '짝' 소리가 나게 쳤습니다. 그러고는 책장으로 달려가 두꺼운 책들을 여러 권 꺼내 읽기 시작했습니다.

"음. 악어 눈곱……. 너구리 오줌……."

마법사는 책을 읽으며 노란 종이에 무언가를 적어 나갔어요.

노란 종이에 적혀있는 건 마법사와 똑같은 사람을 만들기 위한 재료들이었습니다! 그렇게 마법사는 일주일 내내 책을 읽었습니다. 일주일 뒤에 마법사는 노란 종이를 주머니에 넣으며 외쳤어요.

"이제 재료들을 구해야겠어!"

* * *

아빠가 부르는 소리에 형은 동화 읽기를 마치고 거실로 나갔다. 동생 역시 쭈뼛거리며 형의 뒤를 졸졸 따라나왔다. 엄마는 안방에 들어가 버린 뒤였고 아빠는 아까보다 차분해진 모습이었다. 아빠는 두 아들을 자신의 앞에 나란히 앉혀놓고는 이야기를 시작했다.

"우리는 가족이야. 그러니 서로 도와야만 해. 자는 중간에 깨우면 일어나기 싫은 게 당연해. 하지만 그렇다고 안 일어나버리면 형이 힘들어져. 오늘 밤부터는 형이 깨울 때 바로바로 일어나야 한다. 알겠지? 그리고 너도 동생이 계속 자고 싶어 한다고 동생을 안 깨우면 안 되는 거야. 그런 식으로 계속하다간 나중에 너무 졸려서 엄마를 지킬 수 없게 돼."

작은 아들과 큰 아들을 번갈아 보며 준엄하게 말하는 아빠의 말에 두 아들은 고개를 끄덕일 수밖에 없었다.

그날 밤 형이 동생을 깨웠을 때 동생이 몸을 벌떡 일으키거나 하지는 않았다. 동생은 전날 밤과 마찬가지로 이불을 끌어당기며 칭얼거렸고, 형은 점잖게 타일렀다. 결국 형이 아빠에게 이르겠다고 말하며 이불을 억지로 걷어내고 나서야 동생은 졸린 눈을 비비며 일어났다. 형은 아빠가 자신에게 말했던 것처럼 동생에게 세수를 하라고 권했다. 하지만 동생은 찬물을 얼굴에 대고 싶지 않아 했고, 몇 번을 거듭해 말하는 형에게 괜찮으니 들어가기나 하라며 신경질을 냈다. 결국 형은 동생을 세수시키지 못했다는 죄책감을 가진 채로 잠자리에 들 수밖에 없었다.

동생은 잠든 엄마를 바라보았다. 엄마는 나쁜 꿈이라도 꾸는지 식은땀을 흘리며 몸을 뒤척여댔다. 그런 엄마를 보고 있자니 동생은 문득 불안해졌다. 주위는 깜깜했고 깨어 있는 사람은 자기밖에 없었다. 결국 동생은 불안을 못 이기고 형을 찾아 깨웠다.

"형."

"응?"

"무서워."

의젓한 형은 군말 없이 일어나 동생의 손을 잡고 엄마가 자고 있는 방으로 갔다. 동생을 재울까 하는 생각이 들었지만 그랬다간 내일 아빠가 또 화를 낼 테니 차라리 같이 엄마를 지키는 게 낫겠다 싶었다. 형과 동생은 나란히 침대맡에 앉아 신음을 흘리는 엄마를 지켜보았다. 형제는 서로를 깨우기 위해 잠깐씩 자리를 비운 동안 혹 엄마가 남자로 변하기 시작한 것은 아닐까 하는 마음에 무척 걱정되었다.

"동화책 읽어줄까?"

형의 제안은 동생의 불안과 자신의 불안을 모두 잊기 위한 제안이었다. 형이 동화를 읽는 동안 동생이 엄마를 지켜보고 있으면 되니 문제될 것도 없었다. 동생은 형의 제안에 몹시 기뻐했고 형은 자신의 방으로 가 동화책을 가져왔다.

식은땀을 흘리며 뒤척이는 엄마의 곁에서, 주황색의 작은 스탠드 불 아래에서, 형은 동생에게 동화를 읽어주기 시작했다.

* * *

마법사는 우선 숲으로 갔습니다. 숲에 들어서자마자 만난 건 작은 찌르레기였어요. 마법사는 주머니에서 노란 종이를 꺼내 살펴보았습니다. 종이 중간에는 '찌르레기의 깃털'이라고 적혀 있었어요.
"안녕, 찌르레기야."
"안녕하세요, 마법사님."
"나에게 깃털 하나만 뽑아 줄 수 있겠니?"
찌르레기는 고개를 갸우뚱하며 말했습니다.
"왜요?"
"나와 똑같은 사람을 만드는 데 필요하단다."
"마법사님의 친구인가요?"
"아니. 친구가 아니라 나와 똑같은 사람이야."
찌르레기는 알겠다며 고개를 끄덕였습니다.
"여기 꼬리에 있는 깃털을 뽑아가세요. 아프니까 살살 뽑으세요!"
"고마워."
마법사는 찌르레기의 깃털을 살살 뽑아 가방에 넣었습니다.
마법사는 찌르레기와 헤어진 후 길을 걷다가 이번엔 나무 위에 앉아있는 다람쥐를 만났습니다. 마법사는 노란 종이를 꺼내보고 종이 중간에 '다람쥐가 먹던 도토리'라고 적혀 있는 것을 읽었습니다.

"안녕, 다람쥐야."

"안녕하세요, 마법사님."

"다람쥐야 네가 먹던 도토리를 나에게 하나만 줄 수 있겠니?"

다람쥐는 입 속에 넣어뒀던 도토리를 꺼내며 물었습니다.

"왜요?"

"나와 똑같은 사람을 만드는 데 필요하단다."

"마법사님의 가족인가요?"

"그렇기도 하고, 아니기도 해."

다람쥐는 알겠다며 도토리를 한 입 베어 물고는 마법사에게 건넸습니다. 마법사는 다람쥐에게 고맙다고 말하고는 다람쥐가 먹던 도토리를 가방에 넣었습니다.

마법사는 그렇게 숲을 길으며 새료들을 하나씩 얻었습니다. 토끼의 발톱을 얻기 위해 심심하다며 때를 쓰는 토끼와 놀아주기도 하고, 너구리의 오줌이나 사슴의 똥을 얻을 땐 코를 막고 얼른 가방에 집어넣기도 했어요. 그러다가 마침내 악어가 살고 있는 늪에 도착했습니다.

"안녕, 악어야."

악어는 대답하지 않고 마법사를 흘겨보았습니다.

"악어야 너의 눈곱을 조금 가져가도 되겠니?"

마법사가 조심스레 말했습니다. 하지만 악어는 기분 나쁜 표정을 지으며 말했습니다.

"왜?"

"나와 똑같은 사람을 만드는 데 필요해서 그래."

"왜 만드는 건데?"

사실 악어는 배가 고파 기분이 몹시 나쁜 상태였어요. 하지만 마법사는 그런 악어의 기분도 모르고 명랑하게 대답했습니다.

"같이 지내고 싶어서! 그러면 행복할 거야!"

"난 지금 배가 아주 고파. 널 잡아먹으면 행복해질 거야."

"하지만 네가 날 잡아먹으면 난 나와 똑같은 사람을 만들 수 없어. 나와 똑같은 사람을 만들 수 없다면 난 무척 불행할 거야."

"만약 네가 너와 똑같은 사람을 만들고 난 후에 내가 널 잡아먹으면 넌 어떻게 되지?"

악어의 질문에 마법사는 잠시 고민했습니다. 하지만 얼마 후에 다시 명랑하게 말했어요.

"나와 똑같은 사람을 만들지 못하고 잡아먹히는 것보단 행복할 거야!"

악어는 고개를 끄덕였습니다. 그러고는 눈을 비벼 눈곱을 조금 떼서 마법사에게 주었습니다. 마법사는 고맙다고 말하곤 악어의 눈곱을 챙겨 얼른 달아났습니다. 악어가 갑자기 마음이 바뀌어 마법사를 잡아먹으려 들지도 몰랐거든요.

악어에게서 도망친 후 마법사는 노란 종이를 펼쳐 보았습니다. 이제 남은 재료는 하나밖에 없었습니다. 마법사는 노란 종이를 주머니에 넣고는 마을로 갔습니다. 그러고는 솥을 파는 가게에 가 주인에게 물어보았습니다.

"안녕하세요, 아저씨. 커다란 솥을 살 수 있을까요?"

"안녕하세요, 마법사님. 얼마만큼 커다란 솥이요?"

마법사는 양팔을 펼쳐 보이며 말했습니다.

"이만큼 큰 솥이요!"

"그만큼 크기만 하면 되나요?"

"이왕이면 튼튼하고 예쁜 솥으로요."

주인은 고개를 끄덕이고는 크고 튼튼하고 예쁜 솥을 내주었습니다. 마법사는 낑낑거리며 솥을 짊어지고 성으로 돌아갔습니다.

* * *

작은 아들이 아내를 제대로 지켜보고 있나 확인해야겠다고 생각하고 중간에 일어난 인석은 아내가 자고 있는 안방으로 향했다. 형과 동생이 나란히 앉아 있는 모습을 보였다. 우애 넘치는 모습이었고 한편으론 안쓰러운 광경이었지만 인석이 가장 먼저 느낀 감정은 괘씸함이었다. 그는 아내가 깨지 않게 조용히 작은 아들을 방 밖으로 불러내었다. 큰 아들은 불안한 표정으로 동생이 아빠에게 불려나가는 모습을 지켜보았지만 엄마를 지켜야 했기에 침대맡에 앉아 있을 수밖에 없었다.

"왜 형이 일어나 있어?"

아빠의 굳은 표정 때문에 작은 아들은 대답을 제대로 하지 못한 채 우물거릴 수밖에 없었다. 알아듣지 못할 말을 중얼거리는 작은 아들 때문에 인석은 더욱 화가 났다.

"크게 얘기해!"

인석의 고압적인 목소리에 놀란 작은 아들이 중얼거리던 말을 크게 말했지만, 그는 그 중 몇몇 단어만 알아들을 수 있을 뿐이었다. 그가 알아듣고 정리한 바에 의하면 작은 아들이 하는 말은 '무서워서, 자는 형을, 깨웠다.'였다.

"아빠가 어제 뭐라고 얘기했어."

아빠의 추궁에 작은 아들은 고개를 폭 숙였다.

"가족은 서로 도와야 하지 피해를 주어선 안 돼. 네가 자꾸 형 잠 못 자게 만들면 형은 어떡하니. 남자답게 행동해야지 자꾸 아기처럼 굴 거야?"

남자보단 아기에 가까운 작은 아들은 결국 눈물을 찔끔 흘렸다. 인석 역시 작은 아들이 남자보단 아기에 가깝다는 걸 알고 있었지만 그 사실이 그가 내는 역정을 말리진 못했다. 그는 자신이 억지를 부리고 있다고 생각하면서도 계속해서 화를 냈다.

"내일은 형 몫까지 네가 하도록 해. 두 번이나 형 잠 못 자게 만든 벌이야. 엄마한텐 얘기하지 말고."

말을 마친 인석은 작은 아들을 안방에 들여보내고 큰 아들을 재웠다. 얼마 후 잠에서 깬 엄마는 빨개진 눈으로 자신을 지켜보고 있는 작은 아들을 껴안고 울었다.

다음 날 새벽 4시에 인석은 작은 아들을 깨웠다. 작은 아들은 칭얼거리려다가 아빠의 굵은 목소리를 듣고는 퍼뜩 일어났다. 인석은 말없이 작은 아들을 화장실로 데리고 갔고, 작은 아들은 찍소리도 못한 채 찬물로 얼굴을 벅벅 문질렀다. 인석은 화장실 문에 기대서서 팔짱을 낀 채 작은 아들이 어푸어푸 소리를 내며 세수하는 것을 지켜보았다. 세수를 마친 작은 아들이 주눅 든 얼굴로 그를 올려다보자, 그는 작은 아들을 안방에 넣어놓고는 작은 아들의 침대에 누워 잠을 청했다.

작은 아들은 엄마와 시계를 번갈아 지켜보았다. 철로 된 육중한 알람시계의 초침은 꾸준히 돌고 있었지만, 분침의 움직임은 더뎠다. 시침의 움직임을 보는 건 고역이었다. 작은 아들은 시계 보기를 그만두고 코를 후비기도 하고 손톱을 물어뜯기도 했지만 한참이 지났다고 생각한 후에 다시 확인한 시계는 고작 오 분밖에 지나지 않아 있었다. 작은 아들은 무척 심심해졌고, 그래서 무척 서러워졌다.

남자보다는 아기에 가까운 여섯 살 난 아이는 결국 눈물을 뚝뚝 흘렸다. 엄마의 옆에 누워 엄마를 껴안고 싶었다. 형을 깨워 동화를 읽어달라고 하고 싶기도 했다. 하지만 그랬다간 아빠에게 혼날 것이 분명했다. 아빠는 오늘도 갑작스레 방을 찾아 작은 아들이 엄마를 잘 지키고 있는지 확인할지도 몰랐다. 아빠가 화내는 모습을 떠올리자 더욱 눈물이 났다. 소리를 내며 울면 엄마가 깰 테고, 엄마가 깬 사실을 아빠가 알면 화를 낼 테니 작은 아들은 입을 틀어막고 울 수밖에 없었다.

한참을 울면서 작은 아들이 느낀 건 자신의 울음을 그치게 만들 이가 아무도 없다는 것이었다. 강압적으로 눈물을 멈추길 요구할 아빠도, 껴안고 달래줄 엄마도, 옆에서 말없이 자리를 지켜줄 형도 없었다. 그래서 작은 아들은 울기를 그만두기로 했다. 눈물을 멈추자 졸음이 몰려왔다. 시계는 아직 4시 40분을 가리키고 있었다. 작은 아들은 초침이 도는 모습을 물끄러미 바라보았다. 시야가 점점 좁아지고 몸이 나른해졌다.

작은 아들의 예상대로 불시에 기습을 감행하기 위해 자다 일어난 인석은 발소리를 죽이며 안방으로 향했다. 작은 아들이 아내를 제대로 지키고 있는지 감시하기 위해서였다. 인석은 삐거덕 소리가 나지 않게 조심해서 문을 열었다. 그리고 엎드려 자고 있는 작은 아들을 발견했다.

그는 더 이상은 참을 수 없다고 생각했다. 그는 화가 잔뜩 난 채로 성큼성큼 걸어가 작은 아들의 뒷덜미를 잡아챘다. 자다 깬 작은 아들이 깜짝 놀라 몸을 움찔했지만, 그는 개의치 않았다. 그는 작은 아들을 거실로 끌고 나와 무릎 위에 엎어놓고 볼기짝을 때렸다. 휘두르는 손바닥에는 감정이 실려 있었고 결과적으로 작은 아들은 태어나서 가장 아픈 폭력을 경험했다. 작은 아들은 예상치 못한 상황에 놀라서 비명조차 지르지 못했다. 그러나 아빠가 계속해서 손을 휘두르고, 볼기짝에 맞닿은 손바닥이 찰싹 소리를 세 번 냈을 때, 작은 아들은 어느 정도 당황을 수습하고 소리를 지를 수 있었다.

"으아앙!"

작은 아들은 거실이 떠나가라 울어댔지만, 그는 개의치 않았다. 평소 작은 아들의 반짝이는 눈동자와 딸 부럽지 않은 애교 따위는 전혀 고려되지 않았다. 아내가 잠에서 깰 것이란 생각 역시 고려되지 않았다. 그는 그런 사항들을 고려할 만큼 이성적이지 못한 상태였고, 그래서 아내가 작은 아들의 울음소리를 듣고 깨 방에서 뛰쳐나왔을 때 경악했다.

아내는 남자가 되어 있었다.

동생이 우는 소리에 깨 방문에서 광경을 지켜보고 있던 형은 아빠가 뒷걸음질칠 때 지었던 표정을 생생하게 기억했다. 눈이 튀어나올 듯 커지지도 않았고 턱이 빠질 만큼 입을 쫙 벌리지도 않았다. 그건 그냥 무표정이었다. 그 어떤 미동도 없는 아빠의 얼굴은 그늘진 바위가 된 것만 같았다. 이윽고 아빠는 집 밖으로 나갔다.

그날 하루 종일 아무도 입을 열지 않았다. 남자로 변한 엄마는 하루 종일 침대에 누워 있었고 형과 동생은 냉장고에 있던 식빵을 주워 먹었다. 동생은 자신 때문에 엄마가 변했다는 생각과 얼어붙은 집안 분위기 때문에 울음조차 터뜨리지 못했다. 식빵에 포도잼을 발라 저녁을 먹고 나서 형이 동화를 읽어주겠다고 제안했을 때에야 동생은 참았던 울음을 터뜨렸다. 형이 동생을 달래주려 한참을 어르고 있을 때 아빠가 집에 돌아왔다. 집에 돌아온 아빠는 울고 있는 작은 아들을 흘끗 보더니 본체만체하고 서재겸 옷장으로 쓰고 있는 방으로 들어갔다. 아빠의 냉랭한 모습을 본 동생이 울음을 그쳐 형은 간신히 동화를 읽어줄 수 있었다.

* * *

성에 돌아온 마법사는 커다란 솥에다가 온갖 재료들을 다 집어넣고 부글부글 끓였습니다. 솥 안의 걸쭉한 액체는 처음엔 짙은 녹색이었다가 보라색이었다가 주황색으로 바뀌었습니다. 마법사는 커다란 주걱으로 주황색을 휘휘 저어주었어요. 그러다가 주황색 액체가 노란색으로 바뀌자 마법사는 중얼중얼 주문을 외우기 시작했습니다. 너무나 작게 중얼거려서 잘 들리진 않았지만 땀을 비 오듯 쏟아내고 몸을 부들부들 떨고 있어서 무척 힘들어 보였어요.

그렇게 한참 동안 주문을 외우던 마법사는 마침내 주문을 외우길 멈추고 땅바닥에 털썩 주저앉았습니다. 마법사는 가쁜 숨을 몰아쉬며 연기가 무럭무럭 피어오르는 솥을 지켜보았습니다. 연기는 점점 많아져서 방 안을 가득 메웠습니다. 그리고 얼마 후에 펑-하는 소리가 들렸습니다. 마법사는 깜짝 놀라 귀를 막고 고개를 숙였습니다. 마법사가 조심스레 고개를 들었을 때 솥 안에서 발가벗은 한 남자가 걸어 나왔습니다. 마법사랑 똑같이 생긴 사람이었습니다.

"안녕? 난 너를 만든 마법사야."

"안녕하세요?"

"앞으로 너를 '아이'라고 부를게. 너의 이름은 이제부터 '아이'야."

아이는 고개를 끄덕였습니다.

그날부터 마법사와 아이는 작고 예쁜 성에서 함께 지냈습니다. 아이는 마법사와 정말 똑같이 생긴데다가 말투나 성격도 똑같았습니다. 마법사보다 모르는 것이 많았지만 그래도 마법사가 무언가를 가르쳐주면 곧잘 배워 따라 할 정도로 똑똑했습니다. 그래서 마법사는 아이와 하루 종일 붙어있으면서 이런저런 것들에 대해 가르쳐주었습니다. 옷도 자신의 옷을 주었고, 밥도 똑같이 나눠 먹었습니다. 밥을 먹은 후에는 함께 산책을 하며 이야기를 나누었습니다. 마법사는 아이와 함께 지내는 시간이 무척 행복했습니다.

* * *

　형은 조용히 책장을 덮었다. 동생은 훌쩍거리며 두 마법사가 다정하게 지내고 있는 그림을 보다가 잠이 들어 있었다. 형은 잠든 동생의 몸에 이불을 덮어주고 혹 동생이 깰까 발걸음을 죽인 채 방을 나섰다. 방을 나선 형이 들어가 문을 잠근 곳은 화장실이었다. 형은 수도를 틀어놓고 변기에 앉았다. 그리고 울었다. 아직은 흐릿하지만 분명히 존재하고 있는 장남으로서의, 형으로서의 책임감이 아홉 살 난 소년의 눈물 꼭지를 잠그고 있다가 이제야 터진 것이다. 형은 짧은 시간 동안 눈물을 짜내고는 세수를 하고 화장실을 나섰다.

　인석의 폭력은 다음 날부터 시작되었다. 우선 그는 작은 아들을 때렸다. 작은 아들은 거실에서 만화를 보고 있었다. 서새 검 옷장 방에서 잠을 잔 그는 내도록 방에 박혀 있다 나와서는 대뜸 작은 아들의 뒤통수를 때렸다. 갑자기 뒤통수를 맞은 작은 아들은 놀라서 아빠를 올려다봤다. 그는 무표정한 얼굴로 작은 아들을 내려다보고 있었다.
　"뭘 잘했다고."
　작은 아들은 울지도 못한 채 슬금슬금 아빠에게서 떨어지다가는 안방으로 도망쳐버렸다. 안방에는 남자로 변한 엄마가 이불을 뒤집어 쓴 채 시체처럼 누워 있었다. 작은 아들은 그런 엄마의 옆에 누워 엉엉 울었다. 사태를 눈치챈 엄마는 남자로 변했어도 변치 않는 모성애를 발휘해 울다 지친 몸을 일으켜 세웠다. 그리고

54

는 아빠가 앉아 있는 소파로 가 모진 말을 뱉으려 입을 열었다. 그러나 아빠는 기다리지 않고 벌떡 일어나 갑작스레 엄마의 뺨을 때렸다.

밤을 새워 생각한 끝에 인석은 여자가 아닌 아내는 아내로서의 의미가 없다는 결론을 내렸다. 아내는 더 이상 섹스를 할 수도, 아이를 낳아줄 수도 없는 사람이었다. 물론 동반자가 있으므로 해서 생기는 수많은 장점들이 떠올랐지만, 인석은 자신이 남자를 먹여 살려야 한다는 사실에 본능적인 거부감을 느꼈다. 함께 살아온 정 때문에, 비록 인정하기 싫지만, 자신의 아내였던 사람인 건 부정할 수 없기에, 그는 아내를 내쫓기까지 할 순 없었다. 하지만 예전처럼 아내를 애정으로 대할 필요 역시 없다고 생각했다. 그는 당황한 표정을 짓고 있는 아내의 뺨을 다시 한 번 때렸다.

"저리 꺼져."

아내의 표정이 경악으로, 그러고는 이윽고 분노로 바뀌었다. 하지만 아내는 그 상황에서 어떻게 행동해야 할지 알 수 없었다. 안방으로 돌아와 문을 잠그고 숨을 헐떡거리는 것만이 아내가 할 수 있는 유일한 행동이었다.

인석은 날이 갈수록 거칠어졌다. 그는 자신의 가게에도 나가지 않았으며 하루 종일 거실에 앉아 TV를 보다가 아내나 작은 아들이 근처에 얼씬거린다 싶으면 쫓아가서 쥐어 팼다. 작은 아들의 뺨을 때리거나 다리를 걸어 넘어뜨렸고, 아내의 복부를 주먹으로 때리기도 했다. 인석이 유일하게 건드리지 않는 이는 큰 아들뿐이었다. 그는 큰 아들을 때리기는커녕 오히려 이전보다도 다정하게 대해 주었다. 큰 아들은 그런 아빠의 태도를 이해할 수 없었다.

"아빠."

"응?"

"아니야."

큰 아들은 엄마와 동생을 때리지 말라고 하고 싶었지만 그러지 못했다. 그 말을 했다간 자신 역시 아빠의 미움을 사게 될 것이라는 치사한 두려움과 자신을 아껴주는 아빠의 애정과 믿음을 저버려선 안 된다는 책임감이 반반씩 작용했다. 그래서 큰 아들은 아빠의 옆에 앉아 함께 TV를 봤고 아빠는 자신과 큰 아들이 먹을 2인분의 밥만을 짓거나 사왔다. 때로는 밥을 사러 나가는 길에 큰 아들이 좋아하는 책을 사오기도 했다. 엄마는 아빠가 방에 들어가 있을 때나 화장실에 가 있을 때만 부엌으로 나와 대충 밥을 지어 작은 아들과 나누어 먹었다.

그날은 엄마가 남자로 변한 지 2주일이 된 날이었다. 아빠는 이제 하루에 한두 번씩 안방과 작은 아들의 방을 찾아와 구타를 했다. 큰 아들은 여전히 아빠에게 아무 말도 꺼내지 못하고 있었다. 이전과 바뀐 것이 있다면 이제는 말을 꺼냈다간 아빠의 미움을 살지도 모른다는 두려움만이 소년의 입을 묶고 있다는 것뿐이었다. 아빠의 무표정에는 점차 분노가 드러나고 있었고, 명민한 큰 아들은 그 분노에서 어렴풋한 광기를 느꼈다. 큰 아들은 광기라는 단어를 알지는 못했지만 비정상적인 것에 대한 불안감과 우려는 가지고 있었다.

그날도 어김없이 인석은 아내를 때리기 위해 안방을 찾았다.

지난 며칠간 아내는 안방 문을 잠그고 있기도 했지만 잠시 화장실을 갈 때나 밥을 먹으러 부엌에 나올 때와 같은 틈을 그는 놓치지 않았다. 문이 잠겨 있을 것이라 생각했지만 의외로 스르르 열려 인석은 고개를 갸우뚱했다. 문이 열리며 드러난 방 안에는 아무도 없었다. 그는 방으로 들어서려다가 걸음을 멈추고 낮은 목소리로 말했다.

"이 옆에 있나 보지?"

아내는 인석의 낮은 목소리가 아주 소름 끼친다고 생각했다. 문 바로 옆에 기대서 기다리다가 인석이 들어오면 철제 알람시계로 머리를 내리 찧으려 했던 아내는 계획을 포기하고 바로 그에게 달려들었다. 우당탕 소리가 나며 둘은 함께 거실 바닥에 엎어졌다.

남자로 변한 아내의 힘은 보통이 아니었다. 아내는 아직 알람시계를 들고 있었고 바닥에 깔려 있는 인석의 머리를 시계로 찧으려고 했으나 인석 역시 만만치 않았다. 그는 아내의 힘이 예상보다 센 것에 대해 당황하다가 아내가 남자로 변했기에 당연한 결과라는 것을, 또 남자로 변했으므로 예전엔 없던 것이 생겼을 것이라는 생각까지 떠올렸다. 아내에 깔려 버둥거리던 그는 무릎으로 아내의 사타구니를 가격했다.

엄마와 아빠가 싸우고 있는 와중에 형은 동생의 방에 있었다. 밖에서 들리는 우당탕 소리에 놀란 동생이 불안한 눈빛으로 닫혀있는 방문을 바라보았지만, 형은 고개를 가로저었다. 형은 멍이 든 동생의 얼굴을 차마 계속 바라볼 수가 없어 다시 고개를 숙이고 동화를 읽기 시작했다.

* * *

어느 날 아이가 물었습니다.

"마법사님, 궁금한 게 있어요."

"응?"

"왜 마법사님은 저에게 매일 마법사님과 똑같은 옷만 입히죠?"

마법사는 잠시 고민하다가 대답했습니다.

"그야 네가 나와 똑같기 때문이지."

아이는 고개를 갸우뚱거리며 또다시 물었습니다.

"하지만 전 마법사님이 아니잖아요. 전 아이예요."

마법사는 우물쭈물 거리며 자신이 아이를 만들기 위해 얼마나 노력했는지를 이야기했습니다. 특히 악어와 만났던 이야기는 무척 무섭고 긴장되는 이야기였죠. 아이는 조용히 마법사의 이야기를 다 듣고는 말했습니다.

"그래도 전 마법사님이 아니에요."

아이의 말을 들은 마법사는 몹시 화를 냈고 아이 역시 얼굴이 빨개져서는 자신의 방으로 들어갔습니다. 아이는 방으로 들어가며 문을 '쾅' 하고 닫았습니다.

다음 날 마법사는 아이의 방문을 똑똑 두들기며 산책을 가자고 말했습니다. 아이는 문을 빼꼼히 열고는 마법사를 쳐다보다가 알겠다고 대답했습니다. 사실 아이도 마법사와 싸운 게 마음에 걸려서 화해하고 싶었거든요. 그래서 마법사와 아이는 작고 예쁜 성의 정원을 산책하기 시작했습니다.

* * *

"아빠."

"응?"

"아빠 왜 나만 예뻐해?"

인석은 거실 소파에 앉아 큰 아들을 옆구리에 끼고 있었다. 겨드랑이 사이에 안긴 큰 아들은 아빠의 가슴팍에 머리를 기댄 채 고개를 들어 아빠의 얼굴을 바라보았다. 그는 그런 큰 아들의 얼굴을 내려다보고는 말했다.

"네가 나랑 닮았으니까."

그는 건성으로 대답했다. 하지만 큰 아들은 그 말을 대충 들을 수 없었다. 아홉 살 난 소년은 닫혀 있는 안방 문을 보았다. 그 문 건너편에는 머리가 깨진 채 피를 흘리는 엄마가 누워있었다. 그 옆에서 온 몸에 시퍼렇게 멍이 든 동생이 엄마의 깨진 머리에 반창고를 덕지덕지 바르고 있을 터였다. 동생이 할 수 있는 응급처치란 그게 다일 테니까. 소년은 마음속에서 분노가 치밀어 오르는 것을 느꼈다. 아빠는 그저 벽을 멍하니 바라볼 뿐이었다.

그날 밤은 길었다. 동생은 엄마의 옆에 있길 무서워했다. 엄마는 피를 흘리고 있었고 게다가 남자의 모습이었다. 그래서 그날 밤 엄마를 간호한 건 형이었다. 간호라고 해봤자 엄마의 이마에 찬 수건을 얹는 것 정도가 다였다. 아홉 살 난 소년의 머릿속에 들어있는 간호란 그런 것이었다. 지나칠 정도로 자주 수건을 갈아주고, 이따금 정신을 차린 엄마가 물을 달라고 할 때면 재빨리 물을 대령하는 정도가 소년이 할 수 있는 최선이었다.

소년은 엄마가 남자로 변한 상황도, 아빠가 동생과 엄마를 때리는 상황도, 아빠가 자신만을 편애하는 상황도 받아들이기 힘들었다. 소년이 받아들이기엔 너무 충격적인 일들이었고, 그러한 일들이 한꺼번에 일어나 소년은 제대로 된 생각을 해 나가기가 힘들었다. 그래서 소년은 차근차근 생각을 정리해 보기 시작했다. 읽고 있던 동화책을 바닥에 펼쳐놓은 채로, 소년은 깊이 생각했다.

소년은 사랑하는 아빠와 엄마를, 그리고 동생을 떠올리며 거실에 서 있었다. 몹시 화가 난 채로, 그리고 몹시 슬픈 채로, 소년은 인석이 자고 있는 방으로 발소리를 죽여 걸어갔다. 소년의 손에는 철제 알람시계가 들려 있었다. 소년은 시계의 날카로운 모서리에 달라붙어 있는 굳은 피를 손톱으로 긁어냈다. 불 꺼진 거실에는 베란다를 통해 들어오는 희끄무레한 달빛만이 가득했다. 소년은 인석이 자고 있는 방의 문을 살그머니 열었다. 시계의 모서리가 달빛을 반사하며 번뜩였다.

안방 바닥에 놓여 있는 책은 마지막 페이지가 펼쳐져 있었다.

* * *

산책을 하던 마법사와 아이는 정원 가운데에 있는 우물에 다가섰습니다. 마법사는 우물 옆에 서서는 아이에게 말했습니다.

"아이야. 이 우물 안이 보이니?"

아이는 우물을 들여다보고는 말했습니다.

"깜깜해서 아무것도 안 보여요."

아이의 말에 마법사는 고개를 끄덕였습니다.

"난 가끔 마법으로 저 안을 보곤 한단다. 그러면 어둡고 까만 물 위로 비치는 날 볼 수 있어. 물이 일렁이지 않아서 꼭 거울을 보는 것처럼 선명해. 그리고 아이야."

마법사는 잠시 뜸을 들이더니 말했습니다.

"난 널 볼 때마다 이 우물 안을 들여다보고 있는 것 같단다."

마법사는 말을 마치고는 허리를 꺾어 우물 안을 들여다보았습니다. 하지만 아이는 마법사의 말에 몹시 화가 났어요. 어제 아이가 마법사와 아이는 다른 사람이라고 그렇게나 말했는데 마법사는 하나도 못 알아들은 것 같았어요. 아이는 화가 잔뜩 나서는 마법사를 밀어버렸습니다.

마법사는 악! 소리를 지르며 우물 안으로 빠졌어요. 우물에서 풍덩 하는 소리가 났습니다. 아이는 깜짝 놀라서 몇 걸음 뒤로 물러섰다가는 성 안으로 도망쳤어요. 우물에서 마법사가 외치는 소리가 들리는 것 같았지만 아이는 귀를 막고 방 안에 가만히 있었습니다.

그날 밤 아이는 밤이 새도록 울었습니다.

다음 날부터 아이는 작고 예쁜 성에서 혼자 지내기 시작했습니다. 혼자 밥을 먹고 혼자 산책을 했습니다. 함께 지내던 마법사가 없어지자 아이는 심심했어요. 그래서 아이는 저녁마다 마법사의 안락의자에 앉아 이런저런 생각에 잠겼습니다. 무척이나 외로웠습니다.

어느 날 아이는 청소를 하다가 잔뜩 구겨진 노란 종이를 발견했습니다. 그 종이 가장 위에는 '나와 똑같은 사람을 만드는 법'이라고 적혀 있었습니다. 아이는 종이를 한참 동안 바라보았습니다.

다음 날 아이는 주머니에 노란 종이를 집어넣고 가방을 메고 성 밖으로 나섰습니다. 아이는 숲을 향해 걸어갔습니다. 숲에 들어서자 작은 찌르레기가 말을 걸었습니다.

"안녕하세요, 마법사님?"

"난 마법사가 아니란다. 찌르레기야. 난 아이라고 해."

"아, 그런가요? 안녕하세요, 아이님?"

"응. 찌르레기야. 그런데 혹시 나에게 깃털 하나만 뽑아줄 수 있겠니?"

찌르레기는 고개를 갸우뚱하며 물었습니다.

"왜요?"

아이가 대답했습니다.

"나와 똑같은 사람을 만들고 싶어서."

3. 실수 혹은 심술

수희는 매일 밤 10시면 컴퓨터 앞에 앉곤 했다. 컴퓨터 앞에 앉기 전에 화장을 하고 가슴이 파인 옷과 짧은 스커트를 입곤 했다. 그날 기분에 따라 잘빠진 각선미가 드러나는 스타킹을 입거나 화려한 머리띠를 하기도 했다. 그리고 모니터 위에 달려 있는 캠을 틀면 화면에 그녀의 예쁜 얼굴이 비춰졌다. 그러면 그때까지 그녀가 방송을 시작하길 기다리고 있던 수많은 익명의 남자들이 정신없이 채팅하곤 했다.

콜라님 오늘은 정면샷 좀 부탁해요.

그녀의 오뚝한 콧날이 돋보이는 측면샷 대신 정면샷을 요구하는 남자들이 많은 날이면 수희는 몇 마디 재잘거리다가는 못 이기는 척 그들의 요구대로 캠을 모니터 가운데에 배치했다. 그러면 남자들은 하얀 화면 위에 빠르게 점철되는 검은 글자들로 환호를 표현하곤 했다. 그들 중 몇몇은 예의 바르게도 글자로만 감사를 표하지 않았다. 한두 명이 '별'을 쏘기 시작했고, 이내 많은 남자들이 경쟁적으로 더 많은 별을 쏘았다. 그 중 돋보일 만큼 많은 별을 선물한 몇몇에게 수희가 해 줄 수 있는 일은 아이디를 거론하며 고맙다고 말해 주는 것이 전부였다. 하지만 그네들에겐 그것으로 충분했다.

수희가 2년 동안 번 돈은 1억 원이 넘었다. 한 개에 100원짜리 온라인 머니인 '별' 중 개인방송 사이트 수수료를 제하고 그녀가 얻는 순이익은 70원. 보통 하루에 네댓 시간 방송하며 그녀가 거둬들이는 별은 하루 평균 3000개가 넘었다. 간혹 한 번에 별을 몇 천 개씩 쏘는 남자들도 있었는데, 그런 이들이 있는 날이면 하루에 별 만 개를 넘기는 건 일도 아니었다. 그런 이들에겐 특별한 감사를 담아 노래를 불러주곤 했다.

레인지 님 별 고마워요. 제가 노래 하나 불러 드릴게요. 뭐 듣고 싶으세요? 어머, 나 그거 잘 모르는데. 다른 걸로 해 주세요오.

적당한 콧소리를 섞어가며, 몸을 비비 꼬아가며, 의도적으로 다리를 꼬며 짧은 치마 사이로 팬티가 살짝 보이게만 해줘도 남자

들은 만족하며 더 많은 별을 쐈다. 어떤 이들은 몇 개씩, 어떤 이
들은 몇 십 개씩, 어떤 이들은 몇 백 개씩.

인터넷 방송을 하며 벌어들인 돈은 꼬박꼬박 통장에 쌓였고,
보통의 경우 쌓이자마자 여러 의류회사로 흘러들어 갔다. 수희는
쇼핑을 할 때마다 '투자'라는 단어를 즐겨 썼다. 난 외모로 돈을
버니까 당연히 외모에 투자를 해야지. 그녀보다 못생긴, 하지만
유일하게 그녀의 직업을 알고 있는 친구는 그녀를 부러워하면서
도 은연중에 경멸했다. 친구가 혹여나 자신의 직업을 주위에 누설
할까 봐 걱정한 수희가 가방을 같이 사러 가 준 친구에게 액세서
리 같은 것들이라도 선물하지 않았다면 친구는 수희에 대한 경멸
을 대놓고 드러냈을지도 모른다. 하지만 귀걸이나 화장품 따위를
손에 쥔 그녀는 그러지 않았다. 그녀는 심지어 예쁜 친구를 두길
잘했다는 생각도 가끔 할 정도였으니까.

수희의 팬이 가장 늘어난 시점은 한 달 전이었다. 같은 시간대
에 방송을 하던, 그녀 못지않게 예쁜 라이벌들이 하나둘 방송을
그만두었고, 예쁜 '여자'를 온라인에서나마 실시간으로 보고 싶어
하는 남자들이 기하급수적으로 늘어감에 따라 수희의 방송은 미
어터졌다. 수희는 자신이 특수를 누리고 있다는 사실을 인지하고
있었다. 그리고 그 특수에 감사하기로 했다. 그녀가 다른 라이벌
들에 비해 오랫동안 여자로 남아 있는 만큼, 그녀의 지갑 역시 상
상도 못할 만큼 두꺼워졌기 때문이다.

그리고 팬이 가장 늘어난 시점이었던 한 달 전에 수희는 남자
로 변했다.

남자가 되어 버린 수희의 심정은 복잡했다. 수희는 늘씬한 몸매와 예쁘장한 얼굴로 어딜 가나 대접받는 축에 속했고, 그런 그녀에게 세상은 비교적 살만한 곳이었다.

그녀는 때때로 인터넷 여성 커뮤니티에 자신의 노하우를 소개하는 글을 올릴 만큼 훌륭한 화장 기술을 가지고 있었으며, 댓글로 달린 감탄과 칭찬들은 그녀가 누리는 가장 큰 기쁨 중 하나였다. 또한 그녀는 그녀가 원할 경우 언제나 데이트 비용을 감당할 준비가 되어있는 오빠들도 많이 알고 있어 보고 싶은 영화를 같이 갈 사람이나 돈이 없어서 보지 못하는 경우는 절대로 없었다. 그녀는 먹고 싶은 음식이나 가고 싶은 장소가 생겼을 때 핸드폰 목록을 살펴보다 적당한 오빠에게 문자 메시지만 보내면 충분했다. '오빠 잘 지내?' 그 이후엔 핸드폰 액정을 꽉 채우는 답장에 대충 대답만 해주다 보면 알아서 약속이 척척 잡히는 것이었다. 물론 그 오빠가 모든 비용을 담당하는 약속임을 말할 것도 없었다.

처음 남자로 변한 날 아침에, 수희는 삶과 자신에 대한 심오한 고찰을 하거나 왠지 모를 감상적 우울함에 빠져 눈물을 흘리지도 않았다. 수희는 그저 막연한 불안감과 함께 가슴 한구석이 텅 빈 듯한 안타까움을 느꼈을 뿐이다. 그 감정과 가장 유사한 감정은 억울함이었다. 그녀는 남자로 변하고 싶지 않았다. 하지만 앞날에 대한 뚜렷한 걱정은 생기지 않았다. 화장품이나 신상 의류 등을 제외한 것들에 대한 고찰은 지금껏 그녀에게 필요했던 적이 거의 없었으며, 낯선 일을 접할 때 그녀가 취해야 할 행동은 그녀가 수없이 보아온 영화나 드라마를 통해, 혹은 잡지나 인터넷을 통해 충분히 학습되어 왔기 때문이다. 때문에 그녀는 바뀐 성별과 앞으로의 나날에 대해 심도 깊은 고찰을 진행하기보단 그녀가 접한 '주인공'들이 으레 그러했듯이 적당히 난감해하다가 단호히 받아들였다. 말하자면 그녀는 무척 억울하고 막막했지만 결국엔 지금껏 그래왔듯 별 문제 없이 어떻게든 되겠지, 라고 생각해 버린 것이다.

남자로 변한 날 저녁 수희는 캠을 꺼놓은 채로 인터넷을 켰고, 자신의 영상을 기다리고 있는 수 천 명의 팬들이 볼 수 있도록 공지를 올렸다.

개인 사정으로 인해 방송을 중단합니다. 사랑 해주셔서 감사합니다. 여러분의 따뜻한 사랑은 제 마음 속에 영원히 남아 있을 거예요.

수희는 공지를 올리고 나서 조용히 팬들의 반응을 모니터링했다. 대개의 팬들은 별 말 없이 퇴장했고 몇몇 팬들은 '결국 콜라도 변했네 ㅋㅋ', '이제 누구 보면서 딸치나 ㅋㅋ'등의 반응을 보여 수희의 심기를 건드렸다. 그러나 수희는 그런 뜨내기 팬들이 아닌 진정 자신을 아껴주었던 몇몇 팬들, 그러니까 수백 수천 개의 별을 선물하며 그녀의 관심을 얻어 보려 애쓴 팬들은 다를 것이라 생각했다. 공지가 올라가고 2분 정도가 지났을 때, 마침내 그녀의 가장 열성적인 팬 중 하나인 '딸신'이 채팅창에 글을 남겼다.

시발년 남자 됐을 거 생각하니까 소름끼치네.

그녀가 아닌 그로 변한 수희에게 지난 한 달은 어떻게 지나갔는지도 모를 만큼 정신이 없던 시간이었다. 그는 말 그대로 정신을 어딘가에 빼놓은 듯한 양태를 보였는데, 하루 종일 그가 하는 일은 드라마를 보는 것과 잠을 자는 일 외엔 별로 없었다. 그는 식사도 거르기 일쑤였고 외출을 극히 꺼려 가까운 슈퍼마켓조차 몇 번 가지 않았다. 마치 그렇게 하루하루를 대충 보내다 보면 자연스레 다시 예전의 삶으로 돌아갈 수 있을 것이란 믿음을 가진 사람처럼 말이다.

그러나 한 달 동안 별다른 행동을, 심지어 별다른 생각조차 하지 않은 채 시간을 보낸 끝에, 마침내 수희는 오늘 아침 더 이상 이렇게만 살아선 안 되겠다는 생각을 하게 되었다. 그가 지난 한 달간 배운 일이란 아침에 침대 속에서 뒤척이다 느껴지는 허전함과 이물감에 익숙해지는 것 정도였고, 한 달 동안 한 기억나는 일은 아직도 방송을 계속하고 있는 몇 안 되는 라이벌들의 방송을 확인하며 그녀들도 어서 빨리 남자로 변해 망해버리길 바라는 것뿐이었다. 그러다가 오늘 아침 침대에서 아직 익숙하지 않은 성기를 주물럭거리던 수희는 얼떨결에 남자로서의 첫 수음까지 치렀고, 수음 후의 맑은 정신 상태에서 더 이상 이렇게 살면 안 되겠다는 막연한 예감에 사로잡혔던 것이다.

수희는 무언가 변화가 필요하다는 압박감을 느꼈지만 어떤 식의 변화가 필요할지는 전혀 알 수가 없었으므로 인터넷을 켰다. 그는 오랜만에 자신이 화장법을 소개하곤 했던 여성 커뮤니티에 들어갔다. 수희는 여자가 적어져 커뮤니티가 제대로 운영되기나 할지 의문을 가진 채로 접속했지만, 그의 예상과는 달리 커뮤니티는 여느 때 못지않게 활발했다. 예전과 다른 점은 새로운 게시판들이 몇 개 생겼으며 그 게시판들만이 활발하다는 것 정도였다. 새로 생긴 게시판들은 남성으로 변한 여성들을 위한 게시판이었다.

같이 죽을 분 혹시 계시나요.

댓글은 200개도 넘게 달려 있었다. 수희는 글의 내용을 대충 읽고 댓글을 천천히 살펴보기 시작했다. 글 내용은 별 특별한 것이 없었다. 남자로 변한 삶이 자신을 얼마나 불행하게 만들었는지에 대해 구구절절 읊은 글쓴이는 그래서 자신은 자살을 결심했으니 혹시 같이 죽을 분이 없느냐고 묻고 있었다. 수희는 자살을 할 때 굳이 누군가와 함께 죽어야 할 이유가 있는지 알 수 없었지만, 댓글들을 보다가 심정적으로 동요하게 되어버렸다. 그 댓글들은 대부분 '저도 매일 밤 괴로워요 ㅜㅅㅜ', '남자가 되고나니 도저히 견딜 수가 없어요. 흑' 등과 같이 글쓴이의 말에 공감하는 내용들이었다. 글에 담긴 수십 수백 개의 댓글 중 일부는 자살을 만류하며 격려를 하고 있었지만, 대부분의 댓글들은 공감을 표시하고 있었다.

모든 댓글을 읽은 후, 수희는 자살을 생각하는 회원들의 심정에 완전히 공감하게 되었다. 그는 자신이 상상도 못한 상황에 처해 지금껏 계속 괴로워해 왔으며, 이따금 괴롭지 않았던 순간들도 괴로운 순간을 잊기 위한 필사적인 노력의 결과였을 뿐이라고 생각하기 시작했다. 지옥과 같았던 지난 한 달을 떠올리며, 그는 자신이 한 달이나 그 괴로움을 참은 것이 이미 한계를 넘을 정도로 자신을 혹사 시킨 행위였다고 평가했다. 그는 무척 답답해진 가슴을 달래기 위해 침대에 누워 이불을 덮고 울었다. 한 편으론 자신이 처한 비극적인 상황이 마치 자신을 슬픈 영화 속의 주인공으로 만드는 것 같아 마음에 들기도 했지만, 그런 생각은 아주 잠깐 들었을 뿐이었다. 이불을 뒤집어쓰고 울던 수희는 마침내 모진 결심을 했다.

'죽어야겠어.'

그는 이토록 괴로운 삶을 감내할 자신이 없었다. 죽기로 결심하자 그는 꽤나 비장한 기분을 느낄 수 있었다. 주위를 정리하고, 깔끔하게, 아름답게, 죽자. 이렇게 나를 부정당한 채 사느니 그만 사는 게 좋겠어. 그는 이불을 걷어 올리고 시계를 봤다. 적어도 두 시간은 울며 고민했던 것 같은데 막상 시간은 십오 분 정도밖에 흐르지 않았다. 몸을 일으켜 방 한구석에 세워져 있는 전신 거울 앞에 서 자신을 바라보던 수희는, 죽음을 결심하고 눈물을 흘린 자신의 모습이 제법 괜찮다고 생각했다. 그것이 남자의 모습이긴 했지만, 나름 멋있는 맛이 있었다. 그는 거울 속의 자신을 차근차근 뜯어보며, 가끔은 눈물이 촉촉이 젖은 자신의 눈동자를 보고 싶어 울음을 쥐어짜기도 해가며 멋진 죽음을 구상하기 시작했다.

수희의 머릿속에 아침의 수음이 떠올랐다. 나쁘지 않은 경험이었고, 사실 꽤 괜찮은 경험이었다. 수음을 떠올리던 수희의 머릿속에 근사한 자살 방법이 생각났다. 그는 재빨리 계획의 현실성을 따져보기 시작했다. 이제 여자는 무척 적다. 그리고 그는 원래부터 남자이지도 않았다. 바꿔 말하면 그는 제법 늘씬하긴 하지만 남자로선 호리호리한 몸매였다. 수희는 자신이 여자를 유혹할 수 있을지 확신할 수 없었다. 여자였을 때 남자를 유혹하기란 식은 죽 먹기보다 쉬웠다. 적당히 맞장구만 쳐주면 누구나 그녀를 침대에 눕히고 싶어 했다. 어처구니없는 상대가 그녀와 자고 싶어 했던 적도 많았지만, 간혹 괜찮은 남자일 경우 그녀 역시 즐길 수 있었기에 상관이 없었다. 그러나 수희는 예전에 자신이 좋아했던 스타일, 즉 잘생기고 근육질인 남자와 현재의 자신은 정반대라는 걸 알 수 있었다. 거울 속의 자신은 아이돌 스타일의 괜찮은 얼굴이었지만 지나치게 왜소했다.

'아냐. 이런 귀여운 스타일을 좋아하는 여자들도 있어.'

수희는 자신은 공감할 수 없었던, 하지만 분명히 존재하는 소위 '기생오라비' 같이 생긴 남자들을 좋아하는 여성들이 많았던 걸 기억해 냈다. 그런 여자를 만난다면 승산이 있었다. 그의 화려한 자살 계획, 즉 남자의 몸으로 여자와 잔 후에 자살을 하겠다는 야심찬 계획은 충분히 가능성이 있는 계획이었다. 그는 들뜬 마음으로 그렇다면 어디에서 여자를 만날 것인가를 생각해 보기 시작했다. 절망적이었다.

클럽의 생존 여부는 얼마나 많은 여자를 확보하느냐에 달려 있었다. 남자들은 복권에 당첨되기를 바라는 심정으로 두툼한 지갑을 지닌 채 클럽으로 모여들었다. 클럽에 입장한 남자들의 지갑은 꽤나 얇아져 있었지만, 남자들은 크게 개의치 않았다. 얇은 지갑으로 집에서 나와 스테이지에 들어설 때는 접어지지도 않을 만큼 두꺼워진 지갑을 얻게 될 소수의 여자들이 있기 때문이었다. 클럽에서 불미스러운 일이 생길 경우 다신 여자들이 클럽을 찾지 않게 될 것이기에 클럽 측에선 경호를 철저히 했다. 소수의 여자들 중 지금껏 모자란 외모 때문에 설움을 겪으며 살아왔던 이

들 몇몇은 자신이 아직 남자로 변하지 않았다는 행운을 활용하
길 원했고, 그들은 단지 여자라는 이유만으로 지갑이 두꺼워지고
여왕처럼 모든 남자들의 선망의 대상이 되는 놀라운 경험을 즐
길 수 있었다. 이전에 받아보지 못한 관심을 받아보길 원하는 몇
몇 여자들과 클럽의 상업적인 입장이 맞아떨어져 클럽에는 안전
과 자유를 보장받은 소수의 여자들이 유지될 수 있었다. 남자들
은 그 몇몇 여왕들에게 간택되기를 기도하며 두근거리는 마음으
로 클럽에 입장하곤 했다.

클럽의 입구를 막고 선 덩치는 수희를 위아래로 훑어보고는
고개를 갸우뚱했다.

"여남 아니야?"

'여자였던 남자'를 줄여 말하는 여남이란 단어는 공공연히 쓰
이고 있었다. 수희는 고개를 끄덕이며 지갑을 열었다. 물끄러미 그
를 바라보던 덩치는 손가락으로 왼쪽을 가리키며 말했다.

"게이 클럽은 이 옆이야."

여자들이 남자로 변하는 최악의 상황을 유일하게 긍정적으로
바라보고 있는 이들은 게이들이었다. 그들은 여남을 별로 좋아하
지 않았지만, 대신에 게이가 되기로 결심한 남자들이 많아진다는
사실에는 만족했다. 파트너가 여남이라는 사실에 개의치 않는 게
이들 역시 많았고 여자가 없다는 현실적인 이유와 기존에 남자를
좋아해 왔던 관성 때문에 여전히 남자를 만나고 싶어 하는 여남
들 역시 있었기에 게이클럽은 날이 갈수록 번창했다. 남자가 되고
나서 여자를 만나고 싶어 하는 여남은 별로 없었기에 덩치는 수
희가 클럽을 잘못 찾아왔다고 생각한 것이다. 여자와 관계를 맺어

보고 싶다고 생각하는 여남이 없지는 않겠지만, 그네들의 욕구는 호기심의 범위를 크게 넘어서지 않았다. 잘 즐겨오던 섹스를 더 이상 할 수 없게 된 기존 남자들의 욕구와 이제 막 남자가 된 여남들의 호기심은 그 욕망의 크기에 확연한 차이가 있었다. 수백만 원을 내고도 적은 가능성만을 가지게 될 뿐인 클럽에 꾸역꾸역 모여드는 건 여남보단 기존 남자들일 수밖에 없는 것이다.

"여기 온 거 맞는데요."

수희는 삼백만 원을 덩치에게 건넸다. 덩치는 돈을 건네받고는 액수를 확인했다. 액수에 이상이 없자 덩치는 별 말 없이 고개를 끄덕이고는 수희를 클럽 안으로 들여보내 줬다. 수희는 덩치가 비켜준 길로 들어서다가 끼익하는 소리에 뒤를 돌아봤다. 클럽 앞에 멈춰 선 검은 승용차에서 험상궂은 남자 몇 명이 내리는 것이 보였다.

마지막으로 내린 건 땅딸막한 여자였다. 들창코에 여드름도 많은 여자였지만 여자는 모델이라도 된 것처럼 당당하게 걸었고 험상궂은 남자들은 그녀를 둘러싼 채 호위하듯 걸었다. 클럽은 여자를 한 명이라도 확보하기 위해 여성 고객들을 위한 최상의 서비스를 제공하고 있었고, 혹 혼자 오다가 무슨 일을 당할지 모르는 여자들을 위해 직접 차와 경호원들까지 보내주고 있었던 것이다. 수희는 자신의 예전 미모를 떠올리며 어이가 없었지만, 어쨌거나 그의 성별은 이제 남자였다. 그는 성큼성큼 걸어오는 경호원들이 자신을 밀치기 전에 얼른 클럽 안으로 들어가 버렸다.

클럽 안은 퇴폐적이기 보단 살벌했다. 수십 명의 덩치들이 클럽 구석구석마다 어슬렁거리며 혹 벌어질 수 있는 위험한 상황을 방지하고 있었다. 커다란 스테이지에 여자는 네 명이 있을 뿐이었고, 그 네 명을 중심으로 이백 명은 되어 보이는 남자들이 어떻게든 여자에게 다가가기 위해 덩치들의 눈치를 봐가며 어깨싸움을 벌이고 있었다. 제각기 수십 명의 남자들에 둘러싸인 여자들은 흐느적흐느적 몸을 흔들어가며 근처에 있는 남자들과 몸을 비비고 있었고, 그렇게 여자의 몸을 조금이라도 만질 수 있었던 남자들은 흥분한 채로 여자를 유혹하기 위한 별별 수단을 다 동원했다. 어렵게 여자의 곁으로 다가간 남자들도 여자의 마음에 들지 않으면 곧 멀리로 쫓겨나곤 했다. 동심원의 중심에 서 있는 여자는 새로 등장하는 남자를 힐끔 보고는 마음에 들지 않을 경우 손으로 살짝 밀쳐내기만 하면 됐다. 그 다음을 기다리고 있던 경쟁자가 거부당한 남자를 얼른 끌어내고 자신이 그 자리에 섰기 때문이다.

수희의 뒤를 따라 들어선 여자가 도도해 보이려 애쓰는 걸음걸이로 스테이지에 나서자 그녀의 등장을 발견한 수십 명의 남자들이 모여들었다. 그들 중 일부는 서로를 밀치다가 시비가 붙었지만 소란을 발견한 덩치 몇이 바로 다가가 클럽 바깥으로 내쫓았다. 그런 모습을 본 남자들은 클럽에서 쫓겨나지 않기 위해 화가 날 만한 상황에서도 성질을 죽여 가며 한 걸음이라도 여자에게 가까워지기 위해 애를 썼다. 땅딸막한 여자는 기분이 좋은지 생글생글 웃으며 주위의 남자들 몸을 번갈아 더듬거나 엉덩이를 비벼주었고 그녀의 곁에 서 있을 수 있던 몇 명의 행운아들은 허리를 곧게 펴고 가슴에 힘을 줘가며 그녀에게 자신을 각인시키기 위해 애썼다. 그러나 그녀는 금방 질렸는지 비교적 평범했던 남자 몇 명을 물리쳤고 얼마 안 가 키 크고 잘생긴 남자 몇 명을 찾아 내 옆에 두었다.

수희는 2층 바에 기대서서 1층 스테이지의 광경을 우두커니 지켜보았다. 일단 여자의 곁으로 다가가기도 힘들어 보였지만 다가간다 해도 여자에게 선택될 수 있을 것 같지 않았다. 다섯 명의 여자들 곁에는 얼핏 봐도 모델 뺨치는 남자들만이 몸을 흔들어대고 있었고 꽤 준수한 남자들도 번번이 거절당한 채 동심원 바깥으로 쫓겨나곤 했던 것이다. 수희는 데킬라를 한 잔 들이키고는 고개를 저었다. 힘들 것이며, 그다지 하고 싶지도 않다. 예전 같았으면 남자 구경도 못했을 못난 여자들뿐이었고, 그마저도 저토록 치열한 경쟁을 해야 한다는 것이 마음에 들지 않았다. 한창 잘나갔던 시절을 떠올리며 수희는 쓸쓸해질 수밖에 없었다.

그때 한 사람이 수희의 옆에 와 섰다. 옆을 흘끔 바라본 그는 그 사람이 여자라는 데 무척 놀랐다. 여자는 그를 바라보며 잔을 살짝 들어올렸다. 얼떨결에 건배를 하고 멋쩍은 표정만 짓고 있는 그에게 여자가 먼저 말을 걸었다. 검정색 짧은 원피스를 입은 늘씬하고 예쁜 여자였다.

"귀엽게 생겼네."

어정쩡하게 고개를 끄덕이는 수희를 향해 여자는 다시 말했다.

"나 이거 한 잔만 사줄래?"

여자는 빈 잔을 흔들었고 그는 얼른 지갑을 꺼내 데킬라를 두 잔 시켰다.

"낯이 익은데. 우리 어디서 봤었나? 여기 자주 와?"

"아뇨. 전 처음인데요. 저······."

"응?"

"저 여남이에요."

수희는 도둑이 제 발 저리듯 말을 꺼냈다. 지금껏 그는 대화를 이끌어 나가야 하는 상황을 겪어본 적이 없었다. 언제나 그를 즐겁게 해 주기 위해 온갖 이야기를 늘어놓는 것은 남자들이었고, 수희는 이야기가 재밌을 경우엔 함께 대화를 하고 재미가 없을 경우엔 아무 말도 하지 않음으로써 거부감을 표시하기만 하면 됐었다. 같은 여자끼리 친구처럼 수다를 떨 수도 없는, 어떻게든 여자를 유혹해 침대에 끌어들여야 하는 상황에서 그는 무슨 말을 해야 할지 알 수 없었던 것이다.

"아, 그래? 이 클럽에선 여남은 본 적이 없는데. 신기하네."

여자는 데킬라를 단숨에 비웠다. 수희는 그런 여자를 멍하니 바라보았다. 여자는 그의 멍한 표정을 보고는 얼굴을 가까이 들이밀며 말했다.

"여자랑 자보고 싶어서?"

"아뇨, 꼭 그렇다기보다는······."

"이 클럽은 여자랑 자고 싶어서 안달 난 남자들만 오는 곳인데? 몰랐어?"

"뭐, 대충은 알고 있었는데요."

"돈도 꽤 쥐야 되잖아. 남자가 여자랑 자는 게 어떤 건지 궁금해서 온 거 아니야?"

여자는 수희의 어깨를 쓰다듬다가 점차 손을 아래로 내렸다. 사타구니 근처로 다가오는 여자의 손길에 수희는 아랫도리가 불끈하는 것을 느꼈다. 그는 당황해서 여자의 손을 밀쳐냈다. 여자는 웃음을 터뜨렸다.

"왜 이런 거 싫어?"

그는 상기된 얼굴을 감추려 여자를 외면했다. 자신도 여자였을 때 남자를 유혹한 적이 있긴 하지만 이토록 노골적으로 나오는 여자가 있으리라고는 상상도 하지 못했다. 수희가 무의식적으로 상상한 섹스 상대는 자신과 비슷한 스타일의 여자였고, 그는 침대에서는 충분히 즐길 줄 알지만 침대에 끌어들이기까지는 꽤나 힘든, 그런 종류의 여자를 만날 것이라 예상했던 것이다. 이 여자가 지금 같이 자자고 하는 것인지, 아니면 단지 놀리고 있는 것인지, 그는 도무지 감이 잡히지 않았다. 혹 함께 자게 된다고 해도 막상 옆의 여자를 눕혀놓은 잠자리를 상상하자 무서워지기까지 하는 것이었다.

"나 원래 남자였어."

"네?"

당황한 수희의 얼굴을 살짝 꼬집으며 여자가 말을 이었다.

"남자였다고. 지금은 여자지만."

수희는 휘둥그레진 눈으로 여자의 위아래를 훑어보았다. 큰 키에 나무랄 데 없는 몸매, 길게 기른 생머리. 눈을 피하지 않는 여자의 얼굴을 찬찬히 살펴보던 수희는 의심스럽다는 듯 물었다.

"수술했어요?"

"응."

여자는 고개를 끄덕이며 대답했다.

스테이지에서 밀려나 주위를 두리번거리던 남자 몇이 모여 담배를 피우고 있었다. 그들 중 한 명은 오른쪽 눈썹부터 뺨까지 내려오는 커다란 흉터를 가지고 있는 삼십대 초반 정도의 남자였다. 그는 연신 욕을 내뱉으며 으르렁 거리고 있었고 주변의 남자들은 그의 눈치를 보며 동의하듯 고개를 끄덕였다.

"니미럴. 별 썅 그지 같은 것들이 유세고. 씨발년들."

남자는 구둣발로 담배를 비벼 끄고는 곧바로 담배를 한 대 더 꺼내 물었다. 그러던 중 그의 옆에 있던 한 사람이 2층을 가리키며 말했다.

"어, 저기……."

남자가 손가락으로 가리킨 곳에는 늘씬하고 예쁜 여자가 작고 호리호리한 남자와 함께 바 앞에 기대 서 있었다. 흉터가 사나운 남자는 주변을 슥 둘러보더니 낮은 목소리로 말했다.

"덩치들이 2층에는 거의 없는데. 보소. 어차피 여기서 꾀기는 글렀는데 돈 값 하려면 재미라도 봐야 않겠나. 따라들 오소."

흉터는 주위를 흘끔거리고는 결심한 듯 걸음을 옮겼다. 주위의 남자들은 어물쩍거렸지만, 한 두 명이 흉터를 따라가기 시작하자 모두가 우르르 2층으로 몰려갔다.

그들 중 몇몇은 슬며시, 몇몇은 노골적으로 접근했다. 여자는 그녀의 주위를 둘러싸기 시작한 남자들을 흘끗 보고는 귀찮다는 듯 말했다.

"관심 없어."

몇몇 남자들이 움찔하며 멈춰 섰다. 여자의 표정에는 짜증이 가득했으며 다가오는 남자들에게 쥐꼬리만큼의 관심도 가지고 있지 않다는 기색을 과하게 내비치고 있었다. 대개의 남자들은 여자의 그런 모습을 보고 멈칫했다. 그러나 흉터는 아랑곳하지 않은 채 갑작스레 어깨로 수희를 밀쳤고, 수희는 거의 넘어질 뻔한 다음에야 간신히 중심을 잡고 바의 한쪽 구석으로 밀려났다.

"이봐. 저리 꺼져."

여자는 흉터의 가슴을 신경질적으로 밀고는 수희에게 다가가려 걸음을 옮겼다. 그러자 흉터는 자신의 옆을 지나가려는 여자의 허리를 낚아채듯 감싸 안았다.

"뭐하는, 읍."

여자가 소리치려 했지만 흉터가 재빨리 손으로 여자의 입을 막았다. 여자는 자신의 허리를 안은 흉터를 떨쳐내려 몸부림쳤지만, 그는 꿈쩍도 하지 않았다. 주위의 남자들이 당황하자 흉터가 낮은 목소리로 으르렁거렸다.

"뭐하노, 다들 안 둘러싸고."

남자들은 그제야 허겁지겁 흉터와 여자를 둘러싸고 덩치들의 시야를 막았다. 수희는 남자들의 수와 기세에 겁을 먹고 꼼짝도 하지 않은 채 남자들의 커다란 등만 쳐다보고 있었다.

남자들은 어차피 얼마 안 있어 쫓겨날 거라면 마음껏 만져보기라도 하겠다는 듯 여자를 둘러싼 채 여자의 몸 이곳저곳을 더듬기 시작했다. 흉터는 한 손으로 여자의 입을 틀어막은 채 여자의 얼굴을 혀로 핥고 음부를 더듬었다. 여러 남자들이 둥글게 모여 있는 모습을 보며, 수희는 언젠가 TV에서 본 기억이 있는 사악한 고대 의식을 떠올렸다. 불이 타오르고 피가 낭자하는 그 모습이, 불과 피가 없음에도 남자들의 모습 위로 겹쳤다. 여자는 계속해서 발버둥쳤지만 아무런 소용이 없었다. 남자들은 점점 더 흥분해서는 더 거칠게 손을 놀릴 뿐이었다.

"뭐하는 짓이야!"

소리가 들려온 곳은 클럽 입구였다. 머리가 희끗희끗한 중년의 남자였다. 중년 남자의 외침을 들은 클럽의 덩치들이 일제히 여자와 여자를 둘러싼 남자를 보았다.

"니미럴. 빨리도 걸렸네."

곧 상황을 파악한 덩치들이 달려들었고 여자를 둘러싼 남자들은 덩치들에 제압당해 클럽 한쪽 구석으로 끌려나갔다. 흉터는 칼까지 꺼내 들며 반항했지만 얼마 안 가 덩치들에게 붙들려 끌려갔다.

옷이 찢긴 채 만신창이가 된 여자에게 중년 남자가 다가왔다. 그는 깔끔한 정장 차림에 차분한 인상이어서 보는 이에게 신뢰를 주는 타입의 남자였다. 다만 눈이 작고 날카로웠는데 반쯤만 보이는 눈동자는 도무지 무슨 생각을 하는지 알 수 없을 만큼 깊고 검었다. 주위를 빨아들이고 있는 것만 같은 눈동자였다.

"괜찮아요, 아가씨?"

여자는 어깨를 짚는 중년 남자의 손을 뿌리쳤다. 중년 남자는 측은하다는 눈빛으로 여자를 바라보며 말했다.

"미안합니다."

그때 남자들을 끌고 나갔던 덩치 중 한 명이 중년 남자에게 다가와 말했다.

"가둬뒀습니다."

중년 남자는 물끄러미 그를 바라보다가 갑작스레 그의 뺨을 때렸다. 그 덩치는 자그마한 중년의 남자 앞에서 고개도 들지 못한 채 면목 없다는 듯 서 있었다. 중년 남자는 다시 손을 들어 처음과 같은 강도로 덩치의 뺨을 때리고는 조용히 말했다.

"가서 하던 일 해."

소란스런 사건으로 인해 클럽 안은 비교적 조용해져 있었다. 덩치는 디제이에게 볼륨을 높일 것을 요구했고, 안 그래도 시끄러웠던 음악이 더욱 커지자 사람들은 방금 전의 일을 잊겠다는 듯 다시 몸을 흔들기 시작했다. 바 앞에 주저앉아 씩씩거리고 있는 여자에게 중년의 남자가 말했다.

"아가씨."

여자가 중년의 남자를 힐끔 쳐다보았다.

"미안합니다. 이 안에 조용한 데가 있으니 거기서 좀 쉬어요. 내가 술도 한 잔 살 테니까."

여자는 의심스럽다는 듯 날카로운 목소리로 물었다.

"아저씨, 여기 사장이에요?"

그는 고개를 끄덕였다. 여자는 그를 위아래로 훑어보더니 잠깐의 고민을 마치고 말했다.

"그럼 쟤도 데려갈래요."

여자는 수희를 손가락으로 가리키며 말했다. 수희가 당황해 머뭇거리자 중년의 남자는 수희를 물끄러미 바라보았다. 작고 깊은 눈에 언뜻 흥미롭다는 기색이 비쳤다.

"그렇게 해요. 자, 그럼 이쪽으로."

사장은 앞장서서 걸어갔다. 여자는 여전히 어정쩡한 자세로 서 있는 수희의 손목을 잡아끌었다.

"가자."

여자와 수희는 사장을 따라 클럽의 한구석에 있는 시커먼 문을 열고 들어갔다.

지옥에서 들려온다고 해도 믿을 시끄러운 음악 소리가 문 틈새로 아련하게 들려왔다. 어두운 조명이 세 사람의 얼굴에 짙은 그림자를 드리웠다. 얼굴의 절반이 어둠에 가리어진 세 사람은 별말 없이 네모난 테이블에 둘러앉아 있었다. VIP 룸으로 사용되었던 방인지라 벽에 설치되어 있는 TV에는 노래방 배경화면이 나오고 있었다. 초록 산에 둘러싸인 푸른 호수 위로 하얀 오리 떼가 떠다녔다. TV 화면의 밝은 빛들은 어두운 방에 이질적이었다. 어색한 분위기에 모두가 술잔만을 기울이고 있을 때, 사장이 먼저 말을 꺼냈다.

"그래 두 사람은 원래 알던 사이요?"

"아뇨. 오늘 처음 봤어요."

여자가 고개를 가로저으며 말했다.

"이 친구는 여남 같아 보이는데."

"그게 중요해요?"

수희는 자신에 관한 대화를 하는 두 사람 사이에서 곤란해졌다. 괜한 객기를 부려 클럽을 찾았다고 후회했지만, 자리에서 빠져나오기도 뭐한 상황이라 불편하게 엉덩이를 붙이고 앉아 있을 뿐이었다.

사장이 담배를 꺼내 물며 읊조리듯 말했다. 담배 연기에 둘러싸인 채로, 취한 듯 몽롱한 목소리였다.

"어차피 성별이 구분되어 태어나는 인간은 태생적으로 불완전할 수밖에 없지. 성의 존재는 근본적인 결핍을 뜻하고 그 결핍은 완전성에 대립해. 우리가 신을 믿는 이유지."

사장의 엉뚱한 말에 여자는 시큰둥한 목소리로 대꾸했다.

"어린 애들 앉혀놓고 어려운 말 하는 거 좋아하나 보네요. 잘난 척하려고 불렀어요?"

"아니. 그냥 성에 대해 이야기하고 싶었어. 그 성별이 무너지고 있거든. 신은 어쩌면 우리를 완벽하게 만들려는 중일지도 모르지."

"성의 굴레에 쓰인 인간을 해방시켜 준다는 건가요?"

"글쎄, 그렇게 생각해 볼 수도 있겠지."

수희는 두 사람의 대화를 이해할 수 없었기에 잠자코 있어야겠다고 판단했다.

"성에 대한 집착이 없었다면 인류는 훨씬 발전했을지도 몰라."

"애초부터 그렇게 만들어졌다면 모를까. 지금처럼 뒤늦게 한 성으로만 통일되는데 무슨 발전이 있을지 모르겠군요. 벌이라는 생각밖에 안 들어요."

"종교가 많아졌어. 몇 달 전부터."

사장은 술잔에 술을 따랐다. 먼 곳에서 아련하게 들려오는 음악이 작은 방에 웅웅 울리며 수희의 심장을 사정없이 후려치는 듯했다. 수희는 두근거리는 심장을 진정시키며 사장의 잔에서 출렁이는 노란 술을 바라보았다.

"난 트랜스젠더예요."

여자가 말했다.

"난 남자로 태어났지만 여자로 살고 싶었어요. 내가 남자로 태어난 건 신의 실수라고 생각했고, 그럴수록 신의 존재를 부정할 수가 없더군요. 신의 실수는 신이 존재한다는 가장 강력한 증거니까. 그래서 난 인간의 힘으로 신의 실수를 고쳤어요. 인간은 위대해졌고, 신이 깜빡 잘못한 실수마저 수습할 수 있게 되었거든요. 지금까지 내가 다시 남자로 돌아가지 않은 걸 보면, 어쩌면 신은 날 남자로 태어나게 한 걸 미안해하고 있는지도 몰라요."

"다시 남자로 변한 트랜스젠더가 주위에 없나?"

"아직까지는. 하지만 매일 매일 연락할 만큼 친한 사람도 없고 최근에 연락해 본 사람도 없으니 잘은 몰라요."

"그렇군. 혹시 군대는 다녀왔나?"

"그걸 왜 물어봐요? 갔다 왔으면 어쩔 건데요."

여자가 적개심 가득한 목소리로 말하자 사장은 진정하라는 듯, 한 손을 천천히 들어올렸다. 그는 나지막한 목소리로 천천히 말했다.

"난 삼십 년 가까이 군인이었다네. 군에 있다 보면 별별 사람을 다 보지만 그 중엔 자네처럼 자신의 성별이 신의 실수라고 생각하는 사람도 꽤 많았어. 난 그들이 미쳤다고 생각하지 않았네. 신은 분명 많은 실수를 하거든. 그다지 공정하다고 볼 수도 없지. 적합한 성별을 주지 않은 건 실수일 수도 있고 괜한 심술일 수도 있을 거야."

사장의 이야기를 들은 여자의 표정이 누그러들었다. 그녀는 예민하게 반응했던 것이 무안했던지 화제를 돌렸다.

"그런데 무슨 군인이었던 사람이 클럽을 해요?"

"클럽 운영을 맡게 된 지 얼마 안 됐어. 올해 초에 맡았으니까."

"뭐였는데요? 상사? 원사?"

"준장."

여자는 눈을 크게 뜨며 놀란 목소리로 되물었다.

"아니, 장군까지 한 사람이 클럽을 한단 말이에요? 사회적으로 그게 돼요?"

"어차피 사회랄 게 있나 지금. 내가 옷 벗은 건 세상이 이렇게 되고 난 다음이라네."

사장은 차갑게 웃었다. 작은 눈이었지만 웃을 때조차도 감기지 않은 채 주위를 빨아들이는 듯했다. 방 안은 다시금 어색해졌고 TV에선 굶주린 하이에나가 터벅이며 걷고 있었다.

얼마간의 침묵 끝에 여자가 자리에서 일어나며 말했다.

"저희는 이만 가볼게요."

수희는 엉겁결에 여자를 따라 일어섰다. 그러자 사장이 천천히 몸을 일으키며 답했다.

"그래요. 오늘 불미스러웠던 일은 잊으라고. 우리 클럽에 많이 오지는 않는 모양인데 앞으로 이런 일 없도록 할 테니까 자주 놀러 오고."

"가끔 오기는 했어요. 저기 밖에서 흔드는 애들처럼 당신네 차 타고 출퇴근은 안 하지만. 돈도 안 받았고요. 아무튼 비싼 술 잘 마셨습니다."

여자는 들릴 듯 말 듯한 목소리로 감사하다고 중얼거리는 수희의 손을 잡고 방을 나섰다. 사장은 두 남녀가 방을 나서는 모습을 지켜보았다. 방문이 열리자 하우스 음악의 전자음이 고막을

찔렀다. 방문이 닫힌 후, 소음이 잦아든 후, 사장은 핸드폰을 들
어올렸다.

얼마 안 있어 사장이 뺨을 때렸던 덩치가 방으로 들어왔다. 사
장은 빈 술잔에 술을 따르며 말했다.

"쫓아가서 어디로 가는지 봐놓고 내일 아침에 잡아와."

검은 원피스가 바닥에 흘러내리고 드러난 여자의 나체는 눈부
셨다. 수희는 여자의 아름다운 나체를 넋 놓고 바라보고 있는 자
신을 발견하곤 적잖이 당황했다. 그가 넋을 놓았던 건 여자의 나
체가 조각처럼 아름답기 때문이 아니었다. 수희는 자신의 내부에
서 들끓어 오르는 욕망을 느꼈다. 그의 머릿속에는 그녀의 위에
올라타고 싶다는 생각밖에 없었고 성기는 어느새 뜨겁게 팽팽해
져 있었다. 그는 여자의 나체를 보고 성욕에 사로잡힌 자신이 낯
설었지만 감당할 수 없는 욕구 앞에선 잠시 스쳐가는 생각일 뿐
이었다.

수희의 침대 위에서 남자였던 여자와 여자였던 남자는 포개졌
다. 침과 땀이 흘러 내렸다. 살결 위로 살결이 흘러 내렸다. 여자
는 능숙했다. 서투른 그를 자연스레 주도했다. 그는 신음을 흘렸
다. 여자는 즐거운 듯 깔깔거렸다. 자신의 위에서 부드럽게 움직이
는 여자를 보며, 그는 황홀하다고 생각했다. 여자가 점차 빠르게
움직이기 시작했다. 성기로만 집중되어 있던 모든 신경이 그의 심
장을 할퀴는 듯했다. 그가 여자였을 때와는 비슷한 듯 다른 쾌감
이었다. 사정의 순간에 이르렀을 때, 그는 여자를 꼭 껴안았다.

"왜 날 골랐어요?"

씩씩거리던 숨이 잦아들고 뜨겁던 땀방울이 식을 때쯤 수희가
물었다.

"응?"

"멋있는 남자 많았잖아요. 제대로 살펴보지도 않는 것 같던데,
왜 하필 날 골랐어요?"

"섹시해서."

여자는 까르르 웃었다.

"섹시하기도 했고. 아는 얼굴이기도 했고."

"네?"

"너 콜라지? BJ 콜라."

놀란 수희는 벌떡 일어나 앉았다.

"뭘 그렇게 놀라고 그래, 유명인이. 예전에 친구가 보여줬어. 아,
물론 걘 남자야. 내가 남자였을 때부터 제일 친했던 친구. 걔가 예
쁘다면서 네 방송 자주 봤거든. 노래도 잘하던데?"

태연하게 이야기하는 여자의 태도에 수희는 되레 무안해졌다.
앉아 있기도 다시 눕기도 어색해 어정쩡한 자세를 취하자 여자는
부드럽게 수희를 눕히며 말했다.

"남자로 변했어도 얼굴은 남아 있으니까. 내가 눈썰미가 좀 좋
거든. 그리고 또 뭐 콜라가 아니면 어때. 어차피 여남이랑 한번 자
보고 싶기도 했어. 재밌잖아? 여자였던 남자랑 남자였던 여자가
잔다는 거. 섹스가 꼭 욕구에 의한 것만은 아니잖아. 인간은 호기
심만으로도 섹스를 할 수 있는 동물이니까."

여자는 수희의 가슴팍을 어루만졌다. 그는 여자의 따스한 손길

이 좋았다.

"저 그런데 나이가 어떻게 되세요?"

여자는 픽 웃어버렸다.

"나이는 왜? 네 생각보다 많아. 이제 이름도 물어 볼 거야? 그런 게 중요해?"

"아뇨, 꼭 그런 건 아니지만……."

수희는 무안했다. 여자는 그런 그가 귀엽다는 듯 볼을 꼬집으며 말했다.

"난 어차피 이름 없어. 내가 붙인 이름이 있긴 하지만 그 전 삼십 년 가까이 다른 이름으로 살았으니까. 신의 실수. 아까 얘기했잖아?"

그는 고개를 끄덕였다. 여자는 똑바로 누우며 허공에 이야기하듯 말했다.

"난 지금 행복해. 여자가 된 이후로 항상 행복했어. 다시 남자가 된다면 견디기 힘들 만큼 끔찍할 거야. 여자가 여자의 몸으로 살 수 있다는 건 감사한 일이거든. 난 딱히 신앙심 같은 걸 가진 적은 없지만 그래도 아직까지 남자로 안 변한 걸 보면 신에게도 연민이라는 게 있는 것 같아. 솔직히, 인간적으로, 여자한테 남자 몸을 준 채로 태어나게 했으면서 다시 남자로 되돌리기까지 하는 건 너무하잖아? 세상이 왜 이렇게 됐는지, 세상이 어떻게 돌아갈는지도 잘 모르겠지만, 그래도 난 계속 여자이고 싶어."

수희는 불현듯 외로워졌다. 쓸쓸함이 허파를 가득 채웠다. 방 공기가 차가워졌다고 느끼며, 그는 여자의 품으로 파고들었다. 여자는 아무 말 없이 그를 안아주었다. 둘은 껴안은 채로 잠들었다.

다음 날 아침 수희는 누군가 현관문을 쾅쾅 두드리는 소리에 잠이 깼다. 누가 마땅히 찾아올 리 없는데 이상한 일이었다. 그는 눈을 비비적거리며 옆자리를 보았다. 여자가 없었다. 주위를 두리 번거렸지만 여자는 없었다. 그는 옷을 대충 걸쳐 입고 방을 나왔 다. 밖의 누군가는 계속해서 문을 두드리고 있었다.

쾅 쾅 쾅 쾅

그는 거실에서 보았다.

쾅 쾅 쾅 쾅

"야 이 씹새끼야, 문 안 열어?"

쾅 쾅 쾅 쾅

그는 다리에 힘이 풀려 주저앉았다.

쾅 쾅 쾅 쾅

"야, 그냥 부숴버려."

어젯밤 집에 들어오자마자 자신을 덮친 여자 때문에 제대로 단속을 하지 않은 낡은 빌라의 문은 발길질 몇 번에 거짓말처럼 열렸다. 험악한 인상의 남자 몇이 그의 거실에 들이닥쳤다. 그리고 남자들도 보았다.

손목을 그은 남자가 거실 바닥에 누워 있었다. 남자가 입은 검 은 원피스는 피에 흥건히 젖어 있었다. 수희는 주저앉은 채로 멍 하니 남자의 시체를 바라보고 있었다.

4. 달타냥의 행복

당신은 불행하다. 당신은 물론 때때로 행복하겠지만 대개의 경우 별다른 감상이 없는 일상을 이어 나갈 것이다. 그리고 간혹 불행하다고 느낀다. 그러므로 당신은 불행하다. 행복의 순간은 불행을 예견하지만 불행의 순간은 온전히 불행만으로 가득하기 때문이다. 행복과 불행에 대해 생각지 않는 모든 별 볼일 없는 시간들의 무의미함은 당신의 불행을 살찌운다. 간헐적으로 찾아오는 행복만으로는 당신의 행복한 정도를 묻는 질문에 긍정적인 대답을 하기 어려울 것이다. 그 질문에 행복하다고 답하는 당신은 희망이라는 사기꾼의 봉이거나 행복에 대한 강박에 타협한 사회의 희생양일 뿐이다. 그래서 행복 앞에 가장 잘 어울리는 단어는 나름이다. 애써 위로할 거리를 찾아 타협하는 것이다. 그런 타협의 결과물인 나름의 행복은 불구니 어차피 당신은 불행하다. 행복의 결핍은 곧 불행을 의미하기 때문이다. 행복 추구의 이데올로기는 깊게 자리 잡고 있다.

여기 어두운 방 안에 갇혀있는 이 남자도 당신과 마찬가지로 불행하다. 그는 나름의 행복을 찾기는커녕 희망이라는 사기꾼조차 함부로 찾아오지 못할 만큼 만신창이였다. 말하자면 그는 불행의 가장 깊숙한 곳에 침몰한 채 허우적댈 엄두조차 못 내고 있는 상황인 것이다. 그는 비극 속의 불행한 주인공도 아니었고 비장함을 머금은 순교자도 아니었다. 그러한 종류의 슬픈 불행은 아름다운 면이라도 있었다. 그는 고통조차 느끼기 힘든 상태였고 그저 빛이 새들어오지 않는 밀폐된 공간에 갇혀 있다는 느낌뿐이었다. 그러한 종류의 절망은 자아를 완벽히 수동적으로 만들었다. 불행의 첨단은 어둡고 고요했다.

고통과 불행은 밀접한 관련이 있다. 보통의 경우 둘 사이에는 인과관계가 성립되지만 극한의 상태에 다다를 경우 둘을 구분하기란 쉽지 않아진다. 고통의 극한 역시 어둡고 고요하기 때문이다. 정신적 고통, 육체적 고통 모두 마찬가지였다. 이 남자는 지난 몇 시간에 걸쳐 아직 숨이 붙어 있는 것이 놀라울 만큼 두드려 맞았다. 아프고, 아프고, 아프다보니, 아프지도 않았다. 피가 흐르고 살이 부어올랐지만 의식과 육체 사이에 담이 놓인 것처럼 아련하게만 느껴졌다. 남자의 정신적 고통 역시 마찬가지였다. 절망하고, 절망하고, 절망하다보니, 마치 남의 이야기인 것처럼 아무렇지도 않았다. 고통의 첨단은 그처럼 어둡고 고요했다.

정적 안에서 남자는 문득 지난날의 인생을 떠올렸다. 반성이라는 깡패는 그처럼 시도 때도 없이 들이닥쳤다. 깡패는 단지 파괴할 뿐이었다. 파괴의 뒤에 당연히 이어져야 할 건설 같은 것은 없었다. 반성은 그저 과거를 짓밟아 너덜너덜하게 만든 후 무책임하게 떠나갔다. 무생물처럼 널브러져 있던 남자에게 그 반성이라는 깡패가 찾아와 불행한 과거를 요목조목 짚어주었다. 다행히 후회는 되지 않았다. 후회는 굉장히 능동적인 감정이었고, 불행의 첨단에 있는 남자에겐 불가능한 범주에 있었다. 남자는 멍하니 TV 화면을 바라보듯 과거를 돌아보았다.

그는 딱히 게임을 좋아하지도 않았다. 그럼에도 그는 10년 가까이 하루에 열두 시간씩 게임을 했다. 그가 왜 그렇게 주야창전 컴퓨터 앞에만 앉아 있었는지는 그 자신도 설명하지 못했다. 그렇게 재미있는 게임도 아니었다. 단순하기 짝이 없는, 별 생각 없이 클릭만 계속하면 되는 게임이었다. 그건 일종의 관성이었다. 몇 시간 동안 클릭을 하다 보면 하루 종일 하게 되었고, 하루 종일 하다보면 다음 날도, 그 다음 날도 클릭만 하게 되는 것이었다. 그렇게 십 년이 흘렀다. 그는 컴퓨터 앞에 앉아 담배를 피우고, 라면이나 피자로 대충 끼니를 때우고, 이따금 아이템 현금 거래 사이트에서 아이템을 팔아 생활비를 마련하며 살아갔다. 그가 하던 게임은 현금성이 뛰어난 게임이어서 어차피 가족도 욕심도 없는 그에게 별다른 금전적인 어려움은 없었다. 오히려 희귀한 아이템이라도 얻은 날에는 그가 자주 시청하는 인터넷 개인 방송 BJ에게 수십만 원 어치의 '별'을 선물할 만큼 여유도 있는 편이었다. 대충 대학을 다니다 대충 군대를 다녀오고 대충 지내다보니 어느샌가 그는 그렇게 살고 있었다.

그러한 삶은 물론 불행했지만 어떤 의미에선 남들보다 덜 불행하기도 했다. 어차피 모두가 불행의 늪에서 빠져나올 수 없는 바에야 발버둥치지 않고 가만히 있는 편이 나았다. 그는 관성에 의해 살아갔고, 당연한 얘기지만 능동적으로 행복을 추구하지도 않았다. 자신의 다리가 아닌 관성의 바퀴에 몸을 맡기다 보니 행복한 순간이 적어지는 만큼 행복의 결여로 인한 불행도 적어졌다. 사회적으로 보면 용납할 수 없는 잉여 인간이지만 개인적으로 보면 딱히 좋을 것도 나쁠 것도 없는 삶의 방식이었다. 그는 사회가 교육으로 주입한 생산성 높은 인간상에는 관심이 없었다. 높은 가치가 되기 위해 노력하는 남들을 비웃지는 않았지만, 그렇다고 자신도 그리 살고 싶은 마음은 들지 않았다. 관성의 바퀴는 꽤 안락한 편이었다.

그러던 어느 날 세상이 변했다. 여자들이 모두 남자로 바뀌는 상황에 사회는 점차 허물어졌다. 그는 그러한 변화에 그다지 타격을 입지 않았다. 어차피 그는 사회생활도 하지 않았고, 결혼은 커녕 만나는 여자도 없었다. 그의 삶에 여자란 존재는 인터넷 방송 BJ밖에 없었다. 콜라라는 닉네임을 쓰는 그 BJ의 방송을 보며 수음을 하는 것만이 그의 미약한 성욕을 해결하는 방식이었다. 인플레이션이 심했지만 경제적인 상황은 오히려 나아졌다. 세상이 무너질수록 사람들은 게임을 했다. 그가 하는 게임 이용자 역시 늘어났고, 이미 그 게임에서 확고하게 자리 잡고 있는 그의 위치는 상대적으로 높아졌다. 아이템 판매를 통한 수입이 늘어나는 것은 당연한 일이었다. 그는 어차피 미래에 대해 걱정하지 않으며 살아왔기에 세상의 변화는 그에게 별다른 영향을 끼치지 못했다. 그날 그 전화를 받기 전까진 말이다.

어릴 적 그는 삼총사 중 하나였다. 유치원도 들어가기 전부터 어울려 다녔던 친구 두 명과 워낙에 죽이 잘 맞았다. 그들이 열 살 때쯤 TV에선 「달타냥의 모험」이란 만화를 했다. 뒤마의 소설 『삼총사』를 원작으로 하는 만화였다. 대개의 또래들이 그러했듯 그들 또한 삼총사에 열광했다. 그들은 마침 셋이었다. 당연하게도 그들은 자신들을 삼총사라 부르기 시작했다. 문제는 달타냥의 존재였다. 주인공인 달타냥은 삼총사에 포함이 되지 않았다. 꽤나 치열했던 토론 끝에 그들은 뚱뚱하다는 이유로 가장 인기가 없던 포르토스를 빼고 달타냥을 삼총사에 넣기로 했다. 그들 중 대장 격이었던 그가 달타냥을 맡았다. 친구 한 명은 웬일인지 왕비의 시녀인 콘스탄스 역을 맡고 싶어 했지만, 만화에서 아라미스가 사실 남장 여자였다는 것이 밝혀진 이후론 아라미스 역할에 꽤나 만족해했다. 가장 점잖던 친구 역시 아토스 역을 내심 즐기는 것 같았다.

세월이 흐르며 삼총사의 관계는 흐릿해져갔다. 우정이란 그런 것이었다. 달타냥은 게임 폐인이 되었고 아토스는 평범한 회사원이 되었으며 아라미스는 여자가 되었다. 달타냥과 아토스 모두 대학교 2학년 때 술자리에서 한 아라미스의 솔직한 고백에 놀랐지만 그렇다고 그를 멀리 하진 않았다. 하지만 2년 전 아라미스가 정말 여자가 되었을 때, 아토스는 충격에 빠진 눈치였다. 그 이후로 아토스는 이런저런 핑계로 모임에 빠졌고, 가뜩이나 1년에 한두 번 모이기도 힘들었던 삼총사는 두 명만이 남았다. 모든 일에 시큰둥한 달타냥은 아라미스의 성전환 역시 별 무리 없이 받아들였다. 그들은 예전보다 더 가까이 지내진 않았지만 더 멀어지지도 않았다. 가끔 서로의 집에 놀러가거나 술을 한 잔 기울이는 정도의 좋은 친구였다.

그날 그가 받은 전화는 아토스의 전화였다. 아토스는 숨을 몰아쉬고 있었다. 호흡에서 쇳소리가 났다. 아토스는 한 마디 한 마디를 힘겹게 내뱉었다. 당시 게임을 하고 있던 그는 느긋이 마우스 클릭질을 해가며 통화를 했다. 아토스는 아내를 부탁한다고 했다.

"뭐라고?"

그는 마우스 클릭을 멈추고 굳어버린 채로 물었다. 아토스는 가쁜 숨을 몰아쉬며 대답했다.

"상욱아…… 너밖에 없다. 우리 집 앞 상가에…… 상가 화장실에…… 와이프가 숨어 있을 거야. 네가 좀…… 지켜줘라."

그는 무슨 일이냐며 소리쳤지만 전화는 끊어졌다. 그는 부랴부랴 옷을 챙겨 입고 택시를 잡아 아토스의 집 앞으로 갔다. 상가여자 화장실에서 그가 아토스의 아내를 불렀을 때, 그녀는 부른 배를 부여잡고 입술을 질끈 깨문 채 가장 구석 칸 문을 열고 나왔다. 그녀는 원래 백수인 상욱을 그다지 좋아하지 않았다. 그러나 상욱이 대체 무슨 일이냐며 그녀의 양 어깨를 잡았을 때, 그녀는 흐느끼며 그의 품에 안겼다. 상욱은 한참을 달랜 후에야 그녀를 택시에 태우고 자신의 허름한 연립주택으로 돌아올 수 있었다.

임신 7개월이라는 그녀, 은주는 차분하려 애쓰며 설명을 했지만 중간 중간 흐느낌을 감추지는 못했다. 상욱은 인내심 있게 그녀의 이야기를 들었다.

"인신매매 집단에 대해 알고 있나요? 그래요. 요즘 난리가 났죠. 굉장히 조직적이고 대규모라죠. 이제 여자는 거의 남아 있지 않아요. 그나마 남아 있는 여자는 대부분 임산부들이죠. 임신한 여자가 남자로 바뀌지 않는다는 건 이제 정설이니까요. 그래서 요즘 그들은 임산부들을 중점적으로 노린대요. 값이 어마어마하니까. 전 세상이 이렇게 되기 직전에 임신했어요. 아마 제가 세상의 마지막 여자로 남을지도 모르죠. 아무튼 문제는 지금이 벌써 7월이고 임산부들조차 몇 남아 있지 않다는 거예요. 그들은 기를 쓰고 임산부를 찾는 대요. 제보만 해 줘도 거금을 준다고 하더군요.

그 이는…… 현수 씨는 제가 임신했다는 사실을 회사에서 몇 번 말한 적이 있댔어요. 물론 그때는 임신한 여자가 남자로 변하지 않는다는 사실은 알지 못했고 그저 아이가 나와야 하는데 설마 남자로 변하기야 하겠냐 라는 막연한 바람만 있었을 뿐이죠. 그 이는 임신한 여자가 남자로 변하지 않는다는 사실이 기정사실화된 다음부터는 제가 임신했다는 사실을 숨겼지만, 이미 말해 놓은 바가 있어서 불안해했어요. 하지만 그는 믿을 만한 사람들에게만 말했으니 걱정할 필요를 없다고 절 안심시키고 스스로를 안심시켰죠. 그러다 오늘 저녁에 전화가 온 거예요. 다 죽어가는 목소리로 얼른 집 앞 상가에 숨으라고. 자세한 얘기를 듣진 못했지만 대충 알겠더라고요. 현수 씨 회사의 누군가가 제보를 했겠죠. 그래서 아마 그들이 찾아왔고 현수 씨를 잡아 주소를 알아냈을 거예요. 현수 씨는 어떻게 됐을까요."

말을 마친 그녀는 고개를 숙였다. 상욱은 무슨 말을 해야 할지 몰라 망설이다가 답했다.

"현수는 별 일 없겠죠. 그 사람들이 현수한테 뭐 얻어낼 것도 없잖아요."

은주는 대답하지 않았다. 그들이 얻어낼 것이 없다고 사람을 순순히 풀어줄 것 같지도 않았고 사실 현수에겐 그들이 탐낼 만한 것이 있었다. 그녀를 어디에 숨겼는지 알아내야 할 테니까 말이다. 현수가 아내와 뱃속의 아이를 팔지는 않을 테니 현수는 아마 죽을지도 모른다. 그녀도 상욱도 알 수 있었다. 그녀는 계속 고개를 숙이고 있었고 상욱은 그런 비관적인 추측을 말하는 대신 말을 돌렸다.

"어쩌면 제수씨 뱃속의 아이가 인류의 마지막 아이일지도 모르겠네요."

그녀는 여전히 고개를 숙인 채 두 손으로 배를 감쌌다. 그리고 조용히 배를 쓰다듬었다. 상욱은 그런 그녀를 멍하니 바라보고 있다가 머쓱해져 차라도 가져오겠다고 중얼거리며 부엌으로 갔다. 핸드폰을 열자 마지막 현수와의 통화 목록이 있었다. 모르는 전화번호가 찍혀 있었다. 그는 그 번호로 전화를 해볼까 망설였다. 위험했다. 그는 핸드폰을 닫았다.

그렇게 시작된 동거는 기묘했다. 상욱은 새벽까지 게임을 했고 상욱이 잠들 때쯤 은주는 일어났다. 그녀가 밥을 먹으러 거실로 나왔을 때 상욱은 아무렇게나 자리를 펴고 자고 있었다. 은주는 하루 종일 TV를 보았고 저녁 때쯤 상욱이 일어났다. 둘은 별말 없이 저녁을 먹었다. 어색함이 감돌이 둘 모두 말이 없었다. 저녁을 먹은 상욱은 컴퓨터 앞에 앉아 게임을 켰고 은주는 방으로 들어가 TV를 보았다. 밤이 되어 은주는 잠자리에 들었고 상욱은 여전히 게임을 하고 있었다. 마우스 클릭하는 또각또각 소리만이 끊임없이 들려왔다. 다음 날도, 그 다음 날도 마찬가지였다.

"하루 종일 게임만 하면 지겹지 않아요?"

상욱의 집에 머물기 시작한 지 나흘이 되었을 때 은주가 말했다. 수저를 뜨던 상욱은 멍하니 그녀를 바라보았다. 그녀는 그런 상욱의 표정이 꼴 보기 싫다고 생각하며 말했다.

"그렇게 재밌어요?"

상욱은 변명하듯 중얼거렸다.

"아니, 뭐 꼭 재밌진 않은데…… 마땅히 할 일도 없고……"

"탓하려고 하는 게 아니에요. 그냥 궁금해서 물어본 거예요."

말은 그렇게 했지만, 그녀는 상욱이 한심하다고 생각했다. 원래 이런 사람이라는 걸 알고는 있었지만, 막상 며칠 간 생활하는 걸 지켜보고 있자니 생각했던 것보다 훨씬 더 한심한 사람이었다. 그녀는 자기도 모르게 한숨을 내쉬며 다시 밥을 먹기 시작했다.

"고마워요. 이렇게 밥도 해 주고. 원래는 라면이랑 피자밖에 안 먹어요. 요즘 찌개랑 국 같은 것도 먹고 하니까 참 좋네요."

상욱은 국그릇을 바라보며 말했다. 상욱의 감사에 은주는 문득 미안해졌다.

"고맙긴요. 얹혀살고 있는데 제가 감사하죠."

"그런데 혹시 친정집은 어디세요?"

상욱의 질문에 그녀는 얼굴을 붉혔다.

"많이 불편하시죠. 이렇게 신세 지는 게 참 염치없는 일인데…… 마땅히 가 있을 만한 곳이 없어요. 친정집도 없고요."

"그, 그런 뜻으로 한 말이 아니에요."

상욱은 당황하여 손까지 내저으며 말했다. 친정집이 없다는 말을 듣고 보니 예전에 현수에게 들었던 말이 생각났다. '난 장인어른 장모님 없어, 와이프 어렸을 때 두 분 다 돌아가셨대.'

"현수 씨가 연락이 되면 좋겠지만, 만약 계속 연락이 안 되면…… 아이 낳을 때까지만 부탁드릴게요. 아이를 낳고 나면 저도 남자로 변할 테니 위험한 일도 없을 테고, 신세 안 져도 될 테니까요. 죄송해요. 아이 낳을 때까지만 도와주세요, 상욱 씨."

그녀는 지난 나흘간 생각했던 바를 차분하게 말했다. 상욱은 미안해 할 필요 없으니 편하게 있으라는 말을 허둥지둥하다가 팔로 국그릇을 쳤다. 바닥에 국이 엎어졌다. 그릇이 깨졌다.

은주가 잠깐 와보라고 소리쳤을 때 상욱은 멍하니 컴퓨터 바탕화면을 바라보고 있었다. 그처럼 멍하니 바탕화면만 바라보고 있는 것은 그에게 무척 드문 일이었는데, 보통의 경우 그는 게임 화면만을 멍하니 바라보고 있기 때문이다. 그래서 상욱은 그녀가 두 번이나 외친 다음에야 정신을 차리고 방으로 들어갔다. 그녀는 침대에 걸터앉아 TV를 가리키며 말했다.

"뉴스에 나오고 있어요."

TV 화면은 한 덩치 좋은 남자의 하반신을 비추고 있었다. 익명의 인터뷰였다.

어마어마한 값에 팔리죠. 그 전에 우리도 재미 좀 보고. 아무튼 남는 게 많습니다.

인터뷰가 끝난 후 어두운 골목을 등진 기자가 화면을 응시하며 말했다.

여자가 사라져가는 시대. 이처럼 금전적인 이득과 성적 욕구를 위해 임산부마저 노리는 파렴치한 인신매매는 날이 갈수록 활개를 치고 있습니다. ○○○뉴스 XXX입니다.

상욱은 멋쩍은 듯 머리를 긁적였다. 그녀는 그런 그를 쳐다도 보지 않은 채 허망하다는 듯 중얼거렸다.

"남자들은 도대체 왜 그래요? 그렇게 풀고 싶으면 자위기구라도 쓰면 되잖아요. 왜 그렇게 목숨을 거는 걸까요. 섹스가 뭐가 그렇게 중요하다고."

그는 뭐라도 변명해야 할 것 같은 기분이 들어 말했다.

"모든 남자가 그렇진 않아요."

"글쎄. 그럴까요. 상욱 씨는 정말 괜찮아요? 상욱 씨도 억지로 참고 있는 거 아니에요?"

그는 얼굴이 화끈거리는 것을 느꼈다. 황급히 고개를 돌리고는 그렇지 않다며 웅얼거렸지만, 그녀는 그의 대답엔 관심도 없는 것 같았다. 그녀는 그저 풀린 눈으로 TV를 보다가 중얼거리듯이 말했다.

"그 이는 돌아올 수 있을까요?"

"경찰에 신고도 해놨으니 좋은 소식이 있을 겁니다."

상욱은 힘주어 말하려 했지만, 그의 목소리엔 확신이 없었다. 분명 경찰은 아직 유지되고 있었지만 이전과 같이 기능하진 못하고 있었다. 사람들은 의욕을 잃었고 먹고 살기 위해 출근은 하지만 성과에는 관심이 없었다. 사회는 날이 갈수록 험악해져서 범죄 역시 경찰들이 어찌해 볼 도리가 없을 만큼 많아졌다. 험한 사람들에게 잡혀가 아직도 소식이 없으니 현수에 대한 희망을 가지긴 어려운 노릇이었다. 상욱은 화제를 돌리고 싶은 마음에 말했다.

"그런데 제수씨. 아들이었으면 좋겠어요, 딸이었으면 좋겠어요?"

그녀는 어이가 없다는 시선으로 상욱을 바라보았다.

"당연히 아들일 텐데 무슨 소리세요?"

상욱은 쭈뼛거리며 말했다.

"세상이 이렇게 되기 전에, 그러니까 딸도 태어날 수 있었던 시절이었다면 어땠을 것 같아요?"

"글쎄요."

은주는 잠시 고민을 하더니 대답했다.

"딸이요."

"제수씨 닮은 딸이면 참 예쁘겠네요."

"예?"

무슨 소리냐는 듯 바라보는 그녀의 시선에 그는 당황한 채 횡설수설하다가는 방을 나왔다. 가슴이 쿵쾅거렸다. 컴퓨터 앞에 앉았지만 좀처럼 게임 아이콘으로 마우스가 가지 않았다. 그는 숨을 몇 번 몰아쉬다가는 담배를 피우러 베란다로 나섰다. 담배를 피우면서도, 쿵쾅거리는 그의 가슴은 쉽사리 진정되지 않았다. 그는 이런저런 생각을 하다 할 일을 결정하고는 다시 컴퓨터로 돌아와 인터넷 쇼핑몰을 돌아다녔다.

전화벨이 울렸을 때 상욱은 소스라치게 놀랐다. 그는 쇼핑을 마친 후 자꾸만 이상한 기분에 휩싸이는 것을 잊으려 게임을 하고 있던 중이었고, 야심한 시각에 갑작스레 걸려온 전화는 그를 깜짝 놀라게 하기에 충분했다. 그는 놀란 채로 핸드폰 액정을 확인했고, 액정에 뜬 번호를 보고는 더욱 놀랐다. 그는 거의 공포에 가까운 감정을 느꼈다. 핸드폰 액정에는 얼마 전 현수가 전화를 했던 그 번호가 떠 있었다. 그는 잠시 전화를 받을까 말까 망설였다.

"여보세요?"

"채현수 씨 알죠?"

"네? 예, 그런데요?"

"거기 어딥니까. 주소 좀 말해 보소."

상욱은 당황한 채 아무런 대답도 하지 못했다.

"아, 귀 먹었습니까? 거기 어디냐고요."

"왜, 왜요?"

"어이, 아저씨. 우리가 채현수 씨를 데리고 있어요. 거기 어디냐고. 데려다 줄게."

상욱의 머릿속이 복잡해졌다. 수십 가지 생각들이 떠올랐다. 그는 위험을 직감했다. 하지만 현수를 데리고 있다는 데 전화를 끊어버릴 수도 없는 노릇이었다. 그는 몇 시간 같은 몇 초를 망설이다가 대답했다.

"제가 그쪽으로 가겠습니다."

"하, 이 사람 봐라?"

경남 사투리가 심한 상대방은 잠시 주위 사람들과 이야기를 나누는 듯 했다. 상욱은 귀를 기울였지만 정확히 무슨 내용인지는 알 수 없었다.

"뭐고, 알았으니까 여기 어디야, 왕십리로 오소. 오면 이 번호로 전화하고."

남자는 대답을 기다리지도 않고 전화를 끊었다. 상욱은 떨리는 손으로 전화가 끊어진 핸드폰을 바라보았다. 삐걱 소리와 함께 방문이 열리며 현수의 아내가 슬쩍 고개를 내밀었다.

"무슨 일이에요?"

상욱은 그녀의 파리한 얼굴을 멍하니 바라보았다. 그녀는 그런 상욱의 멍한 표정이 짜증나서 다시 되물었다.

"무슨 일 있어요?"

상욱은 그러고도 얼마간 그녀의 얼굴을 멍하니 바라보다가 결심을 굳혔다.

"현수…… 데리고 올게요."

그녀는 한 편으로 생각했다. 위험했다. 현수를 붙잡고 있는 이들, 그 인신매매단이 분명했다. 상욱 역시 위험해질 것이고 자신과 아이 또한 위험해 처할 것임은 너무도 분명해 보였다. 하지만 그녀는 주섬주섬 겉옷을 찾아 입는 상욱에게 아무런 말도 할 수 없었다. 어쩌면, 어쩌면 현수가 돌아올지도 모르는 일이었다. 정말 운이 좋아서, 어쩌면 말이다.

"혹시 제가 두 시간이 넘도록 연락이 없으면 도망치세요."

"어디로요?"

그녀는 상욱에게 어디로 가야 할지 묻는 자신이 무책임하다고 생각했다.

"다른 데 갈 곳은 없으신 거죠?"

"친구들도 다 연락 안 되고…… 없어요."

그녀는 비참했다. 자신도 모르는 사이에 꽤나 상욱에게 의지하고 있었다는 생각이 불현듯 들었다.

"그럼…… 앞집에라도 부탁해 놓을게요. 여남이신 것 같은 분 한 분이랑 남자아이 둘이 살고 있는 집인데, 이사 오신 지 얼마 안 돼서 인사 몇 번밖에 안 해보긴 했지만 좋으신 분 같았어요. 저도 마땅히 부탁할 만한 사람이 없어서 죄송하네요."

그녀는 차마 입이 떨어지지 않아 대답을 못했다.

"주민등록증 같은 건 다 두고 갈게요. 그래도 혹 집을 찾아낼지도 모르니까 저한테 연락 없으면……"

"알겠어요."

고개를 떨어뜨리며 대답하는 그녀를 보며 상욱은 살짝 미소 지었다.

"별 일 없을 거예요. 현수 데리고 올게요."

그렇게 해서 이 남자는 극도로 불행한 상황에 처하게 됐다. 그는 자신들을 귀찮게 했다는 이유로 몇 명의 사내들에게 뭇매를 맞았고, 그들이 뭇매를 때린 뒤 확인한 그의 지갑에 그의 주소를 찾을 만한 단서가 아무것도 없다는 것이 확인되자 본격적으로 고문을 당하기 시작했다. 그들은 우선 칼을 눈앞에 들이밀며 여자가 어디 있는지 말하라고 협박했고, 상욱이 말하지 않자 자신들이 결코 협박만 하는 스타일이 아님을 증명했다. 그들은 누가 먼저 상욱의 대답을 받아낼 수 있을지를 경쟁하며 갖가지 방법으로 상욱을 괴롭혔다. 상욱은 끝까지 대답하지 않았다. 상욱은 왜 자신이 대답을 하지 않는지 고민했지만 그냥 주소를 말해버릴까 하는 갈등을 하지는 않았다. 왜인지는 알 수 없었지만 그는 그녀를 지키고 싶었다. 한참 동안 그를 고문하던 남자들은 배가 고파졌고 설렁탕을 먹고 기운내서 다시 고문하자며 잠시 방을 떠났다. 그는 그제야 자신의 불행 속으로 침식할 수 있는 기회를 얻은 것이었다.

그러나 그가 세상에서 가장 불행한 사람이냐 하면, 물론 그렇지는 않다. 그의 바로 옆방에 갇혀 있는 남자만 하더라도 그 못지않게 불행하기 짝이 없다. 모든 불행은 절대적이기에 이 남자에게 닥친 불행 역시 막막하고 거대하다. 비록 이 남자는 상욱만큼 몸이 상하진 않았지만 그럼에도 컴컴한 방에 갇힌 채 앞날이 절망적이라는 점에서는 상욱과 같다. 그는 손톱을 물어뜯으며 불안의 극단을 걷고 있었다.

이 남자, 재용은 그저 가난하고 평범한 대학생일 뿐이었다. 그는 끼니를 굶을 정도로 가난하진 않았지만, 대학 등록금을 내기 위해 학자금 대출을 하고 생활비 마련을 위해 아르바이트를 해야 할 정도로는 가난했다. 그는 대학에 입학하고부터 얼마 전까지, 군대에 있는 동안을 제외하곤 항상 온갖 아르바이트를 전전하고 다녔다. 사정이 팍팍할 땐 이따금 휴학도 해가며, 그는 명문대 소리까진 못 듣지만 나름 이름 있는 대학의 3학년을 마쳤다. 대학에 입학할 때 그의 희망은 졸업 후 떵떵거리며 사는 인생이었다. 그래서 대학에서 성실하게 공부했다. 그러나 그의 학점은 그다지 좋지 않았다. 아르바이트에 뺏기는 시간이 지나치게 많았다. 어차피 모두가 열심히 하는 세상이었다. 그는 집에 돈이 있어야 학점도 좋을 수 있다는 간단한 섭리를 뒤늦게 깨달았다. 그는 그저 가난하기에 평범한 대학생이었다.

대학생활을 성공적으로 마치고 좋은 직장을 얻어 성공하고자 한 그의 희망은 많은 부분에서 타협할 수밖에 없었다. 좋은 직장을 얻어 성공한다는 기본 틀은 변하지 않았지만, 좋은 직장과 성공의 기준이 대폭 낮아졌다. 온갖 아르바이트를 전전하며 사회를 경험할수록, 사람을 겪을수록, 그는 삶이라는 것이 마음처럼 쉽게 풀리지 않는다는 것을 깨달았다. 희망이 쪼그라들어 생긴 마음의 빈 공간을 채워준 건 다름 아닌 연인이었다. 그는 그녀에게 기댄 채 자신의 타협을 용서하기로 했다. 어쨌거나 그녀와 함께라면 행복할 수 있을 것 같았다. 그녀가 남자로 변하기 전까진 말이다.

그녀가 남자로 변한 후, 그는 고통의 시간을 버티다 결국 휴학을 결정했다. 학교에 다닐 필요가 없었다. 어차피 세상은 망해가고 있으니 굳이 힘들게 학업과 아르바이트를 병행할 필요가 없다는 것이 그의 생각이었다. 이별의 아픔이 어느 정도 회복되었을 때, 그는 어차피 성공하지 못할 인생이니 세상이 망해도 그다지 아까울 것이 없다는 결론에 다다랐다. 그는 무언가에 큰 의미를 부여하고픈 욕구도 없었다. 그는 세상이 망해 없어질 때까지 그저 하루하루를 살아나가야겠다고 결심했다. 어차피 삶이란 원래 그런 것이었다.

재용은 생활비를 위해 계속 아르바이트를 했다. 1년 정도 일했던 이탈리안 레스토랑이 망했기에, 그는 안정적인 일자리를 찾지 못한 채 여러 편의점을 떠돌았다. 사회가 불안정하기에 인플레이션은 당연한 결과였다. 어쨌거나 먹고 살아야 하는 사람들 때문에 사회는 그런대로 굴러갔지만 안정적인 수입이 없는 그에게 치솟은 물가는 치명적이었다. 그는 편의점에서 팔다 남은 유통기한이 지난 삼각김밥을 먹으며 그런대로 생활을 유지해 나갔다.

그렇게 몇 달을 보내던 그는 어느 날 문득 강렬한 욕망에 사로잡혔다. 그는 미치도록 섹스가 하고 싶었다. 그날 그는 통장을 확인했다. 어찌어찌 모인 돈이 300만 원 정도 있었다. 그는 소문으로만 듣던 클럽에 가보기로 결심했다. 어차피 대충 하루하루를 때워 나가기만 하면 될 테니 저축한 돈에 대한 미련은 없었다. 섹스가 하고 싶어 든 생각이었지만 그는 한 번에 300만 원을 다 써버릴 수 있다는 행위 자체에도 매료되었다. 지독하도록 허무한 일일 테고, 그 공허함이 마음에 들었다. 못해도 여자를 만져볼 수 있을 테고, 운이 좋으면 잠자리까지 갈지도 모르는 일이었다. 그는 결심을 굳히자마자 300만 원을 인출해 클럽으로 갔다.

클럽에서 그는 좌절했다. 익숙한 일이었기에 실망하기보단 지쳤다. 누가 봐도 그보다 우월한 남자들이 널려 있었고 그가 낄 자리 따위는 없어 보였다. 그와 같이 여자에게 들이대 볼 엄두조차 내지 못하는 남자 몇 사이에 껴 담배를 피우다가 2층의 한 여자를 발견할 때까지, 그는 여자를 만지기는커녕 근처에도 갈 수 없을 거란 생각에 한숨을 내쉬고 있었다.

"어, 저기……."

그의 말을 들은 한 남자가 그의 시선을 따라 한 여자를 발견하곤 제안했다.

"덩치들이 2층에는 거의 없는데. 보소. 어차피 여기서 꼬시기는 글렀는데 돈 값 하려면 재미라도 봐야 않겠나. 따라오소."

진한 경남 사투리를 쓰는 그 남자의 뺨에는 커다란 흉터가 있었다. 흉터는 어느새 무리의 우두머리가 되어 2층으로 걸어 올라갔고 재용은 소심하게 무리 가운데 껴 흉터를 따라 올라갔다. 그리고 마침내 여자를 만질 수 있었다. 제법 기뻤고, 그래서 씁쓸하기도 했다. 경쟁적이고 공격적인 수십의 손들 사이에 껴 자신도 어떻게든 여자의 몸 깊숙한 곳을 더듬으려 애쓰며, 그는 어차피 인간은 태생적으로 씁쓸한 동물이란 생각을 했다. 얼마 후 덩치들이 왔고 그와 흉터를 비롯한 남자 무리들은 클럽 한쪽 구석의 방에 갇혔다.

"너, 제법 깡다구가 있던데."

일렬로 무릎을 꿇은 채 한참을 맞다가 정신을 차려보니 한 남자가 앞에 서 있었다. 끌려오기 전에 본 클럽 사장이었다. 사장은 가장 심하게 두드려 맞아 피투성이가 된 흉터의 앞에 서 있었다. 흉터는 이를 갈며 사장을 노려보았다.

"기집 한 번 만진 게 무슨 큰 죄라고 이랍니까?"

으르렁거리듯 말하는 흉터를 보며 사장은 피식 웃었다.

"여기서 일할 생각 없나?"

"무슨 말입니까?"

"여기서 일해 볼 생각 없냐고."

흉터는 의심스럽다는 듯 사장을 바라보았지만, 사장은 속을 알 수 없는 얼굴로 미소 짓고 있을 뿐이었다.

"저도요. 저도 일하게 해 주세요."

흉터가 뭐라 입을 열려 할 때 갑작스레 재용이 외쳤다. 흉터는 갑자기 무슨 짓이냐는 듯 쳐다봤고 사장은 눈썹을 한 번 까딱였다. 재용은 말문이 막혀 얼굴이 빨개진 채로 사장을 바라보았다. 그 자신도 왜 갑작스레 그런 말을 꺼냈는지 알 수 없었다. 그 당시엔 머릿속이 백지장 같을 뿐이었고, 이후에 돌이켜 생각해 보아도 쉽사리 납득이 가지 않는 행동이었다. 그는 그저 자신이 가지고 있던 어떤 결핍 때문이라고 어렴풋이 추측할 수 있을 뿐이었다. 그 결핍의 정체에 대해서는 알 수 없었고 딱히 알고 싶은 생각도 없었다. 다만 그 흐릿한 결핍이 원동력이 되어 그의 돌발행동을 일으켰다는 것만을 짐작할 수 있었다.

"저 친구는 하겠다는데, 넌 어쩔래."

사장은 태연하게 말했고 흉터는 재용과 사장을 번갈아 보다가 대답했다.

"까짓것 합시다. 뭐라도 떨어지는 게 있겠지. 카악 퉤. 맞다 아입니까?"

사장은 고개를 끄덕였고 그날부로 흉터와 재용은 사장의 밑에서 일하게 됐다. 흉터는 재용에게 별 특이한 놈을 다 봤다 하면서도 싫어하지 않는 눈치였지만, 기존에 있던 사장의 부하들은 재용을 썩 달가워하지 않는 눈치였다. 어쨌거나 그날부로 재용은 사장의 밑에서 흉터와 함께 일하게 됐고 사장이 클럽과 인신매매를 겸업하고 있다는 사실도 알게 되었다. 주위들은 바에 의하면 사장은 꽤 고위층과 거래하고 있는 듯했다. 주문이 들어오면 흥정을 하고, 클럽에 다니는 단골 여성 손님을 집에 데려다준다며 차에 태우고는 그대로 팔아넘기는 것이었다. 여성은 한정되어 있는데다가 점점 줄어가고 있었고, 사장은 클럽의 여성 손님들이 거덜 나지 않게 천천히 한 명씩, 그러나 그들이 어느 날 남자로 변할지도 모르기에 느긋하지는 않게 거래를 하고 있었다. 사장은 장군 출신이었고 군과 정부의 고위층과 연줄이 깊게 닿아있는 듯했다. 클럽 안에 있을 때를 제외하고는, 부하들은 그를 장군님이라 불렀다. 때때로 사장을 찾아오는 알 수 없는 이들은 그를 장로님이라고도 불렀다.

처음 재용과 흉터가 맡게 된 일은 덩치 몇 명을 쫓아다니며 잡다한 심부름을 하는 일이었다. 그들은 차를 운전하고 술을 나르며 제법 친해졌다. 재용은 흉터를 형이라 불렀다. 흉터 역시 재용을 살갑게 대했다. 재용은 욕도 많이 먹고 가끔 맞기도 했지만, 그와 같은 생활이 꽤 마음에 들었다. 어쨌거나 편의점에 앉아 담배나 채워 넣는 것보다는 훨씬 나았다.

재용이 사장 밑에서 일하기 시작한 지 한 달쯤 됐을 때부터 일의 양상은 점차 변하기 시작했다. 여자는 재용이 일을 시작했을 때보다도 훨씬 줄어 있었고 클럽은 여성 고객을 거의 확보할 수 없어 영업을 그만뒀다. 대신 사장은 보다 본격적인 납치를 요구했다. 주요 타깃은 임산부였다. 클럽의 밤을 지키던 남자들은 이제 낮부터 거리로 나가 임산부를 찾아다니기 시작했다. 산부인과와 미혼모 보호소 앞에 죽치고 앉아 있는 것을 기본으로, 여기저기 아는 이들을 통해 정보를 얻거나 곳곳에 제보를 받는다는 전단지까지 붙였다. 수확은 꽤 좋았다. 그들은 비교적 많은 임산부들을 확보할 수 있었다.

일이 거칠어지고 인력이 많이 필요해지다 보니 조직은 여러 팀으로 나눠 활동하기 시작했다. 흉터는 그런 종류의 일처리를 꽤 잘해내는 편이었고 덕분에 네 명으로 이루어진 한 팀의 팀장도 맡을 수 있었다. 흉터와 친했던 재용은 자연스레 흉터의 팀에 소속되었고 흉터를 쫓아다니며 임산부들을 납치하기 시작했다. 그런 와중에 험한 일도 많이 겪었지만 재용은 자신이 악랄해질수록 이전까지는 알지 못했던 쾌감을 느낄 수 있었다. 그리고 그러던 어느 날, 날이 갈수록 임산부마저 적어져 허탕을 치는 날이 많아지던 어느 날, 그들은 한 남자를 고문하게 되었다. 임산부를 부인으로 둔, 직장 동료의 제보로 잡아 가두게 된 채현수라는 남자였다.

채현수는 주소를 말하지 않았다. 주소를 알 만한 신분증도 없었다. 부인이 어디 있냐고, 집이 어디냐고 묻는 흉터의 말에 채현수는 끝내 대답하지 않았다. 그의 동료에게 이미 제보료를 준 흉터는 그를 악독하게 고문했지만 그는 끝내 입을 열지 않았다. 성질이 불같은 흉터는 결국 화를 내며 방을 나갔고 재용에게 그를 지키고 있으라고 명령했다. 다른 이들에 비해 나이도 어리고 온순한 재용이었기에 재용은 군말 없이 흉터의 말에 따랐다. 그리고 몸을 일으킬 힘조차 없는 채현수를 감시했다.

"이런 일할 사람처럼 보이지 않는데."

채현수는 한쪽만 뜬 눈으로 재용을 바라보며 입을 뗐다. 재용은 벌컥 성질을 냈다.

"씨팔, 주둥이는 살아가지고."

그 때 쓰러져 있는 채현수에게 발길질이라도 했어야 할까. 재용은 그러지 못하고 욕만 내뱉었다. 재용은 그 때 채현수의 입을 다물게 하지 못한 것을 내내 후회했다.

"부탁이니, 전화 한 통만 쓰게 해 주십쇼."

채현수는 억지로 몸을 일으켜 바닥을 기며 말했다.

"거기 가만히 안 있어?"

피를 흘리며 엉금엉금 기어오는 채현수를 향해 재용이 소리쳤지만 채현수는 기를 쓰고 기어 재용의 바짓가랑이를 잡고 매달렸다.

"부탁입니다. 제발요. 당신이 나쁜 사람이 아니라는 거 알아요. 제발 부탁이니 전화 한 통만 쓰게 해 주십쇼."

채현수는 그들에게 붙들리는 와중에 핸드폰을 버렸다. 그의 핸드폰으로 부인에게 전화를 걸어 집주소를 알아내려 했던 흉터의 계획을 망친 덕분에 그는 흉터의 분노를 샀다. 그런 그가 재용에게 매달리고 있었다. 재용은 무척 곤란해졌다.

"아저씨, 일단 이거 놓고……"

당황한 재용의 평범한 말투에 채현수는 더욱 거세게 매달렸다. 그는 흐느끼며 말했다.

"제발 부탁입니다. 나는 죽여도 좋아요. 전화 한 통만 쓰게 해 주세요."

재용은 핸드폰을 건네주고 말았다. 채현수가 그의 아내와 친구 에게 차례로 전화를 하고 다시 핸드폰을 건네줬을 때, 재용은 자 포자기한 채로 실없는 소리나 중얼거릴 수밖에 없었다.

"한 통만 한다더니……."

얼마 뒤 돌아온 흉터는 채현수의 아내를 제보한 직장동료를 협 박해 회사 주소록을 뒤져 집 주소를 알아냈다며 의기양양해했다. 진작 그렇게 할 걸 괜히 채현수를 데려와 일만 어렵게 만들었다 는 다른 남자의 농담마저 웃어넘길 정도로 기분이 좋아진 흉터 는 채현수 앞에 주소가 적힌 종이를 흔들며 말했다.

"우리 이제 네 마누라 따먹으러 간다?"

채현수는 차분하게 흉터의 얼굴에 침을 뱉었다.

"아니 이런 씨발놈이."

흉터는 칼을 꺼내 들었다. 재용은 고개를 돌렸다.

함께 찾아간 채현수의 아파트는 비어 있었다. 문까지 부수며 들어갔건만 아무도 없었다. 흉터는 잠깐 어디 갔을 테니 금방 돌 아올 거라 말하며 소파에 앉았지만 재용은 안절부절못하며 서성 였다. 그날 밤 12시가 넘었을 때 흉터는 집 안을 닥치는 대로 부 수기 시작했으며 뭔가가 잘못됐다며 부르르 떨었다. 재용은 차마 흉터의 얼굴을 마주 볼 수 없었다.

흉터는 그 일로 사장에게 된통 당하고 난 후 이를 부득부득 갈았다. 이럴 줄 알았으면 채현수를 살려놓을 걸 그랬다고 중얼거리는 동료를 피떡으로 만들어 놓았다. 재용은 아무 말도 할 수 없었다. "어떻게 알았지? 어떻게 알았을까." 흉터는 끊임없이 중얼거리며 며칠 간 동네를 샅샅이 뒤지고 채현수의 직장동료까지 잡아 족쳤지만 아무런 성과를 거두지 못했다. 그리고 마침내 재용을 추궁하기 시작했다. 재용은 거짓말을 썩 잘하지 못했다.

"이런 좆 같은 새끼를 봤나. 오냐오냐 해 줬더니."

재용이 형, 형 거리며 매달렸지만 흉터는 인정사정없었다. 그는 그나마 정이 있으니까 봐준다는 식의 말조차 하지 않은 채 무자비하게 굴었다. 그러고는 재용의 핸드폰을 뺏어 채현수의 친구에게 전화를 걸었고 재용은 채현수가 죽은 방에 갇혔다. 재용은 자신이 잘못된 길에 접어들었음을 후회하진 않았다. 그는 그저 채현수가 처음 말을 걸었을 때 모질게 굴지 못한 것을 끊임없이 후회했다. 그때 모질지 못했던 것이 그를 이렇게나 불행하게 만든 것이다.

이렇게 해서 두 방에 나란히 갇힌 두 남자는 불행의 바다에 빠진 채 허우적대고 있었다. 두 남자는 어둠 속에서 죽음을 예감하고 있었다. 나름의 행복을 찾을 만한 구석은 쥐꼬리만큼도 없었다. 그리고 사실 방금 전까지 다른 한 남자도 그들 못지않은 불행을 느끼고 있었다. 그 남자, 흉터는 설렁탕을 먹으면서도 상욱의 집을 찾을 방법을 도무지 알아낼 수 없다는 사실에 몹시도 불행해 했다. 그러나 방금 전 걸려온 한 전화가 반전을 만들어냈다. 이제 흉터는 더 이상 불행하지 않았다. 그는 꽤 행복해하며 상욱이 갇혀 있는 방문을 호기롭게 걷어차고 들어갔다. 그러고는 쓰러져 있는 상욱 앞에 주저앉아 상욱의 눈앞에 대고 그의 핸드폰을 요리조리 흔들어대며 말했다.

"좀 전에 무슨 전화가 왔는지 아나?"

상욱은 대답하지 않았다. 대답할 생각도, 기운도 없었다.

"아니 밥 먹고 있는데, 네 핸드폰으로 웬 전화가 오더라고. 그래서 받았다 아이가. 누구였는지 아나?"

흉터는 킥킥대며 말했다.

"택배 아저씨라 안 하나. 택배. 주소 좀 알려달라니깐 바로 알려 주대?"

흉터는 핸드폰으로 상욱의 뺨을 찰싹찰싹 때렸다. 상욱은 미동도 하지 않았다. 흉터는 상욱의 반응이 재미없었는지 피식 웃고는 몸을 일으켰다. 그때 복도에서 누군가 흉터를 찾았다. 흉터가 무슨 일이냐고 묻자 그는 손으로 옆방을 가리키며 말했다.

"형님 이 방 비워주시면 안 됩니까?"

"왜?"

"장군님이 방 하나 비우라시는데 마땅히 비울 방이 없습니다."

"알겠다. 야, 거기 재용이 대충 치아라."

흉터가 옆의 남자에게 말했다. 옆의 남자는 재용이 갇혀 있는 방문을 열다가 흉터를 보며 물었다.

"어떻게 치울까요?"

"대충 겁 좀 줘서 쫓아내면 된다 아이가."

남자는 고개를 끄덕였다. 흉터는 씩 웃으며 상욱이 갇혀 있는 방문을 닫았다.

"얼른 치우고 가자. 잡으러."

희미해지는 의식의 끄트머리에서 상욱은 달타냥의 모험에 대해 생각했다. 만화의 끝에서, 철가면의 반란을 진압하는데 큰 공을 세운 달타냥은 왕으로부터 상을 받고 고향으로 돌아갔다. 왕이 달타냥과 삼총사를 앞에 세워두고 뭐든 원하는 것을 가지라고 말하는 장면이 생각났다. 금은보화가 가득했다. 그리고 달타냥은 금은보화가 아닌 코끼리를 골랐다. 자신이 파리에 온 애초의 목적이 진짜 코끼리를 집에 데리고 가기 위해서였다고 말하며 기뻐했다. 그리고 정말 커다란 코끼리를 데리고 고향으로 돌아갔다. 상욱은 금은보화가 아닌 코끼리를 고른 달타냥의 선택이 멋지다고 생각했다.

의식이 점차 사라져갔다. 그는 한 때 자신의 별명이 달타냥이었다는 것을 생각하며 기분이 좋아졌다. 그의 머릿속에 달타냥의 멋진 모험들과 코끼리를 타고 있는 모습이 번갈아 떠올랐다. 상욱은 자신의 첫 모험이 결말을 맞이하고 있다는 것을 깨달았다. 비록 코끼리를 타고 돌아갈 수는 없겠지만, 기분이 나쁘지는 않았다.

아홉 살 난 남자 아이는 현관문을 조금 열어보았다. 경계하듯 빼꼼히 바깥을 살펴본 아이는 아무도 없는 걸 확인하고는 문을 완전히 열었다. 그의 뒤에 서 있던 그보다 세 살 어린 동생이 형의 옷을 꼭 잡았다. 형은 주위를 두리번거리며 한 발자국 앞으로 나섰다. 앞 집 문은 열려 훤히 열려 있었고 살짝 들여다 본 집 안은 엉망진창이었다. 형은 그들이 모두 떠났다는 것을 엄마에게 알리기 위해 다시 자신의 집으로 들어갔다. 그 때 그의 뒤를 따라 나왔던 동생이 형을 붙잡으며 말했다.

"형. 저거."

동생이 가리킨 곳은 앞 집 문 옆의 계단이었다. 작은 상자가 하나 놓여 있었다. 형이 다가가 확인해 보니 택배였다. 형은 그 택배를 챙겨 집으로 돌아왔다. 엄마, 남자로 변했지만 여전히 엄마인 엄마가 있는 방으로 가 형은 의젓하게 말했다.

"다 갔어."

"그렇구나. 근데 그건 뭐니?"

"택배."

엄마는 큰 아이가 가져온 택배를 살펴보았다. 그리고 그녀는 형제들의 방, 하지만 이제는 앞집 임산부가 쉬고 있는 방으로 가 문을 두드렸다.

"택배가 왔어요."

"네?"

문을 열고 나온 은주에게 엄마는 택배 상자를 건네며 말했다.

"그 사람들은 다 갔어요. 이 택배는 이상욱 씨 앞으로 온 건데 보낸 곳이 '해피 베이비'라서……"

은주는 택배를 받아들었다. 엄마는 말없이 안방으로 돌아갔다. 은주는 홀로 방에 앉아 잠시 망설였다. 고민을 하던 그녀는 천천히 택배 상자를 열어보았다. 상자를 여는 그녀의 손길이 부들부들 떨렸다. 마침내 그녀가 상자를 다 개봉했을 때, 그녀는 상자 속에 있던 작은 옷을 부여잡고 고개를 숙였다.

작디작은 그 옷은 분홍색의 여자아이 옷이었다. 옷 가슴팍에는 예쁜 아기 코끼리가 그려져 있었다.

5. 사탄의 아들

"그리하여 사탄의 아들들이여. 사탄의 시대는 끝이 나고 이제 우리는 징벌의 세계에서 살고 있습니다. 요한계시록 17장의 음녀를 보십시오. 성경은 18절에서 '또 네가 본 그 여자는 땅의 왕들을 다스리는 큰 성이라 하더라'라고 하셨습니다. 여기에서의 여자, 큰 음녀가 무엇이겠습니까. 세상의 음란함이 바로 그것입니다. 음란이 지배하는 세상을 말씀하신 것입니다. 하나님께선 음녀로 상징되는 세상의 음란함을 벌하시는 것입니다. 18장 9절에서 10절을 보시겠습니다. '그와 함께 음행하고 사치하던 땅의 왕들이 그가 불타는 연기를 보고 위하여 그의 가슴을 치며. 그의 고통을 무서워하여 멀리 서서 이르되 화 있도다 큰 성, 견고한 성 바벨론이여 한 시간에 네 심판이 이르렀다 하리로다.' 보십시오. 세상을 보십시오. 큰 성, 견고한 성 바벨론, 곧 사탄의 왕국인 이 음란한 세상이 멸망해 가는 걸 보십시오. 하나님의 징벌은 이토록 두려운 것입니다.

그러나 여러분. 사탄의 세상에서 태어나 사탄의 세상을 살아가던 사탄의 아들들이여. 사탄의 왕국은 멸망하고 있으나 여러분은 살아남을 것입니다. 음란한 세상을 벌하시는 하나님께서 음녀를 벌하시기 위해 세상의 모든 여자를 사라지게 하고 있으나, 하나님의 그 강대한 힘을 두려워하되 죽음을 두려워하진 마십시오. 하나님께서는 믿음 있는 자신의 백성을 구하십니다. 비록 사탄의 세상을 살아갔을지라도 주를 두려워할 줄 알고 주를 섬길 줄 아는 이들에게는 멸망의 칼날이 비껴갈 것입니다. 20장에는 사탄의 세상이 멸망한 후 도래할 천년 왕국이 묘사되어 있습니다. 성도들이여, 누가 천년 왕국의 백성이 되겠습니까? 누가 그리스도께서 다스리시는 왕국의 백성이 될 수 있겠습니까? 할렐루야.

우리는 그리스도의 재림을 준비하는 자들입니다. 19장 7절을 보시겠습니다. '우리가 즐거워하고 크게 기뻐하며 그에게 영광을 돌리세 어린 양의 혼인 기약이 이르렀고 그의 아내가 자신을 준비하였으므로' 이 말씀이 무슨 말씀인 것 같습니까? 세상의 여자들을 없앰으로 우리의 음란함을 벌하신 주께서는 징벌이 끝난 이후의 혼인을 말씀하고 계십니다. 그의 아내가 자신을 준비한다고 말씀하고 계십니다. 여성을 없앤 주께서 아내를 말씀하시는 것입니다. 그 이야기가 무엇이겠습니까? 우리는 음란하지 않은 한 여성, 영광의 날에 어린 양과 혼인 할 준비가 된 여성을 맞을 수 있을 것입니다. 아멘! 저는 그 여성이 마지막 순간까지 남자로 변하지 않은 순결한 처녀일 것으로 믿어 의심치 않습니다! 아멘! 우리가 그 성녀를 모시고 있음에 영광이 있습니다! 할렐루야.

성도들이여, 영광의 날이 머지않았습니다. 하늘이 열리고 그리스도께서 내려오실 그날이, 신부의 혼인 준비를 돕던 우리가 하나님께 큰 상을 받고 천년 왕국의 백성이 될 그날이 머지않았습니다. 20장 4절을 보시겠습니다. '또 내가 보좌들을 보니 거기에 앉은 자들이 있어 심판하는 권세를 받았더라. 또 내가 보니 예수를 증언함과 하나님의 말씀 때문에 목 베임을 당한 자들의 영혼들과 또 짐승과 그의 우상에게 경배하지 아니하고 그들의 이마와 손에 그의 표를 받지 아니한 자들이 살아서 그리스도와 더불어 천 년 동안 왕 노릇 하니' 오직 주를 믿고! 그리스도의 재림을 예비하고 있던 자들만이! 하나님의 왕국에서 그리스도와 더불어 왕이 될 수 있는 것입니다!

지금 성녀께서는 편찮으시어 이 자리에 나오지 못하셨습니다. 저는 이것이 주께서 우리의 믿음에 내리신 시험이라고 확신합니다. 우리의 간절한 기도만이 성녀님을 쾌차하게 할 수 있을 것이며, 그것이 주님의 신부를 예비하는 우리 주님의 백성들의 의무인 것입니다. 그리고 또한 저는 확신합니다. 성녀님이 완쾌하시는 순간 주께서 마지막 시험을 끝내시고 우리 앞에 나타나실 것임을, 그날이 징벌이 끝나는 날이자 영광이 시작되는 날일 것임을, 저는 믿습니다. 아멘. 성두들께서는 모두 몸을 깨끗이 하고 경건한 마음으로 성녀님의 쾌차를 기도해 주시길 바랍니다."

늙은 목사는 벗겨진 머리에 흐르는 땀을 손수건으로 닦아냈다. 설교가 끝난 예배당은 성도들이 수군대는 소리로 가득했다. 목사는 성도들이 이번 예배에 성녀가 참석하지 않은 것에 대해 수군대고 있다는 것을 알 수 있었다. 목사 역시 알고 있었다. 주님을 두려워하고 그리스도의 재림을 믿기에 예배에 참석하는 자보다, 성녀의 모습을 먼발치에서라도 구경하기 위해 예배에 참석하는 자가 많다는 것을 말이다. 약간 멍청하지만 착하기 짝이 없는 전도사가 소란을 금해달라고 부탁했음에도 몇몇 성도들은 거리낌 없이 말했다. "혹시 남자로 변한 거 아니야?"

예배가 끝나고 목사는 평소와는 달리 서둘러 예배당을 나왔다. 깡마른 목사의 몸이 후들거려 전도사의 부축을 받을 수밖에 없었다. 얼마 전 새로 옮긴 으리으리한 건물은 늙은 목사에겐 지나치게 넓었다. 목사는 중간 중간 심호흡을 해가며 교회 내 사저로 걸어갔다. 힘겹게 도착한 사저 앞에는 익숙한 얼굴의 중년 남자가 서 있었다.

"좋은 설교였습니다. 은혜 받았습니다."

"주님의 말씀이시니 그럴 수밖에요. 좋은 말씀을 제 추한 목소리로 꽥꽥 됐으니 주님께 죄송할 따름입니다."

"별 말씀을 다하십니다."

남자는 무표정한 얼굴로 대답했다. 목사는 그런 남자의 무표정이 불편했다.

"사저는 불편하지 않으십니까."

"아이고, 그럴 리가 있겠습니까. 이렇게 아름답고 웅장한 성전에 머무를 수 있으니 이보다 더 영광된 일이 또 어디 있겠습니까. 이게 다 박 장로님께서 힘써 주신 덕분입니다."

"주님의 역사하심이겠지요. 그나저나 목사님."

박 장로는 작고 날카로운, 그 속을 알 수 없는 눈으로 목사를 응시하며 말했다.

"성녀님께서 편찮으시다고 하셨는데 걱정이 돼서 말입니다. 별일 있으신 건 아닌가 해서 왔습니다. 저뿐만 아니라 다른 성도들도 걱정이 많더군요."

박 장로는 사저를 흘끗 보고는 다시 목사를 바라보며 말했다.

목사는 붉게 상기된 얼굴로 황급히 대답했다.

"장로님이 염려하실 정도로 편찮으신 건 아닙니다. 걱정하지 않으셔도 됩니다. 기도만 열심히 해 주십시오. 금방 쾌차하실 겁니다."

박 장로는 늙은 목사를 가만히 응시했다. 목사는 그런 박 장로의 시선이 부담스러웠다. 박 장로는 위압감을 풍기는 남자였다. 처음 찾아온 날부터 그 시선만으로 목사를 압도한 박 장로는 교회에 나온 지 얼마 되지도 않아 교회의 실세가 되었다. 장군 출신의 박 장로가 사람들 앞에 섰을 때의 카리스마는 그 누구도 흉내 낼 수 없었다. 몇몇 이들은 박 장로가 정치계의 거물들과 연줄이 닿아 있으며 굉장한 재력을 가지고 있다고 두려워했고, 몇몇 이들은 박 장로가 부정한 사업에 손을 뻗쳤다며 경계했다. 그러나 박 장로가 교회에 나오기 시작한 후 변두리의 작은 교회에 불과했던 목사의 교회가 급격히 성장하여 현재 수만의 성도를 거느리게 된 것은 부인할 수 없는 사실이었다.

"알겠습니다. 이만 돌아가 보겠습니다."

박 장로는 몸을 돌려 뚜벅뚜벅 걸었다. 목사는 그런 박 장로의 뒷모습을 보며 안도의 한숨을 내쉬었다.

목사가 소녀를 만났던 건 1년 전 자신의 작은 개척 교회에서였다. 믿음은 올곧았지만 처세에 능하지는 못했던 목사는 15년간 머무른 큰 교회에서의 권력 다툼에서 패했다. 졸지에 쫓겨나 볼품없는 개척교회를 세운 목사는 입에 근근이 풀칠이나 해가며 살아가고 있었다. 그가 교회에서 쫓겨난 충격으로 앓아누운 부인과도 사별한 후, 목사는 믿음에 심대한 타격을 받았다. 열정도 카리스마도 없는 늙은 목사의 교회가 부흥할 리 없었다. 서울 변두리의 한 아파트 단지 2층 상가에 위치했던 그의 작은 교회는 몇 명의 신도들이나마 유지되고 있다는 게 놀라울 지경이었다. 그러던 어느 날 소녀가 나타났다.

소녀는 벙어리였다. 더러운 몰골로 교회에 나타났을 때, 그녀를 가엾게 여긴 목사가 밥을 주자 정신없이 먹었다. 그러고는 교회를 떠날 생각을 안 했다. 환갑의 나이에 적적했던 목사는 소녀를 보살펴 주었다. 소녀는 얌전했다. 씻기고 보니 자태도 어여뻤다. 자식이 없었던 목사는 늦둥이를 얻은 것처럼 기뻐했다. 주님이 주신 딸이라 일렀다. 소녀와 함께 목사의 시들었던 신앙도 회복되었다. 소녀는 목사가 어디를 가든 따라다녔고 차츰 이런 저런 집안 살림이며 교회 살림까지 하기 시작했다. 소녀는 정말 하늘에서 준 선물 같았다. 불과 한두 달이 지났을 때, 소녀의 존재는 이미 목사의 삶에서 가장 중요한 부분이 되어 있었다.

언제부터였는지는 모른다. 목사의 삶에서 가장 중요한 부분이 된 소녀는 목사의 고민거리였다. 자신의 삶에 있어 가장 중요한 가치가 신앙이 아니라는 점은 목사를 괴롭혔다. 목사는 어떻게든 타협하려 애썼지만 쉽지 않았다. 그가 육십 평생을 믿고 따르던 하나님에 대한 사랑보다 소녀에 대한 사랑이 더욱 크다는 것은 너무나 확연했고, 그는 그런 괴리를 용납할 수 없었다. 아마 그래서였을 것이다. 목사는 자신도 모르는 새 합리화를 시작했다. 하나님에 대한 사랑과 소녀에 대한 사랑을 일치시키는 작업을 시작한 것이다.

세상의 재앙은 늙은 목사가 보기에 주님의 징벌이었다. 마침내 종말이 오고야 만 것이었다. 세상에 많은 눈물과 피가 흘렀다. 그러나 목사의 마음은 평안했다. 그의 마음속에는 하나님 ― 소녀에 대한 사랑이 가득했던 것이다. 이상하게도 소녀가 남자로 변할 거란 생각은 들지 않았다. 그 확신은 증거를 필요로 하지 않는 종류의 것이었다. 슬픔으로 가득 찬 주위 사람들에게 목사는 자신의 평안함을 설파하기 시작했다. 그의 작은 교회에 점차 많은 이들이 모였다. 한 달이 지나고, 두 달이 지나고, 점점 더 많은 여자들이 남자로 바뀌어갔지만 소녀는 그대로의 모습으로 목사의 곁을 지켰다. 그리고 때마침 목사는 성경에서 자신의 믿음을 확인할 수 있었다. 이전까지는 보지 못했던 부분에서, 읽었으나 깨닫지 못했던 바를 보고야 만 것이었다. 성경은 소녀를 예언하고 있었다. 소녀는 정말 주님이 예비하신 존재였다. 목사의 내부에서 이루어졌던 합리화가 사실이었음이 밝혀졌을 때, 목사는 감사의 눈물을 흘렸다.

그런 소녀가 지금 그의 앞에 누워 있었다. 소녀는 이불을 머리 끝까지 뒤집어쓴 채 미동도 하지 않았다. 목사는 소녀와 대화를 하고 싶었다. 평소처럼 서툰 수화를 해가며 그들만의 대화를 하고 싶었다. 그러나 소녀는 이불을 걷지 않았다. 목사가 이불을 잡아당겨도 오늘 아침에 그랬던 것처럼 끝내 뒤집어 쓴 이불을 붙잡고 놓지 않았다. 목사는 걱정이 되었다. 그의 마음 한구석에서 자꾸만 불안감이 피어올랐다. 그러나 그는 이내 믿음이 부족한 스스로를 꾸짖었다. 말씀을 설파해야 하는 자가 믿음이 없이 세상 사람들 같은 걱정을 해선 안 될 노릇이었다. 목사는 예전에 '애야'라고 불렀던 소녀에게 '성녀님, 쉬십시오.'하고 머리를 조아리고는 소녀의 방을 나섰다. 방을 나서는 그의 마음속에 세속적인 걱정은 없었다. 다만 아름다운 성녀의 모습을 볼 수 없는 진한 아쉬움만이 가득했다.

박 장로는 자신의 사무실로 돌아와 의자에 앉았다. 머리가 아팠다.

언젠가 이런 일이 발생할 것은 알고 있었다. 그러나 아직은 시간이 더 필요했다. 그가 지금껏 준비해 온 일에 차질이 생기지 않게 하기 위해선 아직 시간이 더 필요했다. 그 덜 떨어진 목사가 데리고 있는 소녀가 실제로 성녀이건 아니건, 아직은 남자가 되어서는 안 된다. 아니, 적어도 남자가 되었다는 사실이 알려져서는 안 될 노릇이었다. 박 장로는 필요하다면 남자로 변한 소녀를 여장시킬 생각까지 하고 있었다. 문제는 목사였다. 그 목사는 멍청하게도 오늘 예배에서 소녀가 아프다는 식의 발언을 했다. 누구라도 소녀의 남성화를 의심할 것이다. 박 장로는 속으로 목사에게 욕을 퍼부었다.

박 장로는 흥분을 가라앉히고 천천히 생각을 가다듬었다. 그에게는 교회가 필요했다. 신도는 기하급수적으로 늘어나고 있었다. 얼마 전 그가 큰돈을 보태 새로 산 교회는 만 명이나 수용이 가능했지만 그 넓은 예배당조차 좁아터질 지경이었다. 이 기세라면 얼마 안 가 여러 개의 교회를 더 구입해 분교를 세울 수 있을 터였다. 박 장로는 벌써 각 분교들에서 본교회의 예배를 중계하기 위한 방송장치 구입에까지 관심을 기울이고 있었다. 소녀를 정말 메시아로 믿는 이들은 물론이거니와 단지 여자의 얼굴을 구경이라도 하기 위해 찾아오는 모든 이들을 위해, 소녀를 생생하게 비출 수 있는 방송장치들 말이다. 이 기세가 조금만, 아주 조금만 더 유지된다면 난립하는 수많은 종교들은 물론이고, 자신의 교회를 이단으로 규정한 기존 교회까지 뒤엎어버릴 정도의 세력을 갖게 될 것임이 자명했다. 박 장로는 지금의 위기만 잘 대처한다면 충분히 가능한 일이라고 생각했다.

"장군님."

그가 생각에 잠겨 있을 때, 부하 중 하나가 노크를 하고 들어왔다.

"김 대표님 전화십니다."

집권 여당의 대표한테 온 전화였다. 박 장로가 모종의 사업을 할 때 특별히 신경 쓰던 고객으로 현 정권의 실세 중 실세라 할 수 있었다. 박 장로는 자세를 고쳐앉으며 얼른 전화기를 받았다.

"아이고, 안녕하십니까. 김 대표님. 예. 대표님 덕분에 잘 지내고 있습니다. 예. 예. 아직 작은 교회일 뿐입니다. 갈 길이 멀었죠, 하하. 예. 예? 다음 주에요? 예? 아니, 김 대표님도 참 그게 무슨 섭섭한 말씀이십니까. 김 대표님이 찾아주시면 저희 교회야말로 영광이지요. 하하하. 예. 예. 알겠습니다. 그럼 다음 주에 뵙도록 하겠습니다, 김 대표님."

박 장로는 전화를 끊고 담배를 한 대 꺼내 물었다. 김 대표는 여당의 차기 대권 주자였다. 슬슬 움직이기 시작한 대권 주자가 박 장로의 교회를 눈여겨보고는 손을 내민 것이 분명했다. 박 장로는 이것이 다시없을 기회라고 생각했다. 김 대표를 교회에 끌어들일 수만 있다면 교회의 입지는 상상도 할 수 없을 만큼 탄탄해질 것이다. 비록 정치와 정부의 앞날을 장담할 수 없는 현실이지만, 정부가 단 몇 년이라도 더 유지될 수 있다면 상관없는 일이었다. 아직 성장 초기라고 할 수 있는 교회가 정치권의 비호를 받는다는 것은 안정적인 성장을 보장받는 것이나 다름없기 때문이다.

박 장로는 늙은 목사와 소녀에 대해 다시 생각하며 얼굴을 찡그렸다. 하필 이런 기회가 왔을 때 일이 터진 것이다. 입에 물려 있는 담배가 다 타들어 갈 때까지, 박 장로는 신중히 생각을 진행시켰다. 그는 자신의 신중함과 위기 대처 능력을 믿어 의심치 않았다.

자정의 교회는 조용했다. 거니는 이가 없는 복도에는 군데군데 켜진 미약한 등불만이 밝혀져 있었다. 목사가 있는 방에는 촛불이 타고 있었다. 조그맣고 아늑한 기도실이었다. 목사는 교리집을 집필하다 마음이 괜스레 뒤숭숭하고 진정이 안 돼 기도를 하기 위해 기도실을 찾았다. 정면에는 십자가가 걸려 있었고 작은 단 위에 성경이 펼쳐져 있었다. 목사는 마음을 가라앉히려 조용히 눈을 감고 기도를 했다. 방 안에는 정적만이 흘렀고 촛불은 멎은 듯 빛났다.

누군가 기도실의 문을 열었을 때 목사는 시야의 변화를 느낀 다음에야 소리를 들었다. 눈을 감아 어두운 세상이 촛불의 일렁임으로 미약하게 흔들리는 것을 눈치챈 목사는 눈을 떴다. 문이 열리며 새어 들어온 바람으로 촛불은 요동쳤다. 촛불이 비춘 그림자도 사방으로 흩어지듯 흔들렸다. 늙은 목사는 고개를 돌려 방

문자를 바라보았다. 십자가와 목사를 마주보고 선 이는 소녀였다. 목사는 다시 눈을 감고, 하던 기도를 마저 마쳤다. 소녀는 그런 목사를 기다렸다. 깡마른 목사가 입은 검은 옷은 목사가 몸을 웅크린 탓에 헐겁게 늘어져 있었다. 잠시 후 축 늘어져 있던 어깨가 조금은 펴지며 목사가 몸을 곧추세웠다.

소녀는 목사의 옆에 다가와 앉았다. 촛불만이 일렁이는 어두운 방에서 그림자가 나부꼈다. 하나의 그림자는 수십 수백의 그림자였다. 수많은 그림자들이 소녀의 모습 위로 어른거렸다. 소녀는 가만히 손을 뻗어 목사의 손을 잡았다. 소녀의 손이 닿는 순간 목사는 전율했다.

"제가 믿음이 부족해 괜한 의심들로 마음이 어지러웠습니다. 혹시나 하는 걱정이 자꾸만 들어 급한 교리집 작성도 미루고 이리 기도를 올리고 있었습니다. 이리 부족한 저를 보듬으려 오시니 감사할 따름입니다."

목사는 정면의 십자가를 바라보며 떨리는 목소리로 천천히 말했다. 소녀가 듣지 못한다는 사실은 중요하지 않았다. 소녀의 손은 따뜻했고, 목사는 젊은 시절 이후 참으로 오랜만에 심장이 쿵쾅대는 것을 느꼈다. 어려운 일이 생길 때마다 심장이 덜컥 내려앉는 듯한 기분과는 전혀 다른 느낌이었다. 목사는 천사를 만난 기분이었다. 주름지고 혈관이 툭 튀어나온 마른 손이 소녀의 손을 꼭 붙들었다. 이토록 고운 손은 세상에 둘도 없을 것 같았다.

"모, 몸이 좀 괜찮아지셨으면 뭐라도 드셔야 할 텐데……."

목사는 더듬거리며 말했다. 목사는 허둥지둥하며 자리에서 일어나려 했다. 그러나 소녀는 목사의 손을 꼭 잡아 끌며 다시 목사

126

를 앉혔다. 목사가 당황해 어쩔 줄을 몰라 하자 소녀는 고개를 세
게 가로저으며 목사와 시선을 마주치려 노력했다. 목사는 그제야
소녀의 의도를 눈치 채고 소녀를 마주보았다. 소녀의 눈동자는 불
안으로 가득했다. 상황을 이해하기도 전, 목사는 소녀의 눈동자
에 넘실대는 불안 때문에 가슴이 아팠다. 그리고 가슴이 아프고
나서야 찬찬히 소녀를 살펴볼 수 있었다.

소녀는 평소와 조금 달랐다. 어두워서 어떤 점이 다른지는 딱
히 꼬집어 말할 수 없었지만, 겉모습에서 풍기는 분위기가 미묘
하게 달랐다. 두 사람의 호흡이 가빠졌기 때문인지, 혹 두 사람의
불안을 감지했기 때문인지 그림자는 더욱더 정신없이 일렁였다.
목사는 소녀의 얼굴 위를 오가는 그림자들이 몹시 거슬렸다. 소
녀의 모습을 제대로 살피기가 힘들었다. 목사는 천천히 손을 들
어 소녀의 얼굴에 가져갔다. 소녀는 가만히 눈을 감았다.

목사는 알 수 있었다. 목사는 갑자기 소녀의 온 몸을 더듬기
시작했다. 부들부들 떨리는 두 손이 소녀의 어깨와 가슴팍을 지
나 허벅지까지 내려왔다. 그리고 어느 순간 모든 움직임을 멈추고
미동도 하지 않았다. 경악으로 가득 찬 얼굴이 무언갈 말하려 시
도했으나 계속해서 실패했다. 촉촉해졌던 소년의 눈가에서 마침
내 눈물이 흘렀다.

목사는 경기를 일으키다시피 하며 자리에서 벌떡 일어났다. 놀
란 소년이 목사를 붙잡으려 하자 목사는 엉겁결에 소년의 팔을
피하려다 뒤로 나자빠졌다. 목사의 머릿속에 수십 가지 생각이
뒤엉켰다. 생각들은 서로를 잡아먹을 듯 휘몰아쳤고 제각기 굉음
을 내며 목사의 정신을 갈기갈기 찢었다. 혼란 속에서 목사는 자

신의 앞에 서 있는 소년을 올려보았다. 소란 중에 촛불 몇 개가 꺼져 방은 더욱 어두워져 있었다. 어둠이 소년의 얼굴을 덮었다. 목사는 중얼거렸다.

"사탄이야."

목사의 급작스런 행동들에 당황한 소년이 목사를 일으키려 다시 한 번 손을 뻗자 목사는 소년의 손을 거칠게 뿌리치며 외쳤다.

"사탄이야!"

조금은 확신에 찬 목소리였다. 목사는 그 늙은 몸이 했다고는 생각할 수 없을 만큼 빠른 속도로 벌떡 일어나 손가락으로 소년을 가리키며 말했다.

"이 놈 사탄아! 성녀님의 몸에서 썩 꺼져라!"

살기등등한 목사의 기세에 놀란 소년은 울음을 터뜨리며 바닥에 주저앉아버렸다. 소년의 약한 모습을 본 목사는 더욱 기세를 올려 고래고래 소리를 질렀다.

"꺼져라, 마귀야! 누굴 시험하려 드는 게냐. 성녀님은 네가 장난칠 만한 분이 아니다! 당장 꺼져라! 오호라, 이 놈. 끝내 버텨보겠다 이거지?"

목사는 시뻘게진 얼굴로 손에 잡히는 것들을 모조리 소년에게 집어던졌다. 충격에 빠진 소년은 목사가 던진 물건들을 던지는 대로 고스란히 맞았다. 그러다가 마침내 목사가 촛대를 집어던졌을 때, 촛대를 머리에 맞은 소년은 피를 흘리며 기절했다. 목사는 소년의 몸이 축 늘어지고 나서야 흥분을 가라앉혔다. 그러고는 바닥에 누워 있는 소년의 몸을 살피며 중얼거렸다.

"고얀 놈. 어딜 감히. 아름다운 성녀님을 감히."

목사의 시선이 소년의 바지 한가운데서 멈췄다. 소녀의 바지는 소년이 된 그에게 너무 작았고, 그래서 착 달라붙은 바지에는 소년의 음경이 도드라지게 튀어나와 있었다. 불거진 바지를 본 목사는 분노와 절망이 꿈틀거리는 것을 느꼈다. 목사는 말라빠진 손을 부들거리며 내뻗었다.

"사탄이구나. 사탄이 성녀님의 몸에 자리 잡았구나."

목사는 소녀의 몸에서 사탄을 내쫓기로 결심했다.

앞으로 길어야 몇 십 년. 그러나 몇 년이건 몇 십 년이건 상관없다. 인류가 멸망하는 그 순간까지도 박 장로는 더 높은 곳에 서기 위해 끊임없이 노력할 것이다. 군복을 벗은 건 순전히 올라갈 수 있는 높이의 한계 때문이었다. 그가 생각하기에 혼란한 세상의 정점에 서기 위해선 군복보단 사제복이 적절했다. 물론 그는 칼을 쥔 사제가 될 것이다. 남자밖에 없는 세상이라는 점도, 곧 멸망할 사회라는 점도, 그에게는 중요하지 않았다. 그는 군림하고 싶었다.

박 장로의 그런 강렬한 권력욕, 혹은 지배욕을 알고 있는 어떤 이들은 그가 자식이 없기 때문이라고 말했다. 그러나 그는 그런 말들에 신경 쓰지 않았다. 그는 자신의 욕망이 강한 이유가 무엇인지에 대해서는 관심이 없었다. 그는 애초부터 목표를 향해 끊임없이 전진해나가는 사람이었고, 그런 강한 의지 덕분에 군에서도 성공가도를 달려왔다. 아내를 잃은 후, 그의 그런 의지는 한층 견고해졌다. 사람들은 그를 더욱 두려워하기 시작했다. 그는 사람들의 두려움이야말로 자신을 비추는 거울이라고 생각했다.

박 장로는 절도 있게 걸었다. 그의 생각에 절제로 갈무리한 강함이야말로 진정한 힘이었다. 그리고 그는 자신의 힘을 믿었다. 예정보다 조금 빠르긴 하지만 그가 직접 교회의 수장이 되는 건 어차피 계획된 일이었다. 늙은 목사는 열성적이긴 하지만 서투르기 짝이 없어 한 집단의 우두머리가 되기에는 적합하지 못하다. 박 장로는 목사에게 교리집만을 완성하게 한 후 적당히 겁을 주어 쫓아내야겠다고 판단했다. 소녀는 아마도 남자로 변했을 테지만 변장만 잘 시키면 어떻게든 시간을 벌 수 있을 것이다. 그리고 그렇게 번 시간 동안, 박 장로는 이 교회에 광기를 불어넣을 생각이었다. 그저 호기심밖에 없는 사람들을 광신도로 변화시키는 마법의 재료가 실은 적당한 희생양과 소소한 기적 몇 가지, 그리고 지도자의 카리스마뿐임을 그는 알고 있었다. 목사 사저에 아무도 없는 것을 확인한 후에 엄습한 불안감마저도 그를 흔들진 못했다.

기도실로 향하는 한 복도에 접어들었을 때, 박 장로는 기괴한 울음소리가 복도에 진동하고 있음을 깨달았다. 대지의 작은 틈새로 지옥의 절규가 새어나오듯, 아련한 흐느낌은 고통으로 가득 찬 채 기다란 복도에 울렸다. 복도의 전등이 깜빡이는 것 같았다. 박 장로는 흐트러지지 않으려 애쓰며 기도실 문 앞에 섰다. 흘러내린 머리를 뒤로 넘긴 후, 박 장로는 기도실의 문을 열었다. 문이 열리자 신음 같은 흐느낌이 바람처럼 흘러나왔다. 그리고 검은 연기가 흐느낌처럼 흘러나왔다.

기도실의 한구석은 불에 타고 있었다. 쓰러진 촛대에서 옮겨 붙었는지, 합성 목재가 깔린 바닥은 독한 냄새를 풍기며 타오르고 있었다. 다행히 불길이 빠르게 번지고 있지는 않았다. 박 장로는 기침을 하며 기도실 안을 살폈다. 정면에 보이는 십자가 아래로 목사가 앉아 있었다. 목사의 앞에는 자그마한 체구의 한 사람이 누워 있었다. 박 장로는 한 걸음 다가갔다. 활활 타는 불길 옆에 앉아 있던 목사는 갈라진 목소리로 계속해서 흐느꼈다. 목사의 주변에 피가 고여 있었다. 목사는 기괴한 소리를 내며 천천히 팔을 움직이고 있었다. 박 장로는 가까이 다가서고 나서야 목사가 무엇을 하고 있었는지 알 수 있었다.

인기척을 느낀 목사가 천천히 고개를 돌려 박 장로를 바라보았다. 박 장로의 경악한 표정을 본 목사는 실성한 듯 웃으며 자신의 앞을 가리켰다. 축 늘어져 있는 소년의 바지는 벗겨져 있었다. 주위는 피로 흥건했다. 목사는 손에 들린 가위를 박 장로에게 들이밀며 불분명한 발음으로 말했다.

"사탄이……"

목사의 반대쪽 손에 들려 있는 것을 본 박 장로는 눈살을 찌푸렸다. 손수건으로 코와 입을 가린 채 가만히 목사를 지켜보던 박 장로는 결심을 마치고 한 걸음 더 목사에게 다가갔다. 늙은 목사는 울고 있었고 웃고 있었다. 박 장로는 쓸쓸한 눈으로 목사를 응시했다. 박 장로는 손수건을 불길에 던졌다. 천천히 두 손을 들어 올려 목사의 목을 감쌌다. 목사는 그런 박 장로를 바라보지 않았다. 목사는 바닥에 쓰러져 있는 소년을 바라보았다. 박 장로의 억센 손에 힘이 들어갔다. 목사는 반항하지 않았다. 그는 계속해서 소년을 바라보고 있을 뿐이었다. 점차 몸에서 힘이 빠지며, 목사는 가위를 떨어뜨렸다. 그러나 반대쪽 손에 쥐어진 것만큼은 꼭 쥐고 있었다. 이제 불길은 제법 커져 있었다. 마침내 목사가 쓰러지자 박 장로는 목사를 불길 속에 던져 넣었다. 그러고는 바닥에 쓰러져 있던 소년을 들춰 업고 기도실을 터벅터벅 걸어 나왔다. 박 장로의 등에 업힌 소년의 사타구니에서 피가 뚝뚝 떨어져 내렸다.

"죽지만 않는다면, 목사가 쓸모 있는 짓을 한 셈이군."

박 장로가 중얼거렸다. 그의 계획은, 아직 틀어지지 않았다.

"축하합니다, 박 장군. 총회장에 취임하셨다고."

"며칠 전 있었던 장로회에서 정한 임시직일 뿐입니다."

"아, 그래요. 들었습니다. 화재로 담임목사님이 돌아가셨다고. 그거 참 안됐습니다."

목에 힘을 잔뜩 준 채 앞장서 걷는 김 대표를 따라가며 박 장로는 침중한 표정을 지어보였다.

"불행한 사고였습니다."

"그래도 이럴 때일수록 교회를 단합시킬 인물이 필요한 법 아니겠소. 박 장군만큼 믿을 만한 인물도 없으니 교회로선 참 다행이지."

"김 대표님이 계시니 든든합니다."

박 장로는 김 대표를 예배당 맨 앞좌석까지 직접 안내했다. 김 대표는 박 장로의 그런 당연한 안내를 받으며 육중한 체구를 좌석에 앉혔다. 교회 안은 붐볐다. 김 대표와 몇몇 장로가 앉은 앞좌석 주위를 제외하고는 사람들이 빼곡히 들어서 발 디딜 틈이 없을 정도였다. 흐르는 땀을 손수건으로 닦으며 주위를 두리번거린 김 대표가 말했다.

"그런데 그 성녀님은 어디 계신지?"

"성녀는 몸이 안 좋으셔서 쉬고 계십니다. 아무래도 사고의 충격도 있고 해서……"

"그럼 오늘은 안 나옵니까?"

김 대표가 실망스럽다는 기색을 감추지 않자 박 장로는 고개를 저으며 말했다.

"그럴 리가 있겠습니까. 있다가 예배가 시작하면 입장하실 겁니다."

박 장로의 말에 김 대표는 안도의 한숨을 내쉬었다.

"다행이구먼. 이 많은 신도들이 성녀님만을 오매불망 기다리고 있는데 안 나오시면 안 되지."

박 장로는 고개를 끄덕이며 미소를 지었다.

예배가 시작하고, 남성으로만 이루어진 성가대의 웅장한 목소리가 거대한 예배당을 가득 채울 때, 성녀는 휠체어를 타고 등장했다. 성녀의 안색은 좋지 않았지만 곱게 화장을 하고 하얀 드레스를 입은 모습은 무척이나 아름다웠다. 예배당에 모인 1만 명이 넘는 신도들이 일제히 성녀만을 바라보았다. 교회의 정면에 배치된 커다란 스크린에는 클로즈업된 성녀의 모습이 나오고 있었다.

박 장로는 일부러 극적인 등장을 연출했다. 성녀를 이전처럼 수수한 모습으로 강단 한구석에 앉아 있게만 한 것이 아니라, 아름답게 치장시킨 후 예배의 시작과 함께 천천히 입장시켰다. 성녀가 탄 휠체어를 천천히 몰며, 박 장로는 자신이 의도한 극적인 등장이 성공적이라는 사실에 흐뭇해졌다. 신도들은 하나같이 얼빠진 얼굴로 아름답게 치장한 성녀만을 바라보고 있었다. 김 대표 역시 홀린 듯한 표정으로 성녀를 바라보고 있었다.

박 장로는 강단 앞에 휠체어를 세우고는 천천히 성녀를 안아들 었다. 그 또한 박 장로가 연출한 모습이었다. 중년 남자에게 안긴 연약한 소녀의 모습은 신도들의 혼을 빼놓았다. 박 장로는 성녀 를 강단 한쪽에 있는 푹신한 의자에 앉혔다. 성녀는 고통스러운 표정을 지었지만 박 장로는 교묘하게 등을 돌려 카메라가 성녀의 얼굴을 찍는 것을 가렸다. 박 장로는 강단 한가운데 섰다.

"성도 여러분."

거대한 예배당 안에 박 장로의 낮고 엄숙한 목소리가 울려 퍼 졌다.

"지난 주 우리는 우리의 선량한 목자를 잃는 비극을 맞이했습 니다."

박 장로는 말을 끊고 천천히 예배당을 둘러보았다. 박 장로가 만든 말과 말 사이의 무거운 공백에, 성녀만을 바라보고 있던 신 도들이 점차 박 장로에게로 고개를 돌렸다.

"그 분은 위대한 선지자였습니다. 그 분은 성녀님이 주님이 주 신 딸임을 알아보았습니다. 불의의 사고로 비록 이 세상을 떠났 지만, 그 또한 하나님의 예비하심임을 믿습니다. 지금 이 순간도 그 분은 하나님 옆에 계실 겁니다."

박 장로의 날카로운 눈빛에 압도된 좌중은 박 장로의 얼굴만 을 바라보았다. 작은 기침 소리마저 용납되지 않을 경건한 분위기 였다. 신도들은 숨소리조차 낮춰가며 박 장로의 말에 귀를 기울 였다.

"그러나 그 분이 떠났음에도 그 분이 우리에게 남기신 예언은 아직 우리 곁에 남아 있습니다. 우리는 위대한 선지자의 예언 속 주인공을 이 자리에 모시고 있습니다. 여전히 완쾌되지 않은 몸에 지난 주 선지자를 잃는 충격을 겪으셨음에도, 성녀님은 여러분을 사랑하는 마음으로 이 자리에 나오셨습니다."

박 장로를 비추고 있던 카메라가 성녀를 비췄다. 아름다운 성녀는 고통으로 얼굴을 찡그리고 있었다. 아픈 몸을 이끌고 자신들을 살피러 온 성녀를 보며 신도들은 가슴이 무너지는 느낌을 받았다. 예배당을 가득 채운 압도적인 분위기에 휩쓸려, 소녀를 성녀로 믿지 않았던 이들조차도 성녀에 대한 확신을 가지게 되었다. 박 장로는 침묵을 적당히 계산한 후 다시 입을 열었다.

"성녀님은 여러분을 사랑하십니다. 이 세상의 마지막 여자이신……"

"피다!"

누군가 외쳤다. 갑작스런 외침에 놀란 신도들은 황급히 성녀를 살펴보았다. 성녀의 치마는 빨갛게 물들어 있었다. 예배당이 술렁이기 시작했다. 한껏 고조된 분위기에 취해 있던 좌중은 급격히 흥분하기 시작했다. 박 장로는 침착을 유지하려 애쓰며 성녀에게로 다가섰다. 아직 아물지 못한 상처가 터져 피가 철철 흐르고 있었다. 하얀 드레스가 온통 시뻘겋게 젖었다. 성녀는 이미 의식을 잃은 듯했다. 당황한 박 장로는 성녀를 안아들고 예배당을 나가려 했다. 그러나 흥분을 주체하지 못한 이들 몇 명이 강단으로 뛰어들었다. 흥분은 가장 강력한 전염병처럼 번졌다. 강단 근처를 지키고 서 있던 박 장로의 부하 몇이 제지를 했지만, 점차 많은 이들이 흥분한 채 강단으로 뛰어들기 시작해 막을 수 없었다. 결국 몇 명의 남자들이 박 장로의 부하들을 밀치고 성녀에게 다가서는 데 성공했다. 그들은 피를 흘리며 정신을 잃은 성녀를 보고 극도로 흥분한 상태였다. 성녀를 안아든 박 장로와 옥신각신하던 남자들 중 한 명이 말했다.

"남자잖아?"

누군가의 못된 거짓말처럼, 소란스럽던 예배당이 일순 조용해졌다. 아주 짧았던 그 정적 동안 박 장로의 머릿속엔 수많은 생각들이 스쳐갔다. 그리고 얼마 후 예배당은 광기와 절규로 가득 찼다.

"어젯밤 서울 시내 한 대형 교회에서 폭동이 일어났습니다. 이 대형 교회는 한 사이비 종교 단체에서 사용하고 있던 교회로, 어제의 폭동은 만 명이 넘는 신도들이 운집한 예배 중에 일어났습니다. 이 사이비 종교 단체는 한 소녀를 메시아로 삼아 올해 생긴 신흥 종교 단체로, 이 소녀가 인류의 마지막 여자로 남아 인류를 구원할 것이라는 교리를 바탕으로 급격히 성장해 왔습니다. 그러나 이 소녀가 남자로 변했음에도 단체 지도부가 이를 감추고 소녀를 여장시켜 예배를 강행하다가 이를 눈치 챈 신도들에 의해 폭동이 일어난 것으로 경찰은 추정하고 있습니다. 폭도들은 교회를 불태운 뒤 거리로 나와 난동을 피웠고, 이러한 와중에 33명이 숨지고 87명이 크게 다쳤습니다. 한편 경찰은 여당의 대표인 김찬석 의원이 이 자리에 있었던 것과 관련……"

뉴스를 보던 왜소한 체구의 남자는 TV를 껐다. 남자의 머리 한 구석엔 머리카락이 자라지 않는 커다란 흉이 남아 있었다. 남자는 자신의 옆에 앉아 있는 사내아이의 머리를 쓰다듬으며 말했다.

"세상에 안 좋은 일들이 너무 많이 생기는구나."

아이는 그런 남자를 멀뚱멀뚱 바라보다가 갑자기 생각났다는 듯 물었다.

"엄마. 근데 아줌마 아기는 언제 나와?"

"글쎄. 나올 때가 지났는데……."

엄마라 불린 남자는 걱정스런 눈빛으로 한 쪽 방문을 바라보았다. 남자의 걱정스런 눈빛을 본 아이 역시 근심어린 표정을 지어보였다. 남자는 그런 아이의 표정을 보고는 살짝 웃으며 말했다.

"금방 나올 거야. 걱정하지 말자꾸나."

"엄마! 밖에 눈 와!"

현관문이 벌컥 열리며 아이의 동생으로 보이는 사내아이가 헐레벌떡 뛰어 들어왔다.

"눈이? 벌써?"

남자와 아이들은 함께 창가로 향했다. 아이의 말대로 창밖엔 정말 눈이 내리고 있었다. 이상하게도 지난겨울엔 눈이 내리지 않더니 올해는 예년보다 이른 10월에 눈이 내리는 것이었다. 양 쪽에 두 아이의 손을 꼭 잡고 창밖을 바라보던 남자는 문득 생각났다는 듯 말했다.

"아줌마한테도 알려줘야겠다."

남자는 두 아이와 함께 손님이 있는 방으로 향했다.

"똑똑."

노크를 해도 대답이 없자 남자는 조심스레 방문에 귀를 가져다대었다. 방에선 신음이 새어나오고 있었다. 놀란 남자가 방문을 열었다. 문이 열린 방 안에는 한 여자가 쓰러진 채 배를 붙잡고 고통스러워하고 있었다.

"들이쉬고. 내쉬고."

"엄마, 뜨거운 물 가져왔어."

"그래. 한 바가지 더 가지고 올래?"

"응, 알았어."

"들이쉬고. 내쉬고. 조금만 참아요. 조금만."

"엄마, 뜨거운 물 또 가져왔어."

"그래, 아 안방 약통 보면 소독약 있거든? 그거랑 가위 좀 가지고 앞주렴."

"응."

"많이 힘들죠. 조금만 더 힘내. 들이쉬고. 내쉬고."

"엄마, 아기 나오고 있어?"

"그래. 나오고 있어. 형한테 수건 좀 가지고 오라고 해 줄래?"

"형 지금 가위 가지러 갔어. 내가 가지고 올게."

"그래. 깨끗한 수건으로 가지고 와야 한다."

"응."

"들이쉬고. 내쉬고. 잘하고 있어요. 아주 잘하고 있어요."

몇 달 같은 몇 시간이 흘러갔다. 나이 어린 동생은 형과 함께 엄마의 심부름을 하다 지쳐서 거실에 쓰러져 잠들어 버렸다. 형역시 지친 기색을 보이자 왜소한 남자는 아들에게 동생 옆에서 잠시 쉬다 오라고 말했다. 형은 알겠다고 고개를 끄덕이곤 동생이 자고 있는 소파 옆에 앉았다. 아이는 잠들지 않기 위해 애썼지만 밀려오는 졸음을 이기지 못하고 꾸벅꾸벅 졸았다.

갑자기 아기 우는 소리가 들렸다.

형은 벌떡 일어나 헐레벌떡 방으로 뛰어갔다.

"아기 나왔어?"

아이가 질문했지만 왜소한 남자는 아기를 안아든 채 아무런 대답도 하지 않았다. 남자는 경악에 빠진 얼굴로 아기를 바라보고 있었다. 아기를 안고 있는 남자가 아무런 반응이 없자 산모가 걱정스런 목소리로 힘겹게 말했다.

"아기가, 혹시 이상이 있나요?"

남자는 산모를 멍하니 바라보았다. 남자의 눈가는 촉촉이 젖어 있었다.

"아니요. 아기는 건강해요."

"그럼 왜……"

"딸이에요."

"예?"

"예쁜 딸이라고요."

왜소한 남자는 울먹이며 탯줄을 잘랐다.

남자는 조심스레 아기를 산모에게 건넸다. 그의 얼굴은 초췌했지만 가냘팠고, 조금 전까지에 비해 어딘가 여성스러워진 듯했다. 산모는 남자로부터 아기를 받아 안고는 조심스레 아기의 머리를 쓰다듬었다.

아기는 방긋 웃었다.

베르테르 중상

종말문학 공모전 수상작

윤병현

서울예술대학을 졸업했다. 네이버 오늘의 문학에 「25세기 인사법」을 게재했다.

#1# 기록(2016.04.08)

"청산에서 죽고 싶다. 청산에서 죽는 게 내 꿈이야."

선배는 그렇게 말하곤 했죠.

사태가 막 시작될 때였어요. 4년 전인가? 아무튼 아직 사람들이 잘 모를 때 있잖아요. 그때 저는 선배랑 같이 여행 갔다가 다쳐서 입원한 지 얼마 안 됐을 때였어요. 입원하자마자 선배가 찾아오더라고요. 네 입원 기념이라면서 자기 혼자 술을 마시는 중에 갑자기 제게 TV를 잘 보라더군요. 재미있는 일이 있을 거야, 라고 하면서요. 재미는 무슨, 선배가 남기고 간 술 덕분에 간호사한테 혼만 났어요. 그런데 얼마 안 있어서 그 사건이 떴어요. 대동강변에서 북한군 군인 여섯 명이 자살한 사건이요. 그때 선배는 자살이 병이라고 했어요.

"통제되고 밀폐된 국가에서 군인 여섯 명이 다 함께 자살할 만한 이유가 뭐냐? 소총이면 그러기도 힘든데. 한두 명도 아니고 여섯 명이나 이럴 수가 있느냐, 음모다, 약이다, 애꿎은 종교인들을 잡아 족치질 않나. 넌 이게 그것들 때문처럼 보이냐? 아, 물론 그것 때문인 경우도 있겠지. 북쪽에서 나름 먹고 산다는 군인들이 집단자살할 정도는, 글쎄. 난 이게 집단적으로 일으키는 병의 일종으로밖에 안 보이는데."

사실 자살 사고가 우리나라에서 드문 건 아니에요. 집단만 아니다 뿐이지 하루에 6명쯤은 가볍게 넘길 거라고 생각해요. 그런데 그때부터 선배가 한 말이 제 머리에 총알처럼 와 박히더라고요. 팍! 하고. 그 총알이 제 머릿속에서 녹슬었어요. 한 단어가 사방을 좀 먹어 가는데 이제 눈에는 온통 그것만 보이더군요.

우리나라에서도 대동강 사건 덕분에 신났잖아요. 부패하고 병든 괴뢰정권이 환부를 드러냈다, 독재정권의 몰락을 알리는 총성이다, 운운하는 신문들요. 물론 그치들이야 신났겠지만 사태를 제대로 파악하고 있는 사람들은 아무도 없었어요. 사실 사건이 워낙에 국지적으로 발생해서 누구라도 제대로 알기가 힘들었을 거예요. 북쪽에서는 우리나라보다 훨씬 더 심했을 거라고 생각하는데, 그쪽 사정은 파악할 수 없잖아요. 북쪽에서 배가 넘어와도 NHK방송에서 좌표 따와서 찾아간다고 하는 농담이 있을 정도인데. 그나마 알려진 사건이라면 서해안 초병사건이라고 해야 할까? 서해안에서 초병 둘이 근무하다가 둘 다 머리에 총 맞은 채 주검으로 발견된 사건이요. 사이좋게 탄창에 탄은 하나씩 비어 있고.

언론에는 서로 쏜 걸로 되어 있지만, 지금 와서는 의심할 여지도 없죠. 증상을 일으킨 거죠. 그게 10월이었죠. 선배는 그 신문 기사를 가리키면서 말했어요. 거봐, 하고.

가을이 시들자마자 그게 꽃을 피웠어요. 와, 엄청났죠. 대동강 일 같은 건 묻혀버릴 정도로 한꺼번에 일어났어요. 하찮은 자살 사건은 입에 오르지도 않았죠. 하나로 묶어서 불렀어요. 종교계에서는 말세, 심리학계에서는 집단 광기, 정치계에서는 여당 잘못, 야당 잘못. 그뿐이었어요. 겨울인데도 그건 엄청난 기승을 부렸어요. 그때 일어난 사건이라면, 그게 생각나네요. 수능 직후에 고등학생 일곱 명이 한강 다리 위에서 몇 분 간격으로 투신한 사건요. 한강 다리 전체에 펜스를 설치하게 되는 계기가 되긴 했지만 어디 자기 죽이기로 마음먹은 사람을 그런 걸로 막을 수 있을까요?

그때 누가 사회 전체에 자살이라는 병이 만연해 있다고 했었죠. 그 사람은 비유한다고 한 거였겠지만, 그때 누가 한 말보다도 가장 진실에 가까웠어요. 그 전까지 자살은 사회적 문제를 도구로 한 체제의 살인이라고도 하고 우울증이나 개인적인 문제 때문에 생기는 일이라는 인식이 강했어요. 주변의 따뜻한 관심? 과도한 경쟁으로 인해 낙오된 사람들의 비애? 손을 잡고 함께 가는 사회를 만듭시다, 라고 말하던 공익광고, 가족이 손을 잡고 함께 뛰어내리는 일은 있었죠. 언론은 개개인의 죽음은 제대로 잘 다루지 않아요. 집단 자살 사건만 하루가 멀다 하고 터지는데 그게 어디 눈에나 들어오겠어요? 물론 이상하다는 걸 눈치 챈 게 저만은 아니었겠죠. 두 번째는 활자와 영상 대신 눈으로 확인해야 했어요.

강변에 있는 아파트에서 자살률이 유독 높다는 거 아세요? 한강 근처에 있는 아파트는 절대로 가지 마세요. 머리에 뭐가 떨어질지 몰라요. 한번은 아버지와 여동생이 제 병문안을 온 적 있었어요. 요즘 상황이 많이 안 좋으니까 가능하면 병원에서 계속 있는 편이 낫겠다는 이야기를 했었죠. 아버지가 돌아가고 담배나 피울 겸 병원 테라스로 나갔어요. 창문을 열자마자 덜컥 뭐가 눈앞을 스쳐지나가더군요. 전 제가 뭔가 잘못 건드린 줄 알았어요. 화분이라도 건드려서 떨어뜨린 건가, 했어요. 순간적으로 스쳐지나가긴 했지만, 분명 뒷모습이었어요. 다리부터 떨어지고 있었다는 거죠. 그리고 서로의 손을 꽉 붙잡고 있었어요. 순식간이었는데도 얼굴보다 꽉 잡은 그 손만 보였어요. 밑에서 쿵, 하는 소리가 나고 나서야 벌벌 떨면서 창 아래를 내려다 봤어요. 병원 공원 호수가 근처에서 피를 흘리고 있더라고요. 방금 전까지 제 곁에 계셨던 어머니와 아버지였어요. 적막이 사람을 질식시키더군요. 이유는 알 수 없어요. 방금 전까지 앞날을 걱정하던 사람들이 덜컥 투신자살하는 경우 말이에요.

유독 집단 자살이 많았던 이유는 소속성 때문이라고 생각해요. 혼자 가는 경우는 얼마 없어요. 어째서 그런지는 몰라요. 어쩌면 함께 갈 사람 자체가 쉽게 죽을 수 있는 도구가 되기 때문일지도. 어떻게 제가 함께 가지 않았는가는, 글쎄. 병원에서 있던 탓에 감염될 기회가 없었을지도 모른다고 생각은 해요. 지금은 병원이 전지적으로 안전한 것도 아니지만.

사람들은 뒤늦게 의심하기 시작했죠. 하기야, 자살에 대한 기존의 인식이 너무 강했으니까 어쩔 수 없어요. 자살하는 본인이 아니면 자기와는 전혀 관련이 없는 일이라고 생각하니까요. 어떤 사람들은 자살이 정교한 정보 통제라고 생각했어요. 사람이 뚜렷한 이유도 없이 자살하니까 당연했죠. 정부는 그때 나름의 생각을 내놓았어요. 희생자들은 모두 물가에서 죽었다는 게 꽤 단서가 됐어요. 수많은 명칭에 하나가 더 보태졌죠. 유선형동물문 칠선충목에 의한 증상이다. 이 벌레가 물을 통해서 사람의 몸에 감염되면 뇌로 기어 올라와서 중추부를 지배한다. 이후 성체가 될 때까지 기생한다. 다 자라면 다른 물을 통해 자신의 새끼들을 번식시킬 수 있게끔 숙주로 하여금 물가에서 죽게 만든다. 성체가 되면 단 하나, '물가에서 죽어라' 이 신호밖에 보내지 않는다, 운운. 미친놈들. 아직도 사태를 다 파악 못하고 있던 거죠. 저도 그때는 혹하긴 했지만 지금 와선 어처구니없을 뿐이에요. 벌레에 의해 사람들이 자살한다고? 외계인의 침공이 차라리 낫겠네.

그 엿 먹을 연구를 하는 와중에도 사람은 계속 죽었어요. 사람들은 그게 진리인 것 마냥 질병 공포에 질려 호들갑을 떨었어요. 그리고 한국에서 시작된 이 사태가 전 세계로 퍼져나갔어요. 사태를 파악할 때쯤에는 이미 늦은 뒤였죠. 한국하면 베르테르 증상, 하는 깜짝 놀랄 세계화가 이뤄졌죠. 가족 중 한 명이 감염되면 그 가족 전체가 감염되는 건 순식간이었어요. 하물며 물을 끓여 마신다고 해도 반찬을 공유하는 문화를 가진 다면, 소용이 없다고 봐야겠죠.

첫해 겨울에 서울에서만 10만 명에 가까운 사람들이 자살했어요. 이 숫자가 상상이 돼요? 우리나라가 OECD국가 중에 제일 자살률이 높다고 하던데, 06년도 기록이 10만 명 중 21.5명이 한 해

동안 자살했어요. 그것도 국가 전체에서. 그런데 고작 2개월 사이에 100명 중 한 명이 자살 한 겁니다. 그것도 서울에서만. 지방까지 합치면 더 까마득 할 겁니다. 지방 쪽은 하천이나 늪지를 찾기도 쉬우니까요. 병원은 자살 미수자로 미어 터질 듯이 휘청거리고, 공공기관은 기능이 정지됐죠. 이게 물을 통해 감염되는 충이라고 사회적 상류층은 비껴갈 것 같습니까? 이 사태를 괜히 베르테르 증상이라고 부르는 게 아니에요. 줄줄이 죽어나갔습니다. 특히 경치 좋은 곳에 살던 사람들이 많이 그랬죠. 그래도 상당수는 꽤 오래 살아남았습니다. 어쨌든 이 충은 위생문제였으니까요. 처음에는 대비책이 없었기 때문이기도 하고…….

베르테르 증상이 나타나면서 온갖 음모론이 떠오르기 시작했죠. 세기말 소문에 편승해서 미국의 세균무기다, W충은 변종 프리온의 일종이다, 북한의 생화학 무기가 강에 흘러 들어간 거다, 외계 세균인데 관리 부실로 빠져나왔다 운운. 출처에 대한 의문과 음모, 복수의 대상을 찾는 목소리가 컸죠. 이 와중에도 또 누굴 잡으려고 했는지 몰라. 그걸 보면 정말 심리학자들 말마따나 집단광기일 수도 있어요. 자살한 사람들이 살아서 사람들로 하여금 사람을 잡게 만들었어요.

그때는 이미 체제가 거의 붕괴직전이었죠. 특히 한강 정수 시설에서 직원들 스무 명이 빠져 죽은 뒤로는 완전히 신뢰를 잃었어요. 정부는 안전한 식수를 공급하라. 시위의 구호는 이렇게 바뀌었어요. 선배는 그 슬로건에 대고 물을 못 마시면 오렌지 주스를 마시면 될 텐데 하고 중얼거렸어요. 사실 그게 터무니없는 것도 아닌 게, 과일은 오염되지 않았거든요. 뭐, 오렌지 주스가 100%

오렌지만으로 만드는 건 아닐 테지만. 하지만 정부 최고위층은 사태를 대충 파악한 뒤부터는 그렇게 하던 것 같고.

#2# 기록(2016.04.11)

선배 이야기를 할게요. 어느 날인가 선배가 다짜고짜 저더러 따라오라고 하더라고 했어요. 많이 나았다곤 해도 입원환자인데. 안 그래도 눈앞에서 험한 꼴 본지 얼마 안 된데다 시국도 뒤숭숭해서 거절했어요. 선배도 두 번은 권하지 않더군요. 그런데 선배를 다시 본 건 TV에서였어요. 평택이요. 시위가 한두 군데서 일어난 게 아니지만, 거기가 가장 심했죠. 미군의 세균 실험을 규탄한다! 한국을 실험장 취급하는 미군 물러가라! 그 사람들은 미군의 세균 실험설을 믿고 있었겠죠. 전경들은 시위대를 내려잡고, 시위대는 전경을 때려잡고. 소방차도 등장했어요. 화염병 정도는 장난처럼 던져대니 소방차는 필수였죠. 시위대를 해산시키려고 정부쪽에서도 오만가지 애를 다 썼습니다. 나라가 붕괴하기 직전이니 이런데 힘을 쏟기도 벅찼겠죠.

시위 도중 촛불을 든 대학생들이 일렬로 앞으로 쭉 걸어가는 장면에서였어요. 우리 학교 학생들로 보이는 사람도 몇 명 있더라고요. 이때까지의 시위에 비하면 꽤 평화로운 모습이었죠. 그런데 위에서 무슨 말이 내려 온 건지 살수대를 시위대에 겨냥 한 겁니다. 언론이나 경험자들을 통해서 저 물 안에 최루액이 들어 있다는 건 시위대들 사이에서 퍼져 있었어요. 섣불리 쏘면 평화시위가 폭력시위로 바뀌는 건 순식간이에요. 시위대나 전경들 사이에서도 동요하는 눈치가 퍼졌어요. 그때 시위대 선두에 선배가 나타났어요. 뭐 마땅한 구호 같은 걸 외치면서 뛰어가지도 않았습니다. 그냥 촛불을 들고 전경들 앞으로 걸어갈 뿐이었어요.

이상한 일이었어요. 더 가까이 다가가도 소방차에서 물이 뿜어져 나오질 않는 겁니다. 선배는 정말 그 코앞까지 다가가서는, 한쪽 팔을 들고 뭔가를 말했어요. 그런데 TV 화면에서는 그 모습까지만 비치고 말은 나오지 않았어요. 별로 중요하지 않았겠죠. 선배가 말을 미처 다하기 전에 전경들이 우르르 몰려가는 모습까지는 보였어요.

이건 인터넷 루머긴 하지만 나중에 알고 봤더니, 물탱크 안에서 사람이 한 명 빠져 죽어 있었데요. 시위 초기부디 인 보이던 전경 한 명이었답니다. 아무리 찾아봐도 안 보이더니 물탱크 안에 들어가 있었던 거죠. 시체가 물탱크 구멍을 막고 있었던 거래요. 그 물을 또 시위대한테 뿌려댔고요. 그냥 괴담일 뿐일지도 모르죠.

그만큼 베르테르 증상에 걸린 사람들은 필사적이었어요. 필사적으로 죽기 위해 노력하는 겁니다. 본인들은 그 사실을 몰라요. 죽어야겠다, 라는 신호가 박히면 그 사람은 죽기 위해 노력하기 시작해요. 하지만 주변에서는 그걸 쉽게 인식 못 할 정도로 평소와 다르지 않아요. 그러다가 덜컥 식수 탱크에 몸을 던지고, 서울 시민이 다 마시는 한강물에 몸을 던지는 거죠. 유명 생수 회사에서는 사원들이 지하수 펌프 안으로 몸을 던지는 일이 너무 많아서 중단되어 버렸어요. 여기서 알 수 있는 베르테르 증상은, 다른 사람들을 감염시키고 죽기 위해 노력하는 겁니다. 물에 빠져 죽은 사람의 체액을 통해 밖으로 빠져나간 체액은 다시 또 다른 사람의 몸으로 들어가는 이 과정이 반복되는 겁니다.

날이 빠르게 흐르고 있었어요. 이제 사람들은 하루 단위로 세지 않았어요. 시침, 분침, 초침 단위로 죽어가는 사람들의 수를 셌어요. 저는 TV만 봤어요. TV에는 오직 뉴스와 정부담화만의 연속이었어요. 쇼프로나 드라마 같은 건 없었지만 TV는 언제나 켜져 있었어요. 숨 가쁘게 흐르는 시간 속에서 단내가 풍길 지경이더군요. 사망자 수는 가파르게 올라가기만 하다가 어느 순간부터 곡선을 그렸습니다. 정확히 언제부터인지는 잘 모르겠어요. 상황이 좋아진다는 정부의 발표가 있었어요. 공권력도 회복되기 시작했죠. 하지만 별로 의미가 없었어요. 의미가 없는 것은 정부뿐만이 아니었어요.

그해 세계의 인구수가 역사상 처음으로 마이너스를 기록했다는 뉴스를 봤어요. 교과서에서 인구 성장 그래프를 본 적이 있을 겁니다. 미적미적 상승하다가 가까워서는 완전히 수직에 가까운 그림을 그리잖아요. 그런데 그게 완곡한 곡선을 그리다가 뚝 떨어진 겁니다. 통계도 없으니 정확한 숫자를 알 수도 없어요. 하지만 사망자만 추려도 엄청났습니다. 실종자를 추리면 더 대단하겠죠. 그 실종자를 신고해 줄 수조차 없는, 이 사태의 진짜 피해자가 될 수밖에 없는 저소득층은 훨씬 더 심했을 겁니다. 이게 자신을 죽일 걸 알면서도 사람이 빠져 죽은 물을 마실 수밖에 없는 사람들이요. 그렇지 않더라도 주변에 가까운 사람을 잃지 않은 사람이 없었어요. 자기 목숨도 간수하기 힘든 때였죠. 아니, 간수 한다는 게 의미가 없었죠. 다른 행성의 물이라도 퍼오지 않는 이상 감염된 물을 피한다는 건 무리고……. 저만 해도 첫 해 겨울에 가족을 전부 잃었으니까요. 이때서야 베르테르 증상에 대한 의심이 싹 트기 시작했어요. 누군 죽고 누군 죽지 않는가. 감염되었을 게 분명한 사람들이 아직 살아있다는 걸로 면역력에 대한 이야기가 나왔어요. 의학자들이 살아남은 사람들의 피를 통해 백신을 만들어 냈다고 주장했지만, 하나도 소용없었죠.

겨우 사망자 수가 하강하기 시작할 때 선배가 어떻게 됐는지 궁금해졌어요. 선배는 어떻게 북쪽에서 일어날 일을 알고 있었을 까? 아직 무사할까? 시위에는 왜 참가했을까? 그때 저는 상태가 꽤 호전되어 있어서 퇴원하기로 마음먹었어요. 병원은 이미 환자들로 가득했지만 병실이 모자라는 일은 없었어요. 다들 아는 그 이유 때문에요. 대신 영안실이 부족해서 화장터에 불 꺼지는 일이 없었죠.

퇴원하자마자 무작정 선배와 함께 자취하던 방으로 갔어요. 하지만 집은 비어 있었어요. 문도 열려 있고, 가재도구도 강도가 든 건지 뒤숭숭하더군요. 대충 그럴 수도 있겠다 생각하고 있어서 차에 싣고 온 도구로 살림을 다시 꾸려놨어요. 그래봤자 그릇이랑 냄비, 옷가지 따위뿐이지만 그런데 베란다 쪽에 의외의 물건이 놓여 있었어요.

해양심층수였어요. 그게 몇 십 통이나 있었어요. 강도라도 이 무거운 물건은 들고 가기 힘들었겠죠. 그때 'W충'은 민물 생물이기 때문에 염도가 높은 물에서는 살 수 없다는 소문이 있었어요. W충을 믿은 건 아니지만, 혹시나 하는 생각도 했죠. 다른 사람도 아니고 선배 집에 있던 거니까. 바닷물에는 안전할지도 모르겠다고 생각했어요. 물론 제가 감염되었을지 어떨지는 알 수 없는 거지만 식수 문제가 해결된 건 천만다행이었죠. 하지만 씻는 건 정말 어떻게 할 수가 없는데, 샤워는 이때까지 하던 데로 수건에 물을 묻혀서 닦아내면 되지만 머리를 감는 건 정말 어려워요. 눈이나 귀, 코, 입에 물이 들어가면 곤란하니까요. 마스크를 하고, 안대까지 끼고 최대한 머리를 숙여 감긴 했지만 결국 자주 감지 않는 게 답이었어요. 정말 포기해야 했던 건 양치질이었죠. 이건 어쩔 수 없었어요. 언제 해결될지 모르는데 식용으로 쓸 물도 부족했으니까요. 그것 말고도 정말 생활에 에러가 많았습니다. 민물에 소금을 푼다고 W충이 언제 죽으리란 법이 없어서 해양심층수로 밥을 지었어요. 소금물로 밥 지어보셨어요? 짭조름한 게 간은 배는데 알이 물러지고 맛도 없어요. 쌀을 씻는 건 엄두도 못 내죠.

나름 살겠다고 이 짓을 했지만 사실 자신은 없었어요. 이미 그 전에 감염되었을 확률이 높았으니까요. 그저 당장 죽지 않으니까 아직 감염되지 않았을 거라는 희망만 갖고 살 수밖에요. 사실 그런 부담감은 누구나 가지고 있었어요. 자기가 감염됐는지 확인하고 싶어서 병원을 찾아가도 그 작은 충을 찾기도 힘들뿐더러 찾는다고 해도 어떻게 할 거에요? 두개골 갈라서 끄집어 낼 거예요? 어찌어찌해서 꺼내는 걸 성공한다면, 다시 감염되지 않을 자신은 있어요? 고도의 청결과 의학 수준을 유지할 만한 체계는 이미 감염 초기에 다 박살났어요. 베르테르 증상은 사람을 가리지 않으니까요.

이 지경이 되니까 희생자 수가 줄어든다고 해도 아무런 의미가 없었어요. 언제 어떻게 죽을지 모르는 판국인데 치료는커녕 체제를 유지하는 것도 아슬아슬했죠. 사실 지금 베르테르 증상이 횡행한다는 것 이외에 재앙이 겹치지 않는다는 것만으로도 기적에 가까웠어요. 북한을 예로 들어볼게요. 그 나라가 지금은 어떨 것 같아요? 아직 우리 군이 휴전선을 넘어갈 계획은 없다지만 거기서 깨끗한 물과 시설을 기대할 수 있을 것 같아요? 지금 우리나라도 많이 나아졌다지만 북쪽, 거긴 이미 감염 초기에 끝장났어야 옳아요. 핵미사일이 날아온다는 소식 같은 건 없어요. 될 대로 되라 하는 선전포고도 없었고.

그건 다른 나라도 마찬가지예요. 제가 직접 보지 못해서 잘은 모르겠지만 어떤 나라에서도 서로가 서로를 죽이려고 미친 짓을 한다는 뉴스는 본 적 없습니다. 인류의 위기를 자신의 기회로 삼는 사람이, 없지는 않겠죠. 당장 언제 죽을지 모르는 판국에 신노들 재산을 강탈해 간 종교집단을 보세요. 일주일 뒤면 물만두가 돼서 탱탱 불지도 모르는 놈들이 서로 살 발라먹기에 바쁘다니. 국가 간에는 그런 일이 없을 것 같아요? 파키스탄이 인도에, 체첸이 러시아에, 중동과 이스라엘이, 멍청한 짓을 안 할 것 같아요? 소말리아나 남미 같은 나라들은 분명 사단이 나도 났을 겁니다. 하지만 앞서 말한 나라들은 다르죠.

그들은 남을 찔러서 자기가 자살할 수 있는 무기를 가지고 있어요. 그럼 북한이 한국을, 이라고 얘기해 보면 어떨까요. 이러고도 우리가 아직 살아있는 게 기적이 아니라고 말할 수 있어요? 전 인류의 공통적 위기 때문 아니냐고요? 이게 영화처럼 행성 충돌의 위기나 외계인의 침략이라면 지구인은 일치단결할 수 있겠죠. 그런데 이건 그냥 전염병일 뿐입니다. 설령 흑사병보다 백배는 강한 전염병이 나타난다고 해도 인류는 생존할 수 있어요. 베르테르 증상은 언제 자살할지 모른다는 것뿐이죠. 사람은 살 수 있어요. 그러니까 체제가 아직도 유지가 되죠. 위기 자체는 약한 자에게 기회 아니에요?

#3# 기록(2016.04.13)

그때 저는 선배 집에서 무작정 시간을 눌러 앉아 있었어요. 이미 자살한 사람들이 부러웠을 지경입니다. 죽지 못해 사는 날이 이어졌으니까요. 돈을 쓸 사람이 거의 죽었으니 화폐 경제는 무너졌고 막노동을 해서 먹을 걸 구해야 했어요. 식량수급에는 큰 지장이 없었죠. 4월쯤엔가, 그 날도 무던하게 보내고 정부 방송을 보는 중에 밖에서 소란스러운 소리가 들렸어요. 저는 잽싸게 창문을 쳤습니다. 도시 한복판이긴 하지만 인적이 드물어서 문제가 많았거든요. 그때는 어딜 가나 인적이 드물었지만요. 말썽이 생긴다곤 해도 제가 도울 수 있는 일은 없어요. 사망자 수가 줄기 시작하면서 '포기자'들이 기승을 부렸거든요.

아, 포기자들이요? 살길 포기한 사람들이요. 저는 그렇게 불렀어요. 정부에서는 따로 부르는 명칭이 있는 모양이지만. 그 사람들은 될 대로 되라 식의 말썽을 부렸어요. 사실 그 사람들이 원해서 그런 명칭이 붙은 건 아니지만. 단지 무의미한 노력을 포기한 것뿐 아닙니까. 오염된 물을 마음대로 마시면서 하고 싶은 걸 하다가 죽으면 죽는 거고, 살면 좋은 거고. 좀비가 따로 없죠. 그 사람들이 소란을 피우는데 무슨 일인가 살짝 커튼만 치고 밖을 내다봤더니, 이런 젠장. 선배가 있는 겁니다. 선배는 그 사람들 사이에서 심하게 말다툼을 벌이고 있더라고요. 바닥에는 누군가 쓰러져 있는 걸 봐서 다친 것 같았어요. 싸움인가 싶었죠. 그래서 선배가 또 무슨 까칠한 소리를 해서 싸움이라도 났나 했어요. 내용을 들어보니 그런 것도 아니더군요. 대충 이제 보내 달라, 그런 얘기였어요. 선배는 큰소리로 막 다그치다가 휙 고개를 돌려 저를 봤어요. 눈이 마주치자마자 바로 집 쪽으로 뛰어왔어요. 다른 포기자들도 저하고 시선이 마주치자마자 이쪽을 향해 뛰어오기 시작했어요. 선배는 오는데 사람들은 쫓아오고. 그제야 이 집이 선배 집이라는 게 생각났어요. 현관으로 달려가서 문을 열어놓으니까 선배를 뛰어 들어왔어요. 처음 보자마자 "문!"하고 소리치더라고요. 문을 이중삼중으로 잠그고 포기자들이 어떻게 나오나 봤어요. 철제문이라곤 해도 해코지하는 방법이 없는 건 아니니까요. 하지만 포기자들은 집 앞에서 욕을 하고 문을 몇 번 걸어차다가 돌아갔어요. 언제 죽을지 모른다는 사실 때문인지 그들은 진득하게 앉아서 뭔가에 집중하는 일이 없죠. 포기가 빠른 사람들이었어요. 사실 누구라도 욕을 하거나 문을 때리는 데 시간을 쏟고 싶지 않았을 것에요.

선배는 오자마자 수도꼭지를 틀고 물을 벌컥벌컥 마시고 있었어요. 그때서야 선배가 포기자들 무리 속에 있었다는 것이 생각났어요. 달려가서 수도꼭지를 잠그니까 선배가 뭐야, 하고 눈꼬리를 올렸어요. 선배는 지금 뭐하세요? 하고 물어보니까,

"물 마시지." 하고 대답했어요.

이 보편적인 대답이 그렇게 소름 끼칠 수가 없었어요. 선배의 얼굴이 이상하게 또렷하게 보이더라고요. 영정사진처럼. 이미 선

배는 죽기로 작정한 사람이었어요. 선배는 제 표정을 보고는 깔깔 거리면서 웃더라고요. "왜, 죽을까 봐 무섭냐?" 선배는 그러더니 손에 물을 묻히고는 저한테 튕겼어요. 저는 기겁하면서 도망갔죠. 화도 못 내고요. 제가 선배한테 화를 낼 수 있을 리가 없죠.

선배는 걱정 마라, 그 정도로는 안 옮으니까, 하면서 소매로 입술을 훔쳤어요. 저는 선배의 소매까지도 신경 쓰여서 안절부절못했어요. W층은 물이 없는 곳에서 마르면 바로 죽는 걸 알고 있는데도요. 그때야 화가 치밀 수밖에 없었죠. 화를 낼 수밖에 없는 부분요. "선배, 죽기로 작정했어요?" 그러니까 선배의 표정이 이상하더라고요. 내가 왜 죽느냐는 표정이었어요. 아까 전까지만 해도 영정 사진 같은 얼굴을 하던 주제에. 그때 제가 느낀 건, 선배의 얼굴에서 본 건 선배의 죽음이 아니라 제 죽음을 봤었던 거죠. 감염자와 한집에 있다는 사실. 그건 공용 수영장에 가는 것만큼이나 감염확률이 높거든요.

"물 마시다 체하면 약도 없다는 거야?"

선배는 그 상황에서도 농담을 하더군요. 감염될지도 모른다는 뻔한 대답은 그 농담 앞에 꺼낼 수가 없었어요. 그런 말을 하는 것 자체가 너무나 멍청해 보였어요. 선배가 말했어요.

"사람들이 죽었다면 옛날에 다 죽었지. 지금은 그냥 언제 죽을지 모르는 거야. 사실 사람이 언제 죽을지 모른다는 사실 자체는 베르테르 증상 이전과 다를 게 없어. 단지 우리는 그 사실을 오감으로 만끽하면서 살고 있을 뿐이지. 메멘토 모리. 뇌에 언제 터질지 모르는 시한폭탄을 끌어안고 사는 거지. 특히 우리는 언제나 그런 땅 위에서 살아왔잖아?"

멍청한 소리를. 안 터질 수도 있다고 지뢰밭 위를 걷는 거랑 뭐가 달라요? 자기 목숨 챙길 수 있을때까지는 챙겨봐야지. 하지만 그때 저는 그렇게 말을 하지 못했어요. 아마 지금 만나도 그렇게 말 못할 거예요. 항상 선배한테는 말도 안 되는 설득력이 있었어요. 언변으로는 이길 수가 없어요. 그때는 그게 매력이라고 느꼈는데, 지금 생각해 보니 정말 스트레스받는 매력이네요. 그래서 선배는 누가 죽이면 죽을 거냐고 물어봤죠. 선배는 히죽 웃었어요. "좀비가 날 죽이려고 하면 머리통을 부숴줄 거야. 하지만 내가 날 죽이려고 하면 내가 어쩌겠어? 죽어줘야지." 명백하게 선배는 돌아 있었어요. 예전부터 종종 느껴왔지만, 더 심했죠. 자의식 과잉에, 허풍선, 이젠 광기라니.

선배는 베란다 쪽으로 가서 해양심층수가 몇 개나 남았는지 확인했어요. "생각보다 일찍 왔네." 숫자를 다 헤아리던 선배가 한 말이었어요. 저는 선배한테 지금까지 뭘 했느냐고 했죠. 절내도 그럴싸한 대답은 해주지 않았어요. 캐묻는다고 해도 자기가 말하지 않기로 한 건 절대로 말하지 않는 성격이었죠. 늘 자기가 하고 싶은 말만 해요. 중국에 갈 때도 그랬죠. 그때 깨달았어야 했어요.

"청산에서 죽고 싶다. 못하면 백록담 맑은 물이라도 좋아."

중국 여행을 타령하던 선배가 한 말이에요.

그날 밤이었죠. 선배와 침대에 누워 있었어요. 저는 바닥에 이부자리를 깔아 잘 준비를 하고 있었고요. 선배는 눕자마자 알약 통 하나를 꺼내서 삼켰어요. 수면제였어요. 왠지 오싹해지는 기분이 들어서 그런 걸 왜 먹느냐고 물어봤어요. 수면제는 그 원래의 의미보다 불길한 의미가 많이 담겨 있었어요. 특히 요즘 같은 때는. 선배는 또 의미를 알 수 없는 웃음을 흘리며 다 너 좋으라고 하는 거야, 라고 대답했어요. 남자랑 같이 자면서 불안하지도 않느냐고 했더니 너 고자 아니었냐고 되묻더라고요. 아니라는 걸 증명할 수도 없고. 그때에는 그랬어요. 중국 여행 때도 그랬고. 아무한테도 말하고 싶지 않았고 선배한테도 말하고 싶지 않았어요. 저만 알고 소중하게 간직하고 싶었는데. 그런데 선배의 그 묘한 웃음을 보니까, 참을 수가 없더라고요. 눈 감고 누워있던 선배의 입술이 바깥 가로등 빛에 묘하게 도드라졌어요. 그래서 저도 모르게, 이것만큼은 해야겠다, 하고 저질러버렸어요.

선배는 저항하지도 받아들이지도 않았어요. 대신 가슴 쪽에서 살짝 미는 손길이 느껴지더라고요. 솜을 문지르기라도 하는 듯 작은 힘이었는데, 몸을 뒤로 뺄 수밖에 없었어요. 선배는 여전히 눈을 감고 있었어요. 사과하려고 입을 열었을 때 선배가 말했어요.

"난 감염자야."

놀랄만한 일은 아니었죠. 지금은 누구라도 감염되어 있어도 이상하지 않을 테니까. 하지만 본인이 스스로를 그걸 인지하고 있다는 건 드물었어요. 보통은 죽어서 발견되기 전까지 증상을 전혀 파악할 길이 없으니까.

"언제라도 죽을 수 있었어. 나도 모르게 물가로 발이 끌려가는 일도 많았어. 하지만 근처에 있던 사람들이 몇 번이나 구해줬었지. 너처럼."

네. 중국에서 저는 죽을 뻔했었죠. 하지만 그게 선배 때문이라는 생각은 해본 적이 없었어요. 선배도 같은 상황이라면 분명 그렇게 했을 테니까요. 하지만 시간대가 이상했어요. 중국 여행을 갔을 때라면 아직 감염이 퍼지기 전이니까요. 그 말인즉슨, 선배가 바로 초기감염자 중 하나였다는 거였죠.

언제부터 그랬냐고 물어보니까 햇수로 헤아려도 일곱이 넘어간다더군요. 이 말이 정부 같은 데로 들어가면 당장 선배는 끌려갔을 거예요. 그때는 그랬으니까요. 베르테르 증상이 유행하기 시작한 지 고작 1년이 지났을 때인데, 7년 전부터 그 증상을 앓던 사람이 있다니. 지금은 뭐, 4년이 지나도 멀쩡한 나 같은 사람도 있고……. 다들 알면서 침묵하는 거죠. 어쨌든 이렇게 퍼지기 7년 전부터 이런 증상이 퍼졌다면 지금은 정말 대책이 없겠구나 싶은 생각이 들었어요. 이제와서 조심조심한다고 해도 소용없다는 걸, 다들 알게 되는 거죠. 선배를 탓하고 싶은 생각도 없는 게 당연히 그때만 해도 자살은 개인의 문제였으니까요.

"지금은 그렇지 않아. 베르테르 증상은 전보다 훨씬 나아져 있어. 고인 물을 보면 동요하는 건 사실이지만 참을 수 있을 정도야. 주변에 말려줄 사람만 있다면 말이지."

선배의 말은 베르테르 증상을 길들일 수 있다는 뜻이었어요. 자기가 죽고 싶은 시점을 미룰 수 있다는 거죠. 놀라시는군요. 아직 그건 연구결과가 안 나온 모양이에요? 선배는 7년이나 그걸 끌어안고 왔으니 가능했는지도 몰라요. 거기에 지금 살아있는 사람들처럼 우연과 증상의 변덕이 겹쳤다거나. 저는 선배의 옆에 다시 누웠어요. 어떻게 살아있을 수 있었어요?

"사실 이렇게 말은 해도 나도 언제 변기통에 코 박고 죽을지 몰라. 핵미사일이 날아와서 온몸을 다 불태워버린다면, 아아. 그것도 좋네. 차라리 그렇게 죽고 싶어. 하늘에서 벼락이 땅, 하고 내려와서 순식간에 재와 먼지로 만들어 버리는 거지. 사실, 이런 느릿느릿한 종말은 못 견디겠다. 아니, 종말을 하긴 하는 건가? 어쨌든 그렇게 되면 물도 남지 않겠지. 재 한 조각도 안 남기고 불타 없어진다면 그것도 좋을 것 같아."

저는 선배의 의견이 마음에 들었어요. 깔끔하고 뚜렷한 종결. 그리고 그때 알았어야 했었죠.

#4# 기록(2016.04.17)

어느 날 선배가 목욕을 하고 싶다고 떼를 써서 욕조에 물을 틀었어요. 말리고 싶었지만 어제 일로 절 놀리겠다고 협박하더군요. 그런데 빨간 녹물이 나오는 겁니다. 어제 안 나오던 녹물이 갑자기 오늘 나올 이유가 뭐가 있나 했는데, 녹물이 아니라 피였어요. 건물의 저수조가 생각났어요. 비슷한 일은 이미 수십 번이나 있었으니까요. 아파트가 많은 우리나라는 이런 식으로 피해가 급속도로 퍼질 수밖에 없었죠. 누군가 저수조에서 자살한 게 분명했어요. 선배와 저는 조심스럽게 옥상으로 향했어요. 그럴 리는 없지만 혹시 어제의 포기자들이 남아 있을 수도 있으니까요. 옥상문은 열려 있었어요. 그리고 커다란 청색 저수조가 옥상 한편에 놓여 있었어요.

선배는 아무렇지도 않게 성큼성큼 사다리를 타고 올라가 저수조 안을 확인했어요. 하지만 어두워서 안이 잘 안 보인다고 하기에 제가 대신 올라갔죠. 하지만 선배가 말했던 것만큼 어둡지는 않았어요. 금방 그 캄캄한 물 한편에서 시커먼 물체가 떠있는 걸 볼 수 있었죠. 저수조 안에 쾌쾌한 죽음이 도사리고 있었어요.

상태를 잘 확인해 봐, 선배가 밑에서 하는 말이 들리더군요. 빠져 죽은 사람은, 뭐. 중요한 건 아니니까 넘어갈게요. 대충 어떻게 생겼는지 선배한테 말해 주니까 표정이 이상하게 바뀌더라고요. 선배는 입술을 잘근거리면서 말했어요.

"전에 포기자들 사이에서 죽은 사람이야."

포기자들 사이에서 쓰러졌던 사람이었어요. 사람을 죽였던 거예요. 그리고 살인 현장을 목격한 나를 보고 입막음을 하려다가 실패한 거죠. 대신 시체를 빌라 저수조에 밀어 넣었고요. 사람들이 스스로 목숨을 끊어가는 세상에, 언제까지 살지도 모르는데 사람들은 사람을 서로 죽이고 있었죠. 거기에 그동안 사람이 빠져 죽은 물을 계속 쓰고 있었다고 생각하니 구역질이 났어요. 정작 그 물을 마셔온 선배는 아무렇지도 않아 하더군요. 이렇게 된 이상 거주지를 옮길 수밖에 없었어요. 이미 감염이 의심된다고 해도 사람이 썩어가는 물을 그대로 쓸 수는 없는 노릇이니까요.

집을 이사할 생각을 하니까 갑자기 막막해졌어요. 가재도구 같은 건 어떻게 실어 나른다고 해도 선배가 사다놓은 해양심층수는 아직 많이 남아 있었거든요. 대체 그 많은 물을 어떻게 집까지 가져왔는지 선배한테 물어보니까 택배로 주문했다고 하더군요. 지금 그런 서비스를 기대할 수는 없으니까 일일이 옮기는 수밖에 없었죠. 차에는 기름이 떨어진 지 오래라서 가방에 최대한 넣을 수 있는 만큼은 넣어야 했어요. 제가 짐을 챙기고 있으니까 선배는 빤히 구경만 하고 있었어요.

"우리 꼭 여기서 나가야 하나?"

표정이 이상했어요. 그 표정을 보고 있으려니 기분이 좋지 않았죠. 무슨 말을 하는 거냐고, 여기서 시체 썩은 물이나 받아 마시면서 살 거냐고 따지니까 오히려 선배가 웃더군요.

"지금 세상 천지에 안 그런 물이 어디 있어?"

틀린 말은 아니었지만, 정부가 무방비하게 당하고 있는 건 아니라고 믿고 있었어요. 어딘가에서는 사람이 직접 들어가지 않아도 청소가 되고 완벽하게 차단된 정수시설이 가동되고 있을 수도 있다고요. 지금은 청정가옥이라고 부르는 그 격리지구요. 선배와 저는 한참 동안 승강이를 벌였어요. 아무리 자기 의견 강한 선배라도 이렇게까지 억지를 부리면 그냥 두 손을 들 텐데, 선배는 집에 계속 남아있겠다고 했어요. 그때야 선배의 말뜻을 이해했어요. 선배는 그냥 질린 거예요. 살아있는 거에.

선배의 의도를 알자 등골이 오싹해졌어요. 지금 선배는 '증상'을 일으키는 건지도 모른다고 생각이 들었어요. 베르테르 증상이 얼마나 지독한지는 이미 보고 들은 게 많았죠. 하지만 눈앞에서 증상을 일으키기 시작한 사람은 처음 봤어요. 대체 어디서부터 증상이 발동한 건지 생각해 보니까, 저수조를 봤던 것부터가 문제였다고 생각했죠. 제기랄, 분명 물을 보면 동요한다고 말했었는데. 아니, 어쩌면 욕조에 물을 받아달라고 한 것부터가 문제였는지도…….

어쨌든 선배가 베르테르 증상을 일으킨다는 의심이 들자마자 곧바로 행동을 해야 했어요. 증상은 일어나는 순간부터 본인도 인지하지 못하고 맹목적으로 변하니까요. 선배를 제압하는 건 어렵지 않았어요. 제가 그럴 줄 몰랐던 거겠죠. 왈가닥이라곤 해도 여자의 힘이니까요. 선배가 섣부른 생각을 하기 전에 서둘러서 침대로 옮겨놨어요. 그리고 그날 부터 선배가 다시 증상을 일으킬까 최대한 조심했어요.

일단 격리조치가 필요했어요. 침대 머리맡에 손을 뒤로 묶어둘 수밖에 없었어요. 다른 장소로 갈 수도 있으니까요. 선배한테 미안한 감정은 당연히 있었어요. 선배는 몇 번이나 자기가 정상이라면서 줄을 풀어달라고 했지만 방법이 없었어요. 확인할 방법도 없거니와 감염자들은 자기가 증상을 일으키는 걸 모르니까요. 선배를 구할 방법은 이것밖에 없었어요. 올가미의 줄은 기니까요.

격리 이후에도 최대한 조심했어요. 용변은 오로지 요강에만 보고, 씻길 때도 깊이가 1센티미터 이상 되는 물그릇은 가져오지도 않았어요. 코를 박고 죽을까 봐서요. 물도 폐로 넘길까 봐 간신히 혀를 적실 정도로만 천을 적셔서 빨아먹게 했어요. 일단 물 근처에만 갈 수 없다면 증상도 일어나지 않을 거라고 생각했죠. 물론 선배도 처음에는 저항했죠. 하지만 선배를 보살펴 주면서 제가 틀리지 않다는 확신을 했어요. 제 필사적인 설득과 정성을 본 선배는 곧 수긍했어요.

"이번에야 말로 구하겠다는 거냐?"

그렇게 선배와 집에 묶여 있으려니 이사를 가는 건 꿈도 꿀 수 없었어요. 그냥 시체가 썩어가는 물을 계속 쓰는 수밖에 없었어요. 선배에게도 처음에는 해양심층수를 줬었지만, 이미 감염된 게 확실한데 언제까지 쓸 수 있을지 모르는 물을 주는 게 망설여졌어요. 어차피 선배는 이때까지 수돗물도 잘 마셨으니까요. 전 단지 논리적으로 생각했을 뿐이었어요.

처음에는 그렇게 빠르게 달리던 시간들이, 이제는 동맥경화라도 걸린 것처럼 느려졌어요. 선배의 똥오줌을 치우고, 소금물로 밥을 해서 먹이고, 비축식량을 확인해요. 물을 틀어 냄새를 확인해 보고 아직은 쓸만하다고 납득해요. 가끔은 포기하고 싶은 생각도 없는 건 아니었지만 그렇다면 누가 선배를 돌보겠어요? 제 노력에도 불구하고 선배의 얼굴이 많이 수척해지고 있었어요. 하지만 여전히 선배는 선배였어요. 갑자기 제게 말하더라고요.

"야, 생각도 대신해 주는 기계를 만들어준다면 어떨 것 같아?"

그때 한참 선배의 입 안에 밥알을 넣어주고 있던 참이었어요. 또 선배가 이상한 상상을 하나 했어요. 저는 언젠가는 인간을 향해서 반란을 일으키지 않을까? 하고 대답했어요. 그러더니 선배가 중얼거리더군요.

"자살할 것 같은데."

사랑하는 사람이 하는 말을 이해할 수 없다는 건 괴롭죠. 선배의 말을 이해하기도 힘들었지만 기껏 오랜만에 꺼낸 말이 자살에 대한 이야기라서 기분이 안 좋아졌어요. 그 얘기는 왜요? 하고 묻자 선배는 그냥, 이라더군요.

"그냥 요즘 든 생각이야."

#5# 기록(2016.04.20)

금방 여름이 왔어요. 수도꼭지에 물을 틀어보니 냄새가 도저히 역해서 쓸 수가 없을 정도였어요. 그전까지는 참을 만했지만 이건 그냥 시체 썩은 물이었어요. 날씨도 더워지면서 사방에 숨겨진 시체들이 역한 냄새를 풍겨대고 있었어요. 저수조에 있는 시체를 꺼내고 물을 새로 받아야 할 것 같았어요. 그제야 이 빌라에 저와 선배밖에 안 살고 있다는 생각이 들었죠. 요즘은 포기자들도 잘 보이지 않고. 선배를 두고 오랜 시간을 비우는 게 조금 망설여졌지만 깨끗한 물이 나오면 선배도 기뻐할 거라고 생각했어요.

옥상 위의 땡볕 아래로 나오자 더위가 극심했어요. 숨도 쉬기 힘들 정도였죠. 더위도 더위였지만, 이제 아스팔트가 타는 냄새까지 났어요. 거기에 역한 냄새가 나더군요. 보이지 않는 곳에서 누군가 죽은 것 같았어요. 흔한 일이죠. 옥상으로 올라가서 저수조 탱크를 보니까, 영 찝찝한 기분이 들더군요. 물에 탱탱 붙고 썩어 있을 시체를 꺼내기란 쉽지 않을 테니까요. 팔다리가 막 떨어져나가거나 그러지 않을까 생각했어요. 발견했을 때 꺼낼 걸 했지만, 그때는 이사 갈 생각만 했으니까요.

저수조 위에 올라가서 뚜껑을 열었어요. 그런데 열자마자 시커먼 게 저한테 밀어닥치는 겁니다. 기겁해서 사다리 밑으로 떨어질 뻔했어요. 알고 보니 저수조 안에 있던 시체에 파리가 꼬였던 거예요. 여름이다 보니 저수조 안쪽이 온통 구더기와 알투성이였어요. 이 상태라면 증상이 아니더라도 사람한테 문제가 생길 겁니다. 그제야 제가 얼마나 멍청한 짓을 했는지 알았어요. 베르테르 증상에만 신경 쓰다가 다른 위생을 깜빡한 거죠. 당장 선배를 병원으로 옮겨야 한다고 생각했어요. 이번에도 가지 않을 거라고 우긴다면 때려 눕혀서라도 끌고 가야 한다고 생각했죠.

저수조 안에서 올라온 역한 냄새가 온통 옷에 배어 있는 것 같았어요. 타는 냄새는 더 강해지고 있었고요. 정말 뭔가가 타기라도 하는 건지 희뿌연 연기가 낡은 빌라 벽에서 배어 나오고 있었어요. 그제야 뭔가가 이상하다고 느꼈습니다. 문을 열자마자 연기가 쏟아져 나왔어요. 불이 난 게 틀림없었어요. 대체 언제, 어디서? 자살자들이 불을 건드릴 일은 없었어요. 증상과는 전혀 반대니까요. 그런데 거실에 그녀가 있더군요. 선배요.

선배는 둘둘 만 신문지 끝에 불을 붙이고 커튼에 불을 옮기고 있었어요. 선배의 손목에 잔금처럼 얽힌 상처가 보였어요. 그게 제가 만든 매듭 때문인지 아니면 그 전부터 있던 흉터인지 알기 힘들었어요. 선배는 커튼에 불이 옮겨 붙자 일어서서 다른 데로 걸어가더라고요. 연기 같은 건 신경도 안 쓰는 것 같았어요. 뭐하는 거예요, 선배 하면서 말리려고 하니까 저한테 불붙은 신문지를 휘둘렀어요. 그 기세가 너무 흉흉해서 가까이 갈 수도 없었어요.

"절대로 물에서 죽지는 않아."

선배가 중얼거렸어요. 베르테르 증상이 아니었어요. 선배는 증상을 이겨내고 있었어요. 그리고 전력을 다해서 자살하고 있었어요. 제가 아무리 소리쳐도 선배는 들은 척도 안 했어요. 이미 침대가 있던 안방에서는 불이 심하게 번져 나오고 있었어요. 선배가 제 코앞에 있는데도 연기 때문에 제대로 보이지 않을 지경이었어요. 더 이상은 위험하겠다 싶어서 몸이 타든 말든 선배에게 달려가는 수밖에 없었어요. 불붙은 신문지 뭉치가 제 얼굴을 때렸죠. 어떻게든 선배의 손목을 붙잡고 밖으로 끌어당겼어요.

연기가 지독했어요. 앞이 어디인지도 알 수 없었어요. 열기가 확확 저희를 몰아세우고 날을 세웠죠. 선배는 의외로 끌려오는 데는 저항하지 않았어요. 저는 그때 생각이 들었죠. 선배가 원하던 죽음은 이런 죽음이구나. 이야기에 끝이 있기를 원했구나. 간신히 찾은 현관문은 이미 뜨거워져 있었어요. 닫혀 있진 않아서 어깨로 쳐서 열고 밖으로 뛰쳐나오고 나서야, 살았구나 하는 생각이 들었어요. 그 순간 선배가 제게 뭔가를 던지듯이 내밀더군요. 선배가 내민 것은 해양심층수 페트병이었어요. 제가 엉겁결에 그걸 받아드니까 선배는 홱 떠밀더군요. 아무리 여자라고 해도 지친 상태에서 전력을 다해 밀어내는 데 어떻게 할 수가 없었어요. 뒤로 자빠져서 멍하니 선배를 보는데 그러는 거예요. 그때 선배가 한 말을 잊을 수가 없어요.

"넌 살아라. 생은 네 몫이니까."

미친년. 미친년······. 철제 손잡이가 확 달아올라 있는 게 보이는데도 선배는 서슴없이 문을 닫아버렸어요. 저는 비명을 지르면서 팔을 끼워서 막으려고 했는데, 늦었어요. 문이 잠기는 소리가 들렸어요. 그녀는 꿈을 이룬 겁니다. 눈물이 났어요. 분명 선배는 청산에서 죽고 싶다, 라고 했는데 언제부터 이렇게 된 걸까요?

여기까지예요. 베르테르 증상과 관련해서 선배에 대해 제가 아는 건 이게 전부입니다.

네. 거짓말 한 건 없어요. 불이 꺼진 뒤에 선배의 시신이 발견되지 않아서 혹시 살아있지 않을까 기대하는 건 있죠. 하지만 그게 선배가 없었다는 증거는 안 돼요. 선배가 베르테르 증상의 최초 발병자라는 건, 그래요. 전 이미 선배 입을 통해서 들었으니까요. 그럼 저는 인정 못하겠지만 공식적으로 두 번째 발병자인 저는 언제 어떻게 옳은 건데요? 전 선배에게 손 끝도 댄 적 없거니와, 선배가 죽은 뒤에는 본 적도 없는걸요.

#6# 기록(2016.04.21)

선배는 살면서 베르테르 증상을 길들였어요. 하지만 베르테르 증상 역시도 선배를 길들일 시간이 충분했다고 생각해요. 누군가는 그렇게 말하더라고요. W충이 이제 사람을 적게 죽이는 이유는, 개체 수를 조절하는 거라고. 제가 생각하는 정답이랑 비슷해요. 하지만 W충 같은 건 어디에도 없어요. W충은 그냥 정답을 요구하는 대중과 특종을 요구하는 언론, 사태의 무마를 원하는 정부가 합작해 낸 그럴싸한 적일 뿐이에요. 이미 학계에서도 그런 결론이 나오고 있을 거예요. 희생자의 수가 줄어드는 건 그거죠.
베르테르 증상이 자신의 개체 수가 과도하게 줄어드는 걸 막는 거예요. 물은 눈에 띄는 매개일 뿐이에요. 말 그대로 베르테르 증상이 계속해서 유지되려면 적당한 희생자 수를 유지 시켜놔야 해요. 증상이 갑자기 나타나기 전에는 한 해에 몇 명이나 자살한다고 나와 있어요? 지금은 딱 그 수준이에요. 베르테르 증상은 우리를 자기들 대신 생각하는 기계로 만들어놨어요. 인류는 증상에 의해 사육당하는 겁니다. 벌레나 외계인, 그런 게 아녜요. 관념에 의학 사육입니다. 어떤 생각을 해도 자유로울 수가 없죠. 이게 증상 때문에 하는 일인지 아니면 정말 원해서 그런 건지. 그 속에서는 어떤 것도 자유로울 수 없어요. 선배가 분신자살을 한 건 정말 자유로운 죽음이었을까, 가끔 그런 생각이 들어요.

정말 베르테르 증상이 제가 생각하는 그런 거라면, 궁금한 게 있어요.

선배가 불타는 집에서 페트병을 넘겨주면서 한 말은, 제게 한 말이었을까요? 아니면 개체 수 보존을 위한 말이었을까요?

귀환

종말문학 공모전 수상작

진위명(假)

1972년생으로 B급 SF와 호러에 무한한 애정과 집착을 가진 갈수록 늘어나는 허리굵기에 고민중인 자칭 1세대 오덕후 중년남. 생애 처음으로 쓴 글이 책으로 나온다는 사실이 무한정 기쁘기도 하지만 한편으론 누가 볼까 부끄럽기도 해서 가명으로 언더커버할 정도로 새가슴 소심남이다.

항성 간 무인 탐사선 '오디세이'가 지구 궤도에 도착한 것은 그 우주선이 같은 궤도를 이탈해 여정을 시작한 지 43년이 지난 후였다.

헬리오스피어(태양풍 자기권) 횡단을 통해 람제트 추진기관의 효용성이 입증되자 인류는 처음으로 태양계 너머 다른 항성계 탐사 실현을 꿈꾸게 되었다. 궤도상에서 조립된 오디세이는 5년에 걸친 건조기간과 수백억 불의 비용을 통해 인류가 만든 우주 건축물로서는 가장 큰 600여 미터의 크기를 자랑했고, 이는 최초의 항성간 우주선이란 항목과 더불어 기네스북 기록을 갱신했다. 행선지는 지구에서 두 번째로 가까운 항성계인 4.3광년 떨어진 알파센타우리로 설계상 계산된 수치대로라면 오디세이는 최대 광

속의 60%까지 도달하는 속도로 편도 20년 만에 도착할 수 있을 것으로 예상되었다.

도착 후 최대 2년의 조사기간을 설정한 이 무인 탐사선은 수많은 이들의 기대를 뒤로 하고 보조추진기관인 이온추진엔진을 작동시켜 자신의 요람인 지구 궤도를 서서히 벗어난 후 람제트 작동이 가능한 속도에 도달하자 순식간에 태양계를 벗어나 첫 항성간 항해에 돌입했다. 헬리오스피어 돌입 전까지는 지구의 관제센터와 데이터 수신을 했지만 그 이후로는 완전 자동으로 전환되었고 지구의 부모들이 오디세이의 존재를 다시 볼 수 있는 것은 헬리오스피어 너머로 되돌아오는 42년 후가 될 예정이었다.

예상치 못한 수건의 트러블이 속출했지만 150여 년에 가까운 우주개발 노하우의 총집산격인 오디세이의 통제 컴퓨터는 비교적 무난하게 그 고비를 넘기고 20년 후 알파센타우리에 도달, 그리고 그 후 2년간 제작자들의 기대 이싱의 활약을 펼친 후 고향으로의 귀로에 올랐다. 역시 여러 트러블이 일어났지만 오디세이는 그 작명의 유래답게 고난을 이겨내고 예상 기간보다 1년 정도 늦어진 43년의 고단한 항해를 마치려 하고 있었다. 하지만 예상치 못한 일이 일어났다.

이변은 오디세이호에서 일어난 것은 아니었다. 사전에 주입된 프로그램에 따라 헬리오스피어 권역에 진입한 이후 오디세이는 지구의 관제센터를 향해 계속해서 통신을 보냈지만 예정과는 달리 그 어떤 답신도 없었다. 오디세이의 통제 컴퓨터가 인격을 가진 존재였다면 의문을 품었겠지만 돌아오지 않는 답신에도 상관없이 오디세이는 최초 예정된 프로그램에 따라 지구로의 귀환을

묵묵히 행했다. 길고 지루한 감속 과정을 끝낸 오디세이가 지구궤도에 안착한 후에도 지구에서는 여전히 그 어떤 명령도 보내오질 않았다. 원래대로라면 궤도에 도착한 후 대기하던 유인우주선이 도킹한 후 알파센타우리에서 얻은 엄청난 양의 데이터와 샘플을 회수할 예정이었지만 아무리 기다려도 그런 일은 벌어지지 않았다.

몇 명의 사소한 장난기가 아니었다면 아마 오디세이는 여기에서 그 임무를 다 끝내고 지구궤도를 떠도는 수많은 인공물체 중 하나로 그 장대한 인생을 끝냈을 것이다.

궤도상에서 오디세이의 건조가 거의 다 끝나가는 동안 지상의 엔지니어들은 오디세이에 장착될 통제 컴퓨터의 프로그래밍 및 기타 작업을 행하고 있었고, 그 중 탐사 프로그램을 맡은 부서의 인원들이 작업 후 가진 맥주파티에서 일어난 일이 발단이었다. 맥주가 위에 들어가 적당히 취하기 시작한 그들은 이런 저런 농담을 쏟아내기 시작했고, 대부분의 엔지니어들이 그러하듯 자신들의 작품에 뭔가 재치 있는 자취를 새겨 놓을 궁리를 시작했다. 그 중 한 명이 기껏 지구로 돌아왔는데 반겨줄 인간이 다 사라지면 저 놈은 어떻게 할까 라는 말을 내뱉었고 또 다른 누군가가 그럼 지구를 탐사하게 하면 되지 라며 맞장구를 쳤다. 그 후 다들 낄낄거리며 남은 맥주병을 비웠지만 다음날 그 둘은 정말로 탐사 프로그램 코드에 그런 항목을 넣어버린 것이었다. 추가한 그 코드는 검수 과정에서 들통났지만 시스템에 영향을 미치지 않는 정말 농담 같은 것이었기 때문에 검수 관계자들도 개발자들의 악의 없는 농담에 기꺼이 어울려줬다.

추가된 코드는 간단히 표현하면 다음과 같았다. '지구에 도착해서도 365일이 지나도록 그 어떤 접촉도 받지 못할 경우, 탐사모드로 전환해서 지구를 탐사할 것.'

그리고 지구궤도 도착 후 365일이 지나자 농담으로 추가된 프로그램에 따라 오디세이의 통제 컴퓨터는 탐사모드로 전환했다.

탐사모드로 바뀐 후, 오디세이가 한 첫 작업은 궤도 아래의 행성을 관찰하는 것이었다. 오디세이가 돌고 있는 주회궤도의 고도 및 행성의 직경을 통해 지표면에서 받게 될 중력이 1G라는 것을 계산한 후 각종 시각 센서를 통해 관찰한 후 밑의 행성을 액체상태의 물이 존재하는 매우 전형적인 지구형 행성으로 결론내린 오디세이는 계속해서 생명체의 흔적을 찾기 시작했다. 대기 스펙트럼 분석도 뒷받침해 줬지만 자외선 필터로 관측한 행성의 표면은 엽록소를 기반으로 한 식물이 매우 광범위한 범위로 서식하는 걸 보여줬고 원거리 적외선 관측은 동물의 존재도 역시 확인시켜줬다. 생명체 존재행성의 발견은 오디세이의 원래 임무에서도 매우 큰 우선권을 가진 임무였고, 이 경우 거의 모든 오디세이호의 리소스는 우선적으로 이 임무에 할당되게 되어 있었기 때문에 오디세이는 단순 원거리 관측탐사에서 직접 탐사로봇을 내려 보내는 적극적 탐사로 전환했다.

탐사로봇을 내려 보내기 전, 생명체가 존재하는 행성을 발견 시 동반되는 후속 절차에 따라 오디세이의 통제 컴퓨터는 지적생명체의 존재를 확인하기 시작했고, 행성 전역에 걸쳐 인공 건축물의 존재가 확인되었다. 그건 도시의 범주에 들어갈 정도로 거대한 규모로 거의 모든 지역에서 존재가 확인되었다. 그러나 행성 전체에 널려 있는 건축물들의 규모와는 정반대로 그 어떤 에너지 활동도 감지할 수 없었다. 오디세이가 궤도를 따라 태양을 등진 행성의 밤에 돌입했을 때 시각 센서에 잡힌 아래의 모습은 과거 지구의 모습을 기억하는 사람이라면 소름이 끼칠 만큼 완벽한 어둠 그 자체였다. 그 후로도 수회에 걸쳐 궤도상를 공전하며 아래쪽을 관측한 오디세이는 이 별의 지적생명체는 대규모 에너지 전환기술을 가지지 못한 제2단계 문명을 가진 것으로 분류한 후, 탐사로봇을 조정하기 시작했다. 그와 동시에 탐사로봇을 착륙시킬 후보지를 선정하기 시작했는데 도시와 가까우면서도 착륙에 지장을 주지 않을 정도로 지형적으로 안정된 지역이어야 했다.

후보지는 손쉽게 세 자리 수를 넘어갈 정도로 발견되었으나 탐사기의 돌입각도 및 기타 최적조건을 만족시키는 후보지는 대여섯 곳 정도였고 그 중에서 가장 착륙 성공률이 높다고 예측되는 곳을 선정한 오디세이는 지난 알파센타우리의 탐사에서 사용되지 않은 마지막 예비 탐사기를 관측중시형 탐사모드로 설정한 후 발사했다.

세라믹 단열재의 캡슐에 둘러싸인 탐사로봇은 대기와의 마찰열로 인한 플라즈마의 빛을 내뿜으면서 행성의 지표를 행해 맹렬한 속도로 떨어지기 시작했다. 캡슐 외부에 설치된 레이저 거리계가 지상 위 10킬로를 가리키는 순간. 폭발 볼트가 단열재 캡슐을 분리시킨 후 탐사기 상부에서 거대한 낙하산이 펼쳐졌다. 급격하게 하강속도가 떨어졌으나 여전히 탐사로봇의 내구력이 버티기엔 높은 속도였고 지표와의 거리가 100여 미터 정도로 줄어드는 순간 낙하산과 탐사로봇을 연결하는 케이블의 중간부위에 위치한 소형 로켓부스터가 점화되었고 탐사로봇은 먼지의 폭풍과 함께 무사히 지상에 착륙했다.

착륙과 로켓 분사로 인한 먼지가 가라앉기를 기다린 탐사로봇은 절차대로 우선 자신의 이상유무 체크를 시작했다. 수분에 걸친 자가체크과정에서 아무런 이상을 발견하지 못하자 탐사기는 움직이기 시작했다. 탐사기는 1.4미터 길이의 유선형의 금속 몸체에 상부엔 튀어나온 센서모듈 탑을 가지고 있고 몸체 좌우에 3개씩 총 6개의 다리와 몸체 전면의 하부엔 2개의 손을 가진 보행형이었다. 그런 탓에 개발과정에선 철거미나 철게로 불리우는 일이 흔했고 실제로 탐사로봇의 코드명은 '스파이더'였다. 내부의 동력원으론 플루토늄 핵전지가 내장되어 있지만 탐사기의 금속외피 자체가 태양전지의 역할도 할 수 있는 소재인 탓에 가동시간은 사실상 무제한에 가까운 이 탐사로봇은 사가 체크를 끝낸 후 3개의 관절을 가진 다리 하나를 지표로 내디뎌서 지면이 충분히 탐사로봇의 무게를 지탱 가능하다는 걸 다리 끝의 압력센서로 확인한 다음 6개의 발을 마치 생물체처럼 유연하게 사용해서 착륙지점을 벗어나기 시작했다.

탐사기가 착륙한 장소는 과거 어떤 작물이 재배되던 농지였지만 지금은 잡초와 기타 야생식물로 인해 완전히 원 자취를 찾아볼 수 없는 지역이었다. 모선에서 떨어져 나오기 전에 입력된 정보를 통해 자신의 위치를 확인한 탐사로봇은 궤도에서 관측한 도시로 향하기 위해 센서모듈의 한 부분을 위쪽으로 높이 뽑아내어 경로 분석에 들어갔다. 인간이 리얼타임으로 통제할 수 없는 항성 간 탐사인 탓에 오디세이의 통제 컴퓨터도 그렇지만 직접 탐사할 행성에 보내질 탐사로봇들에는 기술역사상 가장 완성도가 높은 AI가 탑재되어 있었고 그런 탓에 탐사로봇은 기본적인 목표가 주어진 것만으로도 나머지 행동에는 완전히 자율성이 부과되어 있었다. 수 미터 위에서 관측한 데이터를 기초로 탐사로봇은 순식간에 이동 경로를 확인, 결정한 후 목표를 향해 움직이기 시작했다.

수 시간 동안 무성한 식물의 벽을 헤치면서 고르지 못한 지형을 전진하던 로봇이 다시 경로 확인을 위해 센서를 위로 올린 순간 거대한 인공구조물의 존재를 발견했다. 정체를 확인하기 위해 구조물로 접근하려 경사가 가파른 언덕을 올라간 탐사로봇의 시각 센서에는 매우 긴 도로가 도시 쪽을 향해 끝없이 펼쳐 있는 모습이 잡혔다. 그리고 그 도로의 건너편에 존재하는 반대편 도로에는 이제는 녹슬어 그 원형을 거의 짐작도 할 수 없는 수많은 차들로 가득 차 있었다. 탐사로봇의 AI로는 한쪽 도로에만 차의 폐허가 존재하는 이유를 생각할 능력은 없었다. 생각하는 건 나중에 데이터를 회수해 분석할 인간들의 몫이고 탐사로봇과 탐사선은 데이터의 수집에만 충실하면 되는 일이었으니까.

탐사로봇이 도로로 올라가 차들의 폐허를 향해 다가가자 좀 더 자세한 상황을 파악할 수 있었다. 도로는 오랜 시간 사용되지 않은 탓인지 얇은 표토층이 도로 위를 뒤덮고 있었고 그 위를 잡초가 무성히 자라난 상황이었다. 만일 탐사로봇이 지닌 정확한 사물 인식기능이 아니었다면 이것이 도로였다고 쉽게 알아보기는 힘들었으리라. 차에 접근한 탐사로봇이 샘플 채취를 위해 오른쪽 팔에 달린 소형 드릴을 작동시키자 미약한 진동음과 함께 공기가 살짝 흔들렸다. 드릴로 녹이 슨 차의 옆문에서 자그마한 샘플을 채취한 후 체내에 내장된 분석기를 통해 이것이 순도 99%의 철이란 걸 확인한 탐사로봇은 이 별의 추정 문명레벨을 초기치 2에서 4로 올려야 한다는 권고 테그를 작성해서 샘플데이터에 붙여 메모리에 저장한 후, 3차원 스캐너를 통해 폐허가 된 차의 전체 모습을 스캔했다. 약 10여 분에 걸친 스캔작업이 끝난 후 작업을 한 차량 옆에 존재하는 다른 수많은 차량의 폐허를 본 후 잠시 사고모드에 돌입했다. 원칙적으론 지적존재의 창조물이 확실한 물건에 대해 접근 가능한 한 모든 데이터를 얻는 것이 기본이지만 탐사로봇에게 주어진 제1목표는 도시로 향해 이 별의 지적생명체의 존재를 확인하는 것이었다. 양쪽의 명령순위권을 잠시고민한 탐사로봇은 2.1초에 달하는 오랜 사고를 끝낸 후 도시에집중하는 것이 더 효율적이린 결론을 내렸다.

과거 수많은 차들이 지나갔을 도로 위를 바퀴가 아닌 다족보행으로 이동하는 탐사로봇의 시각센서에 도로 한편에 서 있는 이제는 녹슨 표지판의 존재가 들어왔다. 오디세이가 건조될 무렵에는 이미 싸구려 아동용 완구에도 들어갈 정도로 보편화되어 있는 문자인식기능을 창조자들은 탐사로봇에 넣지 않았던 탓에 탐사로봇은 그 표지판에 적힌 문자를 알 수가 없었으나 지적생명체의 문자체계일 가능성이 89%란 결론을 내린 후 그 표지판을 촬영하여 데이터로 저장한 후 계속해서 목적지를 향해 이동했다. 만일 탐사로봇에게 문자인식기능이 들어가 있었다면 그 표지판에 적힌 문자가 알파벳과 한글이고 그 둘이 의미하는 건 동일한 지역명이란 것을 알 수 있었을 테지만, 그렇다고 그 기능을 누락한 설계자들을 비난할 순 없을 것이다. 아무리 유머가 넘치는 사람이라 할지라도 외계의 낯선 행성에서 지구의 문자를 읽을 일이 있으리라곤 상상할 수 없었을 테니까.

해가 거의 질 무렵에 탐사로봇은 도시의 외곽부에 해당하는 지역에 도달했다. 태양전지에만 의존하는 방식의 동력 시스템이었다면 활동을 중지하고 다음 해가 떠오를 때까지 대기모드로 전환해야 했겠지만, 내장된 핵 전지와 낮에 충전된 전력으로 밤 시간대의 활동에는 아무런 지장이 없었다. 그렇지만 탐사로봇은 움직임을 멈추고 천천히 주위를 관찰하기 시작했다. 이제 명확해졌다. 이것은 지적생명체가 만들어 올린 도시였다. 야간투시모드로 전환된 탐사로봇의 시각센서는 식물로 뒤덮인 도로의 양쪽을 따라 계속해서 도열해 있는 건물들을 인식할 수 있었다. 한쪽 면에 위치한 건물로 다가가자 도로 위의 수풀사이에서 바스락거리는 소리가 들려왔다. 재빨리 소리가 나는 쪽으로 시각센서를 이동시키고 적외선 감지모드로 전환하자 작은 동물의 존재가 탐지되었다.

탐사로봇의 존재를 안 동물은 가만히 숨죽여 있다가 위협이 되지 않는다고 판단한 모양인지 느릿하게 반대편 도로 쪽으로 움직이기 시작했다. 그 모습을 관찰한 탐사로봇은 그 동물이 데이터베이스상 지구의 토끼로 분류되는 종과 극히 유사하다고 판단했지만, 외계 생명체의 데이터 수집은 이번 임무의 목표는 아니었다. 제1순위는 어디까지나 외계문명의 관측과 지적생명체의 존재여부 확인인 것이다. 다시 건물 쪽으로 주의를 돌린 탐사로봇은 건물의 전체 모습을 스캔한 후 외관의 풍화도를 예측 시뮬레이트한 후 재질상 이 건물이 건축된 지 50년 이상이라는 결론을 내렸다. 그러다가 건물의 벽면에 일련의 종이들이 붙어 있는 것을 발견하고 그쪽으로 이동한 후 그 모습을 확인하기 시작했다.

종이엔 적색의 원형 갈퀴 3개가 삼각형 구도로 서로 등을 맞댄 도형이 그려져 있었고 그 도형 밑에는 문자가 적혀 있었다. 역시 탐사로봇으로선 그 문자를 이해할 순 없었으나 도형은 로봇이 가진 데이터베이스에 존재하는 지구상에서 생물학적 재해를 뜻하는 마크와 동일한 모습을 하고 있었다. 로봇은 잠시 사고모드로 들어가 이 모순된 공통점을 어떻게 해석할 것인가를 고민했지만 탐사로봇의 AI로는 극히 희귀한 확률로 동일한 도형이 두 외계문명에서 존재한다는 결론을 내는 정도에 그칠 수밖에 없었다. 결론을 낸 후 사진을 찍어 데이터화한 후 건물에서 거리를 두고 관찰한 결과 같은 도형이 그려진 종이가 계속해서 건물과 건물로 이어지면서 붙여져 있다는 걸 탐사로봇은 발견했다. 세월에 의해 태반이 찢겨져나가고 원 형태도 알아볼 수 없었지만 로봇의 인지 기능은 같은 형태의 도형이 그려진 종이가 최소 240장 이상 이어져서 붙여져 있었다는 결론을 내렸다.

도형에 대한 작업이 일단락된 후 탐사로봇은 도시 전체에 대한 관찰에 들어갔다.

느린 속도로 전진하면서 계속해서 건물들에 대한 스캔과 동시에 자료화를 진행하던 로봇의 앞에 갑자기 생명체가 나타났다. 로봇은 작업을 일시 정지하고 그 생명체에 대한 관찰을 시작했다. 탐사로봇의 존재를 뒤늦게 알아챈 듯한 그 생명체는 입에 뭔가 다른 생명체의 일부를 물고 있었다. 아마 사냥의 결과물일 것이다. 그 생명체는 강한 적개심을 보이며 로봇의 주변을 느릿하게 원을 돌기 시작했는데 탐사로봇의 시각 센서에 들어온 영상은 그 생명체가 지구의 쥐, 그것도 집쥐와 70% 정도 유사하다는 결론을 내리게 했다. 외형의 유사성은 거의 100%지만 크기가 도저히 데이터베이스상의 쥐와 맞지 않았던 것이다. 쥐와 유사한 그 생명체의 크기는 90센티를 넘고 있었다.

첫 번째 접촉했던 생명체와는 달리 이 쥐와 닮은 생물은 매우 호전적인 반응을 보이고 있었다. 외계생명체와의 조우 시 지켜야 할 준수절차에 따라 로봇은 상대와 자신에 피해를 입히지 않기 위해 도주모드로 전환하고 뒷걸음질을 시작하려 했다. 그러나 이 거대쥐라고 할 수 있는 생명체는 갑자기 물고 있던 다른 생명체의 일부를 입에서 떨어트린 후 날카로운 소리를 내기 시작했다. 떨어트린 다른 생명체의 일부는 아마 팔이었던 것으로 추측되었으나 전체 모습을 추측하기엔 너무나도 자료가 부족했다. 팔의 일부분으로 추측되는 것에 자그마한 다섯 개의 손가락이 붙어있는 것만 가지고는 당연한 결과였다.

거대쥐의 울음소리에도 상관없이 도주 경로를 따라 서서히 뒤로 물러나던 탐사로봇의 주위에 삽시간에 동형의 생명체 무리가 나타났다. 완벽하게 도주로를 차단당한 로봇의 주위로 12마리의 거대쥐들의 떼가 둘러싸고 있었고 그 모습을 관찰한 탐사로봇은 첫 번째 거대쥐가 완전한 성체가 아니라는 결론을 내렸다. 뒤에 나타난 거대쥐들은 평균 110센티미터 정도의 크기였기 때문이다.

도주로가 차단당해 움직임을 멈춘 탐사로봇을 향해 갑자기 성체에 해당하는 거대쥐 한 마리가 달려들었고 그것을 시작으로 나머지 거대쥐들이 로봇을 향해 날카로운 이빨을 드러내며 돌진했다.

통상적인 생명체라면 일격으로 치명적인 타격을 입었을 법한 공포스런 공격이었지만 다행스럽게도 탐사로봇의 외피 강도는 그 정도로는 아무런 피해도 입지 않을 정도로 충분히 강했다. 계속된 공격에도 아무런 타격도 입지 않고 제 모습을 유지하는 탐사로봇의 모습에 거대쥐들도 당황한 기색이었지만, 그렇다고 물러날 모습을 보이진 않았다. 거리를 유지한 채 한두 마리씩 계속해서 공격을 해가면서 어딘가 존재할 약점을 찾는 듯한 행동을 보이고 있었다. 탐사로봇은 첫 공격으로 얻어진 데이터로 이 생명체는 로봇의 생존에 치명적인 위협이 될 수 없다는 결론을 내렸지만, 그렇다고 현재의 교착상태를 지속할 수도 없었다. 어쩔 수 없이 적대적 외계생명체와의 조우시 긴급피난 사항을 적용시키기로 하고 로봇은 왼쪽 팔에 내장된 스턴건을 작동시켰다. 얼마만큼의 전압이 상대에게 치명적인 위협이 되는지 알 수 없는 상황에서 일단 최소전압인 5V부터 시작해서 공격해 오는 로봇을 향하여 스턴건을 내밀었다. 스턴건을 맞은 거대쥐는 약간 놀란 거 같았지만 별다른 타격은 없었고 계속해서 다른 거대쥐들이 로봇을 향해 달려들었다.

탐사로봇은 거대쥐들이 공격을 해올 때마다 계속해서 전압을 올려갔고 70볼트를 넘어서자 거대쥐들이 공격하는 것을 주춤거리기 시작했다. 그러나 간격이 느려졌을 뿐 그치지 않고 공격이 계속되었고 따라서 스턴건의 전압도 계속 올라갔다. 결국 150볼

트까지 가서야 더 이상 버틸 수가 없었던 모양인지 거대쥐들은 포위망을 풀고 밤의 어둠속으로 사라져 버렸다. 떠나가면서도 거대쥐들은 계속해서 탐사로봇을 뒤돌아봤고 일부는 다시 돌아와 공격을 할 것인가 고민하는 듯한 모습을 보이기까지 했다. 청각 센서에 거대쥐들이 내는 발자국의 기척이 사라진 것을 확인한 후 위협이 제거되었다고 확신한 탐사로봇은 다시 원 임무로 복귀해서 도시 탐사를 속행하기 시작했다.

도시는 거대했다. 넓은 도로를 사이에 두고 양쪽에 높이가 각기 다른 건물들이 세워져 있었고 때로는 건물과 건물 사이에 폭이 좁은 다른 도로가 이어져 있는 등 그 복잡성은 실로 대단했다. 단 한 대의 탐사로봇으로 돌아다니기엔 그 규모는 너무나도 거대해서 전체 도시의 조망도를 완성하기 위해선 수년이 걸릴 만한 작업이었다. 그러나 도로는 풀이 자라 있었고 도로 위에 세워진 수많은 탈 것들은 완전히 삭아 있었다. 원래는 여러 가지 색상이 칠해졌을 차량들이었지만 오랜 세월 동안 방치된 결과 도장은 벗겨지고 녹이 슬어 모든 차량은 녹이 슨 철색으로 완전히 통일되어 있었다. 건물들도 그 크기나 정교함으로 창조자들의 기술적 완성도를 짐작할 기념비들이었지만 모든 건물들은 차량들과 마찬가지로 버려진 지 오래된 것들이었다. 건물 외관을 휘감은 덩굴 줄기는 어떤 건물의 경우 4층 높이까지 이어져 있어 원 형태를 짐작하기조차 어려울 정도였다. 이 모든 것을 관찰하면서 탐사로봇은 관찰에서 얻어지는 데이터를 계속 추가하면서 추정 시뮬레이터를 가동하고 있었고, 해가 뜰 무렵에는 30년에서 허용오차 2년의 범위 이전의 시기에 이 도시가 버려졌다고 결론을 내리기에 이르렀다.

한때 위대한 창조자들이 존재했었던 것은 확실했다. 여기 그 기념비들이 존재한다. 하지만 이제 그 기념비들은 녹슬고 허물어져 가고 있었다. 무엇이 그들을 이 도시에서 몰아낸 것인지 추측할 데이터는 없었다.

해가 중천을 가를 무렵 로봇은 과거 광장으로 추정되는 장소에 도달해 있었다. 지금까지의 관측 데이터를 통해 탐사로봇은 이 도시가 버려졌다는 것에 대해 90%의 확실성을 가지고 있었다. 나머지 10%의 확인을 위해 장기 임무로 전환할 것인지 아님 다른 임무가 내려올 것인지를 확인하기 위해 지금까지의 관측 데이터의 송신을 겸해 모선인 오디세이와 통신을 할 필요가 있었다. 그러기에 이 광장이었던 장소는 최적이었다. 40분 후면 오디세이가 서쪽 하늘을 가로지르는 궤도를 따라 이 하늘에 나타날 것이다. 탐사로봇은 빠른 송신을 위해 수집한 데이터를 압축하기 시작했다. 그 순간이었다.

대기모드로 회전시키고 있던 시각 센서에 뭔가 움직임이 잡힌 것이다. 탐사로봇은 즉시 데이터의 압축작업을 중지하고 움직임이 감지된 방향을 향해 센서를 정렬시킨 후 해당 방향으로 움직이기 시작했다. 감지한 움직임이 어제 조우한 두 종류의 생명체일 가능성이 74%였지만 그렇다고 이 수치가 새로운 생명체 더 나아가 지적생명체일 가능성을 무시할 정도로 절대적인 건 아니었다. 움직임이 감지된 건물 쪽을 향해서 탐사로봇은 전진을 시작했다. 오디세이와의 교신 기회를 날려버리게 되겠지만, 다음번 오디세이의 궤도 통과 때까지 기다리면 되는 일이었다.

탐사로봇이 움직임이 감지된 건물에 다가서자 갑자기 더 많은 움직임이 감지되었다. 건물은 도시 내 다른 건물들에 비해 비교적 낮은 층수인 5층에 불과했지만 풍화도는 심하지 않았다. 움직임은 주로 건물 앞쪽 도로 여기저기에 엎어져 있는 녹슨 차량들 사이로 보이고 있었다. 갑자기 로봇은 차량들의 배치가 어떤 목적 하에 행해져 있다는 것을 발견했다. 지금까지 봐 왔던 무작위적인 배치가 아닌 이 건물 앞에 놓인 차량들은 명백하게 건물 바깥쪽을 향한 원형 형태를 이룬 상태로 옆으로 엎어져 있었던 것이다. 지적생명체와의 접촉 확률이 급격하게 커지는 것을 느끼면서 탐사로봇은 접근 속도를 줄이며 건물로 접근하고 있었는데, 갑자기 그 앞에 뭔가가 떨어져 꽂혔다.

과거 아스팔트였지만 이제는 풀로 뒤덮인 도로 위에 떨어진 것은 막대였다. 끝을 깎아 뾰족하게 만든 부분이 얇은 도로 위 표토에 박혔다가 자체 무게를 견디지 못하고 도로 위로 쓰러지고 말았다. 로봇은 정지한 채 그 막대를 관찰하기 시작했다. 창이라 부르기엔 길이가 짧았지만 이건 분명히 창의 용도로 사용된 것이었다. 팔을 뻗어 그 막대를 집어 들어 좀 더 자세히 관찰하려는 순간 창의 주인들이 모습을 드러냈다.

탐사로봇의 사고회로는 그가 제조공장의 클린룸에서 조립된 이후 최대로 가동되기 시작했다. 지적생명체와의 접촉은 오디세이 임무 내내 최우선 과제였고 이번 탐사에서도 역시 제1목표였다. 이 허물어져가는 도시의 창조자와 이들이 같은 존재인지에 대해선 연결 지을 데이터가 전무했지만 그런 건 상관없었다. 목적을 위해 도구를 만들고 사용하는 이상 이들은 이 별의 지적생명체인 것이었다. 모습을 드러낸 그들은 로봇 내 데이터베이스에 존재하는 인간 그 자체라고 해도 좋을 정도로 동일한 형태였다. 다만 어떤 이유에서인지 의복이라 부를 만한 것을 전혀 몸에 걸치고 있지 않았고, 인간이 개체 간 차이로 서로 몸에 난 털의 수가 다르다는 것은 데이터베이스를 통해 인지하고 있지만 이들은 특히 털이 많아 보였다. 몸을 수북이 덮을 정도는 아니지만 대부분의 개체가 몸 전체에 걸쳐 짧은 털이 나 있었다. 그들의 얼굴은 전체적으론 인류로 치면 몽골리안의 특징에 가까운 형태를 보이고 있었지만 그것보다 더 명확한 특징은 두꺼운 눈꺼풀과 낮은 콧등을 가지고 있었다. 로봇이 데이터베이스에서 이와 같은 형태의 인류의 특징을 검색하자 가장 먼저 떠오른 항목은 '다운 증후군'이었다.

모습을 드러낸 것은 5명으로 1명은 인간으로 치면 여성이라고 짐작할 만한 육체적 특징을 보여주고 있었다. 모두 손에 도구를 들고 있었고 형태로 보아 그것은 인위적으로 제작된 것이었다. 청각센서의 감도를 올리자 모습을 드러낸 5명 외에 건물 내에 21명에 해당하는 개체가 존재한다는 것을 확인할 수 있었고 그 중 13명은 성체가 아닌 유아 내지는 유년기에 해당하는 존재들에 해당했다. 5명 중 다른 이들에 비해 명확하게 몸집이 더 크고 활동적으로 보이는 개체가 한 발 앞으로 나서서 뭔가 외치기 시작했다. 탐사로봇은 외계지적생명체와의 접촉에 대비해서 세계 굴지의 언어학자들이 개발한 언어 패턴 분석 프로그램을 즉시 가동시켰다.

4분여 동안 남자는 계속 외쳐댔고 탐사로봇은 이들의 언어가 매우 짧은 형태의 단순 간략화한 의사소통 시스템에 기반을 둔다는 것을 확인할 수 있었으나, 그 내용까지 파악할 순 없었다. 심도 있는 분석을 위해 이들을 자극해 좀 더 많은 언어 샘플을 확보해야 할 것인가를 두고 로봇은 잠시 고민을 했으나 필요 이상의 자극을 행하지 않는 것이 좋다고 결론을 내린 후 약간 뒤로 물러선 후 가만히 동작을 멈추고 있었다.

로봇이 뒤로 물러나 정지하자, 로봇을 향해 외쳐대던 리더격인 남자의 주위로 나머지 4명이 모여들어 자그마한 소리로 대화를 나누기 시작했다. 그들로서는 소곤거리며 대화하는 것이었지만 청각 센서를 통해 탐사로봇은 별 무리 없이 그들이 나누는 대화를 모니터할 수 있었고, 계속 얻어지는 언어 샘플을 통해 이들의 대화가 당황 내지는 혼란에 가까운 상황이라는 결론을 내리게 되었다. 가끔 로봇을 힐끔 쳐다보며 서로 나누는 대화 어조가 점점 차분해지자, 그들이 어느 정도 안정 상태에 들어갔다고 판단하고 탐사로봇은 지적생명체와의 접촉할 경우 사용할 목적으로 녹화된 인류의 우호적 메시지를 재생해도 탈이 없을 거라도 결정했다.

탐사로봇 정면의 하부 쪽에서 수납되어 있던 홀로 프로젝터용 렌즈가 튀어나와 빈 공간에 영상을 비추자 그들은 깜짝 놀라서 그 자리에 얼어붙은 것처럼 보였다. 맨 처음 보여지는 영상은 UN 사무총장이 외계 지적생명체에 대해 보내는 인사말이었다. 사무총장은 시종 미소 띤 얼굴로 새로운 친구들에 대한 우호적인 내용으로 가득 찬 인사말을 보낸 후 한쪽 손을 흔들고 고개를 숙인 후 사라졌다. 그 다음으로 나타난 것은 전 세계 각 민족의 어린이

들이 차례차례 나타나서 자국의 고유언어로 인사를 하는 모습이
었다. 그 모습을 멍하니 바라보던 그들은 굉장히 혼란스런 얼굴로
소리를 외쳐대기 시작했다. 그 모습을 보며 탐사로봇은 재생을
계속해야 하는가를 고민했으니 재생시간이 얼마 남지 않았다는
것을 확인한 후 계속 홀로그램 메시지의 재생을 지속하기로 결정
했다.

이제 그들의 소리는 비명에 가까운 톤에 변해 있었다. 어느 사
이 건물 안에 있던 나머지 개체들도 나와서 로봇을 둘러싸고 있
었고 그들의 얼굴은 공포에 질려 있었다. 홀로그램 메시지가 마지
막 파트인 아이들의 합창으로 바뀌는 부분에 들어가는 순간 탐
사로봇은 이 이상의 메시지 재생은 문제를 심각하게 만들 거라
고 판단하고 즉시 홀로그램을 껐다. 그러나 홀로그램이 사라져도
이들의 눈에서 공포와 분노의 감정은 사라지지 않고 있었다. 탐
사로봇의 논리적 회로는 이들이 공포를 느끼는 것에 대해선 비교
적 높은 확률로 납득 가능한 설명을 내놨지만 분노의 감정은 이
해 불가능이었다. 이 이상의 접촉은 이들에게 영구 지속되는 정신
적 피해를 미칠 가능성이 높다는 판단이 내려지자 탐사로봇은 이
현장을 벗어나려 했지만 이미 이들에게 둘러싸인 상황에서 퇴로
는 끊겨 있었다. 센서 모듈의 시각 센서를 계속 움직여 가며 자신
을 둘러싼 이들의 움직임을 포착하여 어떤 피해도 주지 않는 것
을 전제로 한 도주 경로를 계산하려 했지만 그것은 불가능했다.

순간, 탐사로봇의 좌측에 강한 충격이 느껴졌다.

시각 센서를 해당 부위로 돌리니 이들 중 한 명이 돌을 던진

것이 확실했다. 돌을 던진 정도로 파손될 외피는 아니었지만 그것을 신호로 모든 이들이 돌을 던져대기 시작했다. 그 중 한 개가 운 나쁘게 시각 센서 중 하나에 맞았고, 강화유리로 된 센서 앞 보호유리에 상당히 깊은 자국을 남겼다. 탐사로봇은 이 상황을 빠져나가기 위해 계속해서 도주로를 찾았지만, 이 토착 지적생명체들로 이뤄진 원 안에서 벗어날 길은 없었다. 우선 제한된 범위에서나마 중요한 센서부에 직격을 피하기 위해 회피운동을 시작했지만 그럼에도 몇 개인가 센서모듈에 맞아떨어지고 있었다. 탐사로봇은 회피운동을 하는 중에도 계속해서 도주로를 찾고 있었으나 이들에게 어떤 사소한 피해도 끼치지 않고 이 포위망을 뚫는 방법은 없었다. 거대쥐에 사용했던 스턴건은 지적생명체로 인정된 존재에게는 절대로 사용이 금지되어 있었고 탐사로봇은 영원히 회피운동을 취야 하는 빨간 구두의 형벌에 처해진 것 같았다.

순간 리더격인 존재가 짧은 외마디를 외쳤고 황급히 포위망이 흩어졌다

탐사로봇이 갑작스런 주변 상황의 변화에 적응하는 그 수초 사이에 하늘에서 거대한 뭔가가 로봇의 몸을 덮쳤다. 반응속도가 약간 늦었던 탓에 탐사로봇의 좌측 앞부분이 그 물체에 깔렸고 그 물체는 튼튼한 로봇의 외피를 뭉개고 좌측의 다리 두 개를 영원히 작동불능의 상태로 만들어버렸다. 상황을 파악한 로봇이 자신을 덮친 물체를 확인하자 그것은 커다란 콘크리트 조각이었다. 건물의 일부분, 아마도 기둥으로 추정되는 부위였다. 누군가 건물

의 옥상에서 리더의 신호에 맞춰 건물 밑의 로봇을 향해 떨어트린 것이다. 내부 구동계의 대부분이 손상되었고 특히 좌측은 완전히 회복불가능 상황이었다. 다행인지 불행인지 센서모듈을 포함한 로봇의 두뇌부는 멀쩡했지만 더 이상 움직이는 건 불가능했다. 탐사로봇은 우측의 다리만을 이용해 이 상황에서 빠져나갈 방법을 계속해서 계산했지만 결과는 언제나 네거티브였고, 설사 좌측을 짓누르고 있는 콘크리트 더미가 치워진다고 하더라고 한쪽 부위의 다리만으론 보행자체가 불가능했다. 탐사로봇의 AI는 임무속행이 불가능이란 최종결론을 내리고 자력 탈출을 포기한 후 지금까지의 상황을 오디세이에 보고하는 것으로 자신의 수명을 다하기로 결정했지만 오디세이가 지나가는 궤도는 건물에 가려져서 데이터의 전송 자체가 불가능했다.

탐사로봇의 AI에는 분함이라든가 억울함 같은 감정을 느끼는 기능은 없었지만 임무달성에 대한 목적의식은 존재했다. 극히 짧은 시간동안, 그것을 이루지 못하는 것에 대한 자학감에 가까운 내부 연산을 행한 후 탐사로봇 D-008C '스파이더'는 영구동면모드로 전환하고 그 기능을 정지시켰다. 지적생명체들은 그들이 이뤄낸 성취감에 취해 승리의 외침을 울렸고 그들이 잡은 괴상한 벌레를 만찬으로 삼기 위해 껍질을 벗기려 여러 날 노력을 했으나 결국 수 세대가 거치는 동안 그 어느 누구도 이 벌레의 껍질을 벗기는 자는 나타나지 못했다.

미래도둑

신체강탈자문학 공모전 수상작

김보람

1986년생. 네이버 오늘의 문학에 「미래도둑」이 게재되었으며, 연극으로도 만들어져 상
연되었다.

1

아내가 자살했다.

두 달 전의 일이다. 결혼하고 처음으로 외박을 한 날이었고, 아내가 출산한 지 이틀째 되는 날이었다. 맨정신이었다면 집 안에 인기척이 없다는 것을 알아차렸을지도 모르나, 밤을 새워 술을 마신 탓에 얼큰하게 취해 있었다. 집에 오자마자 화장실로 향했던 것을 기억한다. 변기 뚜껑을 올리고 다리를 벌리는데 발이 미끄러졌다. 타일 바닥이 젖어 있는 것은 흔한 일이라 개의치 않고 오줌을 누었다. 물을 내리고 손을 씻으러 갈 때 다시 한 번 미끄러졌다. 아슬아슬하게 세면대를 붙잡아서 넘어지는 것은 면했지만 욕실 벽에 발가락을 찧었다. 아이 씨바…… 욕을 하며 내려다 본 바닥엔 핏물이 고여 있었다. 취한 머리로도 뭔가 잘못됐다는 것을 알 수 있었다. 핏물은 욕조에서 흘러나온 것 같았다. 천천히 고개를 돌려 욕조를 보니 그 곳에 아내가 있었다. 눈을 감고 있는 아내의 머리가 욕조 밖으로 나와 있었다. 목 아래로는 보이지 않아서 아내의 머리가 허공에 떠 있는 것처럼 보였다. 숨이 멎었다. 나는 삐걱거리는 걸음으로 욕조 앞에 섰다. 아내가 몸을 담그고 있는 물은 빨간색 물감이라도 풀어놓은 듯 붉었다. 어렵지 않게, 아내의 손목에서 피어오르는 붉은 연기를 상상할 수 있었다. 입이 말랐다. 초조하게 침을 삼키고 아내의 이름을 불렀다.

"미래야."

아무리 불러도 아내의 귀에는 들리지 않으리라는 것을 알고 있었다. 알면서도 아내를 부르는 것을 멈출 수 없었다. 아내의 얼굴을 찰싹찰싹 때려도 보고 어깨도 흔들어 보았지만, 결과는 같았다.

침묵.

죽음이 아내의 입술을 먹어치운 뒤였다. 기가 막혔다. 내가 밖에서 술을 마시는 동안 아내는 집에서 죽음을 마시고 있었던 것이다. 나는 욕조에서 아내를 안아 올렸다. 아내의 몸이 욕조에 누운 자세 그대로 굳어 있어서 오히려 쉬웠다. 두 다리 밑으로 팔을 끼우고 목덜미 뒤로 팔을 둘렀다. 아내는 덜어낸 삶의 부피만큼 무거웠다. 아내의 늘어진 팔에서 반쯤 잘린 손목이 덜렁거리며 간헐적으로 피를 흘렸다. 똑. 똑. 똑. 점점이 떨어지는 핏방울 소리가 째깍째깍 시계 소리와 함께 뇌리를 뚫었다. 차갑고 딱딱한 아내를 침대에 눕히고 수건으로 알몸의 물기를 닦았다. 아내의 홀쭉한 배에 붉게 도드라진 흉터도 닦았다. 아내는 길게 누운 지렁이 같은 흉터를 자랑스러워했다.

"우리 나래를 지켜냈다는 증거잖아. 영광의 상처라고."
"나래인지 희망인지 어떻게 알아?"
딸이면 나래, 아들이면 희망이라 이름 짓기로 했었다. 그러나 아이의 성별은 양막 뒤에 가려져 있었다. 초음파 검사로도 알아낼 수 없었다. 의사는 심각한 얼굴이었다. '아기의 생식기가 보이지 않네요.' 임신 3개월째에도, 5개월째에도, 8개월째에도 같은 대답만 돌아왔다. '아기의 생식기가 보이지 않네요.' 다섯 군데의 병원에서도 알아내지 못한 성별을 아내는 확신하고 있었다.
"알아. 엄마니까."
아내가 깊은 눈으로 나를 보며 대답했다.

범죄 신고는 112 재난 신고는 119라는데 어디에 신고해야 할지 몰라 망설이다가 119를 눌렀다. '경찰이 먼저 사건 조사를 해야 됩니다.' 수화기 너머의 목소리가 무뚝뚝하게 말했다. 나는 임부복 사이에 걸려 있던 파자마를 꺼내 아내의 벗은 몸에 입혔다. 핏기없이 하얀 얼굴에 달라붙어 있는 젖은 머리카락을 올올이 떼어주고 차가운 이마에 입 맞췄다. 내 침대 위에 죽어 있는 여자가 지독하게 그리웠다. 세 개비의 담배를 태웠을 때 초인종이 울렸다. '계십니까.' '예.' '신고하셨죠?' '예.' 아내의 사후경직 정도와 함께 술집에서 밤을 지새운 친구들의 증언으로 나의 알리바이가 증명

되자, 경찰은 형식적인 조사를 마치고 아내의 시체를 구급대원에게 인계했다.

아내의 장례식은 지체되었다. 어느 상조를 가나 예약이 밀려 있었다. '요즘 자살하는 사람이 하도 많아서요.' 상조 직원의 변명이었다. '살해당하는 사람도 많고⋯⋯.' 직원이 말꼬리를 흐리며 내 눈치를 살폈다. '분위기 아시잖아요. 종말이다 뭐다⋯⋯.' '예예.' 다른 사람에게서 같은 변명이 되풀이될 때마다 고개를 주억거렸다.

실제로, 분위기가 그랬다. 신문이건 뉴스건 전 세계에서 일어나기 시작한 이변에 대해 떠들어댔다. 그 이변은 임산부들의 이상(異常) 출산이었다. 언제부터라고 꼬집어 말할 수는 없지만, 언제부턴가 임산부들이 외계인을 낳기 시작한 것이다. 외계인(外界人). 공상 과학 소설에서 지구 이외의 천체에 존재한다고 생각되고 있는 인간형의 지적 생명체. 지구인의 배를 빌어 지구에서 태어난 그 아기들은 그러나 지구인이라고 불리기엔 심히 무리가 있는 외모를 가지고 있었다. 크고 둥근 머리와 색소 없이 하얀 몸, 얼굴의 반은 아니더라도 삼분의 일 정도는 차지하고 있는 아몬드형의 눈, 코뼈 없이 콧구멍만 있는 코와 입술 없이 가늘고 길게 찢어지는 입. 신문이나 뉴스에 실린 사진으로 본 것보다 생생하게 기억한다.

아내가 낳은 아이가 그랬으니까.

"안녕? 나래야. 엄마야⋯⋯."

아내는 흰자위 없이 까만 눈을 들여다보며 환하게 미소 지었다. 아름다우면서도 혐오스러운 장면이었다.

'저희 병원에서는 여덟 번째입니다.' 의사가 초조한 얼굴로 말했다. 왜 아이를 보여주지 않느냐며 따지러 간 내게 다짜고짜 던진 한 마디였다. '뭐요?' '보시면 알 겁니다.' 의사의 말이 맞았다. 보자마자 알았다. 아기는 정상이 아닌 수준을 넘어 상상할 수도 없는 비정상의 끝에 있었다. '이게 내 애라고?' 나는 이성을 잃고 애꿎은 간호사의 싸대기를 올렸다. 아기를 안고 있던 간호사가 울음을 터트렸다. 나는 의사의 멱살을 잡았다. '이 미친 새끼야! 저게 뭐야, 어?' 예상하고 있었다는 듯이 대기하고 있던 경비원 둘이 나를 떼어냈다. '믿을 수 없으시겠죠. 이해합니다. 증거 자료가 있습니다. 여기.' 비슷한 일을 여러 번 당한 것처럼, 의사는 침착한 태도로 아내의 출산 과정을 처음부터 끝까지 녹화한 비디오를 보여주었다. 사생활 침해니 초상권이니 따질 상황이 아니었다. 나는 입을 헤 벌리고 비디오를 세 번 돌려보았다. 아기가 커서 제왕절개 분만을 해야 한다더니, 과연. 큰 것은 아기의 머리였다. 메스로 가르긴 했지만, 갈라진 배에서 머리를 내미는 외계인의 모습은 압도적이었다. 영화 에일리언의 한 장면을 보는 것 같았다. 숨이 막혔다. 양수로 덮인 외계인의 작은 몸과 아내를 연결하고 있는 하얀 탯줄이 기도와 함께 말문도 막았다. 조작이라고 의심하실 경우를 대비하여 아기와 산모의 친자확인 감정서도 준비해 두었습니다. 여기. 나는 멍하니 비디오테이프와 감정서를 받아들었다.

"까꿍. 나래야, 아빠야."

병실로 돌아가자 아내가 외계인의 손을 잡고 나를 향해 흔들었다. 기가 막혔다.

"내가, 아빠야?"

아내의 표정이 굳었다. 아내는 양손으로 외계인의 두 귓구멍을 막고 딱딱한 목소리로 물었다.

"무슨 뜻이야?"

"어떻게 내가 아빠냐고! 네가 안고 있는 걸 좀 봐! 그게 사람이냐? 네가 사람이야?"

나는 폭발했다. 거의 미쳐 있었다. 살다 살다 외계인이랑 붙어먹은 년은 처음 본다, 더러운 년, 비위도 좋다, 나한테 어떻게 이럴 수 있냐, 그렇게 10분가량을 몰아붙였던 것 같다.

"어떻게 그런 의심을 할 수가 있어. 내가 자기 옆에만 붙어 있었던 거 알잖아! 나한테 바람피울 틈이 언제 있었다고 그래!"

아내는 울었다.

"씨발, UFO라도 타고 왔다 갔나보지!"

"야! 그걸 말이라고 하니?!"

"그럼 그건 뭔데?"

"네 자식이잖아, 개새끼야!"

"지랄한다."

나는 코웃음 치며 중얼거렸다.

"아주, 지랄을 해."

"야!"

"네 자식이랑 꺼져. 알겠어? 꺼지라고. 같은 공기 마시는 것도 불쾌하니까, 지구 밖으로!"

아내는 그렇게 했다. 아내가 유서 대신 남긴 친자확인 감정서는 나와 외계인의 유전자가 99.9% 일치한다는 것을 증명하고 있었다. 그리고 나는 아내와 같은 공기를 마시지 않는 것이 더 불쾌하다는 사실을 깨달았다.

"네 잘못이 아니야."

아버지가 내 등을 토닥이며 말했다.

"자네 잘못이야!"

장모님이 울면서 외쳤다.

"누구의 잘못도 아니지."

십년지기 친구 놈이 담배를 피워 물면서 말했다.

"모두의 잘못이지요."

보험회사 직원이 아내의 사망보험금을 내밀면서 말했다.

나는 아내의 영정 앞에서 망연자실하게 서 있었다. 액자 속의 아내는 살아 있는데, 액자 밖의 아내는 죽어 있는 게 너무 이상했다. 아내가 외계인을 낳은 것보다 더 이상했다. 생각이 외계인에게 미치자 정신이 번쩍 들었다. 아기. 우리 아기.

우리 나래.

"까꿍. 나래야, 아빠야."

아내가 외계인의 손을 잡고 나를 향해 흔들었다. 외계인은 까맣고 큰 눈으로 나를 보며 웃었다. 가늘고 긴 입이 쭈욱 찢어져 귓구멍까지 올라가는 모습이 떠올랐다.

병실 밖에 서 있던 의사가 조심스럽게 다가왔다. '저, 드릴 말씀이 있습니다.' '말씀하시죠.' '돌연변이들은 정부에서 운영하는 병원으로 보내집니다.' 돌연변이. 의사는 아내가 낳은 외계인을 그렇게 표현했다. '그런데요. 선택의 여지는 없지만 절차상 보호자의 동의서가 필요합니다.' 나는 기꺼운 마음으로 의사가 내미는 동의서에 서명했다. 아내는 한사코 거부했다고 한다. 아기를 빼앗긴 아내는 퇴원 수속을 밟고 집으로 돌아와 손목을 그었다. 슬프기 전에 아팠다. 사람은 죽어서 이름을 남긴다는데 죽은 아내가 남긴 것이라곤

고통뿐이었다.

아내의 시신은 화장되었다. 키 158센티미터의 아내가 20센티미터의 유골함에 들어가다니 눈물 나게 어이없는 노릇이었다.

장례식을 마치고 집으로 돌아온 내가 제일 먼저 한 일은 화장실 청소였다. 변색된 욕조를 닦고, 타일 바닥을 닦고, 눈물을 닦았다. 그러나 아내의 잔상은 닦이지 않았다. 허공에 떠 있는 아내의 머리가 핏자국처럼 선명하게 떠올랐고, 청소를 끝내기도 전에 토사물을 닦아야 했다. 역겨웠다. 죽어버린 아내가 역겨웠고 살아 있는 내가 역겨웠다. 그러나 삶마저 토해낼 수는 없었다. 결국 나란 인간은 아내를 죽음으로 몰아넣을 수 있을지언정 자신은 죽음으로 몰아넣을 수 없는 인간이다. 아내를 죽이고 오직 외로움만 살아남았다. 광활한 고독. 아내의 빈자리는 그대로 우주가 되었다. 나는 숨 막히는 어둠 속에서 먼지처럼 부유했다.

"네 자식이잖아, 개새끼야!"

어둠 속에서 아내가 울부짖었다. 아내의 말이 맞았다. 외계인은 내 자식이었고, 나는 개새끼였다.

"아이를 데리고 와야겠어요."

나는 짖었다. 개소리였다. 동시에 계시였다.

명확한 목적이 어둠을 밝혔다. 나는 목적만큼 명확한 발음으로 다시 말했다.

"아이를 데리고 와야겠어요."

아버지는 반대했다.

"이성적으로 생각해라."

아버지는 늘 이성적이었다. 아버지의 이성은 시와 때를 가리지 못했다.

"네 엄마 말로는 종말이 왔단다. 전 세계적으로 돌연변이만 태어나고 있으니 틀린 말은 아니지. 사회적으로도 이번 사태는 지구 침략이라고 보는 시각이 일반적이다. 정부에서 돌연변이들을 격리하는 이유가 있는 거야. 유전자가 일치한다고 그걸 네 자식이라고 할 수는 없어. 신중해야 한다, 수호야. 조심하고 또 조심해야 돼."

의심하고 또 의심해야 돼, 라고 들렸다. 달갑지 않았다.

"9시 뉴스 봤냐?"

"아뇨."

"뉴스 좀 보고 살아라. 이 나라가 어떻게 돌아가는지는 알아야 할 것 아니냐. 오늘 오전에, 임산부들을 보호 조치해야 한다는 발안이 만장일치로 통과했단다. 미래가 운이 없었지……. 산달이 조금만 더뎠더라도."

"아버지."

"어."

"끊습니다."

그리고 끊었다.

나는 아내의 옷장에서 검정색 숄더백을 꺼냈다. 가방 안에 목욕 타월을 깔고, 검은색 야구모자와 검은색 점퍼, 비닐장갑 두 장, 일회용 기저귀 세 개, 분유를 담은 젖병과 배냇저고리를 넣고 나니 가방이 빵빵해졌다. 부엌 찬장에서 찾아낸 커다란 쇼핑백 안에 다시 숄더백을 넣는 것으로 준비는 끝났다.

정부에서 운영한다는 병원이 어딘지 몰라 아내가 입원했던 산부인과로 돌아갔다. 고작 일주일 만에, 병원의 분위기는 완전히 바뀌어 있었다. 오가는 사람들의 표정이 그랬고, 근무하는 사람들의 태도가 그랬다. 초조. 불안. 분노. 슬픔. 공포. 짓눌린 공기 속에서 밑도 끝도 없는 감정들이 바닥을 기어 다녔다.

아내의 담당의는 나를 기억하고 있었다.

"어쩐 일로." 의사가 경계 어린 눈초리로 물었다.

"아내가 자살했습니다."

밑도 끝도 없는 첫 마디에 의사가 고개를 끄덕였다.

"그렇습니까." 예상하고 있었다는 듯 대수롭지 않게 대꾸하는 의사를 죽이고 싶었다. 내 기분을 알아차린 의사가 전혀 죄송하지 않은 얼굴로 사과했다. "죄송합니다. 흔한 일이라……."

"얼마나 흔하길래."

꼬인 심사를 드러내며 비꼬듯이 물었다. 의사가 죄송한 얼굴로 대답했다.

"저희 병원에서는 여덟 번째입니다."

나는 침묵했다. 의사가 다시 물었다.

"그런데 어쩐 일로."

"아이를 보고 싶습니다."

"생각이 바뀌셨나보군요." 의외라는 투였다. 나는 대답하지 않았다. "죄송합니다만 아이는 이곳에 없습니다."

아이. 의사는 더 이상 돌연변이라는 표현을 쓰지 않았다. 문득

깨달았다. 처음부터 의사는 내 표현을 따르고 있었다. 아이를 돌연변이로 만든 것은 바로 나였다. '이 미친 새끼야 저게 뭐야.' 의사의 먹살을 잡는 순간부터 아이는 *저것*이었다.

"이미 정부에서 운영하는 병원으로 보내졌습니다."

"거기가 어딥니까."

의사는 순순히 가르쳐 주었다.

"신촌 세브란스병원입니다."

병원의 경비 태세는 삼엄했다. 입구를 지키고 선 군인들이 출입을 통제했고, 경비원들이 순찰을 돌았다. 그러나 인산인해를 이루고 있는 취재진으로 인해 경계는 소홀했다. 여기저기에서 터지는 플래시로 인해 눈이 부셨다. "이곳은 임산부 보호 시설로 지정된 신촌 세브란스병원입니다." 리포터의 목소리를 귓등으로 흘려들으며 입구 앞에서부터 길게 늘어선 줄로 다가갔다. 대개가 남편과 동행한 임산부들이었고, 간혹 혼자 서 있는 임산부들이 보였다. 나는 혼자 온 임산부가 설 때를 기다려 남편인 척 뒤에 섰다. 내 뒤로 줄이 이어졌다. 앞에 선 여자가 미심쩍은 눈초리로 힐끔거렸다. 줄은 서서히 줄어들었다. 차례가 얼마 남지 않았을 때, 입구에서 실랑이가 벌어졌다.

"면회는 안 됩니다."

"내 자식 내가 보겠다는데 왜 안 된다는 거예요?"

여자가 앙칼진 목소리로 따졌다.

"국가의 허가 없이는 그 누구도 면회를 할 수 없습니다."

실랑이를 벌이던 여자는 남편의 가슴에 얼굴을 묻고 울며 돌아갔다.

"들으셨죠?"

앞에 서 있던 여자가 물었다. 나는 고개를 숙이고 줄에서 빠져
나왔다. 화단에 앉아 담배를 피워 물었다. 입이 쓰다. 미처 삼키지
못한 한숨이 담배 연기에 실려 나갔다. 담배 연기가 자욱하게 시
야를 가렸다. 미래도 가려진 느낌이었다.

"저기요." 나는 고개를 들었다. "한 대만 주세요."

내 앞에는 긴 머리를 노랗게 물들인 여자애가 서 있었다. 진한
화장으로도 앳된 얼굴이 가려지지 않았다.

"몇 살인데?"

"알아서 뭐하게요. 병원에 들여보내 줄 테니까, 한 대만 달라고
요."

"임신했냐?"

"네."

나는 군말 없이 담뱃갑을 내밀었다. 한 개비를 꺼내 문 여자애
가 턱을 내밀었다. 불을 붙여주고 지나치듯이 말했다.

"기형아가 태어나도 모른다."

"어차피 외계인을 낳을 텐데요 뭐. 그 이상의 기형아가 태어날
수 있나?"

여자애가 내 옆에 앉으며 대꾸했다. 비아냥거리는 말투는 아니
었다. 하긴. 나는 시선을 앞에 둔 채 맞장구쳤다.

담배 한 개비 덕분에 목적을 달성할 수 있었다. 세상은 양심이
아니라 타협으로 돌아간다. 나를 보는 시선들이 따갑긴 했지만
그 시선들의 의미는 의심이 아닌 질책이었다. 종말의 때에도 도덕

은 살아있었다.

신생아실은 5층에 있었다. 나는 화장실에 숨어서 끈기 있게 기다렸다. 간호조무사 한 명이 들어왔을 때, 나는 망설이지 않았다. 얼굴을 볼 수 없게 등 뒤에서 덮쳤고, 팔뚝으로 목을 졸라 질식시켰다. 죽지만 마라. 그렇게 빌었다. 거친 맥박이 팔뚝 위를 내달렸다. 팔뚝에 심장을 이식받은 느낌이었다. 내가 한 팔로 사내의 목을 조르는 동안 사내는 두 손으로 내 팔뚝을 졸랐다. 컥, 컥 컥…… 커억…… 컥. 몸부림치던 사내가 입을 벌린 채 늘어졌다. 똑. 똑. 똑. 사내의 페니스 끝에서 점점이 떨어지는 오줌 방울 소리가 핏방울처럼 섬뜩하게 고막을 물들였다. 죽었는지 살았는지 알고 싶지도 않았다. 나는 그의 옷을 벗겨 화장실에 밀어 넣고 문을 닫았다.

그 다음부터는 순조로웠다. 나는 아무런 제재도 받지 않고 신생아실로 들어갔다. 신생아실 안으로 한 걸음 딛는 순간, 팔뚝에 닭살이 돋았다. 지구가 아닌 다른 행성에 있는 것 같았다. 머리카락 없는 머리와 색깔 없는 피부, 흰자위 없는 눈, 코뼈 없는 코와 입술 없는 입을 가진 외계인 아기들이 사열 종대로 나열한 모습은 끔찍하게 이질적인 동시에 지독하게 인상적이었다. 그야말로 SF 영화에나 나올 법한 장면이었다. 지구인이라고는 나 하나뿐인 곳에서, 나는 울었다.

미래가 죽었고, 인류도 죽을 예정이었다. 그리고 나는 아이를 알아볼 수 없었다.

신생아들의 침대에는 이름이 적혀 있지 않았다. 번호. 오직 번호뿐이었다. 이름표 대신 붙어 있는 번호표는 안 그래도 인간적이지 않은 아기들을 더 비인간적으로 보이게 만들었다. 번호 위에 바코드만 있다면 외계인 모양 인형으로 보일 터였다.

나는 초조하게 하얀 얼굴들 사이를 돌아다녔다. 자세히 들여다보니 아기들의 이목구비가 모두 달랐다. 어떤 아기는 눈매가 더 처졌고, 어떤 아기는 콧구멍이 더 컸으며, 어떤 아기는 입이 좀 작았다. 그러나 나는 내 아이의 얼굴을 몰랐다. 다시 눈물이 나왔다.

그러다 한 아기와 눈이 마주쳤다. 아기는 까맣고 큰 눈으로 나를 보며 웃었다. 가늘고 긴 입이 쭈욱 찢어져 귓구멍까지 올라갔다. 아기가 고사리 같은 손을 좌우로 흔들었다. '보시면 알 겁니다.' 의사의 말이 맞았다. 보자마자 알았다.

내 아이였다.

"안녕? 나래야. 아빠야……."

목이 잠겼다. 나는 유리창 너머 복도에 아무도 없는 것을 확인한 뒤 비닐장갑을 끼고 나래를 안아 올렸다. 쇼핑백에서 숄더백을 꺼내 목욕 타월로 나래를 감싸고 숄더백 안에 뉘었다. "쉬…… 쉬……" 입으로 바람 소리를 내가면서, 나래가 질식하지 않게 약간의 틈만 남겨놓고 지퍼를 잠갔다. 나래는 소리 내지 않았다. 나래뿐 아니라 모든 아기가 조용했다. 나는 나래의 자리에 옆자리의 아기를, 옆자리에 윗자리의 아기를, 윗자리에 다시 옆자리의 아기를, 그런 식으로 아기들의 모든 자리를 바꿔놓았다. 부모라면 알아볼 수 있겠지. 그렇게 자위하면서, 나와 내 아이의 안전을 위해 철저히 했다. 다행히 낯선 손길에 소스라쳐 울음을 터트리는 아기는 없었다. 아기들은 지구인보다 세 배는 큰 눈으로 내가 하는 양을 가만히 지켜보았다. 문득 아기들이 모든 것을 이해하고 있다는 느낌을 받았다. 그럴 수도 있겠다, 고 생각했다. 고맙고 무서운 일이었다. 나는 숄더백을 쇼핑백에 넣고 신생아실에서 도망쳐 나왔다.

4층으로 내려가 화장실에서 옷을 갈아입었다. 간호조무사 옷은 버리는 대신 챙겼다. 집에 가서 태울 심산이었다. 나래에게 배냇저고리를 입히고 기저귀를 채운 뒤, 다시 숄더백 안에 뉘었다. 나래는 모든 것을 이해하는 눈빛으로 나를 올려다보았다. 고맙고 무서운 일이었다. 화장실을 나서자 대여섯의 경비가 옆을 지나쳐 5층으로 뛰어 올라갔다. 긴장한 나머지 손이 저렸다. 심장이 목구멍으로 뛰어 올라오는 것 같았다. 쿵. 쿵. 쿵. 쿵. 거친 맥박이 고막 위를 내달렸다.

나는 검은색 점퍼를 입고, 검은색 야구 모자를 쓴 채 남편들 사이에 섞여 무사히 병원을 빠져나왔다. 그리고 집으로 돌아왔다.

그러나 숄더백을 열었을 때, 나래는 없었다. 아내의 숄더백 안에는 새하얀 외계인 아기 대신 발그스름한 지구인 아기가 누워 있었다. 나는 홀린 듯이 아기를 안아 올렸다. 아기는 비 온 뒤의 창처럼 물기를 머금고 있었다. 아기의 젖은 피부는 부드럽고 따뜻했으며, 동시에 물풀처럼 끈적거렸다. 나는 아기의 등에서 물기 없이 바삭거리는 하얀 껍질을 떼어냈다. 엄지와 검지 사이에서 마른 껍질이 낙엽 같은 소리를 내며 부서졌다.

그것은 고치였다.

나는 우두커니 서서 뱀의 허물처럼 모양을 유지하고 있는 외계인 고치를 내려다보았다. 그것은 마른 오징어 껍질처럼 얇고, 계란의 피막처럼 불투명했다. 다시 품에 있는 아기를 내려다보았다.

아기는 구슬 같은 눈동자로 나를 올려다보며 옹알거렸다.

"아이아."

"그래, 나래야. 아빠야."

나는 웃었다.

2

아버지.

단 한 마디로, 하늘에 계신 아버지와 지하에 계신 아버지를 동시에 부르며 눈을 감았다. 감은 눈으로 눈물이 흘렀다. 흐를 땐 뜨겁고 마를 땐 차가운 눈물이 볼을 데우고 식히기를 반복했다.

또각또각 하이힐 소리가 고막을 울리며 지하주차장을 흔들 때마다, 내 호흡도 흔들렸다. 나는 숨을 멈추고 손으로 입을 막았다. 숨소리가 새어 나가는 것을 막기 위해서였다. 굳은 등으로 식은땀이 흘렀다. 외계인은 빨간 B1 아래 검은 숫자 12가 적혀 있는 기둥 앞에 서서 고개를 두리번거렸다.

"엄마. 엄마아아."

비디오테이프나 노래방 마이크를 통해서만 들을 수 있었던 내 목소리가 나의 성대를 거치지 않고 달팽이관을 거슬러 올라왔다. 소름이 끼쳤다. 엄마라니. 누가 엄마란 말인가. 사람은, 자기 자신을 낳을 수 없는 법이다.

처음엔 아이가 나를 똑 닮았다고 생각했다. 첫째는 남편을 닮았기 때문에 날 닮은 둘째를 얻은 것이 기뻤다. 조산으로 인큐베이터에 있다 나온 아이라 더 정이 갔다. 전 세계적으로 돌연변이만 태어나는 시기에 얻은 멀쩡한 아이라 더욱 더 그랬다.

당연히 세간의 주목을 받았다. 취재진과 함께 스폰서가 몰려들었다. 수십, 수백, 수천 명의 사람들이 아이의 육아에, 교육에, 생활에 아낌없는 지원을 약속했다. 사람들은 아이가 인류의 희망이라고 했다. 하지만 내게 아이는 하나님의 은혜였다. 재앙이 믿는 자의 문지방을 비껴가게 하시는 하나님 은혜였다. 그래서 희망이라고 이름 지으라는 사람들의 제안을 무시하고 은혜라고 이름 지었다.

은혜는 무럭무럭 자랐다. 정말이지 무럭무럭 자랐다. 그 밖엔 표현할 길이 없다. 사내아이들이 콩나물처럼 자란다는 소리는 들어본 적이 있었다. 그러나 은혜는 여자아이였고, 콩나물이 아닌 사람이었다. 그런데 사람인 은혜는 콩나물이 자라는 속도로 자랐다. 첫째를 키워봤기 때문에 둘째의 성장이 너무 빠르다는 것을 알았다. 둘째의 성장은 지나치게 빠른 감이 있었다. 아니, 지나치게 빨랐다. 자고 일어나면 키가 자란 것이 눈에 보였다. 뿐만 아니라 머리카락이 길어진 것도 눈에 보였다. 한번은 젖을 먹이다가 젖꼭지를 물린 적이 있었다. 나는 깜짝 놀랐고, 하마터면 안고 있던 아이를 떨어뜨릴 뻔 했다. 아이를 바닥에 눕혀놓고 가슴을 내려다보니 젖꼭지 둘레에 생긴 네 개의 잇자국에 모두 피가 맺혀 있었다. 물어뜯긴 것처럼 아팠다. 아이의 입술을 뒤집어 까보았다. 바로 전날까지만 해도 없던 젖니가 네 개나 나 있었다. 태어난 지 한 달도 채 지나지 않았을 때였다. 아이가 표정 없는 얼굴로 피 묻은 이빨을 핥았다.

마귀가 붙은 게 아닐까 싶어 교회로 데리고 가니 목사님 기도에 경건한 자세로 무릎 꿇고 기도해서 어린 나이에 믿음이 깊다 칭찬을 들었고, 어디가 아픈 게 아닐까 싶어 병원으로 데리고 가니 어느 곳 하나 아픈 데 없이 건강하다는 진단 결과가 나왔다. 문제는 어디에 문제가 있는지 알 수 없다는 데에도 있었다.

어느 날 큰애가 내 허리에 매달려 울었다.

"엄마, 은혜 무서워."

"은혜가 뭐가 무서워. 인혜보다 커서?"

"아니. 은혜가 나보고 엄마는 인혜를 사랑한대."

"그게 뭐가 무서워. 엄마가 우리 인혜 사랑하는 게 뭐."

"아니! 은혜가 나보고 엄마는 인혜를 사랑한대!"

큰애가 울면서 소리 질렀다. 고막이 멍멍했다. 방에서 나온 은혜가 나를 물끄러미 쳐다보았다. '은혜야. 괜찮아. 들어가 있어.' 나는 큰애의 등을 토닥이며 입 모양으로 말했다. 은혜는 억울한 표정으로 큰애를 쳐다보더니 날카로운 눈으로 나를 흘겨보곤 방으로 들어갔다. 문득,

소름이 끼쳤다.

'엄마는 인혜를 사랑해.'

그것은 내가 매일같이 하는 말이었다.

말도 안 돼. 나는 스스로의 의심을 비웃으면서도 어릴 적 앨범으로 뻗는 손길을 거둘 수 없었다. 앨범을 넘기는 손길이 점점 빨라졌다. 심장 박동 역시 점점 빨라졌다. 은혜는 나와 판박이였다. 닮은 정도가 아니라 판에 박은 듯 똑같았다. 나이 차이만 없다면

212

쌍둥이라고 여겨졌을 것이다. 이게 뭘 뜻하는 걸까. 나는 고민했다. 혼자만의 고민으로는 답이 나오지 않아 남편에게 물었다.

"은혜가 당신 딸이라는 걸 뜻하지."

남편의 반응은 시큰둥했다. 지방으로 발령 난 지 얼마 되지 않아 주말마다 올라오던 남편은 육아에 관심이 없었다. 나보다 세 살이 어린 남편은 아직 이십 대 후반이었고, 자기보다 세 살이 어린 여직원과 바람을 피우고 있었다.

남편의 바람은 서서히 잦아들었다. 은혜가 태어난 지 다섯 달이 지났을 때부터, 월차만 쓰면 여행 가던 남자가 집에서 휴가를 보내기 시작했다. 인혜가 놀아달라고 보챌 때는 짜증부터 내던 남자가 은혜가 놀러가자고 하면 옷장부터 열었다. 남편은 은혜를 사랑했다. 인혜를 사랑하듯이 사랑하는 게 아니라, 나를 사랑했듯이 사랑하는 게 문제였다. 남편은 은혜의 앞에 설 때마다 난처한 얼굴로 웃었다. 나는 그 미소를 기억하고 있었다. 연애 초에 자주 지었던, 수줍어하는 표정이었다.

생후 6개월이 지난 은혜는 스무 살 처녀로 보였다. 쌍꺼풀진 큰 눈과 콧방울이 작은 코, 작은 인중 아래 윗입술보다 아랫입술이 도톰한 입술은 단정한 이목구비를 이루는 요소였다. 눈가에 잡히기 시작한 잔주름과 입가에 생기기 시작한 팔자 주름을 빼면 거울 속 내 얼굴과 똑같은 얼굴이었다. 어쩌다 같이 나가기라도 하면 사람들은 우리를 모녀지간이 아니라 자매지간으로 생각했다. 남편은 칭찬으로 들으라고 했다. 은혜가 들으라는 듯이 중얼거렸다.

"나한텐 욕이야."

어느 날 남편이 내 가슴에 매달려 말했다.

"은혜를 보고 있으면 우리 연애할 때 생각나."

"뭐?"

"은혜랑 당신이랑 꼭 닮았잖아. 당신 젊을 때 모습이 딱 저랬어."

나는 남편의 손길을 뿌리치고 침대에서 일어났다.

"왜 그래?"

"은혜가 날 닮은 거야. 내가 은혜를 닮은 게 아니라."

"그게 그거지."

"아니야."

"뭐가?"

"그게 그거가 아니라고."

"뭐야, 갑자기."

"오늘은 인혜 방에서 잘래."

방문을 열자 은혜가 서 있었다. 나는 소스라치게 놀라 비명을 질렀다. 덩달아 깜짝 놀란 남편이 외마디 소리를 질렀다. 은혜가 천연덕스럽게 물었다.

"아빠 방에서 안 잘 거야?"

"뭐?"

"그럼 내가 아빠랑 같이 자도 돼?"

"안 돼!"

나는 식겁해서 은혜의 어깨를 밀쳤다. 은혜가 주춤거리며 물러섰다. 등 뒤로 문을 닫으며 문을 막고 섰다. 은혜의 눈매가 사나워졌다.

"왜 안 돼?"

"글쎄 안 된다면 안 돼."

덩달아 내 말투도 사나워졌다. 벌컥 문을 열고 남편이 나왔다.

"안 되긴 왜 안 돼. 은혜 들어와. 엄마 언니랑 잔대."

남편이 내 등을 밀치며 말했다. 미치고 환장할 노릇이었다.

"다 큰 애를 왜 데리고 자!"

"나 한 살인데?"

은혜가 싸늘한 얼굴로 대꾸했다. 남편이 시누이처럼 맞장구쳤다.

"완전 아기네."

그리고 남편은 내 면전에서 문을 닫았다.

은혜의 모습이 원숙해지면서부터 큰애는 더 이상 은혜를 무서워하지 않았다. 동생을 무서워하지 않은 건 다행이었지만, 동생이라고도 생각하지 않는 건 다행 중 불행이었다.

"엄마가 둘인 것 같아서 좋아."

큰애가 태연한 얼굴로 말했다.

은혜의 모습이 서른 남짓해지자 큰애는 은혜에게도 엄마라고 부르기 시작했다. 엄마로 생각해서가 아니라, 나하고 헷갈려서였다. 남편도 마찬가지였다. 아내도 못 알아봐? 쏘아붙이는 나에게 억울하다는 투로 대답하면 '완전히 쌍둥인데 어떻게 알아봐?' 할 말이 없었다. 게다가 은혜는 나를 은혜라고 부르기 시작했다. 그 아이가 내 흉내를 너무 잘 냈기 때문에, 남편도 큰애도 나와 은혜를 구분하지 못했다.

어느샌가 나는 어디론가 사라지고, 은혜만 두 명이 있었다. 서로를 은혜라고 부르는 서른두 살의 주부만 두 명이 있었다.

남편도 큰애도 나와 은혜를 구분하지 않았다. 나도 구분 지어 달라 요구하지 않았다. 나를 포함한 모두가 지쳐 있었다. 은혜를 제외한 모두가 지쳐 있었다. 그리고 은혜는 더 이상 자라지 않았다. 나는 은혜를 증오하기 시작했다. 아니, 내가 증오하는 건 바로 나였다. 나와 같은 얼굴을 하고, 나와 같은 목소리로 말하고, 나와 같은 행동을 하는 또 하나의 나였다.

그녀는 더 이상 은혜가 아니었다. 비껴간 줄 알았던 재앙이었다. 고난이고 시련이고 시험이었다. 나는 그녀에게 강한 살의를 느꼈다. 나 자신의 정체성과 주체성과 독립성을 위해서 그녀를 죽이고 싶었다. 그러나 한편으로는 그렇게 죽이고 싶은 상대가 내 자식이라는 사실에 강한 죄책감을 느꼈다.

주여…… 저를 시험에 들게 하지 마옵시고

그러나 매일같이 반복되는 기도에도 불구하고 시험은 끝나지 않았다. 끝나기는커녕, 추가되었다.

"나 임신했어."

은혜가 선언하는 순간, 추가 시험을 알리는 종소리가 들렸다. '데에에엥' 머리가 울렸다. 강한 두통이 뇌리를 후볐다. 젓가락을 바닥에 떨어트린 남편이 고개를 숙이며 내 눈치를 살폈다. 나는 한 손으로 관자놀이를 누르며 중얼거렸다.

"거짓말."

"진짜야. 진단서 보여줘?"

은혜가 내 앞으로 진단서가 담긴 봉투를 던졌다. 진단서도 확인하기 전에 참말이라는 것을 직감했다. 남편이 면전에서 문을 닫던 그날부터, 언젠가는 이렇게 되리라는 것을 예상하고 있었는지도 모른다.

"엄마, 나 동생 생겨?"

큰애가 은혜를 향해 물었다.

"그래, 인혜야. 또 생길 거야."

은혜가 눈짓으로 나를 가리키며 대답했다. 이가 갈렸다.

"아냐, 인혜야. 동생이 아니라 조카가 생기는 거야."

남편이 정색을 하며 끼어들었다.

"무슨 말을 그렇게 해."

나는 남편을 똑바로 노려보았다.

"당신이 그러고도 사람이야?"

"아빠한테 무슨 말버릇이야?"

은혜가 역정을 냈다. 나는 은혜를 향해 버럭 소리 질렀다.

"엄마한테는 무슨 말버릇인데?!"

은혜가 벌떡 일어났다.

"누가 엄만데?!"

"그래, 누가 엄만데?!"

나도 벌떡 일어났다. 큰애가 울음을 터트렸다. 남편이 두 손으로 식탁을 내리치는 바람에 된장국이 넘쳐흘렀다.

"둘 다 그만해!"

"그만 못 해! 넌 아내랑 딸도 구분 못 해? 안 해? 네가 어떻게 나한테 이럴 수가 있어?! 아니, 어떻게 딸한테 그럴 수가 있어!? 네가 저지른 게 뭔지 알아? 불륜이고 패륜이야! 이 더러운 새끼야!"

남편의 눈빛이 흔들렸다. 나는 그를 더 흔들고 싶었다. 마구 흔들어서 정신 차리게 해 주고 싶었다.

"아내랑 딸도 구분 못 하면서 어떻게 잠자리를 가질 생각을 해? 네가 사람이니? 네가 사람이야?!"

내 고함 소리에 흔들리는 것은 남편뿐만이 아니었다. 집안도 흔들렸고 가정도 흔들렸다. 모든 것이 무너지기 일보 직전이었다.

"개새끼! 그래 개니까 자식이랑 붙어먹었겠지!"

그 순간 물벼락이 내렸다. 문자 그대로 아닌 밤중에 물벼락이었다. 너무 놀라 얼어붙은 나에게 은혜가 말했다.

"머리 좀 식혀. 애가 듣잖아."

그제야 큰애의 울음소리가 들리기 시작했다. "어어어엉, 엄마, 허엉, 엄마, 엄마아, 어어엉." 큰애는 누가 엄마인지도 모르면서 엄마를 찾으며 울고 있었다. 귀를 통해 눈으로, 코로, 입으로 울음이 번졌다.

"인혜야. 흑."

나는 울고 있는 큰애를 끌어안았다. 남편이 빈 컵을 내려놓으며 말했다.

"애 버릇 좀 고쳐. 집에 있는 사람이……."

그리고 남편은 등을 돌렸다. 남편의 말을 들은 큰애가 내 손을 뿌리치고 은혜의 품에 뛰어들었다. 그렇게 모든 것이 무너졌다. 아니, 무너진 것은 나뿐이었다. 나를 빼고 모든 것이 제자리로 돌아갔다. 남편도 큰애도, 더 이상 흔들리지 않았다. 문제는 내 자리에 은혜가 있다는 것이었다. 그제야 은혜가 문제 그 자체라는 것을 깨달았다. 처음부터 은혜가 문제였다. 답답하고 막막했다. 내가 낳은 문제였으나 그 답을 알 수가 없었다.

답을 알려준 것은 9시 뉴스였다. NASA는 돌연변이들이 모체의 체세포를 복제하여 외모뿐 아니라 기억과 인격까지 같은 인간으로 성장한다는 사실을 발표했다. 화면에서는 갓 태어난 돌연변이가 고치를 벗기까지의 과정을 초고속 카메라로 촬영한 영상이 나오고 있었다. 입을 다물 수가 없었다. 밀가루처럼 하얀 피부에 균열이 가고, 갈라진 틈으로 발그스름한 손이 나왔다. 고사리 같은 손으로 외계인의 형상을 한 고치를 쩌억 벌리며 나온 아기는 지구인의 형상을 하고 있었다.

은혜도 돌연변이였던 것이다. 조산으로 인큐베이터에 있다 나온 아이였다. 간호사는, 다른 돌연변이들보다 빠르게 고치를 벗은 은혜를 보통 아기라고 오해했을 것이다. 모든 사람이 그러했듯이.

NASA의 대변인 스티븐 배너 박사는 현재 돌연변이 바이러스에 대한 백신을 개발 중이며, 성공하는 즉시 전 세계에 무상으로 배포할 것을 약속하는 것으로 기자회견을 마무리했다.

화면은 다시 MBC 뉴스데스크로 넘어와, 중년 앵커의 엄숙한 얼굴을 비추었다. "다음 소식입니다. 어제 오후 4시 20분경, 서울 불광동에서 일가족 참살 사건이 발생했습니다. 사망자는 정 모씨(34)와 이 모양(30), 그리고 그들의 다섯 살배기 아들과 세 살배기 딸입니다. 용의자는 사망자 이 모양(30)의 돌연변이로 추정되며, 출생 신고를 하지 않고 쌍둥이로 위장하여 함께 생활했던 것으로 밝혀졌습니다. 돌연변이에 의한 살인 사건이 급증하고 있는 가운데 다시금 돌연변이에 대한 경각심을 일깨우는 사건이었습니다. 자세한 소식 현장에 나가 있는 김민욱 기자를 통해 전해드립니다. 김민욱 기자."

뉴스가 아니라 공포 영화 예고편을 보는 기분이었다. 자칫하면 영화의 주인공은 내가 될 터였다. 나는 화면에서 눈을 떼지 못하고 더듬거리며 핸드폰을 찾았다.

"이거 찾아?"

가슴이 철렁했고, 몸도 철렁 꺼지는 기분이었다. 나는 입을 벌린 채 고개를 젖혔다. 머리 위에서 은혜가 내 핸드폰을 천천히 흔들었다.

"왜? 신고하게?"

아무 대답도 할 수 없었다. 벙어리마냥 목소리가 나오지 않았다. 입도 벙긋하지 못한 채 올려다보는 나를 거만하게 내려다보며, 은혜가 물었다.

"신고하면. 누가 잡혀갈까?"

내 얼굴이 나를 비웃었다.

그날 밤 나는 집을 나왔다. 한 남자의 아내와, 한 아이의 엄마를 두고 한 여자의 자식을 찾아, 다만 내가 나일 수 있는 곳으로 갔다.

"웬일이니? 연락도 없이."

놀라움보다 반가움이 앞선 얼굴로, 엄마가 물었다.

"그냥. 엄마 보고 싶어서."

"얘는."

엄마는 기쁜 얼굴로 웃었다. 가슴이 먹먹했다. 명절이 아니면 걸음하지 않던, 지극히 출가외인(出嫁外人)다운 딸을 기꺼이 맞이

하는 존재. 나는 엄마에게 안겨 울었다. 내가 아직 빼앗기지 않은 마지막 지위가 그 품에 있었다.

두 달이 지나, 친정집으로 전화가 걸려왔다. 남편이었다.

"여보. 여보."

수화기 너머의 남편은 울고 있었다. 젖은 목소리가 낯설었다. 나는 한 번도, 남편이 우는 모습을 본 적이 없었다.

"인혜 아빠. 왜 그래, 무슨 일이야."

희미하게…… 울음을 억누르는 소리가 들렸다. 남편은 쉽사리 대답하지 못했다. 불안한 침묵이 심장을 조였다.

"인혜 아빠, 여보. 왜 그러는데. 무슨 일 있어? 말 좀 해봐."

흐느끼던 남편이 간신히 속삭였다.

"그 애가 나를 낳았어."

남편의 말이 맞았다. 두 달 만에 돌아간 집엔 새 식구가 들어와 있었고, 아직 어리긴 했지만 그 아이는 틀림없는 남편이었다.

"어서 와, 여보."

내 손자지만 머잖아 남편으로 자라게 될 아이가 반갑게 인사했다. "엄마아아! 엄마아아아아. 엄마아아아아악. 아아아아악." 아이의 등 뒤로 큰애의 악에 받힌 울음소리가 들려 왔다. 나는 아이를 밀치고 집안으로 들어갔다.

"인혜야!"

큰애는 자기 방에 묶여 있었다. 나는 가위를 찾아 내 자식을 묶어놓은 빨랫줄을 끊었다. 뱃속에서 치솟는 불길에 목구멍이 화끈거렸다. 점점 뜨거워지는 몸과 달리 머리는 급속도로 차가워졌다. 남편이 보이지 않았다. 차갑게 식은 피가 등줄기를 타고 발끝까지 내달렸다. 나는 큰애를 안고 아이를 향해 물었다.

"아빠는?"

"나? 여기 있어."

아이가 가슴에 손을 얹고 대답했다.

"쟤가 먹었어어어!"

큰애가 울음과 비명을 동시에 토했다. 큰애의 손가락 끝에서 아이가 천연덕스럽게 웃으며 가슴에 얹고 있던 손을 배로 내렸다.

"여기에도 있긴 하지."

뱃속을 태우던 불길이 눈알을 달구며 쏟아져 나갔다. 나는 들고 있던 가위를 아이의 목에 꽂았다. 모로 누운 아이는 터진 수도관처럼 피를 뿜었다.

주여, 저를 시험에 들게 하지 마옵시고 다만

현관을 나서는데 큰애가 비명을 질렀다.

"엄마아아!"

등 뒤로 내 목소리가 무섭게 달라붙었다.

"너 이 개 같은 년!"

거의 동시에, 날카로운 통증이 어깨를 관통했다. 순간적으로 시야가 까맣게 물들었다. "엄마아아아악!" 까마득하게, 큰애의 비명 소리가 들렸다. 어깨에 박힌 송곳이 끔찍한 여운을 남기며 뽑혀 나갔다. 고통이 정신을 깨웠다. 나는 가까스로 송곳을 쳐든 은혜의 손목을 잡았다. 팔이 부들부들 떨렸다. 나는 버티기 위해 물러섰다. 신발장 손잡이에 뒤통수를 부딪쳤지만 문지를 여유가 없었다. 악착같이, 송곳을 찍어 내리려는 은혜의 동공이 투명하게 번들거렸다. 헉. 나도 모르게 숨을 들이켰다.

은혜의 눈동자에는 내 얼굴이 비치지 않았다. 빛을 반사하지 않고, 빛을 흡수하는 눈동자. 은혜가 돌연변이라는 증거가, 그 눈에 있었다. 너무 놀란 나머지 힘이 풀렸다. 가차 없이, 송곳을 내리꽂는 은혜의 동공이 투명하게 번들거렸다.

"헉."

어쩌면 마지막 숨이었을지도 모를 숨을 들이켜는 순간 은혜가 비명을 지르며 주저앉았다. 은혜의 뒤에 서 있던 큰애가 들고 있던 망치를 떨어트렸다. 그리고 엉엉 울면서 안겨들었다. 내 품을 파고드는 작은 몸이 두려웠다. 나는 내 자식을 안아줄 수도, 뿌리칠 수도 없었다. 내 자식을 움직이게 한 것은 확신이 아닌 선택이었다. 내가 엄마라서가 아니라, 엄마로 나를 골랐기 때문에 은혜를 공격했다는 것을 알았다. 고맙고 무서운 일이었다. 남편이 살아있었을 경우의 선택을, 직감적으로 알 수 있었다.

그래도 나는 다시 엄마가 되었다. 기꺼이 내 자식의 결정을 받아들였다. 큰애를 안고 작은 등을 토닥인 뒤, 있는 힘껏 은혜의 명치를 찼다. 그러나 은혜는 죽지 않았다. 그냥 신음을 토하며 나동그라졌다. 은혜가 쓰러진 사이에 집 밖으로 나온 나는 큰애의 손을 잡고 비상구를 향해 달렸다.

정신없이 뛰어 내려온 뒤에야, 차 키를 현관에 두고 나왔다는 것을 깨달았다. 곤두박질치는 기분과 함께 심장도 곤두박질쳤다. 엘리베이터에서 내린 은혜가 지하주차장으로 걸어 나오고 있었다. 은혜의 오른손에는 송곳이, 왼손에는 차 키가 들려 있었다.

장도리에 종아리를 찍히고도 하이힐을 신고 있는 은혜의 모습이, 그래서 소름 끼쳤다.

"엄마아아. 엄마아아."

나를 부르는 내 목소리가 가까워질수록 심장 뛰는 소리도 커졌다. 고통스러울 정도로 빠른 고동이 가슴을 두들겼고, 은혜가 들고 있는 송곳에서 똑. 똑. 똑. 떨어지는 핏방울 소리가 또각또각 하이힐 소리와 함께 고막을 두들겼다. 돌연 듯 정적이 찾아왔다. 들리는 것이라고는 나와 큰애의 심장 박동뿐이었다. 쿵쿵쿵쿵 쿵쿵쿵쿵. 몸부림치는 심장이 온몸을 두들겼다. 큰애는 두 손으로 입을 막고 바들바들 떨었다. 그러다,

불쑥,

은혜의 머리가 튀어나왔다. 목 아래로는 기둥에 가려져서 머리만 허공에 떠 있는 것처럼 보였다. 은혜의 머리가 히죽 웃었다.

'찾았다.'

그런 의미의 웃음이었다. 심장이 멎었다가, 빠르게 떨어지기 시작했다.

"아아아아악!" 거대한 비명이 큰애의 목구멍을 찢으며 날아올랐다. "아아아아악! 엄마아아아아악! 엄마아아아아악!"

내 자식의 비명이 고막을 찢으며 파고들었다. 큰애를 내려다보는 은혜의 눈빛은 싸늘했다. 너는 더 이상 내 자식이 아니다. 그런 의미의 눈빛이었다.

심장을 토할 기세로 울음을 토하던 큰애는 결국 거품을 토하며 실신했다. 나는 축 늘어진 큰애를 끌어안고 덜덜 떨었다. 송곳처럼 날카로운 눈빛으로 나와 큰애를 번갈아 보던 은혜가 송곳보다 뾰족한 목소리로 물었다.

"혼자 죽을래, 같이 죽을래?"

문제도 이해하지 못하고 답도 풀지 못한 채 나는 큰애를 부둥
켜안고 울었다.

주여. 주여.

다만 악에서 구하옵소서.

3

나는 지금 두 달 전에 태어난 아들의 목을 조르고 있다.

태어나면서부터 내 모든 인생을 기억하고 있는 타인을 아들이
라고 할 수 있다면 셋째 아들인 셈이다. 그러나 나는 이것을 아들
이라고 생각하지 않는다.

이것은 충치다. 부주의로 생긴 것이며, 방치하면 나를 갉아먹기
때문이다. 생활과 지위는 물론이고, 삶까지 위태로워진다. 경험에
서 나온 판단이다.

인격을 형성하는 것은 기억이다. 결국 내 밑에 깔린 채 헐떡거
리며 발버둥치는 것도 나인 셈이다. 때문에 죽여야 한다. 내가 나
이기 위해서, 나는 한 명이어야 한다. 벌써 세 번째다. 나는 이제
도구를 쓰는 것이 효율적이라는 것을 안다. 목숨은 의외로 질긴
것이어서, 맨손으로는 끊기가 어렵다. 이 사실을 깨달은 것은 첫
째의 목을 조를 때였다. 처음으로 얻은 자식이 자식 같지 않다는
것을 뒤늦게 알아차린 어느 날이었고, 힘으로 누르기엔 너무 커
버린 첫째에게 힘으로 밀리던 순간이었다. 몸싸움을 벌인 직후라
손아귀에 힘이 들어가지 않았다. 내게서 벗어난 첫째는 식칼로

내 배를 그었다. 그래서 내게도 영광의 상처가 생겼다. 한 때 아내의 배에 있었던, 아이를 지켜냈다는 증거. 그러나 내가 지켜낸 것은 아이가 아니라 나였다. 나는 그 식칼로 첫째의 목을 그었다.

셋째의 몸부림이 심해진다. 마지막 발악이다. 내 두 손목을 잡아 풀기 위해 애쓰던 셋째는 생각을 바꿔 내 몸을 밀치려고 했다. 하지만 팔이 짧아 내 몸에 닿지 않는다. 셋째는 다시 내 두 손목을 조른다. 어린아이의 힘이라고는 믿을 수 없을 정도로 무지막지한 악력이다. 등 뒤로 마구 뻗대는 두 다리가 느껴진다. 다리를 폈다가 접었다가, 발바닥으로 방바닥을 밀면서 내게서 벗어나기 위해 최선을 다한다. 나는 셋째의 배를 깔고 앉은 채, 눈 하나 깜짝하지 않고 두 허벅지로 셋째의 양 옆구리를 조였다. 그러면서 셋째의 목을 감고 있는 멀티 탭의 코드를 고쳐 쥐었다. 손바닥에 땀이 차서 자꾸만 손이 미끄러진다. 피혁에 싸인 전선은 더할 나위 없이 튼튼하고 구하기도 쉽다는 장점이 있지만 표면이 너무 매끄럽다는 단점이 있다. 혹시라도 코드가 느슨해질까 신경이 예민해진다. 같은 실수를 번복할 수는 없다. 목을 조르던 끈이 느슨해졌을 때, 둘째는 살려달라고 했다.

"살려주세요, 아빠."

그럴 리 없다는 걸 알면서도, 나는 둘째가 돌연변이가 아닌 내 자식일지도 모른다는 망상에 빠졌다. 망상의 결과는 참혹했다. 한쪽 눈을 잃은 것이다. 내게서 벗어난 둘째는 나의 왼쪽 눈에 연필을 꽂았다. 실명으로 끝난 게 다행이라고, 의사는 말했다. 2센티미터 차이로 살아나셨다고. 의안을 끼고 한쪽 눈으로 거울을 보면서 삶과 죽음의 거리는 2센티미터라는 것을, 살아남기 위해서

226

는 죽여야 한다는 것을 깨달았다. 드디어 숨넘어가는 소리가 난다. 끄륵. 트림과 비슷한 소리를 내며, 셋째가 눈을 까뒤집는다. 위로 올라간 동공은 2센티미터 너머를 보는 듯 초점이 없다. 두 손목을 조이던 악력도 느껴지지 않는다. 셋째의 작은 손은 약간 곱은 채 가슴 위에 늘어져 있다. 위장인지 아닌지 확인할 필요가 있으므로, 셋째의 손을 치우고 오른손을 셋째의 가슴에 대본다. 잠잠하다.

벌써 세 번째다. 나를 지키기 위해서 세 명을 죽였다. 나는 담배를 빼어 문다. 불은 붙이지 않는다. 담배를 끊은 것은 1년 전의 일이다. 아내는 건강을 위해서 끊어달라고 부탁했지만 기실 내가 담배를 끊은 것은 아내를 위해서였다. 그 때 나는 아내가 하는 어떤 부탁이라도 들어줄 준비가 되어 있었다.

아내는 자고 있다. 경험으로, 정오가 지나야 일어날 것을 안다. 나는 아내 모르게 수면제를 타는 데 능숙하다. 벌써 세 번째인 것이다. 자고 일어나면 울고 화내며 소리칠 것이다. 매번 그랬으니까. 그래도 결국 내 품에 와 안기리라는 것을 알고 있다. 나를 온전히 얻기 위해서, 아내는 몇 번이고 내게 안길 것이다.

잘근잘근 필터를 씹으며 몸을 일으킨다. 셋째의 시체를 담요로 돌돌 말아서 어깨에 메고 아이 방을 나온다. 나무로 된 뻐꾸기가 창문을 열고 나와 세 번을 흐느낀다. 심야 외출은 법으로 금지되어 있으므로, 셋째의 시체를 소파에 앉혀놓고 그 옆에 앉아 TV를 킨다. 푸른빛이 살아있는 나와, 죽어 있는 셋째를 비춘다. 2센티미터의 차이를 비춘다.

피임을 하지 않는 것은 불법입니다. TV에서는 하루에도 수십

번은 방송되는 공익 광고가 나오고 있다. 일정 제품을 홍보하고 있지는 않지만 피임약과 콘돔 사용을 적극 권장하는 광고다. 돌연변이 바이러스가 성행하면서부터 피임약과 콘돔은 생활필수품이 되었다. 그럼에도 불구하고, 내 아내는 피임약을 먹지 않는다. 콘돔도 못 쓰게 한다. 내가 택할 수 있었던 건 피임약과 콘돔에 비해 단연 임신율이 높은 질외사정뿐이었다. 그 결과가 내 옆에 죽어 있고 앞서 얻은 두 가지의 결과는 썩어 문드러진 지 오래다. 전 세계가 피임을 하는데 오직 내 아내만 임신을 원하는 이유는 그녀가 돌연변이이기 때문이다. 죽은 아내가 낳은 내 딸. 그러나 태어나면서부터 아내의 모든 인생을 기억하고 있는 타인을 딸이라고 할 수는 없지 않은가. 결국 아버지가 옳았다. 유전자가 일치한다고 내 자식이라고 할 수는 없는 것이다.

'자기야.' 연애할 때부터 고수했던 호칭이, 옹알이를 뗀 아내의 첫마디였다. 그 한 마디로, 내가 데리고 온 아이가 자식이 아니라 아내라는 사실을 깨달았다. 남은 것은 결정이었다. 나는 아빠가 되거나 남편이 되어야 했다.

"네 자식이잖아, 개새끼야!" 죽은 아내가 말했다.

"자기야." 살아 있는 아내가 말했다.

고민할 가치도 없었다. 내게 필요한 건 살아 있는 아내였다. 그러나 아내의 유골이 안치된 납골당을 찾을 때마다 번민은 반복되었다. 아내는 그 안에 있었다. 20센티미터 크기의 유골함 안에.

아내는 울었다. 언제부터인지는 모르겠다. 내가 종종 납골당을 찾는다는 것을 알았던 모양으로, 손에는 자신의 유골함을 들고 있었다.

"봐." 아내가 말했다. "나를 봐."

아내는 내가 보는 앞에서 납골함에 손을 넣었다. 그러더니 그 안의 뼛가루를 퍼먹기 시작했다. 말릴 생각도 들지 않았다. 나는 망연히 서서 아내를, 작고 부드러운 입술 속으로 사라지는 아내의 유골을 바라보았다. 아내의 손가락 사이로 눈처럼 희거나 재답게 어두운 뼛가루가 모래처럼 흘러내렸다. 아내는 유골을 싹싹 긁어 먹은 것으로 모자라 유골함을 들어 자신의 입 안에 남김없이 털어 넣었다. 그리고 유골함을 던져버렸다. 자기 깨지는 소리가 뇌리에 날아와 박혔다. 뇌리에 남아 있던 아내의 잔상이 깨진 자기처럼 산산이 흩어졌다.

"봤지?" 아내가 물었다. "나 여기 있어." 아내가 말했다. "나 여기 있다고!"

나는 아내의 잿빛 입술을 바라보았다. 아내의 말이 맞았다. 아내는 그 안에 있었다.

나는 아내에게 다가가 뼛가루가 허옇게 묻은 입술에 키스했다.

뻐꾸기가 운다. 시계를 보니 시침과 분침이 직선으로 서 있다. 커튼 사이로 새벽이 스민다. 나는 셋째의 시체를 안고 집을 나섰다. 목적지는 한강이다. 자살은 한강에서. 대다수의 인터넷 사이트 메인에는 자살 명소로 한강을 홍보하는 배너가 걸려 있다. 1년 전이라면 모를까, 더 이상 한강엔 구조요원이 없다. 임신율은 낮아지고 자살률이 높아졌다. 인구는 현저히 줄어들었고, 여전히 줄어들고 있다. 종교인도 확연히 줄어들었다. 많은 사람들이 신을 버렸다. 지구가 끝나는 날까지 싸울 것 같던 이라크와 이란도 전

쟁을 멈추었다. 잠정적인 휴전이긴 했지만 이슬람 전쟁이 막을 내
린 것이다. 우리나라도 북한과 휴전 협정을 맺었다. 그리하여 이
지구에도 평화가 찾아왔다. 이 무슨 아이러니인가 싶지만, 이데올
로기의 반의어는 평화였다. 그러나 이 평화는 결코 안락하거나 행
복하지 않았다. 오히려 그 반대였다. 인류는 만성적인 불안에 시
달렸다. 아무도 내일을 기대하지 않았다. 인류는 다만 오늘을 살
았다. 그래서 살아있기 때문에 살아가는 사람들과, 살아있기 허
무해서 자살하는 사람들로 나뉘었다. 인류는 아기를 낳지 못하게
되면서 희망도 갖지 못하게 된 것 같았다. 인류가 낳고 있는 것은
아기가 아니라 절망이었다. 그리고 그 절망은 순식간에 자라나 어
미와 아비를, 마지막엔 인류를 삼킬 것이다.

하지만 나는 아니다.

나에겐 미래가 있었다. 이름 그대로, 아내는 내 미래였다. 같이
하고 싶은 것, 같이 먹고 싶은 것, 같이 가고 싶은 곳, 기타 등등.
나의 모든 소망은 아내에게 있었다. 그랬다. 아내는 나의 전부였
다. 나는 아내가 손목을 자를 때까지도 그걸 몰랐다. 다시는 아내
를 잃지 않을 것이다.

인적이 없는 강변에 차를 대고 셋째의 시체를 강으로 밀어 넣
었다. 수면 아래로 가라앉는 셋째의 얼굴은 어린 시절의 자화상
같았다. 가물거리던 얼굴은 점점 희미해지더니 마침내 사라졌다.

아파트로 돌아와 주차를 하려는데 옆집 모녀가 보였다. 딸애는
엄마에게 안긴 채 늘어져 있고 옆집 여자는 울고 있었다. 그들 앞
에 서 있는 사람도 옆집 여자였다. 그녀는 피 묻은 송곳을 들고
있었다. 나는 확신했다. 저것은 충치다. 반사적인 살의가 치밀었다.

나는 엑셀을 밟았다. 쇠로 쇠를 긁는 것 같은 소리가 주차장 바닥을 긁었다. 나는 그대로 옆집 여자의 돌연변이를 들이받았다.

투웅

벽에 부딪힌 풍선처럼 가볍게, 여자의 몸이 튕겨 나갔다. 뒤늦게 브레이크를 밟고 차에서 내렸다. 여자의 몸이 경련을 일으켰다. 그녀는 아직 살아 있었다. 나는 여자에게 다가가 턱을 잡아 돌리고 그녀의 눈을 들여다보았다. 예상대로, 여자의 구슬 같은 눈동자에는 아무 것도 비치지 않았다. 그래서 하던 대로 했다. 옆집 여자의 돌연변이를 목 졸라 죽이고 나니 할 일을 했다는 느낌이 들었다. 옆집 여자는 연신 감사하다고 했다.

"살려주셔서 감사합니다. 정말 감사합니다."

"인사는 됐습니다." 짐짓 퉁명스럽게 말했지만 내심 뿌듯했다. "그보다, 애는 괜찮습니까?"

옆집 여자가 다시 울음을 터트렸다.

"모르겠어요. 모르겠어요."

나는 옆집 아이를 안고 집으로 올라왔다. 아내는 여전히 자고 있었다. 나는 셋째가 쓰던 침대에 옆집 아이를 누이고 옆집 여자를 진정시켰다.

"금방 괜찮아질 겁니다. 저희 집은 안전해요. 아주머니도 한숨 주무시죠."

"네. 감사합니다."

아내가 일어난 것은 오후 한 시였다. 옆집 여자가 일어난 시간도 얼추 비슷했다. 아내가 나를 향해 책과 시계, 전화기 따위를 집어던지며 난리를 친 탓이었다.

"또야! 또! 이 살인자! 이 살인마야! 당신이 사람이야!? 당신도 사람이냐고! 어떻게 자기 자식을 셋이나 죽일 수가 있어! 이 괴물아! 이 괴물!"

아내가 울부짖었다. 나는 대답하지 않았다. 아내가 난리를 피울 땐 아예 상대를 하지 않는 게 상책이다.

"그게 정말이에요?"

아이 방에서 나온 옆집 여자가 창백한 얼굴로 물었다. 기가 막혔다. 여자는 가당치도 않은 의심을 하고 있었다. 그게 정말이라면, 나는 그녀의 둘째 아이도 죽인 셈이다. 옆집 여자를 본 아내의 얼굴이 악귀처럼 일그러졌다.

"너 이 개 같은 년!"

아내가 옆집 여자에게 덤벼들었다. 여자가 비명을 지르며 넘어졌다. 허겁지겁 아내의 배를 안고 여자에게서 떼어내려 했지만 아내는 꿈쩍도 하지 않았다.

"무슨 오해를 한 거야! 옆집 사람이라고!"

아내는 들은 척도 하지 않았다. 아내의 까만 동공이 증오로 번들거렸다. 아내의 눈을 본 옆집 여자가 겁먹은 얼굴로 중얼거렸다.

"은혜…… 은혜구나……!"

"엄마아악!"

높은 비명소리가 뇌리를 긁었다. 옆집 아이였다. 아이는 망설이지 않고 아내의 머리에 화분을 내리쳤다. 아내의 머리가 휘청 기울었다. 숨이 멎었다. 라이터를 켤 때처럼 머릿속에 불꽃이 일었다. 걷잡을 수 없이 번진 불길이 이성과 양심, 내게 남아 있던 모든 인간성을 태우며 뇌를 삼켰다. 아이. 여자. 사람. 나는 모든 사실을 무시하기로 했다. 중요한 건 사실이 아니라 선택이니까. 나는 아이의 얼굴을 주먹으로 갈겼다. 아이는 종이인형처럼 날아갔다.

"안 돼!"

여자는 비명을 지른다. 목으로 심장을 토할 것처럼 절규한다. 나는 아내를 밀치고 여자의 위에 앉았다. 그리고 아내 대신 그녀의 목을 조르기 시작한다. 뒤통수를 부여잡고 일어난 아내가 바닥에 떨어져 있는 화분을 들고 비척비척 아이에게 다가간다.

"저…… 게엑, 당시인…… 아내에엑……… 라고…… 새웅각……애요?"

옆집 여자가 목 졸린 소리로 물었다.

"인격을 형성하는 것은 기억이라고 생각합니다."

나는 무뚝뚝하게 대답했다. 옆집 여자는 숨넘어가는 소리를 내더니 눈을 뒤집었다. 나는 여자의 흰자위를 내려다보면서도 차마 그녀의 목에서 손을 뗄 수가 없다. 아내는 계속해서 옆집 아이의 머리에 화분을 내리치고 있었다. 불현듯 식칼을 들고 달려드는 아내의 모습이 떠오른다. 연필을 치켜들던 아내의 얼굴도 떠오른다. 악의에 찬 표정과, 적의에 찬 눈빛이 떠오른다. 더 이상 내 모습을 담지 않는 새카만 동공이 기억의 수면을 헤치고 불쑥 떠오른다.

식칼로 내 배를 찌른 것은 누구인가.

연필로 내 눈을 찍은 것은 누구인가.

깨진 화분을 들고 내 앞에 서 있는 아내를 보니 그만 아찔해졌다.

운수 나쁜 날

신체강탈자문학 공모전 수상작

박해로

1976년생. 1회 ZA문학 공모전에서 「세상끝 어느 고군분투의 기록」이 심사위원추천작
으로 선정되었고, 신체강탈문학 공모전에서는 「운수 나쁜 날」로 우수상을 수상했다.
「운수 나쁜 날」은 최근 KBS 라디오 방송 프로그램인 「라디오 독서실」에서 드라마로 극
화되기도 했다.

1

새침하게 흐린 품이 눈이 올 듯하다가, 당장에라도 얼다가 만 비가 추적추적 내릴 기세였다. 하늘 향해 고즈넉이 고개 든 인력 거꾼 박 첨지는 기다리고 있었다. 추위를 물리쳐줄 따뜻한 햇살을.

추위는 이 12월의 찬 오전 말고도, 열심으로 노동해도 나아질 기미 없는 가난에서도, 누에마냥 야금야금 존재를 갉아먹는 인생 에서도, 버리고 어디 도망이라도 치고 싶지만 차마 그럴 수는 없 는 식솔(병들어 끙끙대는 아내와 배고파 울부짖는 어린 새끼)들한 테서도, 종내 인력거를 잡아주지 않는 손님으로부터도 고스란히 느껴졌다.

박 첨지 생각에 더 춥고 덜 춥고, 안 춥고 등이 따시는 차이는 결국 얼마나 돈을 많이 가지고 있느냐에 달려 있는데 (이 원수엣 돈! 이 육시를 할 돈!) 그 어떤 항변과 반발을 갖다 붙여도 그 이 치는 변함없는 것이었다. 빈곤한 시대의 모두가 그렇듯이 박 첨지 역시도 돈이 절실했다. 이놈의 돈이 있어야 쿨럭거리는 아내에게 약 한 첩 사다줄 수도, 개똥이에게 쿨렁대는 젖을 물려줄 수도, 당장 목구멍에 모주 한 잔 쏟아 부을 수도 있기 때문이다. 그 돈 이 들어오려면 사람들이 자신의 인력거를 잡아주어야만 했다. 하 지만 그게 뜻대로 되는 일이 아닌 것이다. 왜 요사이 이 인간들이 인력거를 잡지 않는 걸까. 왜 요즘 들어 아는 척을 하지 않는 걸 까. 잘 아는 놈들도 말야. 왜 저잣거리에 썰렁한 바람이 부는 거 지. 쪽바리들 때문인가? 이렇게 백날 인력거 끌어봤자 뭐하나 돈 이 들어와야지. 못 사는 놈은 뭔 지랄을 해도 매양 못 살기만 한 다는데 이러다가 언젠간 골병들어 죽을 거여. 박 첨지는 가난이 란 놈이 아무리 발버둥쳐도 재미를 붙여서 자꾸 돌아온다는 자 기의 신조(信條)에 어디까지나 충실하였다. 암울한 시대의 소시민 답게 습관화된 일색의 체념이었다. 하지만 그는 맘 한편으로 좋은 세상이 도래하기를 진정 바라고 있었다. 모두가 똑같이 배부르고 모두가 똑같이 따뜻하고 모두가 똑같이 잘 살 수 있는 세상이 온 다면 얼마나 좋을까. 똑같이⋯⋯

"어이, 이보게 박 첨지."

손 하나가 쓰윽 나타나더니 인력거 바퀴를 잡아 당겼다. 손잡 이에 기대앉았던 박 첨지의 비쩍 마른 몸이 그 서슬에 약간 움직 였다. 박 첨지의 고개가 돌아간 순간 수입의 희망에 부풀었던 그 의 표정은 익숙한 찡그림으로 바뀌고 말았다.

"치삼이 아냐?"

선술집 주인인 친구 치삼이었다. 그제서야 박 첨지는 무의식 중에 집 근처까지 인력거를 끌고 왔음을 깨달았다. 치삼의 집과 박 첨지의 집은 엎어지면 코가 닿을 거리다. 치삼의 우글우글 살진 얼굴은 오늘따라 백지장같이 창백하기 이를 데 없었고, 온 턱과 뺨을 시커멓게 덮은 구레나룻은 얼굴에 드리운 먹구름을 강조하고도 남음이 있어 무슨 귀신같은 음산함을 풍겼다. 노르탱탱한 얼굴이 바짝 말라 여기저기 고랑이 파이고 수염도 있대야 턱 밑에만, 마치 솔잎 송이를 거꾸로 붙여 놓은 듯한 박 첨지의 얼굴하고는 기이한 대상을 짓고 있는 본디 모습이건만 오늘따라 이상한 치삼이었다. 뭔가에 쫓기듯 불안스럽기 짝이 없는 꼬락서니는 호방했던 본새와는 판이하게 달랐기 때문이다.

"이봐 박 첨지 많이 바쁜가……? 잠깐만 좀 보세."

"뭔데, 왜 그래?"

치삼은 자신의 선술집을 힐끔 살피며 목소리를 죽였다.

"우리 마누라가 말이야. 마누라가 이상해."

"아주머니가 왜?"

"어디가 아픈 것도 아니고 하던 짓도 늘상 똑같은데……."

"그런데?"

"꼭 사람이 달라진 거 같단 말이지!"

"아, 이 놈이, 싱겁긴. 그게 무어 이상할 일이야?"

"글쎄 내 말 좀 들어봐. 마누라가…… 분명 마누라가…… 분명 마누란데……."

"마누란데?"

"마누라 같지가 않단 말이야!"

박 첨지의 입이 여덟팔자를 그리면서 아랫입술이 닭 부리처럼 삐죽 튀어나온다.

"그게 대관절 뭔 소리야?"

"딴 사람이 된 거 같다니까."

"잘됐네. 그렇게나 쥐여 살더니만 인제 확 바꿔버리면 되겠네."

"그게 아니야. 마누라가 참말로 이상하다니까."

"아, 그러니까 뭐가 도대체 어떻게 이상하냐고?"

"그걸 잘 모르니까 이상하단 말이지!"

이 고사상 돼지대가리 같은 놈이 지금 자신을 갖고 농을 치고 있나. 문득 박 첨지는 자리보전을 하고 있는 아내의 파리한 얼굴이 생각났다. 그에 반해 치삼의 아내는 눈이 볼 살에 파묻혀 뜰 수도 없을 정도로 통통했다. 게다가 지리산 반달곰처럼 힘이 세 쌀가마를 좌우 하나씩 들고도 걸을 수 있다는 소문이 있다. 이 어려운 시기에도 잘 먹은 탓이다. 두 놈년이 주야로 불 켜놓고 술장사 해 낙엽처럼 돈을 긁어모았다. 나는 이 꼴로 죽지 못해 사는데 저 놈은 살 맛 잘도 느끼면서 산다, 친구사이라지만 까놓고 보면 친구 같지도 않은 친구 아닌가. 박 첨지의 머리에 슬그머니 화가 일려는 찰나,

"자고 일어나니 사람이 바뀐 거 같아. 눈 뜨고 나서부터 이부자리에 누울 때까지 잔소리밖에 안 하던 여편네가 아무 말도 안 하다니까."

치삼이 강조를 한다.

"그래? 반찬은 더 잘 나오지 않디?"

"그게 무슨 소리냐?"

"무슨 소리긴, 자고 일어나니 변했다며? 니 눔이 간만에 허리춤 한번 제대로 돌린 게지. 그러니까 남정네 같은 왈패가 하루아침에 수줍음 타는 새댁이 된 거 아니냐. 껄껄."

박 첨지는 농 반, 화살 반으로 치삼을 쏘았다.

"이 놈아. 농 치는 게 아니라니까. 마누라가 진짜 이상해. 어디 많이 아플까 봐 그러지."

박 첨지에게 집에 있는 아내의 얼굴이 떠오른 게 이걸로 두 번째다. 어디 아플까 봐 그러는 사람은 네가 아니라 나다 이 상놈아, 박 첨지가 저도 모르게 목소리를 높인다.

"아, 그러니까 어째 어디가 어떻게 왜 무슨 이유로 이상하냐고!"

"나도 잘 모른다니까!"

"예끼 잡놈! 사람 바빠 죽겠는데 흰소리나 하고 자빠졌어? 난 갈 테다."

"어,어. 그러지 말고……."

그 때 치삼의 아내가 선술집 밖으로 몸을 반쯤 내밀었다. 두 사람이 나누는 언성에 나온 듯하였지만 박 첨지는 잘 알고 있었다. 아까부터 내다 팔 안줏거리를 준비하는 척하면서 몰래 이쪽을 지켜보고 있었다는 사실을. 박 첨지의 눈에 들어온 지리산 반달곰의 얼굴엔 아무런 동요도 없어보였다. 이웃다운 웃음에서부터 성가심의 눈흘김까지. 그게 평소와 다르긴 좀 달랐다. 마침내 박 첨지가 입을 열었다.

"안녕하시오. 아주머니."

"예, 안녕하세요."

무뚝뚝하고 감정이 없는 평평한 목소리. 평소와 조금도 다를 바 없는 모습이다. 여자다운 맛이라고는 조금도 없다. 장독대 같은 탄탄함이 허수아비 같은 아내와 대비되면서 박 첨지의 심술엔 또 한 번 발동이 걸렸다. 인력거를 끌 기색으로 등을 돌린 박 첨지는 손잡이를 잡았다.

"아주머니. 윤배 아범이 아주머니가 이상하다고 하네요."

치삼이 입을 딱 벌렸다. 치삼의 아내는 아무런 내색도 하지 않았다.

"그래요? 어디가 요?"

"자기도 모른답니다. 이 놈이 어디 가서 딴 짓이라도 하고 들어 왔는 모양이지. 맨날 보던 것도 다르게 보인다니 말요."

박 첨지가 웃는 사이 치삼의 아내는 선술집 포장 안으로 모습을 감추었다.

"어, 내가 말 실수했나?"

농지거리로 화답할 치삼의 아내를 예상한 박 첨지는 기대가 채워지지 않자 뚱한 표정을 지었다. 치삼이 긴장한 표정으로 다가 왔다.

"거봐, 이상하잖아?"

"이상하긴 뭐가 이상하냐 이 놈아. 이러는 네가 더 이상하다. 아이구, 목 말라라."

"나뿐만이 아냐. 푸닥거리하는 을화네 아들도 지 동생이 이상 하다고 해. 딴 사람 같다고. 요새 온 시내에……"

"됐다. 나 이럴 시간 없다. 안 그래도 손님 안 잡혀 죽겠다."

박 첨지는 치삼을 무시하고 자신의 길을 가기 시작했다. 뼈가 앙상한 박 첨지의 등에 치삼이 주절거리는 말들이 날아와 박혔다. 날씨가 이렇게 추운데도 막걸리 한 잔 주지 않는 놈. 지 할 말만 딱 떠벌리고 마는 놈. 그렇게도 악착같으니까 돈도 잘 버는 거겠지.

치삼의 모습이 서서히 멀어져갔다. 하지만 그가 남겨놓은 말들은 귓속을 파고드는 느낌이었다. 병 수발도 못해 주고, 돈벌이도 시원찮은데 대책 없이 두고 온 아내에 대한 걱정 때문이었을까. 그는 인력거를 끄는 걸음을 재촉했다. 손님을 잡아야 해 손님을, 같은 말을 중얼거리던 그는 어느 순간, 서둘러 그 곳을 벗어나려는 이유를 알게 되었다. 치삼이 남긴 말이 갑자기 뒷머리 털을 곤두서게 한 까닭이다.

"나도 모르겠어. 분명 내 마누라야. 하지만 **저건** 꼭 내 마누라가 아닌 거 같다니까!"

2

광동학교까지 가자는 교원인 듯한 양복쟁이 하나를 태운 것은 그로부터 차 한잔 마실 시간도 지나지 않았을 때였다. 집에 들어갔다가 아내와 개똥이 얼굴이나 한 번 보고 나갈까 생각할 무렵 골목에서 등장한 손님이었다. 가무잡잡한 얼굴이 재수없게시리 평소와 퍽 달랐던 치삼을 잊기에 돈벌이보다 더 좋은 약은 없을 터였다. 금방이라도 뭔가 싸지를 것처럼 하늘이 점차 먹 가는 벼루가 되어가던 정오 무렵이었는데, 40대 후반쯤으로 보이던 이 양복쟁이의 얼굴도 하늘과 별반 다르지는 않았다. 그는 어디 큰 병이라도 앓는 사람처럼 쌀쌀한 날씨에 걸맞잖게 이마에 콩나물 대가리 같은 땀을 송골송골 흘리고 있었고 행동은 포수에게 쫓기는 노루 마냥 긴장에 가득 차 있었다. 하지만 그런 게 무어 대수랴 박 첨지는 개의치 않았다. 그 양복쟁이는 삼십 전이면 될 운임비에 두 배나 셈을 쳐 주었기 때문이다.

"육십 전 드리리다. 광동학교로 가주시오. 최대한 빨리!"

인력거를 타자마자 그가 쏟아놓은 고함이었다. 아니 이게 웬 떡이냐.

'광동학교라. 거길 갔다가 집으로 돌아오면 꽤나 시간이 걸릴 텐데……'

"자, 어서 빨리 가주시오. 급한 일이 있어서 그러오. 여기, 돈을 보시오."

박 첨지는 꼴깍 침을 삼켰다. 재수 옴 붙어 근 열흘 동안 돈 구경도 못한 박 첨지는 육십 전이란 돈을 보았을 때 가슴이 방망이질 치는 것을 느꼈고, 그것이 손바닥에 떨어질 제는 거의 눈물을 흘릴 만큼 기뻤다. 그래, 이게 있어야 군불도 지피고 설렁탕도 사다줄 수 있지. 이게 있어야 소리도 안 지르고 이게 있어야 눈물도 안 쏟고 이게 있어야 마음도 안 아프지. 이게 있어야 사람답게 살 수 있지. 갔다 오자. 손님부터 모셔놓고 집에 일찍 돌아가자.

"빨리 좀 가주시오! 제발!"

그래서 그는 양복쟁이를 태운 채 달리기 시작했다. 이 돈이면 컬컬한 목에 모주 한 잔도 적실 수 있거니와, 그보다도 앓는 아내에게 설렁탕 한 그릇도 사다줄 수 있음은 물론이다. 대지를 박차

244

는 그의 발걸음은 날듯이 가볍기만 했다. 그것은 숫제 달음질이 아니라 거의 나는 비행이었다. 바퀴도 어떻게 속히 도는지 구른다기보다 마치 얼음을 지쳐나가는 스케이트 모양으로 미끄러져가는 듯하였다. 예상도 못한 곱절의 행운에 기꺼워 한참이나 빠른 속도로 달리고 있을 때였다. 출발과 동시에 말문을 막았던 양복쟁이가 별안간 꽥 소리쳤다.

"안 돼! 그 쪽으로 가면 안 돼! 오른쪽 골목길로 드시오!"

박 첨지의 팽팽한 팔뚝에 소름이 끼치고 머릿속에서 불이 번쩍했다. 발악과도 다름없는 괴성이다. 탑승부터 운임료 그리고 이동 중의 행티까지 이 손님은 전형적인 승객의 모습과 전혀 맞물리는 구석이 없어 보였다. 그 사실이 박 첨지에게 의심과 경계심, 그리고 불안을 심어주었다. 하지만 그는 산전수전 다 겪은 사람이다. 불청객의 의문스러운 정체, 신변에 닥칠지도 모를 위협의 가능성보다는 자기 하나만 보고 있는 가족에 대한 책임감이 더 컸다. 그는 뒤를 돌아보지 않고 점차로 가까워지는 오른쪽 골목 어귀만을 주시했다. 그곳은 지름길을 놔두고 돌아가는 먼 길인데다 이 시(市)에서 유명한 오르막까지 있다.

'간 떨어질 뻔했네. 그래 본전 뽑겠다 이거로구먼! 아무렴 그런 큰 돈을 거저 주는 바보가 어디 있어!'

하지만 '냉큼 시행하렷다'에 곧이곧대로 '예이!' 할 수는 없는 법. 지금은 양반·상놈의 세상이 아니지 않은가.

"하지만 선생님, 저리로 가면 두 바퀴를 더 도는 셈인뎁쇼."

양복 소매가 언뜻 보이나 싶더니 큰 주먹이 박 첨지의 얼굴 옆으로 튀어나왔다. 박 첨지가 짧은 신음을 토해냈다. 하지만 주먹

안에는 백통화(백통으로 만든 돈)가 가득 있었을 뿐이었다. 고개 돌려 양복쟁이와 시선을 마주한 순간 박 첨지는 깜짝 놀라고 말았다. 뭔가 무서운 것에 질린 사람처럼 양복쟁이의 표정이 섬뜩했기 때문이다.

"가라면 가시오! 돈은 얼마든지 줄 테니!"

이거 도대체 무슨 심판이지. 박 첨지는 혼란의 한가운데를 질주했다.

또 돈이잖아, 돈! 돈!

"도…… 도대체 무슨 일이래요?"

"가주시오, 선생. 제발!"

선생이라고? 날 더러? 자신에게 몰아닥치는 시가지의 추운 정경이 낯설게 여겨졌다. 돈에다 선생까지! 오늘은 운수가 좋은 날인가? 아니면 미친놈을 태운 건가? 에라 모르겠다! 그래, 내 그 돈을 다 받아내고야 말겠다. 그래서 그 돈을 가슴에 꼬옥 품고 집으로 돌아가겠다. 집에 돌아가면 그 돈을 필요한 데에 아주 요긴하게 쓰리라. 너처럼 인력거꾼한테 펑펑 쓰지는 않을 것이다!

어디선가 연기가 솟고 된장국 냄새가 났다. 배가 고팠다. 박 첨지는 크게 고개를 끄덕였다.

"꽉 붙드시우, 선생님."

쌩쌩하고 부는 바람에 얼굴이 따가웠다. 질주하는 자에게 그것은 진로를 가로막는 태풍 같았다. 순식간에 골목 어귀가 코앞까지 닥쳐왔다. 박 첨지의 다리에도 새로운 힘이 솟았다. 잠시 11시 방향으로 인력거를 이끄나 싶던 박 첨지는 곧 크게 오른쪽으로 회전하며 우측 골목길로 들어섰다. 빠르게 돌던 온 세상은 제자리를 찾기까지 매서운 바람 소리를 일으켰다. 새로운 방향을 찾은 인력거가 휘어청 넘어질 듯 왼쪽 바퀴를 공중으로 치켜 들었다가 아슬아슬한 순간을 지나고 다시 바닥과의 접촉을 이뤄냈다. 바람에 맞서는 박 첨지의 표정이 일그러졌다. 언 모래알을 튀기며 인력거는 새로운 길을 달렸다.

"앗!"

직진에서 우회전으로 접어든 그 때, 길거리에 널린 빨래에 가려 낮은 위치의 자신에겐 보이지 않았던 어떤 걸 박 첨지는 볼 수 있었다. 그들이 진행하던 방향에 새로이 나타난 세 사람, 요동치는 강풍의 세상 한복판에 잠시 스쳐 지나간 모습의 그들은 바로 장검을 찬 순사들이었다. 양복쟁이는 분명 이들을 보고는 골목에 다다르기 전 냅다 소리 지른 것이었다. 그러자 박 첨지의 머릿속에 새로운 의문 하나가 떠올랐다.

'이 놈 혹시 무슨 범죄라도 저지른 놈이 아닌가!'

"안심하시오. 난 저 순사들에게 쫓길 만한 죄를 지은 인간이 아니오."

박 첨지의 생각을 읽기라도 하듯 양복쟁이가 대답했다.

"그냥 쭈욱 가기나 해요. 내 반드시 그만한 돈을 더 줄 테니까."

다행히 순사들은 따라오지 않았다. 하지만 그가 범죄와 관련된 자라는 확신은 쉽사리 가라앉지 않았다. 박 첨지는 문득 얼마 전 있었던 일 한 가지를 떠올렸다. 자신의 동료 하나가 이와 비슷한 일을 당했던 것이다. 가난 때문에 양평에서 죽을 고비를 넘기고 야반도주하여 내려와 이곳에서 2년째 인력거꾼 노릇을 하는 화수분이란 친구에게 어느 날 어떤 여자 손님이 찾아들었다. 인력거에 오른 그 색시는 다급한 목소리로 어디든지 가자고 했다. 화수분이 '어디라니요, 행선지를 말씀하셔야죠.'라고 대답했더니 '빨리 뛰어 이 무식한 인간아!'하고 그 색시가 소리쳤다고 한다. 몇 백석 부자의 후예다운 기백으로 화수분은 예끼 이년아 안 태운다 당장 내리거라 맞고함을 쳤다고 하는데, 그 순간 색시가 더욱 날뛰더니 평소 운행비의 두 곱절이나 얹어주고 일단 달리고 보자더란 것이다. 색시의 고함은 무식한 인력거꾼의 예상도 못했던 항변 때문이 아니었고 부지불식간에 현장을 급습한 시커먼 순사들 때문이었다고 하는데, 놀라운 사실은 순사들이 그 색시를 연행하는 데만 신경이 쏠리어 화수분이 받은 돈에는 아무런 관심도 보이질 않았다는 것이다. 화수분은 현행범의 돈을 꿀꺽하고 입 다물었다고 나중에 걸고 넘어질까 봐 색시한테 받은 운임비를 고스란히 바쳤지만, 순사들은 이를 무시하고 색시를 끌고가는 데만 몰두했다고 했다. 아울러 화수분은 '이 사람들은 사람이 아니에요! 도와주세요!' 하고 소리치던 색시의 일갈에 다소 마음이 주춤했지만 쪽바리 순사가 사람도 아니란 건 삼척동자도 아는 사실인지라 자신이 연루되지 않은 것에 흡족해하며 번 돈을 뺏길세라 얼른 그 자리를 벗어났다는 것이다. (그 화수분은 타향에서 정신이 이상해져 세상 종말이 온다는 등 이상한 소리를 해대다가 최근 산속에서 얼어죽었다.)

지금의 박 첨지도 그랬다. 돈을 더 준다는 약속을 이 양복쟁이가 어기지만 않으면 되는 것이다. 남의 나라를 집어삼키려는 것들은 유식한 놈, 있는 놈부터 손보려 하지 무식한 놈따윈 안중에도 없다. 만약 이 양복쟁이가 어떤 범죄나 일제가 싫어할 운동에 연루된 자라면 동포로서 안타깝기는 하겠지만, 못 본 척할 수밖에 없다. 박 첨지 자신에겐 더 다급한 자신의 일이 있다. 자신의 일도 해결 못 해 피가 마르는데 남의 일을 돌볼 여유는 없다. 남은 상관없이 자신은 돈만 벌면 된다. 돈만. 나라가 어떻게 되든, 세상이 어떻게 되든 자신은 모른다. 무식해서 모르는 것이다. 그렇게 생각하고 그렇게 돈만 벌면 된다.

박 첨지의 이마에도 어느새 굵은 땀방울이 송골송골 맺혔다. 차가운 것이 이마를 때려 땀방울을 밀어냈다. 빗방울이 하늘에서 떨어지기 시작했다. 박 첨지의 다리는 이 험난한 세상을 짓밟기라도 하듯 맥동했고 12월의 추위도 그의 입김에 세력을 넓혀나가지는 못했다. 그러나 이 땀이 완전하게 마를 것은 아니었다. 먼 곳으로 도는 광동학교 가는 길은 망하동(洞)의 옛 절터를 지나야만 하기 때문이다. 유서 깊고 사찰도 으리으리한 덕상사(德尙寺)는 일제의 약탈과 파괴로 화마(火魔)의 희생물이 되었지만 절터의 유명한 가로수 길은 그대로 남았다. 물론 나뭇잎이 다 떨어지고 인적이 드문 겨울엔 을씨년스럽기 짝이 없는 고갯길이지만 말이다. 그거야 어떠랴. 가족을 먹여 살리는 데만 혈안이 된 박 첨지에게 풍광과 낙엽의 정취 혹은 민족정기의 파괴 따위는 아무런 관심사도 아니었다. 문제는 다른 데 있었다. 지금 그가 진행하는 덕상사의 이 가로수 길은 500미터 길이의 오르막으로 되어 있고 경사도 아주 급하다는 것이다. 인력거를 끌고 올라가는 길은 힘이 들고 내려가는 길은 위험하다. 아마도 이 오르막을 다 오르면 오늘 하루 인력거는 더 이상 끌지 못할지도 모른다. 하지만 저 양복쟁이가 셈을 더 쳐준다면 그럴 가치는 충분하다. 그만한 보상이 주어진다면 오랜만에 웃는 얼굴로 아내와 개똥이와 오랜 시간을 함께 있을 수 있으니까 말이다. 지금 번 돈만으로도 돈 구경도 못한 지난 날과 비교하면 대단히 큰 성과다. 왠지 모르게 저 양복쟁이는 시키는 대로 하면 그만한 돈을 더 줄 것 같아 보였다. 무슨 사연인지는 몰라도 배운 사람 같아 보였고 근본도 악해 보이지 않았다. 주머니가 두둑해 보였고 능력이 있어 보였다. 도시의 모든 인력거꾼들이 기피했던 덕상사 오르막 가로수길. 그래, 내가 오늘 한 번 당해 볼련다. 박 첨지는 시큼한 자신의 땀 냄새를 맡을 수 있었다. 살아있다는 증거였고 아직 쓸만하다는 격려였다. 팔에 힘을 꽉 준 박 첨지는 서서히 속력을 올렸다. 평지에서 속도를 붙여 뛰어 올라야 오르막을 조금이라도 쉽게 올라갈 수 있다.

"잠깐. 잠깐만 멈추시오." 양복쟁이가 말을 걸었다.

"왜 그러십니까?"

고개 돌린 박 첨지의 시야에 몸을 일으킨 양복쟁이가 들어왔다.

"내리겠소."

"여기서요?"

"아니, 여기가 목적지란 말은 아니요. 오르막길이 나왔으니 내려서 가잔 거요."

"괜찮습니다, 선생님. 그냥 타고 계십시오."

"인력거 값을 깎자고 하지 않을 거요. 그냥 내 말대로 합시다."

말이 끝나기도 전에 그의 구둣발이 땅으로 내려왔다.

"그렇게 비쩍 말라서 이렇게 경사 높고 긴 오르막을 어찌 오른단 말이요?"

그는 자신의 급한 사정을 얘기하지 않았다. 오히려 상대를 배려한다는 기색을 풍겼다. 그러나 어안 벙벙한 표정의 박 첨지에게 그는 다음과 같은 말을 덧붙이는 것도 잊지 않았다.

"대신 오르막만 지나면 다시 최대한으로 빨리 가줘야 하오."

그러더니 양팔로 인력거를 떠밀기 시작했다. 인력거의 굵은 바퀴가 천천히 오르막을 향해 움직였다. 힘이 전달되면서 박 첨지의 운행은 한결 수월해졌다.

"이런 손님 처음이지 않소?"

양복쟁이가 말했다. 바퀴가 올라가는 속도가 빨라지면서도 안정되었다. 내리는 비가 두 사람을 똑같이 적셨다. 응당 그래야만 되는 양 박 첨지가 말했다.

"옷 버립니다. 그냥 제가 밀겠습니다."

"괜찮소. 빨리 갑시다."

"그래도……, 선생님."

"내버려 두시오. 조금이라도 빨리 광동학교까지 가는 게 날 도와주는 거요." 박 첨지가 슬쩍 보니 양복쟁이는 그와 눈을 맞추는 대신 이리저리로 고갤 돌리고 있었다. "내가 수상쩍소이까?"

"아닙니다."

"술에 취했거나, 무슨 죄를 지어 쫓기는 자거나. 그렇게 생각하지 않았소?"

"아닙니다, 선생님. 절대 아닙니다."

"알았소, 알았소. 그렇게 정색할 필욘 없소. 난 교편 잡는 사람에 불과하오. 범죄자도 독립운동가도 아니니 안심하시오."

박 첨지는 몰래 안도의 한숨을 내쉬었다. 본격적으로 오르막

중턱에 오른 인력거는 조금씩 바퀴의 회전이 느려지고 있었다.

"인력거 끈 지 얼마나 됐소?"

"이제 한 3년 됩니다."

"먹고 살기가 힘들지 않소?"

번갯불에 콩 구워먹을 듯한 탑승부터 버럭 질렀던 고함을 거쳐 이젠 같이 미는 인력거라니…… 이상한 손님을 만났다는 생각은 여전했지만 박 첨지가 인력거의 좌석과 손잡이 사이에 굳게 쳐놓았다고 생각했던 장벽은 조금씩 허물어지는 기분이었다.

"어때요? 힘들지 않은 거요?"

"힘듭니다……. 실은……"

"실은?"

"돈이 많이 필요합니다."

"돈이 안 필요한 사람이 어디 있겠소만 무슨 딱한 사정이라도 있소?"

"요즘 통 수입이 줄어서 말입니다……. 마누라가 뭘 잘못 먹고 많이 아프거든요. 아들 하나 있는 게 아직 걸어 다니지도 못하는데 그 바람에 젖도 못 물리고 있지요."

"그렇군. 열심히 일하는 분인데 참 안타까운 노릇이오."

박 첨지의 입가에 처음으로 미소가 생겨났다. 쓰디쓴 미소였다.

"하지만 저 혼자만 힘든 게 아닌뎁쇼. 다 힘들잖습니까?"

양복쟁이가 발걸음을 멈추었다. 인력거 바퀴가 후진을 하려는 듯 뒤로 움직이다가 멎었다. 박 첨지는 자신을 응시하는 양복쟁이를 놀랜 눈길로 바라보았다.

"어째서 그렇게 생각하오?"

"예?"

"어째서 다 힘들다고 생각하느냔 말이오?"

박 첨지는 조용히 주위를 둘러보았다. 여기엔 누가 있을지도 모른다. 쥐도 새도 모르게 덫에 걸린 쥐나 새 꼴이 될 수 있는 세상이 지금 세상이니까. 하지만 박 첨지는 양복쟁이를 어느 정도 신뢰했기에 솔직하게, 그러나 작은 목소리로 입을 열 수가 있었다.

"그야 일본 놈들 때문이 아닙니까?"

양복쟁이의 얼굴엔 별로 놀라는 기색도 없었다. 오히려 한숨 같은 긴 숨을 토해냈을 뿐이다.

"정말로 그게 다라고 생각하오?"

오르막길의 중간에서 인력거가 뒤로 밀릴 듯 말 듯하며 정지해 있었다. 양복쟁이가 완전히 힘을 뺐기 때문이다. 박 첨지는 뒤로 밀려나는 인력거의 무게를 느끼고 다시 팔에 힘을 주었다.

"겨우 일본 놈들 하나가 이 모든 빈곤과 악의 원인인 것 같소?"

"그…… 그야……"

"괜찮소. 말해보시오. 난 비밀첩자도 아니고 독립운동가도 아니오."

"나라를 뺏은 놈이 제일 나쁜 놈들이 아니고 뭡니까?"

박 첨지는 말을 내뱉고도 불안한지 주위를 두리번거렸다.

"지금 당신은 내가 생각하는 당신 자신이 맞소?"

"예? 그게 무슨 소립니까?"

"당신 자신을 빼앗기지 않은, 당신 고유의 마음과 몸의 주인인 당신이 맞느냐 말이오!"

"예?"

양복쟁이가 인력거를 밀기 시작했다.

"무식이 한이 아니라 정신 차리지 않음이 한이오. 어처구니없는 것도 인정할 의식부터 깨어나야 하오."

인력거가 다시 천천히 위로 움직였다.

"혹시 저잣거리의 사람들이 예전과 어딘가 달라졌다고 생각되지 않소?"

"그야…… 그렇습죠."

박 첨지는 유식한 척 애써 보이려는 자신을 볼 수 있었다.

"어떤 면에서 말이오?"

"모두 더 많이 벌려고 혈안이 되었죠. 악착같이 벌려고요. 나라가 어찌되든 신문물을 빨리 배우는 자들은 더 벌고……"

말허리가 잘렸다.

"아니오! 그것이 아니오!"

박 첨지는 영문을 모르겠다는 표정으로 양복쟁이를 쳐다보았다. 귀기가 서린 눈빛이 동그란 안경알 너머로 번득였다.

"요즘 사람들이 똑같아지고 있는 것 같지 않소?"

"똑같다니요?"

"모두가 말이오. 조선 동포든, 일본인이든, 중국인이든."

"쪽바리들 옷하고 하이칼라 머리 말입니까? 저는 무슨 말인지 잘 모르겠습니다."

"생김새나 의복을 말하는 게 아니오. 가죽 아래의 속이 모두 똑같아지고 있단 말이오. 생각하는 것. 행동하는 것. 추구하는 것."

양복쟁이가 안경 낀 얼굴을 바짝 들이밀었다.

"똑같아지면 모든 게 사라진다오. 쪽바리의 눈에서 오만과 지배욕의 흘김이 사라지고 조선 동포의 눈에서 굴욕과 무기력이 감쪽같이 자취를 감춘단 말이요. 그럼 어떻게 되느냐? 양쪽 모두 똑같아진단 말이요. 모두 똑같은 한패가 되지. 지금은 우리 눈치를 보느라 평소처럼 침략자과 속국인 행세로 일관하지만, 사실은 아니오. 언젠가 저희끼리 합심하여 온 나라, 아니 전 세계를 뒤엎으려 하고 있소."

박 첨지는 왈칵 두려움을 느꼈다. 양복쟁이의 표정에 나타난 광기를 직시했기 때문이리라. 미친놈이구나! 양복쟁이는 팔을 뻗쳐 박 첨지의 팔을 꽉 잡았다.

"날 미친놈처럼 보지 마시오! 정신 차려야 하오. 인력거 양반의 얼굴엔 과장이나 허세가 나타나 있지 않소. 하지만 놈들은 과장이나 허세로 우리를 감쪽같이 속이지. 하지만 한 개인의 근본은 절대로 남이 그대로 흉내 낼 수는 없는 법이오. 자, 잘 생각해 보시오. 최근에 이상한 일들을 겪은 적이 없었소? 가까운 사람이 어느 날 자고 일어나니 마치 처음 본 사람처럼 변해 있다거나 하는 일 말이오."

격앙된 양복쟁이가 박 첨지를 흔들었다. 그러자 박 첨지의 뇌리를 스쳐 지나가는 것이 하나 있었다.

"그…… 그러고 보니 치삼이가……"

"치삼? 치삼이 누구요?"

"단골 선술집의 주인이지요. 그 친구가 자기 마누라가 변했다고, 자기 마누라가 자기 마누라가 아닌 것 같다고 했습니다."

양복쟁이가 손을 놓았다. 가느다란 한숨이 그의 입으로부터 새어나왔다.

"상상도 못한 적이 지금 우리를 침략하고 있소."

"그게 무슨 말입니까? 되놈들을 말하는 겁니까?"

"아니오. 일본이나 중국 따위가 아니오. 사람을 통째로 빼앗는 놈들이 출현했단 말이오. 내가 상세히 설명해 주리다. 이제 우린 정신 차리지 않으면……"

빛이 번득였다. 저 위의 어딘가에서 번쩍거리는 빛이었다. 양복쟁이의 표정이 얼음처럼 굳어졌다. 콧수염이 부르르 떨렸다. 햇볕 받은 고드름처럼 곧 떨어질 것만 같았다. 바퀴가 반대방향으로 움직였다. 양복쟁이의 천천히 치는 뒷걸음은 인력거를 손에서 떼었기 때문에 가능한 것이었다. 입을 딱 벌리고도 박 첨지도 아무런 말을 할 수 없었다. 더 이상 인력거꾼과 손님의 사이는 없었다. 양복쟁이가 부리나케 아래를 향해 달리기 시작했다. 생김새와 다른 민첩함과 대담함은 박 첨지의 눈을 의심케 만들었다. 밀어주는 힘을 잃은 인력거가 뒤로 밀려나기 시작했고 빛이 등장한 곳으로부터 귀를 찢을 듯한 소리가 들려오기 시작했다. 호각 소리였다. 박 첨지는 그제야 오르막길의 끝에서 아래를 향해 가로 일렬로 내달리기 시작한 순사들을 볼 수 있었다. 쏘아놓은 총알처럼 빠른 속도였다. 일곱 명이었다.

'이제 꼼짝없이 형무소로 끌려가게 생겼구나!'

별안간 양복쟁이가 다시 오르막을 뛰더니 인력거를 세게 쳐버리고는 등을 돌려 내달렸다. 갈색 인력거가 핑그르르 돌더니 오르막길의 한가운데 가로로 놓이나 싶었다. 인력거를 손에서 놓친 박 첨지의 입에서 외마디 신음이 흘러나왔고, 달려오던 순사들 두셋이 피하지 못하고 여기에 몸이 걸려 우르르 엎어졌다. 이 틈에 거리를 둔 양복쟁이는 대번에 아래를 향해 더욱 속력을 냈다. 두어 바퀴를 구른 인력거도 다시 오뚝이처럼 서더니 아래를 향해 굴러갔다. 엎어진 순사들은 손바닥을 보지도 옷을 털지도 않았다. 모자만을 찾아 썼을 뿐 아무렇지도 않다는 기색으로 일어섬과 동시에 아래를 향한 맹렬한 추격을 개시했다. 앞뒤 거리를 두었을 뿐 물샐틈없이 가로 길을 장악한 일곱 명 모두는 하나같이 박 첨지를 외면하고 양복쟁이를 쫓아갔다.

박 첨지도 뛰었다. 사람의 손을 타지 않는 인력거가 저 혼자 내려가고 있다. 점점 속도를 얻어가면서 말이다. 이렇게 된 이상 손님도 순사도 더 이상 박 첨지의 안중에 들어올 수는 없었다.

"내 인력거!"

모든 속도가 맹렬하게 아래를 향해 집중되었다. 칼바람이 인정사정없이 박 첨지의 얼굴로 달려들었다. 하늘 아래의 모든 대상이 마구잡이로 흔들거렸다. 그의 앞에 순사들, 그 앞에는 자신의 인력거, 또 그 앞에는 자신의 손님이었던 사람이었다. 그 모두가 현란한 활동 에너지로 요동을 쳤다. 자신의 거친 숨소리를 박 첨지는 분명하게 느낄 수 있었고 생명을 얻은 입김은 미처 형체를 갖추기도 전에 증발되었다. 내리막 일로에 선 인력거의 바퀴 회전은 매순간 빨라지더니 삽시간에 선두에 뛰고 있던 양복쟁이를 따라잡았다. 양 손을 삽날처럼 세운 키 큰 순사 하나가 맨 앞에서 팔을 휘저으며 굉장한 속도로 인력거 곁까지 내리달렸다. 그 뒤를 여섯 명의 순사가 빠르게 추격하고 있었다. 교차되는 검은 다리들은 힘찬 말들을 연상시켰다. 우악스러운 질주에도 일곱 순사의 검은 모자는 결코 머리에서 떨어지는 법이 없었다. '깨끗한 정복 차림으로 이토록이나 내달리다니, 저 양복쟁이는 필경 심각한 짓을 벌인 놈이야.' 박 첨지가 내심 판단한 순간 선두에 선 순사가 키만큼이나 큰 손으로 인력거를 옆으로 쳐버렸다. 인력거는 우중(雨中)에서도 한 움큼의 먼지를 튀겨내며 날아올라 양복쟁이를 덮쳐갔다. 박 첨지는 안타까운 마음에 외마디 소리를 질렀으나, 그의 앞을 뛰고 있는 여덟 명은 아무도 그에게 관심을 기울이지 않았다. 박 첨지의 귀를 메우는 숨소리에 흐느낌 비슷한 것이 뒤섞였다. 11시 방향으로 날아가는 인력거와 검정 양복의 가로 일렬 뒷모습들이 한꺼번에 박 첨지의 미래를 결단낼 듯싶었다. 양복쟁이 사내는 오른쪽으로 크게 한 발 내딛는가 싶더니 몸을 낮추어 날려 데굴데굴 굴러갔다. 그 여파로 그를 들이치지 못한 인력거는 결국 언덕의 한복판에 처박히더니 자폭(自爆)의 종국을 향해 최후의 질주로 굴러 내려가는 것이었다. 전 재산이 끝장 날 생각에 박 첨지는 이를 악물었다. 발치에서 튀기는 돌멩이며 흙들이 얼굴까지 때렸다. 그것이 차디차다고 느낀 순간 박 첨지는 조금 전까지 잊고 있었던, 대지를 물들이는 겨울비의 시작을 알 수 있었다. 사위가 급격히 어두워졌다. 하지만 앞이 캄캄한 것은 이 비 내리는 덕상사 고갯길의 사정 때문만은 아니었다.

"오늘은 나가지 마요. 제발 덕분에 집에 붙어 있어요. 내가 이렇게 아픈데……"

'망할 인력거야 서라 제발 서! 내가 너의 주인이란 말이다! 죽으면 안 된다! 넌 손님을 태워 오라질 년의 병을 낫게 하고 개똥이 놈 젖을 물리게 해야 한단 말이다. 제발……'

아내의 말을 들을 걸 그랬다. 아내는 설렁탕 국물이 마시고 싶다고 남편을 졸라댔었다. 그 같은 애원엔 어디 가지 말고 곁에 있어달라는 뜻도 포함되어 있었다. 그 아픈 아내의 뺨을 후려갈기고 나온 박 첨지다. 돈이 있어야 설렁탕도 사 줄 수가 있으니 어찌할 수 없었던 처사였다. 하지만 때리지는 말 걸 그랬다. 이제 그 벌을 받는 모양이었다. 인력거를, 인생의 단맛을 붙잡지 못하는 박 첨지의 가슴은 갈기갈기 찢어지는 것만 같았다.

일곱 남자가 총알처럼 아래로 내달렸다. 판잣집에 널린 빨래와 일제를 찬양하는 선전문구의 벽보 사이로 가로 일곱 남자의 동시다발적 하강은 활동사진에서도 보지 못할 기괴한 활력을 내뿜었다. 휘젓는 팔들이 오징어 발들처럼 싱싱하고 힘이 넘쳤다. 구르다가 일어난 양복쟁이는 무언가에 발이 걸려 앞으로 또다시 두어 바퀴를 구른 후에도 포기하지 않고 일어났다. 내리막은 거의 끝이 났고 무릎을 절면서도 그는 곧장 일어났다. 그 순간 가혹한 기세로 길 가의 담벼락에 그대로 부딪친 인력거가 와지끈 박살이 났다. 담벼락도 굉음과 흙먼지를 뿜어내며 박살이 났다. 박 첨지의 고통스런 표정이 울상으로 변했다. 양복쟁이의 팔이 내리막길 끝에 있던 골목길로 사라졌다. 우레 같은 꽝 소리가 났다. 깜짝 놀란 박 첨지는 울기와 달리기도 잊고 땅바닥에 납작 엎드렸다. 손에서 하얀 연기를 내뿜는 순사들은 뒤따라오던 박 첨지를 무시하고 양복쟁이가 사라진 골목으로 줄줄이 따라 들어갔다. 박 첨지는 흙을 씹으며 주먹으로 땅을 쳐댔다. 빗물이 수시로 눈을 감겼다. 모두가 사라진 골목 안쪽에서 또 꽝 꽝 소리가 나면서 우중에 화약 냄새를 실어왔다. 인력거의 바퀴가 떨어져나가고 좌석은 두 동강으로 나버렸다. 차디찬 비도 박 첨지의 뜨거운 눈물을 가리지는 못했다.

"나가지 말라도 그래, 그러면 일찍이 들어와요."

경련하듯 떠는 손, 유달리 큼직한 눈, 울 듯한 아내의 얼굴이 박 첨지의 눈앞에 어른어른하였다. 일어선 박 첨지는 옷에 묻은 흙을 털 생각도 하지 못한 채, 흐느끼는 소리를 감추지도 못한 채 다리를 절룩거리며 숨이 끊어진 자신의 인력거로 걸어갔다. 굉장히 운수 나쁜 날이다.

* * *

눈 앞이 캄캄했고 어디서 보상을 받아야 할지 몰랐다. 산산조각 난 인력거는 자신을 구하지 못한 주인을 원망이라도 하듯 공중을 향해 아직도 헛바퀴를 돌리고 있다. 죽기 직전 끙끙대는 늙은 충견 같았다. 박 첨지는 두 손으로 머리를 싸안다가 자리에 주저앉기도 하고 주먹으로 땅바닥을 쾅쾅 치는가 하면 다시 일어서서 자신의 머리를 손바닥으로 치는 등 정신 나간 사람 같은 행동을 보였다. 그러는 사이 헛바퀴질은 서서히 잦아들었다. 온 몸을 때리는 비가 살을 도려내는 듯한 고통을 몰고 왔다. 제정신을 차린 박 첨지는 떨리는 손을 천천히 인력거로 옮겼다.

그 때 또 다른 손 하나가 불쑥 튀어나오더니 박 첨지의 팔뚝을 꽉 움켜잡았다. 순사의 손으로 안 박 첨지가 비명을 질렀지만, 순사는 아니었다. 차츰 기세를 얻고 있는 비가 그 자의 팔에서 빨간색 물을 지워가고 있었다. 하지만 빨간색은 꾸준하게 새로이 생겨났다.

"인력거 양반…… 육혈포에 맞았소."

익숙한 목소리로 박 첨지는 그가 순사들에게 쫓기었던 양복쟁이란 걸 알 수 있었다. 하지만 만신창이가 된 몰골로는 과히 알아볼 수 없었을 것이다. 동그란 안경은 어디서 흘렸는지 보이지 않았고 콧수염까지 사라지고 없었다. 잘 넘겼던 머리가 좌우 엉망으로 추락한 채 빗물과 뒤섞여 속이 울렁거리는 포마드 향을 풍겼다. 비린내가 역한 것은 움켜쥔 가슴과 팔에서 뿜어져 나오는 선혈 외에도 추적추적 내리는 비 때문이기도 할 것이다.

"나 대신……" 힘없는 목소리로 그가 말했다.

"뭐라고?"

박 첨지의 얼굴이 분노로 가득찼다.

"나 대신…… 광동학교로 가 주시오."

"도대체 당신 정체가 뭐야……."

"시간이 없소……."

"강도야? 독립운동가야? 왜 나까지 작살내, 응?"

박 첨지가 양복쟁이의 멱살을 움켜쥐었다. 흡뜬 눈에 눈물이 고였지만 그럴 때마다 빗물이 눈으로 들어왔다.

"인력거 물어내!"

"광동학교로…… 제발……"

"내 돈 내놔! 인력거 값을 내놓으란 말이야!"

"준 돈이 다요……. 제발 광동학교로 가시오. 내가 말하는 사람을 만나……. 사정을 말하시오. 그럼 돈을 줄 거요."

양복쟁이는 머리를 축 늘어뜨리며 가쁜 숨을 몰아쉬었다. 그의 몸을 채웠던 더운 피가 조선의 어느 차디찬 골목을 적시며 흘러내리고 있다. 문득 박 첨지는 측은한 생각이 들었다. 그는 자신과 다를 바 없는, 확실한 고국 동포였기 때문이었다.

"그 사람은 틀림없이 돈을…… 줄 거요. 걱정 마시오. 이…… 이 물건을……"

그는 품 안에서 뭔가를 꺼냈다. 겹겹으로 두툼히 싼 돌가루 종이봉투였다. 두 봉투 다 피가 묻어 있었지만 하나는 겉봉에 글자가 많았고 하나는 글자가 적었다. 그는 고통으로 인상을 펴지 못한 채 봉투를 건넸다.

"글 읽을 줄…… 아시오?"

"몰라요."

그럴 줄 알았다는 탄식이 한숨으로 변해 양복쟁이의 입에서 새어나왔다.

"그럼 돈은…… 어떻게…… 구별하오?"

"색깔보고 하지요."

"알겠소. 지금부터 내가 하는 말을 잘 들어……. 광동학교 기숙사로 가서 B 사감이란 여자를 찾아요……. 그녀를 만나면 T 교수가 보냈다고 하시오. 여기 네 글자로 씌어진…… 봉투 보이지요? 러브레터라고 적혀 있는 거요……. 그리고 이 두 글자 적힌 봉투는 빈처라고 적혀 있다오. 내가 뭐라 그랬소?"

"이거는 러브레터…… 이거는 빈처……"

체념조로 박 첨지가 대답했다.

"잘했소…… 절대로…… 잊으면 안 되오."

박 첨지는 처음에는 가만히 있다가 가볍게 고개를 끄덕였다. 두 남자의 얼굴에 균등하게 떨어지는 비가 비통한 우정과 동질감을 담은 듯했다.

"B 사감이 진짜 B 사감이면…… 러브레터를 줘야 하고 가짜면 빈처를 줘야 하오……. 거기 우리 조직의 비밀이…… 비밀이 숨겨져 있으니까."

"그게 당췌 무슨 소리요?"

"B 사감이 이미 변했을 수 있다는 말이오."

그는 박 첨지의 무릎을 힘 있게 잡았다.

"조국뿐만 아니라 온 인류의 존망이…… 걸린 문제요. 놈들은 조선뿐만 아니라 전 세계……를 노리고 있소."

"누가? 도대체 누가 말이오!"

박 첨지는 그가 인력거 얘기를 해 주길 원했다.

"별천지에서…… 온 놈들이요. 이 세상의 바깥 말이오…… 우린 이색인간이라고 부른다오. 이색인간들이 우리의 몸을 빼앗고 정신까지…… 빼앗는 거요."

"무슨 소린지 난 모르겠소. 당췌 모르겠소. 이 봉투, 눈 뜨시오! 이 봉투 갖다 주면 진짜 내 인력거 물려주는 거요?"

"아직은 모를 거요……. 하지만 점차적으로…… 알게 될 거요. 언젠간 당신도 당할 테니까."

"아니, 나도 순사가 쫓는단 말이요?"

"안심하시오. 놈들은…… 지식인들과 군대 장악이 먼저니까……"

박 첨지가 벌떡 일어섰다. 양복쟁이가 박 첨지의 발목을 잡았다.

"러브레터를 꼭 전해주시오……. 인력거 값은 꼭 줄 거요. 아마도 B 사감은 당하지 않았을 거요……. 아무 문제 없을 테니까 꼭 선생 돈을 받아가시오. 그러나……"

양복쟁이가 발목을 잡은 손에 힘을 주었다. 숨소리도 거칠어졌다. 박 첨지는 커다래진 눈으로 자신을 올려다보는 양복쟁이를 볼 수 있었다.

"반드시 확인해야 할 거요. B 사감은…… 노처녀요. 그녀를 만나거든 아이들은 잘 지내느냐고 먼저 물어봐야 할 거외다……. 만약 잘 지낸다고 하면…… 그녀는 가짜요."

"난 모르겠소. 그냥 안 할라오. 다 싫소."

"B 사감이 가짜면 빈처를 주시오……. 그리고 돈을 챙겨…… 도망가시오."

박 첨지가 귀를 막았다.

"싫어! 다 싫어! 당장 내 인력거나 물어내!"

양복쟁이가 기침을 하자 핏방울들이 튀었다. 박 첨지가 일그러진 얼굴로 앉았다. 피를 닦아주고자 하였으나 닦을 만한 것이 없었다. 양복쟁이는 그런 맘을 읽었는지 박 첨지의 손을 꼬옥 잡았다.

"부인이 아프다 하지 않았소? 봉투만 전하면…… 인력거의 몇 배 값은 줄 거요……. T 교수가 전한 거라고…… 하면……"

"……."

"내 말 잘 들으시오……. 놈들은 우리가 잠들 때 우리…… 몸
과 마음을 빼앗소. 잠을 조심하시오……. 두 사람 이상이…… 서
로 교대로 경계 해줘야 하오."

"아…… 나는……."

"죽어가는 사람의 부탁이오…… 쿨럭! 얼른 가시오. 놈들이 오
고 있소."

그러자 어딘가에서 웅성대는 소리가 들려온 것 같았다. 분명히
내리는 비 소리 같았지만 사람의 목소리라 생각하니 꼭 비라고
단정 지을 수도 없었다. 어떤 소리인들 박 첨지에게 극도의 공포
를 심어주기엔 충분했다.

"마지막으로 한 가지만 더."

양복쟁이가 말을 이어나갔다. 들으면 들을수록 박 첨지의 등골
은 오싹해졌다.

"만약 다음에 날 만나게 된다면 그때의 난 지금의 내가 아닐
거외다. 겉가죽만 똑같고 내면은 다른 존재인 이색인간이란 말이
오…… 그때는 날 피해야만 할 거요. 아니면 죽이든지……. 자, 가
시오. 내 부탁을 잊으면 안 되오. 가서 당신의 정당한 돈도 꼭 받
아내시길 바라오……."

말은 마친 그는 스르르 무너져갔다. 박 첨지는 육혈포 맞은 양
복쟁이를 내버려두고 달리기 시작했다. 아무도 거기에 나타나지
않았다. 자라 보고 놀란 사람이 솥뚜껑만 봐도 놀라는 꼴이었다.
그의 모습이 사라질 즈음 양복쟁이는 상한 배추를 실어놓은 나
무 쓰레기 상자를 안고 대(大)자를 그리며 고꾸라졌다. 하지만 웅

성대는 소리의 임자들은 결국 등장했다. 골목길로부터 나타난 일곱 명의 순사가 양복쟁이를 에워싼 것이다.

"T 교수가 여기에 있었군."

가장 나이가 든 순사가 나직이 입을 떼었다. 일곱 명의 표정은 똑같았고 움직임도 거의 똑같았다. 의식을 잃어가는 양복쟁이는 자신에게 죽음이 찾아왔음을 알게 되었다. 그는 눈을 감았다. 이놈들은 그 인력거꾼을 못 봤을 거야……. 그 사람이 꼭 성공해줘야 할 텐데. 인류 독립 만세.

3

박 첨지는 빗속을 달렸다. 차디찬 비가 고된 한기를 퍼부어댔다. 한기는 죽고 싶을 만큼의 아린 고통을 몰고 왔으나 한편으론 제정신을 차리게 하고 현실적인 감각을 불러일으켰다. 자신이 겪은 거짓말 같던 일들이 그의 이성 속에서 빠른 속도로 사라지고 현실만이 제대로 살아났다. 즉 T 교수와 그의 음모론은 뇌리에서 지워져 갔지만 육혈포를 난사하며 뛰던 순사와 박살이 난 인력거는 생생해졌던 것이다. 앞이 캄캄한 이 생생함. 자기도 모르게 연루가 된 심각한 죄악. 아무 짓도 하지 않았을지 몰라도 없는 죄도 잘 만들어내는 게 지금 시대의 순사들이다. 그는 어디로 가야 할지 대충 알고 있었다. 그렇지만 과연 어떻게 행동해야 할지 감이 서지는 않았다. 하늘은 찬 비를 퍼부어댔고 온기라고는 자신의 의지와 상관없이 배어 나오는 눈물 말고 그 어디에도 없었다. 이 험난하고 모진 세상 속에서 자신의 편이 되어줄 수 있는 확실한 사람은 아내와 아들뿐이었다. 하지만 하나는 중병을 앓는 환자요, 또 하나는 아직 의사표현도 하지 못할 갓난아기였다. 도움을 구하자니 오히려 마음의 짐만 가중될 뿐이요, 도망을 치자니 갈 곳은 없는데 이 두 사람의 거동 또한 수월치가 못하다.

그는 쉼 없이 달렸다. 겁이 나서 멈출 수가 없었다. 당장에라도 시커먼 옷에 빛나는 장검을 찬 순사가 따라와 목덜미를 잡아챌 것만 같았다. 폭우가 쏟아진대도 순사의 제복을 젖게는 못하리라는 것이 박 첨지의 생각이었다. 제복은 공포의 대상이었고 무조건 머릴 조아려야 하는 신(神)에 다름 아니었다.

그는 처마가 있는 어느 집 담벼락에 기대어 잠시 비를 피했다. 가쁜 숨이 오장육부로부터 연달아 쏟아져 나왔다. 그 거리를 뛴 것치고는 비싼 운임료를 받았지만, 이걸로 어둠을 깡그리 걷게 할 수는 없었다. 인력거를 보상받아야만 했다. 안 그러면 굶어 죽을지도 모르니까. 하지만 그런 근본적인 해결책이 순사가 자신의 얼굴을 기억하지는 않을까하는 우려와 T 교수의 유언이 과연 설득력 있는 발언인가 하는 의문 앞에 막히고 있다. B 사감이란 여자가 광동학교에 실재한대도 박 첨지의 말만 믿고 큰 돈을 선뜻 내어줄 리 만무하다. 죽어가던 양복쟁이가 횡설수설한 건지도 모르고 오히려 B 사감이 경찰에 자신을 신고할 수도 있다. 누가 쐈건 이건 살인사건이 아닌가. 곧 누군가 시신을 발견할 것이고 일은 걷잡을 수 없이 커질 것이다. 아무런 죄도 짓지 않고서 박 첨지는 심각한 공포에 내몰리고 있었다.

'내가 뭘 저질렀다고, 뭘 봤다고 이러나. 난 아무 짓도 안 했는데……'

뭔가가 시야를 메우고 코를 찔렀다. 배에서 꼬르륵거리는 소리가 났다. 아침부터 아무것도 먹지 못한 그에게 강렬한 유혹의 냄새가 화살처럼 날아와 박혔다. 추어탕을 끓이는 솥뚜껑을 열 적마다 뭉게뭉게 떠오르는 흰 김, 석쇠에서 빠지짓 빠지짓 구워지는 너비아니 구이며, 제육이며, 간이며, 콩팥이며, 북어며, 빈대떡들에…… 아, 여기가 바로 거기가 아닌가.

오늘 오전처럼, 박 첨지는 제정신이 아닌 채로 온 곳이 바로 집 근처였음을 깨달았다. 아내와 아이도 그렇겠지만 그 역시도 몹시 배가 고팠다. 인력거야 어찌 되건 지금 수중에 있는 돈으로 설렁탕 몇 그릇을 살 수도 있고 모주 한 잔 기울일 수도 있었다. 아내가 그렇게나 먹고 싶다던 설렁탕. 그러한 순진한 욕망에 잠시 골몰할 즈음 아침처럼 손 하나가 쓰윽 나타나더니 그의 팔을 꽉 붙잡았다. 박 첨지는 아악하고 비명을 질렀지만, 그 팔이 순사처럼 검은 소매에 싸여 있지 아니함을 알고는 안도의 한숨을 내쉬었다.

"이 사람. 물에 빠진 생쥐 꼴이구먼. 게다가 완전 동태가 됐어. 왜 이러고 있나?"

치삼이 박 첨지의 손을 꽉 쥐고는 열이 올라라 비벼댔다.

"오전에도 여기 있더니 그새 한 바퀴 돌고 왔나 보이. 돈은 좀 벌었나?"

박 첨지는 대답 대신 등을 담벼락에 기댄 채 서서히 쪼그려 앉았다. 치삼이 손을 잡고 있느라 한 팔만 위로 쳐든 채 앉은 형국이 된 박 첨지는 우스꽝스럽게 보였다. 그는 후하고 긴 숨을 다시 한번 토해냈다. 온몸이 옹송그려지며 당장 그 자리에 엎어져 못 일어날 것 같았다. 달음질로 흐른 땀이 식자 굶주린 창자에서 물

흐르는 옷에서 어슬어슬 한기가 솟아나기 비롯하매 앞으로의 일이 걱정되었다.

"왜 그래? 자네 울었나?"

"내 인력거가 작살이 났네."

"아니, 그게 무슨 소리야?"

"말하자면 길어."

"일단 가게로 들어가세. 뜨끈한 술 한잔 하면서 몸 좀 녹이라고."

"난 전 재산을 잃었어."

"전 재산을 왜 잃어?"

"인력거가…… 인력거가 박살이 났다니까! 괜히 이상한 놈을 태워서……"

"일단 들어가. 몸부터 녹이자니까."

치삼은 박 첨지의 팔목을 잡고 선술집으로 이끌었다. 박 첨지는 끌려가듯 따라갔다. 선술집의 따뜻한 공기와 주린 배를 자극하는 빈대떡 냄새가 모든 걱정을 잠시 뒤로 물러서게 만들었다. 사람이 먹지 않고 살 수만 있다면 얼마나 좋을까, 왜 하루 세 끼 밥먹어야 하는 습관을 만들어서 이리도 사람 생고생을 시키나, 하늘에 있는 하느님인지 뭔지 하는 양반은. 박 첨지는 치삼을 본 순간 적잖이 마음이 놓였다. 그는 낯선 자와 관련된 낯모를 공포에 하루 종일 시달렸고 이제 비로소 익숙한 시간과 생각할 여유를 조금이나마 가질 수 있었다.

* * *

"추운데 여기 술 한잔하게."

치삼은 추어탕 담는 대접에다가 넘치듯 막걸리를 쏟아 부었다. 눈부신 하양으로 놋그릇을 물들이는 막걸리는 그 색깔처럼 불안과 공포와 한기를 정화시킬 것 같은 강력한 매혹이 있었다. 차디찬 막걸리가 텅 빈 오장육부를 타고 폭포수처럼 쏟아질 때 박 첨지는 몸을 부르르 떨었다. 박 첨지가 빈대떡 한 점을 젓가락으로 떼어내는 사이 치삼은 막걸리 한 잔을 더 부었다.

"자, 고뿔 걸리기 전에 더 마셔."

빈대떡을 입에 문 채로 박 첨지는 한 사발을 더 들이켰다. 막걸리가 쿨렁쿨렁 넘어갈수록 박살이 난 인력거도 뭉게뭉게 솟아올랐다.

"카아!"

놋그릇을 내려놓은 박 첨지는 더러운 소매로 입가를 닦았다. 입은 빈대떡을 씹느라 분주히 움직였지만, 감은 눈은 뜨여지지 않았다. 떡 안에서 술이 배어 나왔고 눈에서 눈물이 새어나왔다.

"자, 한잔 더 받게."

"아냐. 이번엔 자네가 받아."

박 첨지가 술 국자를 빼앗으려 했다. 하지만 치삼은 팔을 뒤로 물려 국자를 뺏기지 않으려 했다. 시선은 박 첨지의 얼굴에 둔 채로.

"아닐세 박 첨지. 난 많이 마셨어. 자네나 한 잔 더 받아."

그러더니 또 막걸리를 부어댄다. 박 첨지는 자신을 뚫어질 듯 쳐다보는 치삼의 눈을 쳐다보았다. 그러자 치삼에게 갚아야 할 외상 술값이 불쑥 떠올랐다.

'이 놈 봐라.'

박 첨지는 막걸리 한 사발을 또다시 물같이 들이켰다. 그러더니 다시 한번 술 국자를 빼앗고자 했다.

"자네도 마셔. 내 부어주지."

하지만 치삼은 여전히 국자를 내어주지 않는다.

"안주나 먹게. 돈 달라 안 할 테니 원하는 만큼 실컷 마시고 한 잠 푹 자게."

박 첨지의 머릿속에서 슬슬 분노의 감정이 일었다. '이 새끼 이 거 무슨 꿍꿍이야?'

겉 다르고 속 다른 놈. 돈에 환장한 이 노랭이 자식.

잔을 같이 입을 대면 술값을 안 받아야 하거나 제값대로 받을 수 없으니 눈에 빤히 보이는 저런 지랄로 금을 긋는 것이다. 게다가 평소와 다르게 선심 쓰는 척하면서 공짜를 강조하는 건 밀린 외상값을 당장 갚으라는 시위가 아니고 뭐란 말이더냐. 야마리 까진 놈 같으니라고. 빈 속에 마신 막걸리가 감정을 빠르게 격화 시킬수록 치삼이 자신을 조롱한다는 느낌도 커져갔다. 그 기세가 인력거도 아내도 순사도 잠시 뒷전으로 물러나게 만들었다. 박 첨 지는 주머니에 있던 걸 북 뽑아내며 외쳤다.

"왜? 내가 또 외상으로 마실까 봐 그러냐?"

치삼은 술 국자를 든 채로 박 첨지를 가만히 지켜보았다.

"이 오라질 놈 같으니, 내가 돈이 없을 줄 알고?"

그러더니 술 국자를 빼앗아 한 대접 막걸리를 채우더니 또다시 벌컥벌컥 들이키는 것이었다. 몸이 따뜻해지고 공중에 뜬 기분이 찾아왔다. 원원이 비었던 속이라 찌르르 하고 창자에 퍼지며 얼굴이 화끈하였다.

"봐라 봐! 이 놈아, 내가 돈이 없나, 다리 뼉다구를 꺾어 놓을 놈 같으니."

치삼의 얼굴엔 아무런 동요도 없었다. 그는 웃지도 놀라지도 않았다.

"내 인력거가 개작살이 났어! 넌 그 원인이 궁금하지도 않으냐, 이 놈아."

인력거 얘기를 꺼낸 순간 치삼에 대한 원망 대신 가족들에 대한 걱정이 눈앞을 가렸다. 그는 더욱 소리쳐 걱정을 잊고자 했다.

"진정하게. 내 술 더 갖고 오지."

치삼이 일어섰다. 박 첨지가 석쇠에 얹힌 떡 하나를 입에 물고 볼을 볼록거렸다. 그의 눈은 벌써 개개 풀리기 시작하였다. 그는 백통화 몇 푼을 던지기까지 했다. 치삼에 대한 증오가 아니었다. 이유 모를 불안 때문이었다.

"난 오늘 한 번 뛰고 칠십 전을 벌었어! 칠십 전을! 이런 젠장맞을. 막 먹어도 상관없어. 오늘 돈 산더미같이 벌었는데."

"여보게 돈 떨어졌네, 왜 돈을 막 끼얹나."

치삼이 새로이 막걸리를 담아서 나오며 일변 돈을 줍는다. 박 첨지는 취한 중에도 돈의 거처를 살피는 듯이 눈을 크게 떠서 땅을 내려다보다가 불시에 제 하는 짓이 너무 더럽다는 듯이 고함을 쳤다.

"이 원수엣 돈! 이 육시를 할 돈!"

"자, 돈 받게."

치삼이 손을 내밀었다. 외상값을 받지 않고 돌려주는 돈이다.

왜일까? 자신이 행패를 부려서? 박 첨지는 취중 은근한 궁금증이 생겼다. 이놈 오늘따라 조금 이상하다. 이런 적이 없었는데. 꼭 **다른 놈** 같잖아.

"자, 막걸리나 한잔 더 해."

"왜 자꾸 내게 술을 권하는 거지?"

"술 권하는 사회 아닌가? 우린 친구야. 얼마든지 마시고 푹 쉬라고. 한잠 푹 자다가 가."

"왜 자꾸 자란 말을 해? 내 인력거가 왜 박살 났는지는 안 궁금해? 자네 돈을 빌려서 산 인력거잖아!"

그 때 고등어 자반 접시를 손에 올린 치삼의 아내가 등장했다.

"**우린 이웃**이잖아요. 자, 오늘은 실컷 드시고 한 숨 푹 주무세요."

박 첨지더러 이 세상에서 가장 좋아하는 음식이 뭐냐고 물으면 그는 서슴지 않고 석쇠에 구운 고등어라고 대답할 터였다. 하지만 치삼의 아내는 박 첨지가 얻어 마시거나 외상술을 달아먹을 때 고등어구이를 꺼내놓는 일이 없었다. 오로지 저희 식구들끼리 먹을 때만 통용된다. 지금 노릇노릇한 고등어구이를 든 이 곰탱이 같은 여편네 또한 허수아비 같은 시선으로 박 첨지를 쳐다보며 잠을 자라고 한다. 치삼의 말이 일견 들어맞았다. 이상하다던 말. 하지만 부부 일심동체라더니 이젠 둘 다 이상하다. 게다가 쌍둥이처럼 똑같은 저 시선이라니, 박 첨지는 그게 영 마음에 들지 않았다. 쉽게 표현하지 못할 동일함에 박 첨지는 술이 깨는 기분을 느꼈다. 그는 치삼에게 물었다.

"아침엔 아주머니가 어찌 이상하다고 발광을 하더니만 지금도 그런가?"

치삼이 무감동하게 대답했다.

"아니. 아주 괜찮네. 내가 잠을 못 자서 그랬지. 낮잠 한 번 푹 자고 나니 다 괜찮아졌어."

"놈들은 우리가 잠들 때 우리 몸과 마음을 빼앗소. 잠을 조심 하시오."

박 첨지가 꿀꺽하고 빈대떡을 삼켰다. 하지만 고소한 맛을 전혀 느끼지 못하고 있었다.

"가봐야겠네."

돈을 주머니에 넣은 박 첨지는 서둘러 자리에서 일어섰다. 기다렸다는 듯이 치삼과 아내가 앞을 가로막았다.

"어딜 간단 말인가?"

박 첨지는 내심 마누라와 개똥이가 걱정되었지만, 왠지 곧이곧 대로 얘기해선 안 될 것 같은 마음이 들었다.

"새 인력거를 알아보러 가야지. 장터에 가 볼 걸세."

"그러지 말고 다 함께 가면 어떻겠나? 아주머니가 편찮다면서."

박 첨지의 등골에 소름이 끼쳤다.

"마누라라니? 나는 인력거를 알아보러 간다고 했는데."

"여기서 집이 가까우니 어차피 들렀다가 갈 거 아닌가?"

"설렁탕도 한 그릇 준비했어요. 아픈 새댁한텐 이게 좋으니까."

순식간에 두 사람이 연행하듯이 박 첨지의 곁에 섰다. 박 첨지의 가는 팔뚝을 꼭 쥔 치삼이 고개 돌려 말했다.

274

"빨리 설렁탕을 가져와. 우리 모두 같이 가는 걸세 박 첨지."

"왜 이래? 팔을 놓아!"

치삼의 아내가 들어가고 치삼은 손에 힘을 주었다. 결단코 박 첨지를 놓아줄 기색이 아니었다. 그의 바짝 들이댄 얼굴의 표정이 꼭 도깨비탈 같다. 박 첨지는 알 수 없는 공포에 휩싸여 술 냄새만 헉, 헉 토해낼 뿐이었다.

그 때 치삼의 고개가 오른쪽으로 돌아갔다. 박 첨지의 고개가 치삼의 그것을 따라간 순간 그의 다리에는 힘이 풀렸다. 검은 옷을 입은 순사가 판자촌의 한가운데 서 있었던 것이다. 순사는 정확하게 이쪽을 보고 있었고, 치삼이 고갤 끄덕인 순간 천천히 이리로 걸어오기 시작했다. 치삼이 놈이 날 순사에게 넘기려고 한 것이었어! 이놈은 모두 알고 있었어! 박 첨지는 공포에 사로잡혀 경악의 눈길로 치삼을 쳐다보았다. 하지만 치삼은 물론 순사도 박 첨지에게 관심이 없는 것 같았다. 그들 옆까지 걸어온 순사는 조용히 치삼의 귀에 대고 뭐라고 귓속말을 전했을 뿐이었다. 그의 눈길도 치삼과 다를 바가 없었는데 놀라운 사실은 분명 순사는 일본인이라는 것이었다. 치삼은 평소처럼 굽신거리지 않았고 순사는 언제나처럼 거들먹거리질 않았다. 그런 두 사람의 모습은 마치 변장을 하고 비밀운동을 하는 어떤 결사(結社) 같았다. 이번엔 치삼이 박 첨지를 가리키며 순사에게 귓속말을 했다. 순사는 박 첨지의 몸을 이모저모 훑어보다가 다시 치삼에게 귓속말을 했다. 박 첨지의 간이 연이어 콩알만 해지고 이마에서 식은땀이 흘러내렸다. 치삼은 아쉽다는 표정으로 박 첨지에게 말했다.

"만석꾼 조의관 영감네 손자가 경성에서 내려왔다는군. 할아비

말을 잘 안 듣는다네. 우리가 좀 도와주고 와야겠어. 조 영감 손
자는 자네도 잘 알지?"

박 첨지는 순사의 눈치를 살피며 느릿느릿 대답했다.

"알고말고…… 난봉꾼 덕기를 말하는 게 아닌가?"

"무슨 소리야? 그 아이는 지금 경성제국대학 수재 중의 수재
야."

"놈들은 지식인들과 군대 장악이 먼저니까."

"자네는 마누라랑 잠시 여기에서 기다리게."

치삼이 못을 박듯 말했고 박 첨지는 순사를 향한 경계심을 풀
지 않은 채 조그맣게 대답했다.

"인력거를 알아보러 가야 한다니까."

치삼이 눈빛을 번득였다.

"자넬 도와주려고 그러는 거야. 여기서 탁배기나 한 잔 더하고
기다려."

치삼의 아내가 술항아리를 채우기 시작했다.

"저 양반 금방 올 테니까 한 잔 더하세요. 같이 인력거도 보고
개똥이 엄마 문병도 가요. 이웃 좋다는 게 뭐예요."

"그렇게 하시오."

순사가 어색한 조선말로 내뱉었다. 말하는데 입만 약간 움직였
을 뿐이다. 꼭 말뚝이 탈이 이야기하는 것 같았다. 거절할 수 없
는 음성에 박 첨지는 망연자실 서 있을 수밖에 없었다.

4

잠시 후 순사와 치삼은 어느 으리으리한 기와집 앞에 당도했다. 이 집 말고도 동리 전체가 비슷비슷한 기와집 일색으로 꾸며졌는데 예로부터 지금까지 주로 고관대작의 양반에서부터 부를 이룬 상인들까지 일정 기준 이상의 사람들만 거주하는 나름의 전통이 있는 구역이었다. 국권의 피탈에도, 외적의 침입에도 기와집들은 여전히 비까번쩍한 외양을 갖추고 있었다. 약탈의 흔적도 구슬픈 그림자도 찾아보기 힘들었다. 일부 가문이 침략자와 유착적인 관계를 형성했기에 가능한 일이었다. 그런 고로 순사의 간섭도, 좀도둑 따위도 있을 리 만무했다. 물론, 나리의 호출이 아닌 다음에야 판자촌에 사는 치삼 역시도 별로 방문할 일이 없는 집이었다.

"어르신 계십니까?"

치삼이 큰 소리로 주인을 찾았다. 그러자 대청 마루 아닌 행랑채 구석진 한편에서 희미한 대답이 돌아왔다.

"여기, 헛간에 있네. 이리로들 오시게."

순사와 치삼은 대문을 열고 마당을 가로질러 가지만 앙상한 포도나무 뒤를 돌았다. 출입을 허용하는 목소리는 바로 곳간에서 나오고 있었다. 어둠에 싸인 곳간의 바닥에 희미한 형체가 보였다. 두 사람이 출입문 앞에 섰을 때 희미하게 보이던 형체는 완전히 보이지 않게 되었다. 빛을 가로막은 까닭이다. 순사가 옆으로 한 걸음 물러서자 곳간의 벽에 걸린 낫과 호미며 바닥에 차곡차곡 쌓인 곡식 자루 등속이 드러났다.

"아무도 없습니까?"

"염려할 것 없네. 아무도 없어."

허연 수염을 기른 기골이 장대한 노인이 대답한다. 체격으로나 풍기는 몸가짐이나 전형적인 양반과는 거리가 있어 보인다. 이 노인이 바로 만석꾼 조의관 영감이었다.

"아드님은?"

"기생 품에 안겨 있지. 그 놈이 잠드는 건 시간문제야."

"바닥에 누운 이가 확실히 덕기입니까?" 치삼이 물었다.

"할아비가 손주도 못 알아보나? 자세히 봐."

두 사람의 모습이 곳간 안으로 사라졌다. 1초 후, 굳은 얼굴의 순사와 치삼은 깊은 잠에 빠진 채 누워 있는 한 청년을 내려다보고 있다. 검은색 망토를 걸친 학생의 모습이다. 곁엔 사각모가 희극적으로 처박혀 있고 곳간에 어울리지 않는 푸른 잎사귀들이며 가지들이 그의 몸 위에 늘어뜨려져 있다.

"확실히 재웠나?" 치삼의 존대가 사라졌다.

"아니. 하지만 정신을 잃었어."

노인은 누워 있는 청년의 머리를 가리켰다.

"멍청한 놈 같으니라고. 왜 육체에 흠집을 냈어?"

치삼이 힐난했다.

조의관이 두 사람을 쏘아보았다. 하지만 독한 미움을 담거나 원한 서린 그런 눈 흘김이 절대 아니었다. 그것은 사람의 감정과는 어딘가 다른, 새로운 의미를 담고 있는 기이한 시선이었다.

"이놈은 어제부터 잠을 자지 않으려고 했어. 어디서 뭔가 얻어들은 게 있는 눈치였지. 조금 전엔 내게 저항까지 하더라고. 하마

터면 큰일 날 뻔했어."

"그렇다고 이 지경을 만들어 놔?"

"그래서 야마구치는 물론 너까지 합세시킨 거 아냐?"

"나도 한 놈을 잡고 있었단 말이다." 치삼이 말했다.

야마구치란 이름을 가진 순사가 둘 사이에 끼어들었다.

"조 영감 판단이 제대로다. 인력거꾼 놈은 무식하고 단순한 놈이었다. 이놈부터 포섭하는 게 맞아."

"그래. 이 별, 특히 여기 조선이란 땅은 배운 자와 못 배운 자의 차이가 극명하니까. 그리고" 조의관은 기절한 청년을 손가락으로 가리켰다. "내가 기절시킨 게 아냐. 알고 보니 저놈은 간질 증세가 있더라고. 저 혼자 벌벌 떨다가 곯아떨어졌어."

"손자인데도 지랄병이 있는 걸 몰랐어?"

순사가 정확한 조선말로 말했다.

"유학 가고 한 번도 집에 안 온 놈이다. 객지에서 무슨 짓거리를 하고 다녔는지 내가 알게 뭐야? 중요한 건 이놈은 많은 것을 알고 있는 학생이라는 거지. 게다가 세 개 나라의 언어를 구사하는 재주를 지녔다."

곳간 안은 칠흑처럼 어두웠다. 일어서 있는 세 남자의 안광이 어둠 속에서 들짐승처럼 빛을 발했다. 은밀한 짓을 예비하는 공모의 빛으로 그 어디에도 인간적인 감정이라고는 찾아볼 수 없었다. 이게 한층 더 희한한 것은 죄를 범하는 인간에서 나오는 동물적인 긴장조차도 보이지 않았다는 점이다.

"시간이 없다. 놈이 깨어나기 전에 가져와."

"변화가 성공해도 놈이 불구가 된다면 곤란해."

"걱정 마라. 이 별의 인간이란 종족은 암수 구별이 있어 우리와 번식이 틀리다. 그들의 환경에 대한 적응력과 생존력은 아주 우수한 것으로 알려져 있다. 이놈 하나가 없어지더라도 다른 놈이 있으니 문제는 안 된다."

"문제의 핵심을 이해 못 하는군. 이놈은 다른 대학생들을 선동할 수 있는 지적 능력을 가진 놈이란 말이다. 수많은 잡배들과는 달라."

그 때 누워 있던 청년이 끄응 하고 신음소리를 냈다.

"놈이 깨면 곤란한데." 치삼이 말했다.

"괜찮아. 이제 시작할 때가 되었어."

노인이 대답하며 옆으로 비켜섰다. 출입문 앞을 지키던 자의 이동으로 곳간이 조금 밝아졌다. 그러자 아까보다 달라진 점이 눈에 띄었는데, 그건 청년의 몸에 놓인 식물이 아예 온몸을 뒤덮을 듯 풍성해졌다는 것이다. 게다가 그것은 움직이고 있었다!

강낭콩 싹처럼 보이는 줄기가 녹색의 떡잎을 접었다 펴면서 뱀처럼 움직였다. 청년이 알아챌 사이도 없이 싹은 순식간에 길이를 변화시키더니 이파리를 송곳처럼 모은 채 청년의 코 안으로 쏙 들어갔다. 이미 청년의 코 안에는 작은 줄기 서너 개가 서양 의학의 금속기구들처럼 삽입된 후였다. 청년이 으음 하며 몸을 틀었지만 잠을 깨려는 몸짓은 아닌 것 같았다. 그 순간 청년의 옆에서 무언가가 풍선처럼 부풀어 올랐다. 독 두꺼비가 독을 품은 알을 확대하듯 급속하게 커지는 움직임이었다. 조의관이 망을 보고, 치삼과 순사가 내려다보는 사이에도 그것은 확장을 멈추지 않았다. 크기가 청년만큼, 그러니까 성인의 신체 크기만큼 커지고 나서야 움직임은 멎었는데 믿기 어렵게도 그것은 괴물 번데기라도 불러도 좋을 만큼 징그러운 고치의 형상을 갖추고 있었다. 그것도 세상 최고로 큰 고치였다. 저것이 움직인다면 얼마나 놀랄까 생각이 들기도 전에 번데기가 앞뒤로 요동을 치더니 끝부분이 찢어지고 허연 점액질의 뚝뚝 떨어지기 시작했다. 순사가 고개를 끄덕였고 치삼은 팔짱을 꼈다. 해방을 향한 두드림을 멈추지 않는 것처럼 번데기는 끝없이 들썩였다. 얼마간의 시간이 지나고 치삼이 낀 팔짱을 풀었을 때 포대가 찢어지는 소리가 나면서 고치 안에선 뻘겋고 긴 것이 툭 튀어나왔다. 그것은 아무리 보아도 사람의 팔 같았다. 아기가 아닌 성인의 팔. 다음은 머리였다. 마치 알에서 깨어나는 생명 탄생의 과정과도 흡사한 구성을 하고 있었다. 숨 막힘의 고통과 지옥 같은 갑갑함과 투쟁을 벌이는 듯 두꺼운 막에 가려 눈을 뜨지 못하고 있는 그것은 입을 한껏 벌린 채 갓난아기처럼 온몸을 뒤척였다. 보고 있는 세 사람은 이 탈피 작업에 아무런 도움도 주지 않았다. 누워 있던 청년의 피부가 몰라볼 정도로 탄력을 잃어가며 푸석푸석해졌다. 지난한 몸부림의 시간 끝에 세상으로 나오는 신생아처럼, 그것은 알몸 위에 끈적끈적한 분비물을 가득 묻힌 채로 번데기로부터 온몸을 다 빼내는 데 성공했다. 하지만 온몸을 가리고 있는 막 때문에 그것은 거친 숨을 몰아쉬며 계속하여 몸부림을 쳤다. 그 때 '이제 되았다!'고 외친 치삼이 손가락을 이용해 막을 북 찢었다. 이상한 괴물 역시 양팔을 이용해 자신의 얼굴을 가린 잔여 막을 갈기갈기 찢었다. 그러자 바깥세상을 향해 시뻘건 눈을 처음 뜬 그 괴물의 얼굴이 드러났다. 누워 있던 청년과 똑같은 얼굴을 한 괴물이었다.

담 너머 개구멍으로 이 광경을 빠짐없이 보고 있던 박 첨지는 자기 눈을 의심하지 않을 수 없었다. 그는 이제 막 다 큰 청년의 모습이 된 알몸의 남자가 스스로의 힘으로 일어서는 것을 보고 기절초풍할 지경이 되었다. 아무리 봐도 그는 조의관 영감의 손자 조덕기였기 때문이다. 그런데 어찌하여 잠에서 '깨어나는 게' 아니라 귀신 같은 둔갑술을 부리면서 '생겨나느냐' 말이다. 알몸의 덕기는 처음 보는 세상이 낯이 선지 좌우를 둘러보았다. 조의관 일당들은 아무렇지도 않다는 듯 덤덤하게 그를 맞았다. 순사만이 허릴 굽혔을 뿐이다. 하지만 그건 인사가 아니었다. 땅바닥의 굵은 가지를 손에 잡기 위함이었다. 가지 끝의 떡잎은 이제 움직이지 않았다. 일어선 순사가 덕기의 코와 연결된 그 가지를 확 잡아당겼다. 그러자 더욱더 놀라운 일이 벌어졌다. 교복을 입고 누워 있던 덕기가 눈 깜짝할 사이에 다 타고 난 재처럼 바스러지더니 잘게 부수어지면서 조각조각 가루가 된 것이다. 그가 입고 있던 옷이 지탱해 준 힘을 잃고 땅바닥에 풀썩 내려앉았다. 피도 나오지 않았고 어떠한 굵은 건더기도 없었다. 모래처럼 먼짓가루만이 솟았는데 싸리 빗자루를 든 치삼이 이를 바로 해결했다. 박 첨지는 자신의 입가로 침이 흘러내리는 줄도 모르고 있었다. 틀림없이 저 셋은 어떤 공모의 관계였고 남들이 모를 은밀한 사정을 저희들끼리는 잘 알고 있었다. 알몸의 제2 덕기는 먼저 사각모를 쓰더니 이어서 교복을 주워들었다. 쌍둥이보다도 구별할 수 없는 완전한 덕기였다. 그러자 더 이상은 훔쳐볼 용기가 없었다. 소름이 끼칠 대로 끼친 박 첨지는 걸음아 날 살려라 도망을 치고 말았다.

5

치삼은 아내를 응시했다. 아무런 감정도 담기지 않은 똑같은 눈길로 아내 역시 치삼의 눈을 대하였다. 치삼이 묻는다.

"박 첨지는 어딜 갔어?"

"사라졌어."

"감시하고 있지 않았단 말이야? 잘 보고 있으랬잖아."

"어쩔 수 없었어. 당신 어머니란 여자가 아까 찾아왔어. 시어머니가 부르는데 며느리가 어떻게 안 갈 수 있어?"

"같이 가면 됐잖아?"

"외간 남자하고? 의심받을 행동은 피해야지."

망토가 달린 멋진 교복을 걸치고 사각모를 머리에 눌러쓴 청년이 치삼의 아내를 칭찬했다.

"잘했어. 이 세계의 남녀관계란 건 아주 별나. 특히 짝을 (여기선 배우자라고 부르더군.) 가진 한 개체가 그 짝과 같은 성별의 제삼자와의 함께 있는 행동은 평소보다 더 시선을 끌게 마련이지."

"혈연관계가 있는 자들은 제외고."

치삼의 아내가 간단히 응수하더니 다시 치삼을 보았다.

"어쩔 수가 없었어. 아직까지는 우리들보다 인간들이 더 많단 말이야. 평상시처럼 행동해야지 안 그럼 들통나게 돼."

"그 놈이 동네방네 떠들고 다니면 어떡하지?"

치삼이 덕기에게 물었다.

"우리가 평소와 다르다고? 무슨 걱정이야? 누가 그런 말을 믿어주겠어? 이 종족들은 하루하루 먹고 산다는 상징적인 생존을

영양 섭취하고 호흡하는 물리적 생존보다 더 중요시하는데."

"우리의 변화 전략을 귀담아들을 만큼 여유가 없다, 그 말인 가?"

치삼이 물었다.

"이 세계의 종족은 땅과 바다, 심지어 하늘에까지 보이지 않는 줄을 그어 영역을 나누고 있다. 허락 없이 줄을 넘어온 자들만을 최우선의 적으로 생각하지, 눈에 보이지 않는 우리들은 존재 자체를 인정하지 않는다."

"게다가 그런 걸레 조각 걸친 놈의 말을 쉽사리 믿어줄 조선이란 나라가 아니다."

치삼의 아내도 거들었다. 강경한 말투엔 자신의 실책을 파묻고 넘어가려는 계산 따위가 조금도 보이지 않았다.

"그런 무식한 노동자는 나중에 처리해도 돼. 영향력 있는 고관들이 급선무다. 경찰서장과 전기, 통신공사의 간부들부터 변화시켜야 해."

그 때 콧수염을 쓰다듬으며 순사가 나섰다.

"그래도 모든 일엔 만전을 기하는 게 좋아. 내게 좋은 생각이 있어."

박 첨지는 기억을 못 할지 몰라도 이 순사는 덕상사 내리막길의 추격전에 가담했던 7인방 가운데 하나였다.

6

한편 믿을 수 없는 광경에 졸도 직전까지 갈 뻔했던 박 첨지는 숨 가쁜 질주 끝에 자신의 집으로 들이닥쳤다. 집이라 해도 물론 셋집이요, 또 집 전체를 세든 게 아니라 안과 뚝 떨어진 행랑방 한 간을 빌어든 것인데 물을 길어대고 한 달에 일 원씩 내는 터였다. 만일 박 첨지가 무서운 현상을 목격하지 않았던들, 한 발을 대문에 들여놓았을 제 그곳을 지배하는 무시무시한 정적(靜寂), 폭풍우가 지나간 뒤의 바다 같은 정적에 다리가 떨렸으리라. 쿨룩거리는 기침 소리도 들을 수 없다. 그르렁거리는 숨소리조차 들을 수 없다. 박 첨지도 이 불길한 침묵을 짐작했는지도 모른다. 조금 전에 자신이 본 것이 무엇인지 도무지 알 수 없었다. 하지만 보지 말아야 할 것을 보았다는 직감만은 확실하게 와 닿았다. 금기를 어겼기에 그는 물론이고 가족들에게도 어떤 위해가 닥치리란 확신이 들었다. 아울러 오늘 하루 겪은 거짓말 같은 사태의 연속이 어쩐지 자기 혼자만이 아닌, 많은 사람들을 쥐도 새도 모르게 속이는 어떤 대규모적인 공작이라는 불길한 생각이 드는 것이었다. 그는 불안한 마음을 숨기기 위해 이 난장 맞을 년, 남편이 들어오는데 나와 보지도 않아. 이 오라질 년하고 소리 지르려 하다가 천천히 심호흡하며 정신을 가다듬었다.

"개똥아! 개똥아!"

박 첨지는 방문을 왈칵 열어젖혔다. 구역을 나게 하는 추기, 떨어진 삿자리 밑에서 나온 먼지내, 빨지 않은 지저귀에서 나는 똥내와 오줌내, 가지각색 때가 켜켜이 앉은 옷내, 병인의 땀 섞은 내가 섞인 추기가 무딘 박 첨지의 코를 찔렀다. 하지만 그뿐이었다. 까치집 같은 머리로 누워있어야 할 환자도, 나오지도 않는 젖을 빠는 어린 아이도 그곳에 있지 않았다.

"개똥아! 개똥아!"

박 첨지는 미친 사람처럼 마당으로 나와 이곳저곳으로 고개를 돌렸다. 불길한 예감이 그대로 실현되는 느낌이었다. 그러다가 문득 생각난 듯 주인집 사랑채 쪽으로 달려가 문을 흔들었다.

"아주머니! 아주머니!"

하지만 아무런 대답도 없었다. 박 첨지는 창호지가 군데군데 뚫린 허름한 문을 박차듯 열어젖혔다. 그 순간 박 첨지의 몸이 딱 굳어버렸다.

여기에도 그것이 있었던 것이다. 이불도 덮지 않고 벌렁 누워 있는 사랑방 옥희 어멈의 곁에. 온기 없는 방에서도 정신없이 자고 있는 옥희 어멈은 코에 연결된 시퍼런 식물의 줄기 때문에 깨어나지 못하는 것처럼 보였다. 호박처럼 굵다랗고 솜털이 돋아 있는 줄기는 교복 입은 조덕기의 코에서 움직거리던 것과 똑같은 것이었다. 번데기의 크기는 징그럽게도 큼직했고 끈적끈적한 막 안에는 그가 조금 전에 본 것과 비슷한 무엇이 움직거렸다. 찢어서 안을 보지 않아도 그것이 사람의 형상이라는 걸 분명히 알 수 있었다.

"아주머니! 일어나요! 아주머니!"

완강한 기세로 박 첨지는 옥희 어멈의 코에서 줄기를 뽑아냈다. 손에 닿는 따갑고 차가운 감촉이 굉장히 기분 거슬렸다. 줄기가 끊어지면서 옥희 어멈의 코에서 피가 솟구쳤다. 다행히 연속적인 출혈은 아닌, 그저 백지에 몇몇 점을 묻힐 만한 소량에 불과했다. 나올 피가 없어지자 옥희 어멈의 코에선 바람 빠지는 소리가 났다. 거대한 사람 번데기도 바람 빠지는 소리를 냈다. 그러더니 쥐약 먹은 쥐처럼 마구 요동을 쳐댔다. 옥희 어멈이 으어어어하는 비명과 함께 일어날 무렵 번데기는 급속하게 생기를 잃어갔다. 잠에 취했던 사람이 제 정신을 차릴 무렵까지 시들고 바스러진 그것은, 늦가을의 낙엽처럼 잘게 부서져 한 줌의 먼지로 끝장날 운명에 저항 없이 따르고 있었다. 할멈은 입에서 침을 흘리며 몸을 심하게 떨었다.

"아이고야! 대관절 이게 어떻게 된 일이우!"

"우리 개똥 어멈 어디 갔소? 개똥이하고 개똥 어멈 어디 갔어요!"

"아이고 어지러워라! 좀 놓고 얘기해. 놓고."

"어디 갔소? 개똥 어멈! 개똥이!"

박 첨지는 실성한 사람처럼 얼굴을 실룩거렸다.

"데리고 갔지."

"데리고 가다니? 누가!"

"그러니까…… 그게…… 무슨 학교 선상들이라고 했는데……."

그 말에 박 첨지의 뇌리에도 덩달아 떠오르는 게 있었다.

"광동학교?"

"어디 보자…… 아, 맞네! 광동학교라 그랬지!"

"그 사람들이 왜 우리 마누라를 데려가요!"

죽음보다 깊은 잠에서 깨어난 옥희 어멈은 머리를 싸매고 끙끙거렸다. 두통이 극심했던 것이다. 그러나 식구들을 빼고는 안중에 없는 박 첨지는 끈질기게 사랑방 어멈을 몰아세웠다.

"그 양반들이…… 순회로 돌아다님서 가난한 집 사람들을 돕는다고 했지. 아픈 사람 도와준다고 그러던데……."

"아무도 모르는 사람한테 왜 아픈 사람을 내보냈수! 제 정신이요 아주머니!"

"뭔 소리! 개똥 어멈이 순순히 따라간 거라우!"

"뭐라고요?"

그러자 박 첨지의 머릿속에 그동안 잊고 있었던 물건이 거짓말처럼 되살아났다. 문득 주먹으로 가슴을 두들겨보니 여전히 봉투는 들어 있다. T 교수인지 뭔지 그 양복쟁이 놈이 나한테 준 봉투를 알고 있는 거야. 그래서 마누라를 인질로 데려간 거다. 틀림없이 독립운동단체일 거야. 박 첨지가 손까지 넣어보니 땀과 비로 축축해진 두툼한 봉투가 만져졌다. 그러나 두 개가 있어야 할 봉투는 하나밖에 없었다. 손을 아무리 더듬어 봐도 하나는 나오질 않았다.

'그렇게 뛰어다녔으니 어디서 흘린 거야.'

옥희 어멈이 한쪽 손으로 머리를 누르며 말했다.

"아, 그리고 말이야 바른 말이지……"

"뭐가요?" 박 첨지가 품에서 손을 빼고 돌아보았다.

"개똥 엄마가 그리도 아픈데 개똥 아버지가 어디 제대로 신경이나 썼나요……. 맨날 이년 저년 욕이나 하고. 차라리 그 선상님들한테 맡기는지 훨씬 낫지."

속에서 슬프고 웅어리진 뭔가가 울컥 치밀어 올랐다.

"난들 의원한테 안 데려가 보고 싶겠소! 내 마누란데! 돈이 없으니 그렇지요! 돈이!"

"그래도 이년 저년 그러면 쓰나…… 아, 잠깐만. 생각났다."

옥희 어멈이 치마를 들쳐 올리고 속주머니에서 무언가를 꺼낸다.

"이게 뭐예요?"

"그 사람들이 돈을 주고 갔어. 나보고 절대로"

옥희 어멈이 손을 쑥 내밀었다.

"잠들면 안 된다고 하면서 말여."

"인력거 얘기는 안 하고요?"

"인력거?"

"예. 인력거요. 박살 난 인력거."

"아니, 그런 얘기는 없었는데."

"그런데 왜 이 돈을 내게 주는 거지요?"

"난 이 돈을 못 받겠어. 얼른 그 학교로 가 보우. 그러고 보니 나도 개똥이랑 개똥 엄마가 걱정이네."

"됐어요! 내가 모르는 돈을 왜 받아요? 거집니까?"

마음 한구석에서 계속 목소리가 울렸다. 돈을 받고 싶어도 가족들의 안위를 확인한 다음이야 박 첨지. 그는 옥희 어멈의 손을 밀고 다시 나갈 태세를 갖추었다. 바깥을 살피는 박 첨지는 그 사이 아주 경계심 강한 인간으로 바뀌어 있었다. 박 첨지가 돈을 받지 않자 옥희 어멈이 기죽은 목소리로 말했다.

"괜찮을 거라우. 꼭 개똥 엄마를 치료하고 보호해 준다고 그랬소. 바깥양반이 아주 훌륭한 분이라고."

그 말은 박 첨지에게 너의 일거수일투족이 감시당하고 있으니 우리가 시키는 대로 하라는 협박으로 비쳤다. 박 첨지는 조각조각 바스러져 흙먼지가 되어버린 바닥을 가리켰지만 어떻게 설명해야 할지 감이 서질 않았다

"아주머니. 절대로, 절대로 잠들면 안 돼요. 알았소?"

"그 사람들도 그 말 하면서 이 돈을 주더라니까. 도대체 왜 자면 안 되는데?"

"좀 전에 자다가 일어났잖소? 아무것도 기억 안 나요?"

"응. 아무것도 기억 안 나. 내가 잤었다고?"

"가봐야겠어요. 이럴 틈이 없어요. 나도 잘 몰라요. 하지만 자면 안 돼요. 잠든 동안에 큰일이 날수도 있으니까. 알겠죠? 자지 마시우."

"왜? 왜 그런데?"

"모른다니까! 어쨌든 잠들지 말란 말이우!"

"에그머니나!"

옥희 어멈이 화들짝 놀라 엉덩방아를 찧었다. 박 첨지가 사라지자마자 방에서 쪼르르 뛰어나온 옥희가 겁먹은 듯 얼른 엄마 품에 안긴다.

"아이구, 내 아무리 청상과부로 살아도 저런 것한테까지 괄시 받다니…… 옥희야, 그뿐이다."

하지만 저 멀리를 물끄러미 응시하는 옥희의 눈빛엔 여섯 살다운 순수가 상실되어 있었다.

'잡놈의 인력거꾼 새끼, 변화되기 일보 직전이었는데.'

7

"부인이 아프다 하지 않았습니까? 봉투만 전하면…… 인력거의 몇 배값은 줄 거요……."

4, 5리가 넘는 광동학교까지의 길을 단숨에 달려왔다. 박 첨지는 달라붙은 머리카락처럼 담쟁이덩굴이 내리 덮인 기숙사 건물 앞에서 허리를 구부정하게 굽히고 있었다. 큰 건물에 대비되어선지 그는 작아보였다. 덩굴은 차가운 겨울비를 맞고 마른 신세의 부석거림을 일시 면했지만 박 첨지에게 움직거림의 착시를 일으켜 오늘 겪었던 기상천외한 사건들을 일거에 상기시켰다. 가히 이 세상 최고 큰 번데기라 해도 과언이 아닐 정도로 징그럽고 해괴한 알집, 그 표면에 기대어 움직거리던 어른 크기 사람의 형상, 끈적거리는 토사물 같은 점액. 박 첨지가 가슴을 안은 채 우욱 헛구역질을 하다 발소리를 듣고 고개를 드니,

"아저씨가 날 보자고 하셨나요?"

여자 하나가 그의 앞에 서 있었다. 만나자는 전갈을 보냈던 수위가 어느새 여자 하나를 대동하고 나온 것이었다. 박 첨지의 양미간이 저절로 찌푸려졌다. 여러 겹 주름이 잡힌 홀링 벗겨진 이마라든지, 숱이 적어서 법대로 쪽지거나 틀어 올리질 못하고 엉성하니 빗어 넘긴 머리꼬리가 뒤통수에 염소똥만 하게 붙은 것이라든지, 늙어가는 자취를 감출 길 없는 여자였는데 뾰족한 입을 앙다물고 돋보기 너머로 쌀쌀한 눈으로 노려볼 제 박 첨지는 몸서리를 쳤다. 마치 오랜 세월 독기 품는 훈련이라도 받은 듯, 그녀의 얼굴이 기와지붕 망와(望瓦)에 아로새겨진 도깨비 같았기 때문이다. 사흘 굶은 시어마이…… 이 여자가 바로 그 여자다. 틀림없다. 박 첨지가 큰 소리를 냈다.

"아주머니가 B 사감이오?"

말이 떨어지자마자 도깨비상이 우거지상으로 돌변했다. 박 첨

지가 뭐라 변명하기도 전에 여자가 황소처럼 길길이 날뛰었다.

"아주머니라니! 시집도 안 간 처녀한테!"

이거 완전 왈패 중에도 상 왈패구먼, 저러니 시집을 못 갔지. 박 첨지는 그 와중에도 그녀가 T 교수가 말한 B 사감임에 틀림없다며 고개를 끄덕였다. 그러나 아직 의심의 고삐를 늦출 순 없었다.

"내 마누라와 자식이 여기 있소?"

"아저씨가 박 첨지?"

"여기 있소, 없소?"

"걱정 마세요. 안전하게 모셔놓고 있으니까. 그나저나 T 교수님의 물건은 갖고 있어요?"

"왜 우리 식구들을 데려간 거요?"

"목소릴 낮춰요!"

B 사감이 앙칼지게 쏘아붙였다. 그러더니 주위를 두리번거렸다. 알대머리인 수위도 눈썹을 부라렸다. 하나 박 첨지는 물러서지 않았다.

"왜 데려갔냐니까!"

"그래야만 아저씨가 잊지 않을 테니까. 갖고 있죠? 봉투."

박 첨지는 피곤한 기색으로 품 안에 손을 집어넣더니 물건을 빼내려 했다.

"돈 안 줘도 돼. 인력거도 안 줘도 돼. 개똥엄마와 개똥이만 돌려줘."

"미쳤어요? 순사들이 널렸는데!"

B 사감이 박 첨지의 손을 잡고 봉투를 도로 밀어 넣었다. 그러

더니 그에게 우산을 씌웠다.

"따라와요."

"어딜 가는데?"

"가족들을 만나야 할 거 아니에요?"

그래서 박 첨지는 순순히 그녀를 따라갔다. 쉼터를 벗어나자마자 비가 타닥타닥 우산을 때렸다. B 사감은 대장부처럼 척척 앞서 나아갔다. 걸음도 빨랐다. 박 첨지도 걸음을 빨리했다. 그래도 비는 자신의 몸을 쉼 없이 때렸다. 뒤돌아보니 수위는 머리통에 고스란히 비를 맞으며 천천히 따라오고 있었다. 뱀 같은 눈이 박 첨지에게 온통 고정되어 있다. 내 구역에서 지랄 한번 뻗어보려면 뻗어보라는 호전적인 시선이었다. B 사감은 주위를 돌아보는 법이 없이 오로지 전진만 했다. 걸음만이 더 빨라졌을 뿐이다. 건강함이 온몸에 묻어나는 여자였다. 오한을 느낀 박 첨지는 비를 안 맞고 우산 안의 위치를 점하기 위해 어느덧 뛰고 있는 자신을 볼 수 있었다. 그가 물을 튀기자 B 사감이 눈을 흘겼다. 시들고 거칠고 마르고 누렇게 뜬 품이 곰팡이 낀 굴비를 생각나게 했다. 독립운동이든 비밀운동이든 뭔 놈의 비밀투사가 저 모양인가, 비밀단체는 다 저런 모습으로 위장을 하는가. 박 첨지의 양미간이 좁아졌다.

그들은 곧 기숙사 본관건물에 당도했다. 기숙사 안에는 아무도 없었고 들기름 냄새가 진동했다. 박 첨지가 한숨을 내쉬었다. 지금이사 글씨도 모르는 무식꾼인데다가 요상하기 짝이 없는 사건에 엮여 아무도 거들떠 보도 안 할 여편네와 새끼를 데리러 온 신세지만 원래 나의 조상도 몰락한 양반이라 이 말이여. 배움의 전

당을 대하고 나니 문득 그는 나도 저런 똑똑한 선생이 됐으면 지금은 어떤 삶을 살고 있을까 생각해 보는 것이었다. 그렇게 되면 지금의 마누라도 만나지 않았겠지. 오라질년…… 아무리 배가 고파도 그렇지 천방지축(天方地軸)으로 끓여 익지도 않은 걸 손으로 움켜 처먹고 가슴이 땅긴다 배가 켕긴다하고 지랄을 해……? 당시 박 첨지는 열화와 같이 성을 내며,

"에이, 오라질 년, 못 먹어 병, 먹어서 병, 어쩌란 말이야! 왜 눈을 바로 뜨지 못해!" 하고 앓는 이의 뺨을 후려갈겼던 것이다.

"아저씨, 왜 울어요?"

B 사감의 목소리가 그를 현실로 돌아오게 했다. 그녀는 몹시 이상하다는 듯 박 첨지의 얼굴을 뚫어져라 응시했다. 박 첨지는 급히 손등으로 눈물을 훔쳤다.

"아니오, 눈에 뭐가 들어가서."

"여기에요. 이리로 들어와요."

눈물을 닦고 보니 어느새 복도의 끝까지 와 있었다. 그녀가 안내한 곳은 어둠이 깔린 한 교실이었다. 훈훈한 공기와 나무 타는 냄새가 안에서 나오는 것이 난로가 있는 모양이었다. 얼른 들어가고 싶었다. 박 첨지가 문 안으로 한 발 디딘 순간 억센 손이 날아와 그를 벽에다 밀어붙였다. 박 첨지가 어떻게든 항거하기도 전에 다른 손들이 추가로 날아왔다. 박 첨지는 필사적으로 격퇴의 노력을 펼쳤지만, 손들은 더욱 바쁜 공세로 그를 정신 차리지 못하게 했다. 하지만 강제력을 행사했음에도 그를 전혀 다치게 하지는 않았다. 빈 속에 막걸리와 떡 몇 조각만 삼키고 이 추운 날 뛰고 또 뛴 박 첨지가 힘이 남아 있을 리 없었다. 몇 분 되지도 않아 벽

에 등이 붙여진 그는 쥐틀의 쥐처럼 온몸을 제압당하는 신세가 되고 말았다. 이어서 누구의 것인지도 분간하지 못할 손이 품속으로 들어오더니 이리저리 더듬거리기 시작했다.

"왜 이러는 거요? 내가 꺼내주겠소. 놔주슈."

박 첨지가 침을 튀기며 외쳤다.

"찾았다!"

B 사감의 목소리였다. 찾았단 말이 신호라도 되듯 촛불이 켜졌다. 어슴푸레 밝아오는 빛 속에서 박 첨지는 B 사감과 수위 말고도 처음 보는 세 사람의 청년을 볼 수 있었다.

"빈처가 아니야. 이건 가짜야. 러브레터는 어디 있나?"

첫 번째 청년이 물었다.

"러브레터는 어디 있지?" B 사감이 박 첨지에게 물었다.

"그 봉투가 선생님이 준 거요. 그거 하나밖에 없었소."

박 첨지가 대답했다.

"거짓말하지 마. 하나가 더 있잖아? 어디 숨겼지?"

"개똥이와 개똥 엄마는 어디 있어? 어디 있냐고!"

그 때 드르륵 문이 열리더니 또 다른 건장한 청년 셋이 들어왔다. 그들은 힘을 합하여 무거운 짐을 들고 어정어정 걸어왔는데 박 첨지가 흐린 빛 속에서 눈을 가늘게 뜨니 그것은 짐이 아니었다. 일어서지 못할 정도로 구부정하게 고꾸라진 사람이었다. 속을 뒤집어지게 하는 악취가 진동했다. 박 첨지의 눈이 휘둥그레졌다. 그 사람의 옷은 흘려댄 피로 온통 더럽혀져 있었기 때문이다. 하지만 이내 고개를 든 그 사람은 피투성이임에도 전혀 고통 없다는 표정으로 박 첨지에게 말했다.

"인력거 양반. 내가 준 네 글자짜리 봉투는 어쨌지요?"

그는 온몸의 피가 다 빠져 얼굴이 시체처럼 창백해진 T 교수였다.

8

"러브레터 말이오. 빈처 말고."

"서…… 선생님. 어떻게 된 겁니까?"

박 첨지의 얼굴이 사색이 되었다.

"난 죽지 않았소. 명이 길지. 일단 거기 앉으시오."

T 교수가 눈짓을 하자 청년들은 T 교수를 번쩍 들어 올렸다

"지금부터 내가 하는 말을 잘 들으시오."

박 첨지의 곁에 앉은 T 교수가 말했다.

"그 봉투를 준 장본인인 내가 여기 있으니 안 받았다고 둘러대도 소용이 없소. 그 봉투를 어떻게 했소?"

박 첨지는 솔직하게 자술했다.

"뛰다가 흘렸소. 어디서 잃었는지는 나도 모르겠수다."

교실에 모인 얼굴들은 어떤 동요의 기색도 나타내지 않았다. T 교수는 B 사감을 돌아보았다.

"이 사람은 거짓말을 하는 게 아니야."

B 사감의 입술이 거꾸로 된 V자를 그렸다. T 교수는 다시 박 첨지 쪽으로 고갤 돌렸다.

"예상은 했지만 결국 그리되었군. 하지만 우리의 힘이 커져 가고 있으니 걱정할 필요는 없어. 반항 세력 모두를 변화시키는 건

시간 문제야."

B 사감이 그의 곁으로 다가왔다.

"쉽게 생각하지 마라. 이 별에 사는 인간이란 종족은 지금껏 그 어느 종족보다도 호전적이야. '죽기 살기로 싸운다'는 이 자들의 말이 있어. 그건 허풍이 아냐. 조심하지 않으면 우리가 당해."

"나도 알아. 죽기 살기로 싸운다? 그들은 이런 말도 해. 죽는 게 전쟁이 아니라 사는 게 전쟁이라고. 생존에 대한 의미부여가 우리하곤 차이가 나지."

"우리처럼 동등하지가 않아서 그래. 무식하고 어리숙한 종자 일색이지. 하지만 그 중엔 똑똑하고 전투적인 종자도 널려 있어. 우리의 존재를 알아채는 놈들이 자꾸 늘어나면 곤란해. 그러니까 그 명단 확보는 중요하단 말이야."

"어이, 뭐가 걱정이야? 독 짓는 늙은이의 행방을 알았는데. 그 자의 머릿속에 모든 명단이 다 들어 있다고. 그자만 변화시키면 만사 끝이야."

"저 인력거꾼이 흘린 명단이 버젓이 돌아다니는데도?"

"무슨 상관이야? 왜 그렇게나 명단 걱정을 하지?"

"놈들이 눈치채면 계획을 바꿀 수도 있으니까."

"이 단체의 규모는 크지 않아. 이 인력거꾼을 계속 따라다닐 만큼 첩자가 남아돈다고 생각해? 난 오늘 오전까지 이 저항단체에 있던 T 교수였어. 두목이 아니라서 명단을 죄다 알 순 없지만 인원이 얼마 안 된다는 정도는 알지. 너도 아는 일 아냐? 눈치채일 일 따위도 없어. 길거리에 버려진 그런 종이쪼가리에 신경 쓸 사람이 몇이나 된다고 생각해? 게다가 일본 측이 손에 넣으면 오히려 독립운동단체로 착각할걸. 우리가 손대지 않고도 와해시킬 수가 있다고."

박 첨지는 그들이 무슨 말을 나누는 건지 도무지 알아들을 수가 없었다. 뭔가 상황이 자신의 뜻대로 돌아가지 않는다는 것 말고는. 그는 불안함을 담은 목소리로 T 교수에게 사정했다.

"선생님. 난 선생님 말대로 이렇게 왔수다. 가족들을 보내주시오."

B 사감이 청년들에게 무어라 지시했다. 박 첨지는 '지역별로 보내 분산해서 찾아보라'는 말을 들은 것 같았다. 청년 셋이 인사도 없이 바로 나갔다. 선생과 제자가 아닌 게 분명했고 겉은 그럴싸해도 상명하복 관계도 아니었다.

"러브레터는 지역별로 분산되어 있는 비밀단체의 회원 명부요. 우리의 존재를 알고 우리를 적대시하는 사람들의 단체 말이오. 독 짓는 늙은이란 그들이 떠받드는 우두머리지."

T 교수가 박 첨지의 손을 잡았다.

"빈처에도 회원들 이름은 기재되어 있소. 하지만 그건 속임수용이요."

"선생님은 대체 누구요?" 박 첨지가 물었다.

"누구긴? 오전에 봤던 T 교수지. 난 당신의 친구요."

"육혈포를 맞았지 않았소? 어떻게 이렇게……"

"한낱 인간의 육신이라면 고통에 몸부림치다 죽기 바빴겠지. 하지만 지금은 고통스럽진 않소. 죽음보다 위대한 대의가 있으니까."

"마누라와 아이는 어디 있소?"

"곧 만나게 해 주겠소. 걱정하지 마시오."

T 교수는 다짐하듯 박 첨지와 어깨동무를 했다. 하지만 흘린 피 때문에 힘이 실려 있지 않았다.

"날 믿어요. 아주머니와 아기도 보내드리고 인력거 값도 물려 드리겠소."

그러자 박 첨지는 다리에 힘이 풀리면서 왠지 마음 한구석이 편안해지는 걸 느꼈다. 모든 게 오늘 아침의 정상적인 삶으로 돌아갈 수 있을 것만 같았다. 박살난 인력거도 다시 붙고 아내도 설렁탕을 사다 달라고 조를 것 같았다.

"선생은 독립운동가요?"

"변하기 전엔 그랬소."

"역시 그랬구먼. 쪽바리들이……."

박 첨지는 어떤 대답을 기대하면서 서둘러 말했다.

"아니, 일제에 대항한 독립투사는 아니었소."

"그러면?" 기대가 배반당하는 느낌이었다.

"지금 T 교수란 몸을 차지한 궁극의 나. 그들이 이색인간이라고 부르는 이방인들에 맞서는 독립단체였소."

박 첨지는 또 혼란에 휩싸였다. 이러지 마시우! 불안하고 머리가 아파. T 교수가 말을 이어나갔다.

"오전에 내가 어떻게 됐는지 아시오? 육혈포를 맞고 피를 많이 흘리다 결국은 다가오는 죽음을 맞이해야 할 기로에 섰소. 그럴 때 그들이 내 숨통을 끊어놓는 대신 변화를 시켰소. 그래서 지금 새로운 세상을 접하고 있는 거요. 지금도 난 죽어가지만 고통스럽지는 않소."

"그게 대체 무슨 소리요? 나는 알아듣질 못 하겠수다."

"힘들게 일해도 암울하기만 한 나날들, 아무리 노력해도 벗어 날 수 없는 가난. 그런 데서 이제 해방될 수 있는 시대가 오는 거요. 더 이상 모멸당하며 인력거를 끌지 않아도 되고 모두가 배부르고 등 따시는 시대가 온다는 말이오."

"그게…… 그게 어떻게 가능하단 거요?"

"나 하나가 아닌 모두가 하나되는 우리가 됨으로써 가능하오."

"우리? 나도 비밀운동을 하라 그 말이요?"

"그건 아니지만…… 비슷하오. 나는 양복을 입고 있고 당신은 누더기를 걸치고 있지만, 이 모든 게 사라지지. 다 동등해지고 똑같아진단 말이오. 더 가지려고 하지 않아도 되니 싸울 이유도, 서로를 죽일 이유도 이 세상에서 완전하게 없어지는 거요. 그런 우리가 하나 된다는 말이오."

"도대체가 못 알아먹겠수다. 그럼 누가 우릴 먹여 살려준다는 거요? 쌀은 어떻게 사고 장작은 어떻게 구하겠소?"

"모두가 똑같아지면 평등하게 나누는 일만 남소. 지체 높은 사람에게 불평등하게 돌아가던 것들이 모두에게 공평하게 나뉜단 말이요."

"사람들이 그렇게 한다고? 저 위의 놈들이, 그리고 일본놈들이 그렇게 한다고?"

"그렇소."

"말도 안 되는 소리마슈! 그런 일이 어떻게 가능하단 말이오?"

"가능하다마다. 우리 종족은 하나라도 더 살아남는 게 목적이니까. 불평등 불균형이 생기면 천칭이 기울어지는 쪽은 생존하기가 어려워지는 법이오. 경제적 어려움은 다시 말해 생존의 어려움이고 생존의 어려움은 죽음과 직결되는 우리의 첫 번째 경계대상이란 말이오. 우리가 스스로를 죽이는 것만큼 어리석은 짓이 또 있겠소?"

"어려운 말을 쓰시니 잘 알아듣질 못하겠소. 하지만…… 우리 모두가 언제 살려고 발버둥치지 않은 적이 있었소? 모두가 먹고 사는 데 매달리지요. 하지만 아무리 그렇게 해도 굶기 예사고 찢어지게 가난한 건 매양 그대론데. 어떤 놈은 대대로 벼슬하고 일 안 해도 잘 먹고 사는데 말이오."

"살려는 발버둥 친 건 사실이오. 하지만 남들보다 잘살려는데 문제가 있소. 제한된 자원을 갖고 하나가 잘살면 하나는 필연적으로 살기 어렵게 마련이오. 즉 당신들은 누군가 피해를 보든 말든 자기만 잘살려고 하는 마음이 아주 강했소. 그래서 계급이다 권력이다 지위다 만들어낸 거고 말이오. 물론 강대국이 이 나라를 침략한 현실도 궁극적으론 다 똑같은 목적과 관련되어 있소. 자국중심 말이오. 당신도 예외가 아니오. 속으로는 남들보다 잘 살았으면 하는 바람을 갖고 있지 않았소?"

"그야 그렇지만……."

"모두가 같이 살아야 하는 거요. 누구는 잘사는데 누구는 못 살면, 즉 누구를 살려야 하는데 이미 살고 있는 사람을 더 잘 살게 하는데 시간과 자원을 낭비한다면 그것만큼 어리석은 짓이 없소. 그건 동족끼리 죽이는 짓이나 다름없단 말이오. 내 말을 들어보시오. 저 하늘 끝에서 대폭발이 있었소. 그것이 우리가 정착했던 별을 빛 속으로 사라지게 했고 우린 멸망을 피해 이 별 저 별을 돌아다녀야만 했소이다. 지난한 여정 끝에 지구라는 이 별을 발견하게 된 거요. 이곳은 우리가 여태껏 겪어왔던 별들 중 가장 아름다운 곳이었소. 하늘과 땅 그리고 공기가 우리에게 최적의 환경을 주고 있기 때문이지요. 하지만 이 땅의 종족은 아주 되먹지가 않았소. 나름대로 훌륭한 문명을 개발 발전시켜 살고 있음에도 불구하고 아주 복잡한 방식으로 살아나가고 있었으니 말이오."

"그건 또 무슨 말이요?"

"방금 전에도 말했잖소. 서로가 서로를 죽인단 말이지. 직간접적으로."

박 첨지는 아내 생각을 했다. 얼른 여기서 나가고 싶었다.

"난 무식한 사람이라 다는 못 알아먹겠지만 방금 그 말은 제대로 하신 말 같소. 사는 게 전쟁이지. 그러나 선생이 하는 말이 어떻게 가능해질지는 믿기 어렵소."

"나 T 교수는 곧 있으면 숨이 끊어지게 되어 있소. 총에 맞았기 때문이오. 하지만 당신 부인은 구할 수가 있었소. 영양분 섭취를 해 줬기 때문이오. 즉 아주머니의 병은 못 먹어서 걸린 병이란 말이오. 돈이 있어야 먹을 수가 있었지 돈이 없는 날은 굶기 예사아니었소? 하지만 이젠 괜찮을 거요. 온 세상 인류 모두가 한 편이기 때문이지. 지금 선생 모습을 보시오. 죽도록 인력거만 끌었지 돌아오는 게 뭐가 있었소? 돈이 들어왔소? 밥을 배불리 먹을 수 있었소? 노력한 만큼의 수입과 대우를 받았소? 삶이 고통 아니었소? 이제 합리적이고 제대로 된 삶을 살아갈 수 있는 새 바람이 분다 그 말이요."

"그러니까 그런 일이 도대체 어떻게 가능하단 말이오?"

"자고 일어나면 다 믿게 될 거요. 자고 나면 변할 수 있으니까."

그러자 박 첨지는 눈앞이 환해지며 오늘 자기가 보았던 기이한 변화를 이해할 수 있을 것 같았다. 하지만 그의 말에 설복당한 환함이 아니라 거짓말처럼 겪었던 일들이 나름대로 앞뒤가 맞아떨어진다는 깨달음에서 오는 환함이었다.

"잠깐만! 선생은 오전에 나보고 절대로 자지 말라고 했잖수?"

그러자 T 교수가 말을 끊고 박 첨지의 얼굴을 빤히 쳐다보았다. 아픈 데를 찔린 듯한 그 모습에 박 첨지는 등골이 오싹해졌다.

"그때의 나는 쫓겨 다니는 몸이었소. 지극히 어리석은 존재였지. 하지만 지금을 보시오. 봐. 새로운 세상이 왔다니까. 인간세상의 인력거꾼에 불과한 당신 자신은 무식해서 지금은 모르오. 하지만 우리가 됨으로써 새 지식으로 충만한 자신을 완성할 수 있소. 제발 눈을 크게 뜨고 올바른 선택을 하시오."

T 교수가 종용했다. 박 첨지는 자신이 무식하다는 건 잘 알지만 T 교수가 갑자기 무언가를 끊고 그냥 호소만 할 뿐이라는 새로운 사실을 깨우쳤다. 그것은 하라면 하라는 압력과도 비슷했다. 만약 박 첨지가 '논리'라는 단어를 알았다면 T 교수가 끊은 것이 무엇인지 가르쳐 줄 수 있었을 것이다. 깨우침 다음으론 어떤 의문에 대한 반박의 용기마저 생겨났다.

"말은 번지르르한데 내 하나 물어봅시다. 오늘 어떤 사람이 변하는 걸 봤소. 번데기에서 사람이 나왔소. 잠든 사람과 똑같은 사람이 말이오. 그게 뭐였소?"

"우리 변화의 과정이에요." B 사감이 대답했다.

"원래의 사람은 가루로 변해버렸고 번데기에서 나온 놈은 그 사람과 똑같은 모습으로 튀어나왔소. 하지만 사람이 달라졌소. 원래 사람은 죽어 없어진 거요?"

"바로 그거요. 죽음이 아니오. 새로운 삶을 향한 위대한 변화인 거요. 겉모양은 다를지언정 엉큼한 속내의 개개인은 없어지고 모두가 똑같은 대의에 충실한 거짓 없는 하나가 되는 거요. 공존의 목적에 모두 충실한 숭고한 변화 말이오."

박 첨지가 벌떡 일어섰다.

"뭐가 이리 복잡해! 그런 게 어딨소! 낱개로 *따로따로* 있던 걸 당신들 맘대로 없애고 다 똑같은 걸로 바꾸는 게 어딨어? 만두 안에 고기 안 넣고 쥐약 넣는 거나 뭐가 달라. 게다가 사람 목숨을 갖고 말이야! 그건 사람 죽이는 거나 다를 바 없잖아."

"대의를 위한 적정수준의 희생은 필요불가결한 것이오."

"못 알아먹을 이상한 소리 그만하고 빨리 마누라와 애를 만나게 해 줘."

"말이 통하지 않는군. 데리고 와." T 교수가 지시했다.

지시받은 청년이 나가고 T 교수는 다시 입을 열었다.

"일단 이것만 알아두시오. 앞으로는 등 따시고 배부른 생활만을 할 수 있다는 것을."

"그것만 알아두면 되는 거예요." B 사감이 따라 했다.

"그것만 알아두면 되지." 수위도 따라 했다.

박 첨지는 어지럼증을 느꼈다. 여럿이서 한 사람 머릿속을 싹 청소시켜 무슨 이상한 교육을 시킨다는 생각에 고개를 숙이고 정신을 잃지 않으려 했다. *여기서 나가야 해.* T 교수가 다시 박 첨지의 어깨에 손을 올렸다.

"아주머니 모습을 보면 그 땐 이해할 거요."

"뭘? 뭘 말이오?"

"병석에 누워 약 한 첩 못 쓰는 하루살이 신세가 나을 것 같소? 분쟁과 마찰 없이 편하게 사는 백년해로가 나을 것 같소? 가난뱅이가 없어지고 부자도 똑같아져요. 빈부격차란 말 들어봤소? 살기가 죽기보다 어려운 어떤 인간들은 자청해서 잠에 빠져들어 우리 편이 됐단 말이오. 그들은 스스로의 선택에 후회를 안 하오. 그 결과로 그들 가정은 배고파지 않을 뿐더러 자신보다 위에 존재한 세상의 다양한 억압들에 시달리지 않고 새롭게 잘 지내고 있소. 우리끼리 서로서로 도와주니까. 그들 모두는 힘 있는 자들만 누리는 틀에서 밀려난 소외자들이오. 단지 힘이 없다는 이유로. 그들 중에는 살기가 어려워서 몸을 파는 여자도 있었고 스스로 죽음을 택하려는 인간도 있었소. 하지만 그 개인들이 우리가 되고 나서는 모두 만족하면서 생활하오."

"난 무식해. 무슨 소린지 하나도 몰라."

박 첨지는 귀를 막았다.

"인간이 우리로 인해 더 이상 인간이 아님으로써 범죄자는 더 이상 범죄를 저지르지 않고 전쟁광은 더 이상 전쟁을 일으키지 않소. 침략자는 침략하지 않고, 살인자는 살인하지 않소. 강간범은 강간하지 않고 사기꾼은 사기 치지 않소. 선생은 교육에만 전념하고 학생은 일탈을 하지 않게 되오. 그들 간의 갈등, 더 나아가 신구 갈등이 사라지고 모두가 협조하는 공생관계가 되오. 새로 태어난 개체는 더없이 상호유기적인 보살핌 속에 최적의 **일부**

로 새 삶을 완성하고 수명이 다 된 개체는 자연스런 도태를 맞이하오. 계급 상속이니 권력 세습이니 완전히 다 사라지는 거요. 왜냐하면, 우린 하나라도 더 생존해야 하니까. 하나라도 더 죽이고 뺏으려고 안달 난 당신들은 참 불쌍한 종족이요."

"개똥엄마와 개똥이를 만나게 해 주시오."

박 첨지는 눈마저 감았다.

"평화롭게 지내자고 다짐한 높으신 영감탱이들이 남의 나라를 뺏어 먹을 문서에 날인을 받고, 죄 없는 정착 농민들을 죽여 놓고도 영토 확장을 위한 희생이라며 큰소리치고 있소. 몇 대를 먹어도 곳간에 쌀이 없어지지 않는 부자가 채우고 채워도 모자라 낙엽처럼 돈을 긁어모으고 있는 동시에 누군가는 돈이 없어 끼니조차도 잇지 못하고 있소. 그 와중에 없는 소시민들을 위해 나랏일 하겠다고 그렇게나 밀어 달라던 놈들이 막상 밀어주면, 지 본전 뽑기에만 혈안이 되오, 도덕과 청렴을 부르짖고 법치를 내세우던 놈년들이 지 재산 축적하기에 용을 쓰고 국토수호의 의무에 열 올려 웅변하다가도 지 새끼만은 그 의무에서 열외 시키려 하오, 힘없고 약한 백성들이 사소한 규칙에 걸려도 기가 죽어 소리 한 번 못 내는데 힘 있고 강한 인간들은 법 위에서 뻔뻔하게 먹고 놀고 있소, 그러다가 피할 수 없는 눈에 걸리기라도 하면 형식상의 솜방망이 처벌을 받소, 검은 머리 파뿌리가 되기로 약속한 이들이 몰래 다른 짝을 만나 번식이라는 거룩한 본능이 아닌 쾌락이라는 얄궂은 곳에 생식기능을 쏟기도 하고, 같은 종족끼리 죄 없는 여자, 아무것도 모르는 어린 아이까지 강제로 범하여 인생을 망쳐놓는가 하면, 한쪽에서는 돈으로 성을 사고팔고 있소,

이런 것들이 쌓이고 쌓여 인간들끼리 뺏고 또 빼앗으며 죽이고 또 죽이고 있소. 그것도 즐기면서 말이오. 동족끼리 죽이는 이 잔인성, 인류의 기원부터 시작되었고 언제까지나 결코 근절되지 않을 당신들의 벌이오.”

“마누라를 만나게 해 줘! 마누라를!”

귓속을 파고드는 소리에 질린 항거해 박 첨지는 결사적으로 외쳤다.

“여보……”

익숙한 목소리가 막은 귀를 파고들어 왔다. 박 첨지가 눈을 떴다. 그 눈이 화등잔만 해진 건 순식간이다.

개똥이를 안은 아내가 있었다. 병마를 물리친 듯 머리를 잘 빗어 넘기고 얼굴을 깨끗이 치장한 아내가. 마치 아내의 얼굴을 한 부잣집 마나님 같다.

“어떻게 된 거야? 어떻게 이 사람들과 여길 왔지?”

“우린 여태 좋은 세상을 모르고 살았어요. 이제 그 순간을 대할 때가 온 거에요.”

“어떻게 여길 왔냐니까?”

“T 교수님이 데리고 오셨지요.”

“왜 모르는 사람을 따라왔어!”

“화내지 마요. 학마을 사람들도, 목넘이 마을의 개장수도, 감자 캐는 복녀네도 이미 다 우리 편이 되었어요. 당신만 남았어요.”

그 순간 어지러운 박 첨지의 머리를 한 방의 번개가 세게 내리쳤다.

“이 년! 잠을 잔 거지? 그래서 번데기에서 나온 거지?”

"당신도 잠을 자도록 해요. 피곤해 보여요."

더 이상 대화를 나누지 않아도 박 첨지는 알 수 있었다. 아내의 행동은 치삼과 그리고 오늘 볼 수 있었던 '어딘가 이상했던 사람들'과 별반 다르지 않았다. 이 세상 하나뿐인 아내가 징그러운 번데기에서 튀어나오는 그림을 박 첨지는 도무지 상상할 수가 없었다. 아파 드러누워 있어야 마누라였지 저건 마누라가 아니었다. 그러자 골골대는 목소리로 설렁탕을 사다 달래던 불쌍한 그녀가 이미 한 줌의 가루로 되어버린 그림이 박 첨지의 눈에 선했다.

"잤지? 번데기에서 나온 게 맞지?" 박 첨지의 목소리가 떨렸다.

"용기를 내요. 당신은 아직 아무것도 몰라서 그런 거예요."

"내 마누라 돌려다오 이놈들아! 내 마누라를 돌려줘!"

박 첨지의 눈에 눈물이 글썽해졌다.

"소용 없어요 여보. 변화를 받아들여요."

개똥엄마의 무감동한 표정은 그대로였다. 병자의 움쑥 들어간 얼굴만은 그대로였지만 괴상한 활력으로 그녀는 꼿꼿이 서 있었다. 개똥이도 전혀 울거나 보채지 않았다. 동글동글한 눈으로 그저 박 첨지를 빤히 쳐다보고만 있을 뿐.

"걱정 마요 여보. 난 여전히 당신의 아내고 모든 게 전과 다름 없을 거예요. 우릴 어렵게 했던 것들만 다 없어지는 거예요."

"이 눈깔! 이 눈깔! 왜 나를 평소처럼 보지 못하고 이상하게 바라보느냐, 응." 하는 말 끝에 박 첨지의 목이 격하게 메었다. 꿰뚫을 듯한 시선은 그대로 둔 채 개똥 엄마는 입으로만 미소지었다.

"오늘은 운수가 아주 좋은 날이에요."

그 때 박 첨지가 개똥이를 빼앗으려고 필사적으로 달려들었다.

"정신 차려라! 여기서 나가야 된다!"

"이러지 마요!"

개똥 엄마가 아기를 빼앗기지 않으려고 몸부림쳤다. B 사감이 무어라 소리 질렀고 청년들이 우루루 교실로 난입했다. 반발도 못한 채 악운에 시달려왔던 박 첨지는 거센 분노로 자신을 둘러싼 세상에 저항했다. 청년들이 무기를 들었다. 적을 향한 공격이 아닌 전체집합과 부분집합을 보호하기 위해서.

몽둥이가 날아와 비쩍 마른 박 첨지의 뒷골 바로 아래를 명중시켰다. 박 첨지의 눈 안에서 별이 번쩍했다. 서 있던 사람들이 왼쪽으로 오른쪽으로 움직이나 싶더니 온 사물이 격심하게 뒤흔들렸다.

"그러지 마!"

그의 아내가 몽둥이를 쥔 청년에게 소리쳤다.

"개체를 다치게 하면 안 돼."

그녀의 표정엔 아무런 감정도 담겨 있지 않았다.

박 첨지는 몽롱한 의식 한가운데에서 그를 둘러싼 사람들의 얼굴을 볼 수 있었다. 아는 사람도 있었고 모르는 사람도 있었다. 하지만 표정만큼은 모두가 같아 보였다. 그들은 박 첨지의 머릿속을 청소하기라도 하듯 끊임없이 알아들을 수 없는 말을 건넸다.

"잠 한번 자고 일어나면 돼."

"등 따시고 배부른 게 최고잖아. 우리가 그렇게 만들어줄게"

"거짓말이야…… 거짓말이야…… ." 박 첨지가 신음했다.

"이제 생애 최고의 순간이 오는 거라고."

"일 안 해도 행복해지는 게 어떤지 직접 겪어봐."

"거짓말이야…… 거짓말이야……."

눈앞이 더욱 흐릿해져 갔다.

"우린 뭐든지 할 수 있다. 우린 신이다."

"자넨 이제 헌병대장하고도 사이좋게 얘기할 수 있어."

"이젠 다 똑같아. 평안감사 자리도 똑같아질걸."

"기절은 했나?" B 사감이 물었다.

"거짓말이다…… 거짓……."

박 첨지의 사고는 서서히 꺼져갔다. T 교수가 차갑게 내뱉었다.

"이 자는 하층계급민이지만 너무 많은 걸 알고 있어. 아까운 일
이긴 하지만 변화가 안 되면 죽여서라도 입을 막아야 해."

그들의 아련한 대화를 토막토막 듣고 있던 박 첨지는 교수의
마지막 말을 끝으로 깊은 실신 속으로 빠져들어 갔다. 그는 가물
가물한 의식 속에서 자신의 콧속으로 지극히 타적(他的)인 무언
가가 들어오는 걸 느낄 수 있었다. 온몸으로 거부하고 싶었으나
그럴 힘이 남아나지 않았다. 그는 오늘 하루 너무나도 피곤하게
뛰어다녔다.

박 첨지는 살아왔던 40년 세월이 썰물처럼 천천히 사라져가는
걸 깨달았다. 어렸을 적 가난 때문에 뿔뿔이 흩어졌던 식구들, 예
뻤던 아내의 처녀 적 모습, 개똥이가 세상에 태어났을 때의 감동,
죽은 줄 알았던 형제들과 상봉했을 때의 기쁨, 간혹 운수 좋았던
날이 가져다 줬던 수입과 웃음, 슬픔과 위로, 분노와 소외감, 어쩔
수 없는 받아들임과 그래도 놓지 않았던 희망들…….

이미 번데기가 최대의 크기를 맞이했고 강력하게 꿈틀대기 시

작했다. 필사적인 저항과 무릎 꿇지 않으려는 의지가 강력한 억압과 장악의 힘에 맞서 영원과 찰나를 오가는 사투를 벌였다. 마침내 번데기가 찢어지고 새로운 박 첨지가 세상으로 나왔다. 삶의 기억은 고스란히 남았지만 그 기억을 있게 한 의미는 상실되었다. 눈에서 눈물 한 줄기가 흘러내림과 동시에, 박 첨지는 더 이상의 박 첨지가 아니게 되었다. 더 이상 가족을 부양할 의무가 없어졌고, 힘들여 일하지 않아도 되었으며, 이 걱정 저 괴로움으로 술과 슬픔에 빠져들 필요도 없어졌다. 몸에 큰 병이 나도 걱정할 필요가 없어졌고 아내가 사경을 헤매든 개똥이의 미래가 어떻게 되든 상관하지 않아도 되었다. 하지만 이색인간들도 모르는 사실 한 가지가 있었으니, 그는 이제 '인간'이란 천성을 잃어버린 인간이 되었다는 것이다. 이 같은 슬픔을 저 하늘 바깥에서 온 존재들은 절대로 이해할 수가 없으리라.

새로운 존재가 된 박 첨지는 굳은 얼굴로 천천히 일어섰다.

"이제 좀 낫군. 오늘은 그리도 운수가 나쁘더니만……."

금연 클럽

신체강탈자문학 공모전 수상작

원상이

온라인에서는 보통 '탁사스'라는 닉네임으로 주로 활동한다. 10년전 쯤 인터넷에 호러 소설을 연재했으며, 그 때 생각보다 반응이 좋아서 지금도 종종 글을 쓰고 있다. 지금 은 평범한 직장인으로 살고 있지만 언젠가는 글로 밥 벌어먹고 살지 않을까, 하는 막연 한 기대를 가지고 있다.

1

"후-우-우-우"

침대 머리맡에 놓여 있던 담뱃갑에서 담배를 한 대 꺼내어 물고 깊은 한숨과 함께 연기를 내뿜었다. 좁은 방 안에 꽉 차 있던 정사 후 특유의 살 냄새와 땀 냄새를 쾨쾨한 담배 냄새가 한구석으로 몰아냈다.

정사 후의 담배는 흔히 '식후땡'이라고 말하는 식사 후 담배와는 맛이 또 다르다. 식후의 담배가 '포만감의 맛'이라고 한다면, 정사 후의 담배는 '허탈함의 맛'이라고 하면 어울리려나.

항상 머릿속으로는 할리우드 영화 속의 '분위기 있는' 정사를 꿈꾸지만, 실상은 일본의 포르노나 한국의 몰래 카메라에나 나오는 오직 사정만을 목표로 질주하는 '분위기 없는' 정사로 끝나는 데에서 오는 자괴감이라고 하면 좋을지도 모르겠다.

"뭐야, 또 담배야?"

속옷을 제대로 챙겨 입지도 않은 채, 욕실 문 앞에서 수건으로 젖은 몸 여기저기를 닦으며 나오던 미연이 투덜댔다. 뭐, 거의 부부라고 해도 좋을 정도로 오랜 시간을 함께 해 왔으니, 부끄러움이라는 게 남아 있으면 그건 그거대로 피곤할지도 모르겠다.

"좀 봐줘라. 오늘 자기랑 있으면서는 그래도 거의 안 폈잖아."

어차피 질 게 뻔했지만 그래도 한 번 시도라도 해보자는 생각에 나 역시 짜증을 담아 투덜거렸다. 그녀와 내가 사귄 지도 근 4년이 다 되어 가는데다가, 이미 그녀를 만났던 시점부터 펴왔던 담배이건만, 최근 1개월 동안 담배에 대해 투덜대는 횟수와 강도 모두 예전에 비해 부쩍 늘었다.

"거의 안 피기는 뭘 거의 안 펴. 자기 집에만 오면 담배 냄새가 방 안에 둥둥 떠다닌다고 내가 몇 번이나 말했잖아. 내 옷에 담배 냄새 배기라도 하면 어떡해?"

그녀가 인상을 찌푸리며 말했다. 언제는 내 방에 저 멀리 지리산 청학동의 맑은 공기라도 둥둥 떠다녔었나. 물론, 4년이나 그녀와 함께 했기 때문에 이 경우 이런 이야기를 입 밖으로 내뱉으면 어떤 결과가 나올지는 안 봐도 뻔하다. 아마도 지금 이 말을 실제로 하게 되는 날은 영영 오지 않을 것이다.

"알았다, 알았어. 끄면 되잖아."

담배 옆에 놓여 있던 재떨이에 담배를 비벼 끄자, 그녀의 찌푸렸던 표정이 살짝 풀렸다. 이것으로 오늘 밤도 아슬아슬하게 세이프다. 몇 모금 빨지 않은 담배가 처량하게 '파지직'하는 소리를 내며 구겨지는 모습만으로도 가슴이 아프지만, 지금 말을 듣지 않으면 휴일인 내일까지 그녀의 잔소리가 이어질 걸 생각하면 장초의 단말마 따위는 한여름 모기 소리만도 못한 존재다.

"자기 정말 담배 끊을 생각 없어? 요즘 우리 회사도 금연하겠다는 사람들 많잖아. 몇 명 모여서 무슨 금연 모임도 만들었다는 것 같은데."

침대에 누워 있는 내 옆으로 물기가 채 마르지 않은 미연의 몸이 밀착해 왔다. 팔베개하고 있는 그녀의 머리에서 나는 향긋한 샴푸 향기가 코끝을 자극했다.

"그래?"

미연의 말을 대충 건성으로 흘려들으면서 코끝을 맴도는 샴푸 향기에 관심을 집중하려 노력한다. 그녀의 잔소리에 잘못 대꾸했다가는 금세 말싸움으로 번진다. 지금 이 시간에는 반드시 피해야만 하는 일 중의 하나다.

"또, 또 건성으로 대답한다. 한 번 알아나 봐봐. 총무부 김 대리 알지? 회사에 골초로 소문나 있던……. 김 대리가 회사에 제안했다나 봐. 그 모임 이 후로 담배 실제로 끊는 사람들이 늘어나서 회사에서도 대환영이라던데."

"흐음, 그 김 대리가? 그래서 요즘 잘 안 보였나……."

그러고 보니 최근에 회사 내에서 금연 관련 모임인지 뭔지 만든 게 있다는 이야기를 들은 것 같긴 하다. 최근 추세에는 걸맞지 않게 회사 건물 각 층마다 만들어 놓은 흡연 구역에도 오가는 사람들이 눈에 띄게 줄었고, 버려지는 담배꽁초의 양도 예전에 비해 많이 줄어든 것 같다.

"알았지? 자기도 꼭 알아봐. 가끔 내 옆자리 수진 씨가 월요일 날 출근하자마자 나한테 어디서 담배 냄새 안 나냐고 물어볼 때마다 깜짝 깜짝 놀란다니까……. 자기도 인제……."

샴푸 향기에 신경을 집중한 게 도움이 되었는지, 그녀의 잔소리가 자장가처럼 들리기 시작했다. 슬슬 잠이 몰려 왔다. 반쯤 감기는 눈 사이로 보이는 내 방 천정의 형광등을 응시하며 속으로 투덜거렸다.

'금연 모임이라……. 점점 세상 살기 힘들어지는구면. 내 돈 내고 내가 일찍 죽겠다는데 담배 한 갑 사준 적도 없는 인간들이 왜들 난리들인지, 참, 나.'

2

"아유, 진짜. 대리님, 제 차 안에서 담배 피우지 말라고 몇 번 말씀드렸잖아요."

조수석에 앉아서 자연스럽게 담배를 꺼내 불을 붙이는 최 대리를 보며 투덜거렸지만, 최 대리는 들은 척도 하지 않고 아무렇지도 않게 열린 차창 밖으로 입 안에 머금었던 연기를 내뿜었다.

"아, 거 참. 사람 빡빡하게 구네. 태워다 준다고 유세 떠는 거야, 뭐야? 왜, 김 대리의 그 우렁각시가 담배 냄새 맡으면 쪼그라들기라도 해? 달팽이처럼 말이야."

'이봐요, 그건 담배 연기가 아니라 소금 때문이라고요.' 속으로 되뇌어보지만, 굳이 그 이야기를 입 밖에 꺼내지는 않았다. 나보다 1년 정도 일찍 회사에 입사한 도진이기에 직급은 같은 대리이지만 어쩔 수 없이 선배 대접을 해 줄 수밖에 없는 상황이기 때문이다.

최도진. 입사 1년 선배. 집이 비슷한 방향이라 내가 차를 산 후부터는 아침마다 도진의 집에 들러 그를 태우고 출근하고 있다.

주말에는 미연과 자주 내 차로 드라이브를 나가기 때문에, 그때마다 그녀의 짜증을 받아줘야 하는 나로서는 매일 아침 출근길마다 똑같은 대사를 내뱉을 수밖에 없다. 물론, 이 인간, 천성이 짠돌이에 뻔뻔스러움의 극치(그러고 보니 이 두 성격은 세트로 묶이지 않으면 주위 사람들이 더 피곤할 것 같기는 하다.)를 달리다 보니, 내가 이 정도 면박을 줬다고 해서 내일부터는 지하철 타겠어! 따위의 말을 할 사람은 아니었다. 아니, 어쩌면 이 인간은 내가 면박을 준다는 것 자체를 인지하지 못하고 있는지도 모르겠다.

"그 놈의 우렁각시 얘기 좀 그만하면 안 돼요? 나도 내 여자 친구가 차라리 우렁각시였으면 좋겠네."

"하긴. 우렁각시가 여자 친구보다 낫지. 생각해 보면 그 새끼, 완전 땡잡은 거라니까. 몰래 와서 밥해 줘, 설거지해 줘, 동화라 제대로 설명을 안 해서 그렇지, 모르긴 몰라도 밤에는 그거까지도 해 줬을걸. 마을 원님 나부랭이가 눈독 들일만도 하지 뭐."

내 짜증을 도진은 아무렇지도 않게 농담으로 받아쳤다. 장점이라고 한다면 참 낙천적으로 사는 새끼라고 할 수 있을 것이고, 단점이라면 거 참 독하게 눈치 없는 새끼라는 거다.

도진이 이야기하는 우렁각시 이야기도 대체 몇 번을 말해야 그다지 재미도 없고, 결정적으로 내가 미연을 그런 식으로 이야기하는 걸 싫어한다는 걸 눈치채려는 기색이라도 보일는지.

우렁각시는 도진이 미연에게 붙인 별명이다. 물론, 내 여자 친구가 미연이라는 걸 생각 못하고 지은 것이다. 미연과 나는 사내커플이다. 그것도 흔히 말하는 비밀 연애. 주변의 사내 연애 커플을 직접 보거나 여기저기서 들은 사내 커플의 말로(물론 잘 사귀다가 헤어진 커플 한정의 이야기이다.)를 잘 알고 있기에 내가 먼저 미연에게 제안했고, 미연 역시 거기에 별 이의 없이 동의했다. 근 4년이란 긴 시간 동안 회사의 누구한테도 연애 사실을 들키지 않은 건, 같이 있을 때를 제외하고는 서로에게 큰 간섭을 하지 않는 우리 둘의 성격 때문이리라.

그렇다고는 해도 어쩔 수 없이 주위에는 연애 사실 자체는 숨기기가 힘들었고, 도진처럼 눈치 없는 사람들에게는 4년이란 긴 시간을 (그나마도 사귀는 사람이 있다는 것 자체를 밝힌 것도 불과 2년밖에 되지 않았다.) 소개나 인사도 해주지 않고 사귀고 있다 보니 어느 날부터인가 정체를 알 수 없는 연인이라는 의미로 '우렁각시'라는 되도 않는 별명이 붙어버렸다. 생각하자면 그다지 큰 의미 없는 별명이기도 하지만, 그 출처가 도진이란 사실, 그리고 이 별명을 말할 때의 도진은 마치 내가 실제로는 있지도 않은 연인을 만들어냈다는 묘한 뉘앙스를 풍기며 떠들었기 때문에, 그의 입에서 이 별명이 나오는 걸 그다지 달가워하지 않는 것이다.

"아, 김 대리 혹시 금연클럽이라고 들어 봤어?"

도진이 어느 샌가 화제를 바꿨다. 또 그 이야기인가. 나도 모르는 새에 정부에서 담뱃값을 몇 십 만원 인상하겠다는 발표라도 했나, 왜 이리 내 주변에서 계속해서 같은 이야기가 돌고 있는지 모르겠다.

"아, 그 금연하는 모임인가 뭔가 들어는 봤어요. 총무부 김 대리가 제안했다던데."

"그래, 그래. 그 김 대리. 그러고 보니 그쪽도 김 대리네?"

그건 상관없잖아요. 집중하세요, 집중. 속으로만 되뇌며 도진의 다음 말을 기다렸다.

"어쨌든 그 금연 클럽인지 뭔지, 나도 가입하기로 했어. 그쪽 김 대리하고 나 입사 동기거든. 지난주에 갑자기 나한테 거기 한 번 나와 볼 생각 없냐고 하더라고."

금연 클럽? 도진이? 지나가던 개가 웃을 일이다.

"차라리 개가 똥을 끊지요."

"응?"

아차, 이건 실수다. 머릿속으로 생각했던 말이 무심코 입 밖으로 튀어나와 버렸다. 당황해서 도진의 표정을 살피는데, 잠시 생각하던 도진은 아무렇지도 않게 웃음을 터뜨렸다.

"내가 이래서 김 대리 좋아한다니까. 시크한 매력이 좋단 말이야."

그냥 넘어 가서 다행이긴 한데, 옆에서 뭐가 그리 좋은지 '개가 똥을…… 개가 똥을……' 중얼대면서 큭큭대는 꼴이 더 보기 싫다. 매일 이런 식이면 미연이 뭐라고 하든 말든 간에 육교 기둥에 차를 박아 버리고 지하철 타고 출근하고 싶은 욕구가 속에서부터 부글부글 끓어오른다.

"뭐, 김 대리 말로는 외부에서 전문가를 초빙해서 특별한 프로그램을 운영하기 때문에 100퍼센트 끊을 수 있다고 하더라고. 게

다가 김 대리하고 내기를 했거든."

"내기요?"

내가 반문하자, 도진이 득의양양한 표정으로 대답한다.

"응, 내기. 김 대리가 내가 만약 그 모임에 나갔는데도 담배를 못 끊으면 10만 원 주기로 했지. 만약 내가 담배를 끊으면 내가 김 대리한테 10만 원을 주고. 이거야 뭐 그냥 가만히 앉아서 담뱃값 벌 수 있는 내기 아니겠어?"

확실히 도진의 말 대로였다. 누가 봐도 이건 도진의 승리다. 아무리 그 금연클럽인지 뭔지에서 불러온 전문가가 대단하다고 해도, 도진이 그걸 흘려듣고 피고 싶을 때 담배를 피우면 그걸로 게임 오버. 도진의 승리라는 거다. 짠돌이에, 뻔뻔스럽기 그지없고, 게으르기까지 한 도진이 그런 모임에 나가기로 마음먹은 것 자체가 이건 누가 봐도 자기가 이길 것이 확실한 게임이라는 거다.

"그래서 기간은요?"

"무슨 기간?"

"왜 보통 그런 내기하면 한 달 이내라든가, 6개월이라든가, 그런 기간을 두잖아요. 설마 그런 것도 없어요?"

여기에서 도진이 '응'이라고 한다면 그건 정말 그 김 대리가 10만 원을 길에서 주웠는데 그게 마침 저주 받은 돈이라 누군가에게 얼른 넘겨야 자기가 화를 피할 수 있는 뭐 그런 스토리라고밖에 생각할 수 없다.

"아, 그 기간. 있지, 당연하잖아?"

그렇지, 아무래도 그 김 대리가 길에서 돈을 주운 것은 아닌가 보다.

"듣고 놀라지 마시라, 단 일주일! 아하하, 이거 한 달 담뱃값은 그냥 나오게 생겼어."

길에서 돈 주운 거 맞네, 맞아. 이 골초를 일주일 안에 담배를 끊게 하겠다고? 그것도 10만 원이라는 돈이 걸려 있는 상황에서? 기간이 일 년이라도 이길까 말까한 내기를 일주일 안에 끝내겠다니, 입사 동기라고는 해도 최도진이라는 인간에 대해 어지간히도 파악을 못 하고 있는 사람인 것 같다.

"다음 주 월요일에는 어차피 10만 원이 생기니 담배 피우는 거 가지고 생난리 치는 김 대리 차는 타지 말고 택시라도 타고 올까 나."

옆에서 들으라는 듯이 중얼대는 도진의 말을 한 귀로 듣고 한 귀로 흘렸지만, 그 금연 클럽이라는 모임에 대해서만큼은 관심이 생기는 것은 어쩔 수 없었다. 대체 어떤 전문가이기에 그렇게 자신만만할까? 예전에 읽었던 담배를 피우는 사람의 주변 인물을 인질로 잡고 온갖 협박을 해서 담배를 어쩔 수 없이 끊게 만든다는 내용의 '금연 주식회사'라는 소설이 생각났다. 에이, 그래도 설마, 그 정도까지 하겠어?

3

"먼저 들어가겠습니다아아."

퇴근 시간인 6시 정각에 도진이 미리 챙겨뒀던 가방과 옷가지를 들고 자리에서 일어났다. 일어나는 시간을 보니 적어도 5분 전부터는 퇴근 준비를 끝마쳤을 것이다. 진정한 칼퇴근이 뭔지를 온

몸으로 보여 주는 도진에게 '어디 가냐'고 눈짓으로 질문을 던지자, 도진이 입 모양으로 '금연'이라고 말했다. 아무래도 아침에 말한 그 금연 클럽에 가는 모양이다. 내일 오전까지 정리할 서류가 있어 어쩔 수 없이 야근해야 하는 터라 서둘러 나가는 도진의 뒷모습을 그저 씁쓸하게 바라볼 수밖에 없었다.

'저 봐, 최 대리님도 금연한대잖아.'

모니터 상태 표시줄이 깜박깜박하며 메신저 창이 떴다. 미연이다. 가급적이면 사내에서 꼬리(?)를 밟히지 않기 위해 메신저도 서로 잘 안 하는 사이이지만, 이번엔 바로 나에게 말을 하고 싶었던 것 같다.

'그게 아니라, 최 대리는 다 이유가 있어 저러는 거야.'

'저 사람이 금연이라는 걸 할 사람이야?'

재빨리 타자를 친 후 엔터를 쳤다. 메신저 창 아래에 '[미연]님이 대화 내용을 입력하고 있습니다.'라는 메시지가 떠오르고, 잠시 후 그녀의 대답이 돌아왔다.

'그 이유가 뭔데? 나는 자기한테 그 이유가 될 수 없어?'

아, 진짜. 아무래도 지난 토요일부터 진짜 하고 싶었던 이야기는 이거였던 모양이다.

'총무부 김 대리랑 내기했대. 그 모임에 나가고 나서 일주일 안에 담배 못 끊으면 김 대리가 최 대리한테 10만 원 주겠다고.'

그녀의 질문은 대충 넘기고, '최 대리의 이유'에 대해 설명했다. 메신저 창 아래에는 '[미연]님이 대화 내용을 입력하고 있습니다.'라는 메시지가 떠 있지만, 정작 그 대화 내용이 창에 뜨기까지는 시간이 걸렸다. 무슨 말을 할지 고민하고 있는 것이리라.

더 이상 그녀의 기분을 상하게 했다가는 무슨 말이 돌아올지 도저히 알 수가 없는 상황이라, 어쩔 수 없이 내가 먼저 선수를 쳤다.

'알았어. 오늘 최 대리가 모임 다녀오고 나서 정말로 효과가 있다고 하면 나도 그 모임에 한 번 나가볼게. 나도 이참에 끊지 뭐.'

에라, 모르겠다. 일단 지금 상황을 피하는 것이 우선이다.

'진짜? 진짜지? 자기, 정말로 약속한 거야.'

역시 그녀가 듣고 싶어 하는 말을 해 주니 대답이 훨씬 빠르다. 나는 가볍게 긍정의 의미로 'ㅇㅇ'을 치고 누가 볼 새라 재빨리 대화창을 닫았다. 이걸 또 자기를 귀찮게 여긴다고 생각해서 잔소리 후속타를 날리지나 않을까 잠시 뚫어져라 모니터를 노려보지만, 다행히도 그럴 기미는 없다. 침대 위의 대화가 아니라 회사에서의 메신저 대화라 정말 다행이라는 생각이 들었다. 그러고 보니 나도 이렇게 계속 잔소리를 듣느니 몸에도 좋지 않은 담배, 이참에 확 끊어버릴까 하는 생각도 들었다. 뭐, 잠깐 가서 한 번 보는 것 정도는 괜찮지 않을까…….

기본적으로 야근이 그리 많지 않은 회사다 보니, 잠깐 문서 정리에 몰두해 있다가 기지개도 켤 겸 주위를 둘러보니 나 빼고는 아무도 없었다. 미연도 오늘은 다른 미혼 여직원들 몇과 함께 술 약속이 있다며 일찍 퇴근했다. 오늘 모임의 멤버 중 한 명이 술자리에만 오면 담배를 줄창 피워댄다고 또 한바탕 나에게 메신저로 짜증을 부리고는, 늦었다며 내 대답은 듣지도 않고 서둘러 가방을 챙겨 밖으로 나갔다. 월요일부터 다들 체력도 좋지.

벽에 걸려 있는 시계를 보니 8시가 조금 넘었다. 빨리 끝내고 퇴근하려고 저녁도 먹지 않고 일했더니 슬슬 배도 고파 오기 시작했다. 이제 대충 정리하고 들어가야지, 하며 컴퓨터를 끄는데 바로 뒷자리인 도진의 자리가 눈에 들어 왔다. 그다지 일이 없다는 걸 온 회사에 자랑이라도 하고 싶은지, 흔하디흔한 메모로 가득한 이면지 하나 없이 깔끔한 자리였다. 물론, 그의 성격이 겉보기와는 달리 깔끔하다던가 하는 것이 아닌, 말 그대로 일이 없기 때문이다.

"참…… 저러면서도 회사에 계속 붙어 있는 거 보면 신기하단 말이야…….'

사무실에 아무도 없는 틈을 타서 평소라면 절대로 입 밖으로는 내뱉지 않을 말을 소리 내어 중얼거려 본다. 중얼거린 후에는 혹시라도 누군가 아직 퇴근을 안 했을지도 모르겠다는 생각에 재빨리 일어나서 주위를 둘러보지만, 역시나 사무실에는 나 혼자뿐이다.

'그러고 보니 금연 모임 4층 회의실이라고 했지……. 아직도 하고 있으려나. 살짝 들렀다가 가 볼까.'

미연이 나의 금연에 불타오르게 만든 그 전문가라는 작자의 면상이 궁금했다. 지금 있는 사무실이 5층이니, 내려가면서 잠깐 들렀다 가도 내가 귀찮아질 일은 없을 것 같다. 잠깐 밖에서 훔쳐보고 퇴근할 테지만, 나중에 미연에게 나도 노력하긴 했다는 핑계로 쓰기에도 최적일 것이다. 마음을 정하자마자 자리 밑에 놓아뒀던 서류 가방을 챙긴 뒤 사무실 문을 나섰다.

4층 역시 내가 있는 5층과 마찬가지로 다른 직원들은 모두들 퇴근한 것 같다. 월요일부터 야근할 마음이 드는 직원은 거의 없으리라. 불이 꺼진 조용한 복도에 내 구둣발 소리만 울리고 있다. 복도를 반쯤 가로질렀을까, 복도 끝에 위치한 회의실에서 불빛과 함께 시끌벅적한 소리가 들려 왔다. 정확하게 말하자면 시끌벅적한 도진의 목소리였다. 애초부터 어떤 프로그램인지, 누가 강의를 하는지 잠깐 보기만 할 생각이었기 때문에 천천히 발소리를 죽이며 불빛이 새어 나오는 회의실 쪽으로 다가갔다.

4층에 있는 대회의실은 2, 30명이 너끈히 들어갈 수 있는 넓이에, 안에는 가운데가 비어 있는 'ㅁ' 모양으로 테이블이 배열되어 있는 구조로 되어 있었다. 우리 회사에서 제일 넓은 회의실이기 때문에 보통은 임원급 이상의 간부 회의에 사용되는 회의실이었다. 목재로 되어 있는 문은 양쪽으로 밀 수 있게 되어 있고, 그 문에는 회의실을 누군가 사용하고 있는지 아닌지 파악할 수 있도록 조그만 창문이 하나 달려 있다. 닫힌 문을 통해 불빛이 새어 나오고 있는 곳 역시 그 창문이었다. 나는 안에서 혹시라도 나를 볼 수 없도록 창 옆에 서서 슬쩍 고개만 안쪽이 보이도록 각도를 조정했다.

"김 대리, 진짜 이거만 하면 되는 거야? 이렇게?"

밖에서 정면으로 보이는 위치에 도진이 앉아 있었다. 다행히 신경이 모두 양 옆에 있는 사람들에게 집중되어 있어 나와 눈이 마주칠 일은 없을 것 같다. 안에는 10명 정도가 띄엄띄엄 테이블에 앉아 있고, 모두들 시선은 도진 쪽을 향하고 있다. 도진의 옆에는 나도 몇 번 얼굴만 본 적 있는 총무부 김 대리(모임의 제안자)가 만면에 미소를 띤 채로 도진을 보며 고개를 끄덕이고 있었다. 아마도 도진을 제외한 다른 사람들은 모두 모임의 기존 멤버들일 것이다.

"이거 이렇게 주야장천 껌만 씹다가는 턱이 아파서 담배를 못 피우겠는데? 그런 건 아니지? 응? 응?"

도진이 다시 우물거리며 김 대리에게 말을 건넨다. 껌? 지금 씹고 있는 게 껌인가? 무슨 금연 껌 같은 건가? 도진의 말을 듣자면 아무래도 모임이 시작한 6시부터 지금까지 저렇게 모여 앉아 계속해서 껌만 씹고 있었던 모양이다. 뭔가 대단한 프로그램을 기대했던 나는 약간의 실망감을 느끼며 보고 있던 창에서 시선을 돌렸다.

그때, 무엇인가가 돌아서려는 내 발목을 붙잡는 느낌이 들었다. 뭔가가 이상했다. 나는 다시 고개를 돌려 회의실 안쪽을 바라보았다. 회의실 안의 광경은 조금 전과 비교해 크게 달라진 부분은 없었다. 여전히 도진은 껌을 씹으며 뭐라고 계속 김 대리에게 말을 걸고 있었고, 김 대리는 옆에 앉아 미소를 띠고 열심히 고개만 끄덕이고 있다.

그리고 다른 사람들······. 그래, 다른 사람들. 이 다른 사람들이 뭔가 이상하다. 10명 정도가 앉아 있는데, 그 누구도 도진의 말에 대꾸하지도 않고, 역시나 얼굴에 미소를 띤 채로 도진을 주시하고만 있다. 도진이 끊임없이 말을 건네는 이유도, 자신의 말에 아무런 대꾸도 하지 않는 사람들의 반응이 민망해서일 것이다.

어쩌면 이 모임에 있는 사람들이 전부 다 빌어먹을 정도로 내성적이라 누구도 도진의 말에 별다른 대꾸를 하지 않는 것일 수도 있다. 혹은 내가 보지 못한 시간 동안 도진이 누군가의 심기를 불편하게 해서 불청객 취급을 받는 것일 수도 있다. (그리고 평소의 도진을 생각하면 이쪽은 충분히 가능성 있는 일이다.)

그렇지만, 이 기분은 무엇인가. 콕 집어 말할 수는 없지만, 회의실 전체에서 이유를 알 수 없는 위화감이 느껴졌다. 왠지 이곳에 더 있으면 안 될 것 같은 느낌이 강하게 들었다. 심지어 처음 이상한 기분이 들었을 때 바로 돌아섰어야 했다는 후회 감마저 들 정도였다.

내가 막 돌아서려는 그 순간, 김 대리를 포함한 10여 명의 사람들이 동시에 자리에서 일어났다. 그들이 도진에게 해코지를 할 것이라는 생각은 들지 않았지만, 그래도 이곳에 그대로 서서 이 후에 벌어지는 일을 계속 지켜보면 안 될 것 같다는 생각이 들었다.

금연 클럽의 멤버들이 도진에게 다가가는 모습을 보며 (여전히 도진은 껌을 씹으며 김 대리에게 무엇인가 말을 건네고 있다.) 나는 살금살금 뒷걸음질을 쳤다. 그때, 내 쪽을 향해 등을 돌리고 있던 멤버 중 한 사람이 갑자기 내 쪽을 향해 고개를 휙 돌렸고, 정면으로 눈이 마주쳤다.

'씨발……'

분명 오가며 흡연실에서 마주쳤던 우리 회사의 직원이다. 하지만 흡연실에서 마주쳤던 그 때의 느낌과는 사뭇 달랐다. 이 사람도 얼굴에 미소를 띠고 있지만, 조금 전에 느꼈던 위화감은 그대로다. 상대방의 반응을 기다리지도 않고, 나는 그대로 돌아서서 계단을 향해 뛰었다. 이제는 도진의 목소리도 들리지 않는 복도에 다급하게 달려가는 내 구둣발 소리만이 큰 소리로 울려 퍼졌다.

엘리베이터를 기다리지도 않고 나는 비상구를 통해 2층까지 단숨에 달려 내려갔다. 특별히 누군가가 나를 쫓아오는 기색은 없었다. 계단참 정도에서 한 번 위를 올려다 볼까 하는 생각이 잠시 들었지만, 이내 마음을 고쳐먹고 그대로 지하 주차장까지 쉬지 않고 달려갔다. 운동 부족 때문인지 금세 숨이 턱까지 차올랐으나, 멈춰 서서 숨을 고르거나 할 생각은 들지 않았다.

분명하게 느껴졌기 때문이다. 달려 내려가는 내 뒤통수에 꽂히는 누군가의 시선. 분명히 누군가가 위에서 내 뒷모습을 쳐다보고 있었다. 등이 따끔거릴 정도의 강렬한 시선은 주차장으로 통하는 비상문을 열고 나갈 때까지 사라지지 않았다.

4

운전에 열중하는 중간 중간 조수석 쪽에 앉아 있는 도진을 힐끔힐끔 쳐다봤다. 도진은 처음 차에 탔을 때부터 별다른 말도 없이 앞만 뚫어지게 보고 있다. 물론, 항상 차에만 타면 입에 물던 담배도 오늘은 꺼낼 생각조차 않는다.

"대리님, 어제 모임 어땠어요?"

평소였다면 속으로 환호성을 지르며 이 침묵이 회사 앞까지 죽 이어지기만을 바랐을 것이다. 하지만 오늘은 도저히 어제 회의실에서 목격했던 장면의 이후 장면이 궁금해서 그냥 가만히 있을 수가 없었다.

"어? 뭐라고?"

딴 생각에 빠져 있었는지, 도진이 갑자기 깜짝 놀라며 내 쪽을

330

쳐다봤다.

"금연 클럽이요, 어제 대리님 거기 가셨잖아요."

"아, 그거……."

이어질 도진의 말을 기다렸지만 거기서 끝이다. 별 수 없이 내 쪽에서 먼저 말을 꺼냈다.

"그러고 보니 오늘은 아직 차에 타고 담배도 안 피우시네요. 혹시 정말로 하루 만에 담배 끊으신 거예요?"

지금 이 분위기는 매우 어색했지만, 억지웃음까지 지으며 이 어색한 분위기를 날려 보려 애썼다. 내가 먼저 이렇게 미소까지 지어가며 도진과 대화를 이어가려 노력하다니, 지금까지 단 한 번도 없었던 일이다.

"아, 그래. 맞아. 담배 끊었어. 담배는 몸에 안 좋지. 안 좋아. 그런 건 피우면 안 돼."

에? 이건 또 무슨 반응이야. 게다가 이 인간 말투는 왜 이런 거야. 꼭 약이라도 한 것처럼 횡설수설하는 것 같잖아. 이상하게 생각하면서도 나는 대화를 이어 가려 노력했다.

"그럼 김 대리님한테 대리님이 10만 원 드려야겠네요. 이거 아까워서 어쩐대. 대체 무슨 프로그램이기에 하루 만에 담배를 끊으신 거예요?"

어제 껌을 씹는 부분까지는 나도 그 자리에 있었다는 이야기를 해서는 안 되겠다는 생각이 불현 듯 들었기 때문에, 어제의 일에 대해서는 전혀 모르는 사람처럼 질문을 던졌다.

"프로그램? 아, 몸에 안 좋아. 담배는 몸에 안 좋아."

또 같은 대답이었다. 운전에 주의하면서 슬쩍 도진을 보니, 그제야 그의 눈빛 자체가 어제와는 사뭇 다른 것을 알 수 있었다. 반쯤 풀려 있다고 해야 할까, 분명 정상적인 사람의 눈빛은 아닌 것 같았다. 어제 내가 간 후에 정말로 무슨 약이라도 먹인 걸까? 그래서 그렇게 쉽게 담배를 끊을 수 있었던 것일까?

하지만 그렇다고 하면 분명 회사 내에 금연 클럽에 참가하는 사람들 모두 이런 증세를 보여야 할 텐데, 내 기억으로는 최근에 이런 눈빛을 하고 회사를 돌아다니는 사람을 본 기억은 없었다. 아니, 어쩌면 모두들 이런 눈빛을 하고 있었는데 워낙 내가 주위에 관심이 없다 보니 눈치채지 못 했을 수도 있다. 다시 한 번 천천히 기억을 더듬어 보면서 조수석을 쳐다보니, 도진은 마치 조금 전까지 나와 대화를 하고 있었다는 사실 자체를 잊은 사람처럼 다시 말없이 앞만 쳐다보고 있다.

잠시 쉴 겸 해서 5층 구석에 있는 흡연실로 향했다. 흡연실은 비어 있었다. 거의 신경도 쓰지 않았는데, 다른 층은 잘 모르겠지만 최소한 5층은 흡연실을 이용하는 직원들이 최근 들어 많이 줄었다. 지금 이 시간에 흡연실에 아무도 없는 것도 그렇고, 좁은 흡연실 한 귀퉁이에 놓여 있는 재떨이 겸 쓰레기통에 박혀 있는 담배꽁초의 수도 현저히 줄어든 것이다. 오늘은 그 정도가 심해서 내가 출근하자마자 피웠던 담배 외에는 아무도 이용하지 않은 것 같다. 지금 시간이 거의 점심시간에 임박한 11시 정도라는 것을 감안하면 오늘이 정부에서 갑자기 선포한 금연 운동의 날이라고 해도 믿었을 것이다.

'이거 이러다가 흡연실 없앤다는 이야기 나올지도 모르겠네.

아 씨발, 요즘 날씨 추워서 옥상이나 밖에서 담배 피우라고 하면
짜증나는데.'

속으로 투덜대면서 흡연실에 설치되어 있는 커피 자판기에서
커피를 한 잔 뽑아 자리에 앉았다. 요 며칠 사이에 이상하게 '금
연'이라는 단어가 계속 신경에 거슬린다. 텅 빈 흡연실을 보고 있
자니, 더더욱 주변의 분위기가 뭔가 내가 가려는 방향하고는 전
혀 반대로 심상치 않게 흘러간다는 기분이 들었다.

물론, 금연 자체가 나쁘다는 이야기는 아니다. 나도 흡연자이지
만 길에서 가끔 가다가 앞에서 걸어가던 사람이 내뿜는 담배 연
기에 인상을 찌푸리기도 하고, 간혹 이용하는 지하철이나 버스에
서 옆에 있는 사람의 몸에 밴 담배 냄새 때문에 코를 틀어막기도
하는 경험이 분명히 있었기 때문이다. 담배 냄새에 익숙하다면 익
숙하다고 할 수 있는 내가 그 정도인데 다른 사람들은 오죽하랴.

하지만 지금의 상황은 조금 다르다. 단순히 회사에 금연 운동
이 말 그대로 불같이 일어나고 있는 정도의 문제가 아니라, 그 외
에 다른, 내 신경을 거슬리는 무엇인가가 분명히 있다는 생각이
머릿속에서 떠나질 않고 있는 것이다. 그리고 그건 어제 내가 봤
던 그 이상한 분위기의 금연 모임의 영향일 가능성이 높았다. 하
지만 다시 생각해 보면, 내가 그 모임을 끝까지 보지 않았으니 그
이후에는 분위기 좋게 모임이 마무리되고, 도진이 아침에 이상
한 모습을 보였던 것은 그냥 어제 모임 끝나고 뒤풀이로 술이라
도 한잔했기 때문일 수도 있다.

그래도…….

"안녕하세요."

나 혼자 깊은 생각에 빠져 있던 터라 누군가 흡연실 안에 들어오는 것도 깨닫지 못했다. 마침 막 담배 연기를 내뿜으려던 찰나였기 때문에, 혹시라도 정체도 알 수 없는 상대방 쪽으로 연기를 내뿜을까 봐 급하게 고개를 돌려 연기를 내뿜은 뒤 말을 건 상대를 올려다보았다.

상대의 얼굴을 확인한 순간, 나도 모르게 놀라 담배를 쥐고 있던 손 반대쪽에 들고 있던 커피잔을 바닥에 떨어뜨릴 뻔했다.

"아, 네. 안녕하세요."

지금 내 눈 앞에서 웃고 있는 것은, 분명 그 사람이다. 어제 밤 마지막에 나와 눈이 마주쳤던 그 남자. 어제 잠깐 봤던 것과 마찬가지로 여전히 얼굴에는 미소를 띠고 있다. 또다. 어제 느꼈던 그 위화감. 도대체 이 정체를 알 수 없는 위화감은 어디서 오는 것인가.

남자는 나에게서 몇 발자국 떨어진 채, 흡연실 문 앞에 서 있었다.

"담배, 많이 피우시나 봐요."

"네? 아, ……회사에서는 그렇게 많이 못 피우죠, 아무래도……."

이 남자와는 흡연실에서 몇 번 마주친 기억은 있지만, 단 한 번도 눈인사조차 나눈 적이 없었다. 회사에 직원 수가 많다 보니, 부서가 다르거나 업무상 엮일 일이 없으면 누가 누군지조차 알 수가 없는 사람이 과반수다. 그런데 이 사람 어째서 오늘, 하필이면 어제 나와 그 이상한 모임에서 눈이 마주친 그 다음 날, 이렇게 친밀하게 말을 걸어오는 것일까? 이상하다. 한 번 이상하다고 생각하니 한도 끝도 없이 생각에 생각이 꼬리를 물고 이어진다. 다행히(?) 도진처럼 맛 간 말투는 아니라 위험한 약 같은 걸 하고 있는 건 아닌가라는 의문은 잠시 접어둘 수 있지만, 그 외의 모든 상황들이 나에게는 이해할 수 없는 것 투성이였다.

아, 혹시라도 이 사람이 어제 나를 봐서 나도 그 모임에 초대 하려는 것인가, 라고 생각하는 순간 남자의 시선이 내 손 끝을 뚫 어지게 쳐다보고 있다는 것을 알았다. 내 손 끝에는 반쯤 타들어 간 담배가 있었다.

아, 이건가.

그래, 좀 더 긍정적으로 생각해 보자. 이 남자는 금연 클럽인지 뭔지 금연 모임에 참가하고 있고, 그 모임에 참가한 지 얼마나 된 지는 모르겠지만 최근까지도 흡연실에서 마주쳤던 것을 생각하 면 금연을 시작한 지 그리 오래되지는 않았을 것이다. 금단 현상 이다. 금단 현상에 시달리는 중에 도저히 못 참고 흡연실에 들어 왔고, 그 때 마침 흡연실에서 자주 마주쳤던 남자가 (그러니까 내 가) 있었던 것뿐이다. 그렇게 생각하니 갑자기 긴장이 확 풀리는 느낌이 든다. 이 남자에게 지금 필요한 것은 니코틴이다.

"담배 드릴까요?"

내 멋대로 기승전결 스토리를 짠 후 담배를 건네던 나의 기대 를 산산이 부숴버린 건 생각도 못한 남자의 반응이었다. 계속 미 소를 머금고 있던 남자의 표정이 내가 담배를 건네려고 손을 뻗 자마자 순식간에 바뀌어 버렸던 것이다. 남자가 예의상 거절한다 고는 도저히 볼 수 없는 표정으로 뒤로 (말 그대로) 펄쩍 뛰며 손 사래를 쳤다. 그 반응이 너무나 격렬해서, 문 가까이에 서 있던 남자의 등이 문짝에 살짝 부딪혀 '퉁' 하는 소리를 냈을 정도였다. 아마 길에서 아무나 붙잡고 내가 갑자기 주머니에서 부엌칼을 꺼내 들며 '저기요, 죽을래요?'라고 한다면 그 상대방이 이런 반응을 보일 수도 있을 것이다.

"아, 아닙니다. 지금 금연 중이라서요. 담배는 몸에 안 좋아요."

남자의 반응에 놀란 내가 멍하니 자신을 쳐다보고 있다는 걸 느꼈는지, 남자가 예의 그 미소를 다시 얼굴에 띠고 말했다. 그 표정 변화가 어찌나 빨랐는지, 이번에는 남자에게 '아저씨, 십 분 안에 눈물 흘리는 연기도 가능하세요?'라고 물어보고 싶을 정도였다. 나는 손을 뻗은 채로 남자를 잠시 더 쳐다보다가 고개를 끄덕이고 담배를 다시 주머니에 집어넣었다. 여기서 빨리 나가자. 나도 오늘 하루만큼은 회사에서는 금연을 실천해야겠다, 어쩌고 하는 생각을 하며 근처에 있던 재떨이에 꽁초를 비벼 끄고 막 일어서려는데, 남자가 내 앞으로 무엇인가를 내밀었다.

"껌 씹으실래요? 입 냄새 제거에 아주 좋습니다."

남자는 내 쪽으로 팔을 뻗은 채 내가 그가 내미는 껌을 받아들기를 기다리고 있다. 조금 전 보다는 내 쪽으로 가까이 왔지만, 여전히 나에게서 어느 정도 거리를 유지하고 있었다. 어쩌면 내가 담배를 끄기만을 기다리고 있었는지도 모르겠다. 나는 남자가 내미는 껌을 얼떨결에 받아 들며 말했다.

"아, 이 껌이 혹시 어제……."

상대방의 반응이 전혀 내가 예상치 못한 쪽으로만 나타나고 있었기 때문에, 나도 모르게 실수를 할 뻔했다. 뒤의 '껌인가요?'라는 말을 집어삼키기 위해 혼신의 노력을 다 했으나, 바보가 아닌 이상 내가 무슨 말을 하려고 했는지는 누구라도 알 수 있을 것이다. 나는 나오려는 말을 억지로 집어삼키고 아무렇지도 않은 척 껌을 주머니에 집어넣었다.

"어제 그 뭐죠?"

혹시라도 이 남자가 바보였으면 좋겠다는 잠깐의 바람은 역시나 이루어지지 않고, 남자가 물어 왔다. 여기에서는 그저 시치미를 떼는 수밖에 없다. 도진은 물론이거니와 이 남자에게도 굳이 내가 먼저 어제 그 자리에 있었다는 이야기를 해서는 안 될 것 같다는 생각이 들었다.

"아, 아닙니다. 아무것도. 어휴, 벌써 시간이 이렇게 됐네. 식사 맛있게 하세요."

나는 대충 얼렁뚱땅 넘기면서 흡연실 문쪽, 다시 말하면 남자가 내내 서 있는 쪽을 향해 걸음을 옮겼다. 그때였다. 남자가 내가 앞으로 걷는 걸음에 맞춰 뒷걸음질해서 흡연실문 앞을 가로막고 섰다.

"껌, 지금 씹으시죠?"

"네?"

"담배를 피운 후에는 껌을 씹는 게 매너입니다."

아, 그럼 처음 보는 사람한테 매너를 가르치겠다며 길을 막고 서는 건 대단한 매너고? 평소라면 지금 같은 상황에서는 상대방이 누구든지 간에 '네놈의 말버릇을 고쳐주마!' 라고 생각하고 달려들었겠지만, 왠지 지금은 그럴 때가 아닌 것 같다. 그저 빨리 이 자리를 벗어나야 한다는 생각만 들었다.

"아, 네……. 어차피 지금 밥 먹으러 갈 거라서…… 식사 후에 씹으려고요."

대체 왜 내가 이 이름도 밝히지 않는 남자에게 껌을 언제 씹을
지를 보고해야 한단 말인가. 남자는 나의 대답이 불만족스러운지
짧게 '흐음'하고 대답할 뿐이었다. 게다가 여전히 몸은 흡연실 문
을 가로 막고 서 있다. 정말 이 남자, 내가 여기서 껌을 씹기 전에
는 비켜 주지 않을 생각인 것인가.

"저, 그럼 잠시……"

잠깐의 대치 후에, 이대로는 도저히 안 되겠다는 생각이 들어
나는 남자의 옆구리를 밀어 내가 빠져나갈 공간을 확보하기 위해
슬쩍 팔을 뻗었다. 이 남자가 내가 밀어붙이는데도 불구하고 버
티고 서 있으면 어쩌나 하는 생각도 잠시, 남자는 의외로 내 팔이
그의 옆구리에 닿기도 전에 빠른 걸음으로 문 옆으로 비켜섰다.
뭔가 더러운 물건이 자기 몸에 닿는 것이 싫기라도 한 것처럼.

그래, 딱 그 반응이었다. 조금 전에 내가 담배를 손에 들고 있
었을 때도 그렇고, 담배를 끈 후에도 그렇고, 이 남자는 시종일관
내가 뭔가 더러운 물건이라도 되는 것처럼 되도록 나의 가까이에
는 오지 않으려고 노력하고 있었다. 물론, 지금 상황을 생각해 보
면 남자가 느끼는 더러운 물건이라는 것이 무엇일지는 충분히 추
측이 가능하다. 내가 손에 들고 있던 담배와 그 담배 냄새가 몸에
밴 나의 몸. 길거리에서 종종 옆을 지나가던 젊은 여성들이 노골
적으로 내가 내뿜는 담배 연기에 대해 싫은 표정을 짓는 것을 수
없이 경험해 보긴 했지만, 이건 또 다른 느낌이다. 더러운 물건 취
급을 당해서 기분이 나쁘다기보다 오히려 이 남자가 나를 피해줘
서 안심된다는 느낌.

나는 남자가 피해 준 덕분에(?) 무사히 흡연실을 빠져나왔으나, 이내 또 다른 시련이 닥쳤음을 감지했다.

흡연실로 통하는 복도에 대략 대여섯 명의 남녀가 둘씩 짝을 지어 내 쪽을 바라보고 서 있었던 것이다. 대부분이 모르는 얼굴들이었으나, 그 중 한 둘은 어제 모임에 있었던 사람이라는 것을 알 수 있었다. 나머지 사람들도 분명 그 모임에 속한 사람들일 것이다.

그들은 내가 흡연실을 나오자마자 마치 이쪽에는 관심도 없다는 듯이 갑자기 몸을 돌려 서로 서로를 마주 보고 섰다. 오히려 그냥 나를 쳐다보고 서 있는 편이 더 나았을 것이다. 그냥 아무일 없이 서로 서로 잡담을 나누고 있었던 것이라는 느낌을 주려고 노력한다는 것은 알 수 있었으나, 급작스레 몸을 돌리는 그 행동이 너무 어색해서 더 신경이 쓰였던 것이다. 게다가 연기를 하려면 몸을 돌린 시점에서 잡담이라도 시작해야 하는 것이 아닌가. 그들은 서로 마주 보고 선 채 그저 미소만 짓고 있다. 대체 내 주변에서 무슨 일이 벌어지고 있는 것일까. 이제는 슬슬 무섭다는 생각마저 들기 시작했다.

다행인지 이 사람들은 나에게 남자가 그랬던 것처럼 껌을 권하지는 않았다. 오히려 내가 그들을 지나 사무실로 돌아가기 위해 걸음을 내딛자, 딱 흡연실의 그 남자가 보였던 반응처럼 나를 피해 복도 양쪽으로 물러섰다. 원체 좁은 복도이다 보니 두 사람이 서면 사람 하나 지나가기 어려운 건 사실이지만, 그걸 감안하더라도 내 옷자락이 스치는 것조차 싫다는 듯이 벽 쪽에 최대한 등을 붙이고 있다.

이런 상황이라면 차라리 나에게 껌을 권하든지, "냄새나요"라고 호통을 치든지 뭔가 보통의 인간다운 반응을 보여줬으면 좋겠다는 생각이 들었다. 그게 제일 큰 문제였다. 지금 이 사람들에게서는 어딘지 모르게 '인간답다'라는 느낌이 전혀 들지 않았다. 도진의 이상한 말투도 그렇고, 조금 전 남자나 이 사람들도 그렇고, 마치 무엇인가에 홀려 있는 것 같다. 꼭 세뇌라도 당한 것처럼……이라고 생각한 순간, 갑자기 이게 정답일지도 모른다는 생각이 뇌리를 스쳤다. 단 하루 만에 골초를 비흡연자로 만들 수 있는 프로그램, 담배라면 질색하게 만들 수 있는 프로그램……. 모임에 참가한 사람들이 모두 비슷하게 사고하고 행동하게 만드는 프로그램……. SF 소설 같은 이야기지만 지금의 나에게는 그런 상황을 설명할 수 있는 대답은 한 가지밖에 없다. 일종의 세뇌 프로그램이다. 아마도 그 외부에서 초빙했다는 전문가라는 사람이 모두를 모아 놓고 최면이라든지 세뇌라든지 뭐 그런 술수를 부렸다고밖에는 설명이 되지 않는다. 그리고 이들은 그 '프로그램'을 일부 엿 본 나 역시 그들처럼 세뇌시키려고 하고 있는 것이다. 이건 매우 위험하다. 말도 안 되는 이야기이다. 너 지금 개소리하는 거라고, 그 전문가는 그저 금연 껌 홍보 대사 비스무리한 것일 뿐이고, '너처럼 골초 새끼한테도 그 좋은 금연 껌을 소개시켜 주려는 것일 뿐이다.'라는 대답을 들어도 좋다. 내가 납득할 만한 이야기라면 뭐든지 좋으니, 이 상황에 대해 설명해 줄 사람이 있었으면 좋겠다. 벽 쪽으로 물러서 있는 그들의 시선을 느끼면서, 거기에 더해 흡연실 쪽에서 느껴지는 남자의 따가운 시선을 느끼며 나는 사무실을 향해 걸음을 서둘렀다.

사무실로 들어서자마자 제일 먼저 내가 느낀 점은, 여기가 마치 내가 조금 전까지 근무하던 바로 그 장소가 아니라는 기분이었다. 잠깐 내가 나가 있던 그 몇 분 사이에, 내가 알던 사람들은 모두 사라지고 그 자리를 다른 사람들이 대신 채운 것 같은 느낌이었다. 사무실에 있는 다른 사람들 모두 내 쪽을 보고 있진 않지만, 컴퓨터 모니터에 열중해 있는 뒷모습 혹은 앞모습 자체에서 생경함을 느끼고 있는 것이다.

혹시 아침에 내가 출근할 때부터 이랬던 것은 아닐까. 그저 내가 느끼지 못했기 때문은 아닐까. 이대로 가만히 있으면 나 자신이 미쳤다고 진단 내리고 조퇴라도 해서 정신 병원으로 달려가야 될 것 같다.

미연은 어떨까. 미연도 지금 상황을 알고 있을까?

내 자리에 앉으며 흘깃 미연을 보니 자리가 비어 있다. 점심을 먹으러 가기에는 이른 시간이고, 잠깐 화장실에라도 간 것인가.

그렇다면 내가 지금 상황에 대해 이야기할 수 있는 다른 사람은 도진이다. 도진은 컴퓨터 화면에 익스플로러를 띄워 놓은 채로 (이건 평상시와 같은 모습이다.) 특별히 하는 일도 없이 뚫어지게 모니터를 쳐다보고 있었다. 아침의 태도를 보면 도진도 뭔가 그 이상한 프로그램에 이미 걸려들었을지도 모르지만, 아직은 그리 오랜 시간이 지나지 않았으니 희망이 있을지도 모른다. 설령 희망이 없다고 해도, 도진과는 이야기를 제대로 해보고 싶었다. 평소에는 그렇게나 꼴 보기 싫은 사람이었건만, 그래도 출근길을 같이 하면서 미운 정이라도 쌓였나 보다. 이상한 일에 휘말린 것이 맞는다면, 이 사람을 구해야 한다. 꼭 그런 이유가 아니더라도 이 모든 것이 정신 나간 나의 망상일 뿐이라고 한다면, 그걸 똑바로 말해 줄 수 있는 사람은 지금으로서는 어제 바로 그 모임에 참석했던 도진이 유일한 사람이다. 나는 결심을 굳히고 메신저에 등록되어 있는 도진에게 말을 걸었다.

'대리님'

말을 걸고 나서 뒤를 흘깃 보았지만, 도진이 키보드에 손을 올리는 기색은 없었다. 나는 이어서 다시 말을 걸었다.

'지금 바쁘세요?'

'아니요.'

이번에는 짧게 대답이 바로 왔다. 그의 대답을 보며 그가 지금 정상이 아니라는 생각이 더욱 강하게 들었다. 평소의 도진이라면 나에게 메신저가 되었건 실제 대화가 되었건 간에 절대로 존댓말을 사용할 사람이 아니었다.

'그럼 옥상에서 잠깐 얘기 가능하세요? 담배라도 한 대 피면서.'

담배 이야기는 도진의 반응을 보기 위해 일부러 꺼낸 이야기였다. 잠시 동안 움직임이 없던 도진이 키보드를 두드리는 소리가 들리고, 내 모니터에 도진의 메시지가 떠올랐다.

'담배는 싫습니다. 이야기는 좋습니다. 올라가요.'

메신저 상으로는 정확한 그의 반응을 확인할 수 없지만, 도진이 아직까지 담배에 대한 거부 반응을 보인다는 것만은 확실했다. 게다가 도진의 말투 역시 거슬리긴 마찬가지였다. 출근길에 그가 보였던 것보다는 안정되어 보이긴 했지만, 꼭 이제 막 한국어를 배운 외국인과 대화하는 기분이었다. 나는 우선은 그의 말투를 무시하기로 했다. 이 이상한 느낌이 드는 사무실을 벗어나서 도진과 이야기를 하는 것이 급선무다.

5

옥상으로 통하는 문을 열고 밖으로 나가자, 서늘한 바람이 온몸을 휘감아서 저절로 몸이 움츠려졌다. 위에 재킷이라도 걸치고 올 걸 그랬다. 7층짜리 건물인 우리 회사의 옥상은 각 층 별로 흡연실이 생기기 전까지는 4~7층을 이용하는 직원들의 공공 흡연 장소였다. 1~3층 흡연자는 1층 바깥에서, 4~7층 흡연자는 옥상을 이용했던 것이다. 각 층 별로 흡연실이 생긴 이 후로는 주위의 시선에 신경 쓰는 신입 사원이나 여직원들이 주로 이용하기 때문에 예전에 비해 사람들의 왕래가 많이 줄었을 것이다.

옥상 귀퉁이에 흡연자들을 위해 설치해 놓은 자판기와 재떨이를 살펴보고 내 예상이 틀리지 않았음을 확인했다. 재떨이가 텅텅 비어 있었던 것이다. 이곳이라면 쓸데없는 방해를 받지 않고 도진과 이야기를 나눌 수 있을 것이다. 나는 재떨이 옆에 서서 자연스럽게 주머니에서 담배를 꺼내 하나 물었다.

"대리님, 어제 대체 무슨 일이……."

내 딴에는 다른 이야기는 더 하지 않고 단도직입적으로 본론으로 바로 넘어가려던 것인데, 도진의 반응은 나보다 더욱 즉각적이었다. 내가 불을 붙인 뒤 도진을 보며 말을 꺼내던 찰나에, 도진이 나를 향해 무섭게 달려들었다.

"담배는 싫다고 하지 않았습니까!"

그의 말투에서는 오전에 느껴지던 불안감은 이미 사라졌다. 다만 사라진 그 불안감을 대신 채운 것은 '일반적임'이 아닌 광기였다. 목을 조를 듯이 두 팔을 내밀고 달려드는 도진의 기세에 눌려 순간적으로 몸이 움찔하며 간신히 한 마디를 내뱉었다.

"대리님! 왜……!"

그 순간, 한 모금 삼켰던 담배 연기가 짤막한 내 말과 함께 달려들던 도진의 얼굴로 뿜어졌다. 그 담배 연기를 정면으로 맞은 도진의 반응은 이번에도 달려들 때와 마찬가지로 즉각적으로 나타났다.

"컥…… 컥……."

도진이 사레라도 걸린 것처럼 두 손으로 목을 움켜쥐고 괴로워하기 시작했다. 자기가 자기의 목을 조르고 있는 게 아닐까 싶을 정도로 얼굴이 급격하게 새파래지고, 목과 얼굴에 시퍼런 힘줄이 울룩불룩 솟아나왔다. 나는 이 급격한 사태 변화에 놀라 아무 말도 못하고 도진을 바라만 볼 뿐이었다. 그리고 마침내, 도진이 마치 슬로 비디오처럼 천천히 옆에 서 있던 자판기를 향해 쓰러졌다. 비현실적인 상황으로 인해 멈춰 있던 시간이 자판기에 도진의 몸이 부딪히는 커다란 소리에 다시 빨라지기 시작했다. 도진은 자판기에 부딪혀 팅기듯이 바닥에 쓰러지더니 몇 번 몸을 움찔하고는 조용해졌다. 나는 그제야 정신을 차리고 쓰러진 도진을 향해 천천히 다가가 도진의 옆에 무릎을 꿇었다.

"대리님…… 대리님? 괜찮으세요?"

조용히 도진을 불러 봤지만, 그는 여전히 미동도 없었다. 옆으로 쓰러져 반쯤 벌어진 도진의 입을 통해 침인지 뭔지 모를 하얀

색의 액체가 줄줄 흘러나오는 것이 보였다. 원래 간질 증세라도 있었던 것일까. 뭐가 뭔지 모르는 상황 속에서 병원이나 경찰에 연락을 해야 한다는 생각마저도 잊은 채 나는 그저 가만히 서 있을 뿐이었다.

"쯧쯧…… 적응기만 조심했으면 됐을 텐데. 앞으로는 적응기간 자체도 좀 고려를 해야 되겠어."

흠칫 놀라 목소리가 들려오는 쪽을 향해 고개를 들었다. 분명 나오면서 닫았던 옥상으로 통하는 문이 이제는 활짝 열려 있다. 그리고 그 앞을 말 그대로 빽빽하게 메운 사람들. 아마 그 안쪽, 계단 쪽에도 더 많은 사람들이 있을 것이다. 그 무리의 맨 앞에, 처음 말을 꺼냈던 그 사람, 나에게도 낯이 익은 그 사람이 서 있었다.

"총무부 김 대리……"

어제 회의실에 있었던 그 김 대리란 남자가 틀림없다. 아까 흡연실에서의 남자와 마찬가지로 입가에 미소를 띠고 있었다. 아니, 김 대리만이 아니었다. 그 뒤에 몰려 있는 수많은 사람들 역시 모두가 입가에 똑같은 미소를 띠고 있었다. 사이비 종교 집단의 집회를 보는 기분이었다. 모두가 똑같은 표정, 똑같은 미소, 위화감이 느껴지는 미소. 그 숫자 또한 어제와는 비교도 되지 않았다. 어느 순간에 이렇게 많은 수의 사람들을 모두 끌어들였단 말인가.

그렇게 생각하는 순간, 김 대리의 옆에 있던 사람 중 한 명이 성큼성큼 걸어와 나에게 뭔가를 휘둘렀다.

'퍽' 하는 소리와 함께 오른팔에 끔찍한 통증이 뒤따랐다.

"아……!"

신음조차 내지 못하고 여전히 반쯤 무릎을 꿇은 어정쩡한 자세로 아픈 오른팔을 감싸며 내 팔을 후려친 사람을 쳐다봤다. 흡연실에서 봤던 그 남자가 양 손으로 화장실 청소용으로 사용하는 걸레 자루를 움켜쥐고 나를 내려다보고 있었다.

"담배는 나쁘다니까요. 이런 걸 왜 그리 좋다고 피우는지 몰라."

남자는 여전히 말이 없었고, 한 걸음 정도 뒤에 서 있던 김 대리가 대신 입을 열었다. 그의 말을 들으며 그의 얼굴이 향하는 쪽을 보니, 도진이 쓰러지는 와중에도 내 손에 쥐고 있었던 담배가 한쪽에 떨어져 있다. 이게 목표였나.

"당신들 뭐야……. 당신들 당장 고소할 거야. 금연시킨답시고 이상한 세뇌 같은 거 시키는 거지?"

"고소? 경찰 말인가요?"

김 대리가 살짝 비웃는 듯한 목소리로 말했다.

"당신이 주동자지……. 그 전문가인지 뭔지, 밖에서 불러온 새끼랑 짜고 지금 이 회사 사람들한테 무슨 짓을 한 거잖아! 내가 그걸 다 알고도 그냥 넘어갈 것 같아?"

오른팔에 느껴지는 통증을 꾹 참으며 내가 소리쳤다. 김 대리는 '흠' 하는 소리를 짧게 내뱉고 내 눈높이에 맞추려는 듯이 무릎을 구부려 몸을 낮췄다. 그렇다고 내 앞에 바짝 다가오지는 않는 것이, 그 역시 다른 사람들과 마찬가지로 담배 냄새를 꺼리는 것 같았다. 김 대리가 조용히 말했다.

"지금 이 자리에 당신이 말하는 그 전문가도 와 있습니다."

"뭐?"

나는 주변을 황급히 둘러봤다. 앞쪽에 나를 가로막듯이 서 있는 사람들 중에서는 외부인이라고 느껴지는 사람은 없었다.

"저를 잘 보세요."

여기저기 불안하게 둘러보던 나에게 그가 다시 말을 건넸다. 그리고 김 대리의 말대로 그의 얼굴을 자세하게 본 그때서야, 나는 지금까지 그들을 보며 느꼈던 위화감의 정체가 무엇인지 명백하게 깨달았다.

"당신들 눈이……."

나는 더 이상 말을 잇지 못했다. 입은 분명 웃고 있고, 나에게 계속 무엇인가 말을 걸었지만, 정작 김 대리의 두 눈에서는 아무런 감정도 읽을 수 없었던 것이다. 정면만을 무심하게 응시하는 눈빛과는 반대로 입은 계속 미소를 띠고 있기에 김 대리를 포함한 '이들'의 미소에서 그토록 위화감이 느껴졌던 것이다.

하지만 내 놀라움은 그것으로 끝이 아니었다. 나는 그때 처음으로 알았다. 사람의 입이 그렇게 크게 벌어질 수 있다는 것을. 너무 놀라 할 말조차 잊고 있던 나의 앞에서 김 대리의 아래턱이 쭈욱 밑으로 내려갔다. 마치 짐 캐리가 주연으로 나왔던 영화 '마스크'의 한 장면을 보는 것 같은 기분이었다. 물론, 지금 이 장면이 그 영화처럼 CG의 힘을 빌린 것이 아니라는 것은 명백했다.

"제가 보이십니까?"

아직도 끝이 아니었다. 아니, 그들의 눈빛도 그렇고, 떡 벌어지는 아래턱도 그렇고 지금 내가 보고 있는 이것에 비하면 애들 장난 수준일 것이다. 그의 목소리는 입안 성대가 아니라, '혀'에서 나오고 있었다. 그리고 보통은 혀가 있어야 할 그 자리에는 다른 엄청난 것이 마치 그곳이 원래 자기가 있던 곳이라는 듯 자연스럽게 박혀 있었다.

'벌레'

그것은 징그러운 벌레처럼 생겼다. 몸통은 지네의 몸통처럼 관절이 여럿으로 나뉘어 있었고, 색 자체는 혀와 비슷한 선홍색이라 입 안에 자리하고 있어도 자세히 보지 않으면 크게 어색하지 않아 보였다. 그리고 각 몸통 마디마디에는 벌레의 다리처럼 보이는 것이 마디별로 좌우 두 개씩 총 네 개가 달려 있고, 몸통의 맨끝에는 네모형의 몸통과는 확연히 구분되는 동그라미 형태의 머리가 달려 있다. 그리고 그 머리에는 눈이라고밖에는 생각할 수없는 조그만 검은색 점이 양 옆에 하나씩 박혀 있다.

'시모토아 에시구아(Cymothoa exigua).' 머릿속에 맴돌기만 하던 그 이름이 불현듯 떠올랐다. 물고기의 입 속에 기생하여 혀를갉아 먹은 뒤 그 자리를 대신한다는 기생 동물. 인터넷에서 인상을 찌푸리며 봤던 그 '시모토아 에시구아'의 형상에 지금 내 눈앞에 있는 이것의 형상이 겹쳐졌다. 문제는 이번에는 인터넷에서한 번 본 뒤 쉽게 잊어버릴 수 있는 사진도 아니며, 이것들이 뭔지는 모르지만 기생하고 있는 것이 물고기가 아니라 사람이라는점이다.

"기생충……?"

"음. 기생까지는 맞을지 모르겠지만 '충'은 아닙니다. 인간들은이런 감정을 불쾌함이라고 부른다죠?"

나도 모르게 생각한 바를 입 밖에 내뱉은 순간, 김 대리가 다시 몸을 일으키며 대답했다. 이제는 숨길 것도 없다는 듯이 여전

히 아래턱을 내린 채 그것을 드러낸 채였다. 김 대리, 아니 '그것'
이 말을 이었다.

"아마도 저희는 당신들 인간보다 우수한 존재일 겁니다. 무엇보
다도, 당신, 아니 당신들이 아직까지 발견도 하지 못한 곳에서 이
곳 지구까지 왔다는 자체가 그 사실을 증명한다고 생각합니다."

"아직까지 발견하지 못한 곳……? 외계인이라는 이야기야?"

'그것'은 나의 물음에는 대답할 가치도 없다는 듯이 무시하고
말을 이었다.

"저희 종족은 이곳을 저희의 식민지로 삼기로 결정했습니다.
그리고 이곳을 식민지로 삼고, 이곳에서 생활하기 위해서는 최소
한 이 환경에 적응할 수 있는 대체 신체를 만들 수 있을 때까지
만이라도 당신들의 육체가 필요하다는 결론을 내렸습니다. 그렇
게 당신들의 육체에 기생하여 환경에 대한 정보를 모으는 것이
저의 임무입니다."

"아, 물론 오해는 하지 마시길 바랍니다. 우리 종족은 당신들의
멸망을 바라지는 않습니다. 모든 인간들의 육체에 이렇게 기생할
생각은 없다는 이야기입니다. 저희도 식민지라고 만들어 놓고 우
리끼리만 웃고 떠들고 즐겁게 살 수는 없는 것 아니겠습니까. 지
배하는 자가 있으면 지배받는 자도 있어야지요."

이제는 김 대리의 표정을 볼 수 있는 방법이 없었기에, '그것'
이 지금 농담을 하는 것인지, 정말 진지하게 자신의 '식민지 지배
계획'을 설명하고 있는 것인지 알 수는 없었다. '그것'은 잠시 말을
멈추고 나의 반응을 기다리는 것 같았으나, 내가 별다른 반응을
보이지 않자 계속 말을 이었다.

"저희 종족은 오로지 신체 기관의 접촉을 통해서만 다른 생명체의 몸에 기생할 수 있습니다. 당신들이 입이라고 부르는 곳이 바로 그곳입니다. 좀 더 쉽게 일이 풀릴 수도 있었는데, 생각지도 못하게 이곳엔 우리 종족에게 치명적인 오염 요소가 있더군요. 그것 때문에 시간도 생각보다 오래 걸리게 되었고, 이렇게 당신처럼 우리에 대해 알게 되는 지구인도 생기게 되었고요. 안타까운 일입니다."

치명적인 요소? 담배 이야기인가? 그래서 이 녀석들이 금연 클럽까지 만들었던 것인가? 뭐 담배야 원래 백해무익하긴 하지만 대체 어느 부분이 어떻게 치명적이란 거지?

하긴, 지금은 그런 게 문제가 아니다. 나는 돌아가지 않는 머리를 억지로 굴려 이 자리에서 어떻게 하면 벗어날 수 있을지를 고민하기 시작했다. 이 회사에 대체 몇 명이 이것들에게 육체를 빼앗긴 것일까. 설마 벌써 나를 제외한 우리 회사 직원 모두에게 손을 댄 것일까? 그렇다면 미연도? 이 자리를 벗어난다고 해도 회사 밖으로 무사히 빠져나갈 수 있을까?

"뭐, 좋아. 내 앞에 이렇게 떡하니 서 있으니 안 믿을 수도 없고 말이야. 이번에는 내가 하나만 묻지. 이런 식으로 혀를 차지한다고 해도, 그 육체의 주인이 원래 생활하던 삶이라는 게 있어. 무턱대고 그렇게 남의 몸을 빼앗다간 얼마 못 가서 분명 들통날 거야. 그건 어떻게 할 거지?"

지금 상황에서 이 자식들이 지구를 어떻게 빼앗든 간에 내 알 바는 아니고 지금 당장 내가 살 구멍을 찾는 것이 시급했으나, 녀석의 주의를 다른 곳으로 돌리기 위해 슬쩍 질문을 던졌다. '그것'

은 생긴 것과는 다르게 꽤나 잘난 척하는 타입인지 내 질문에 마치 준비된 모범 답안을 이야기하는 것처럼 막힘없이 대답을 뱉어 냈다.

"네, 조금은 생각할 줄도 아는 것 같긴 하네요. 저희 종족은 다른 생명체의 육체에 기생함과 동시에 그 생명체의 뇌에 접속하여 그 개체 자체의 특유 기억력이나 습관 역시 학습할 수 있습니다. 물론, 그렇게 되기까지 어느 정도 적응 기간이 필요하긴 합니다만……."

거기까지 말하고 '그것'이 손가락을 앞으로 들어 좌우로 흔들어 보였다. 이미 김 대리가 김 대리 자신이 아닌 것을 알고 있기에, 그 행동은 내 눈에는 마치 로봇이나 꼭두각시 인형이 누군가의 조정을 받는 것처럼 부자연스럽게 보였다.

"그리고 한 가지, 제가 당신이 이해하기 쉽게 '기생'이라는 표현을 하니 마치 우리가 당신들 인간의 몸을 빼앗는다고 생각하는 것 같은데, 엄밀히 말하면 그건 아닙니다. 그건 일종의 생물학적 번식에 가까운 개념으로……."

'그것'이 거기까지 말했을 때, 내가 드디어 마음을 굳히고 행동을 개시했다. 여기에서는 강행돌파밖에 없다. 죽이 되든 밥이 되든, 여기 가만히 앉아서 족보도 모르는 외계 벌레 새끼들한테 당할 수는 없는 노릇이었다. 나는 '그것'의 말에 주의를 빼앗겨 그쪽으로 고개를 돌리고 거의 무방비 상태로 있던 '흡연실의 남자'의 몸을 어깨로 들이받았다.

남자의 몸이 중심을 잃고 조금 전 도진이 쓰러지면서 부딪혔던 그 자판기에 등부터 부딪혔다. 조금 전 김 대리의 부자연스러운 행동도 그렇고, 지금 이 남자가 이렇게 맥없이 쓰러지는 걸 보면, 이 외계 종족(인지 벌레인지)들은 인간의 몸을 빼앗는다고 해도 평상시 그 사람이 자신의 의지를 가지고 행동하는 것만큼 자유롭게 몸을 움직일 수는 없는 것 같다. 아무리 기습이라고는 해도 이렇게 쉽게 상대방을 쓰러뜨릴 수 있을 것이라고는 생각하지 못했던 것이다.

남자에게는 충격이 어지간히 컸는지, 단순히 중심을 잃은 것뿐만이 아니라 한 손에 들고 있던 걸레 자루까지 바닥에 떨어뜨렸다. 나는 생각할 것도 없이 걸레 자루를 집어 들고 그 때까지도 상황 파악을 제대로 하지 못하고 있던 김 대리의 면상을 향해 휘둘렀다.

"끄아아아아아아아!"

온전히 자신의 원래 몸을 드러내놓고 있던 '그것'에 내 혼신의 일격이 제대로 먹혔다. 걸레 자루를 쥐고 있던 양 손에 무언가 질퍽질퍽한 것을 때렸을 때의 불쾌한 느낌이 전해지며, 그런 느낌보다 더 불쾌한 소리로 '그것'이 비명을 내질렀다. 나는 '그것'에 후속타를 날리는 대신 그 뒤쪽에 있던 건물 안으로 통하는 문을 향해 내달렸다. '그것'이 내지르는 비명만으로도 지금의 내 일격이 어느 정도 효과가 있었는지를 가늠하기에는 충분했기 때문이다.

이 일격은 문을 가로막고 서 있던 다른 무리들에게도 효과가 있었던 것 같다. 녀석이 무리의 우두머리였음이 틀림없다. '그것'의 갑작스러운 비명에 뒤 쪽에 있던 녀석들 역시 어찌해야 할 바를 몰라 우왕좌왕하기 시작했던 것이다.

나는 그 틈을 타서 문 앞에 있던 녀석들을 향해 다시 힘껏 걸레 자루를 휘둘렀다. 내 머릿속에는 지금 이 사람들이 원래는 인간이었다든지 하는 생각은 전혀 남아 있지 않았다. 오직 이 곳에서 살아서 벗어나야 한다는 생각뿐이었다. '퍽' 하는 둔탁한 소리가 울리며 충격에 못 이긴 걸레 자루가 부러져 나갔다. 그리고 그 충격을 그대로 옆구리로 받아 낸 한 남자가 뒤로 휘청거리며 건물 안쪽 계단까지 꽉꽉 들어차 있던 동료들을 향해 나자빠졌다.

"으랴아!"

나는 휘청거리는 녀석의 몸무게를 감당해내지 못해 중심을 잃은 나머지 녀석들을 향해 마치 콘서트에서 흥분한 가수가 관중석을 향해 몸을 날리듯 기합을 내지르며 온 몸을 던졌다. 처음 내 걸레 자루에 얻어맞고 휘청거리는 녀석을 받아내느라 중심이 흐트러져 있던 맨 앞 열의 몇 명이 내 몸무게를 견뎌내지 못하고 뒤로 넘어갔다. 그게 시작이었다. 앞 열에 서 있던 녀석들이 뒤로 넘어가자 계단이 좁아 미처 올라오지 못하고 계단에 서 있던 나머지 사람들이 동시에 도미노처럼 쓰러지기 시작했다. 나 역시 뛰어들던 힘 그대로 계단에서 구르는 녀석들과 함께 굴러떨어지기 시작했다.

건물 안에 한바탕 시끄러운 소리가 울려 퍼졌다. 사람이 넘어지는 소리, 그 와중에도 정신없이 소리를 지르는 나의 목소리, 그리고 또 한 가지. 함께 계단을 구르는 녀석들의 몸 여기저기에서 들려오는 '우두둑'하는 소리. 이 세 번째가 제일 나빴다. 나는 녀석들의 위로 몸을 날린 덕분에 밑에 깔린 녀석들이 어느 정도 충격을 완화해 주었지만, 밑에 깔린 녀석들은 계단에서 굴러떨어지는 충격을 인간의 몸 그대로 받아야 했던 것이다. 더군다나 그 소동 속에서도 나를 제외한 어느 누구의 비명소리나 신음소리가 들리지 않는다는 것이 더욱 공포감을 자아냈다.

이 끔찍한 소란은 7층과 옥상 사이 계단참에서야 멈췄다. 나는 주위에 있는 녀석들이 발에 밟히는 것도 상관하지 않고 몸을 일으켰다. 이 소란 속에 용케 피해 있었던 한 여자가 나를 향해 계단을 달려올라 오는 것이 보였다. 나는 주변에 널브러져 있는 녀석들의 몸 때문에 중심을 잃지 않으려 애쓰면서 무서운 기세로 달려오던 여자를 양손으로 밀쳐 냈다. 여자의 몸이 공중으로 붕 떠올라 그대로 계단과 이어지는 7층 비상구 앞까지 곤두박질쳤다. '우두둑'하는 기분 나쁜 소리가 다시 한 번 건물 안에 울려 퍼졌다. 다행히 옥상까지 올라와 있던 무리는 그 여자가 마지막이었던 모양이다. 나는 더 생각할 것도 없이 계단을 재빨리 달려 내려갔다. 7층으로 통하는 비상구 앞에 쓰러져 있던 여자는 이제는 원래 '자신의 몸'을 그대로 드러내고 있었다. 분명히 이 녀석들은 빼앗은 신체가 충격을 입어도 자신들 자체는 큰 충격을 받지 않는 것이리라. 아래턱이 벌어진 채 여자의 입에서 튀어나와 있는 그것은 뭔가 애를 쓰는 듯이 계속 온 몸을 꿈틀대고 있었으나, 떨어질 때의 충격으로 여자의 척추가 부러졌는지 팔다리만 계속 꿈틀꿈틀할 뿐 제대로 일어서지는 못하고 있었다. 그 그로테스크한 모습을 잠시 쳐다보고 있자니, 위에서도 부스럭거리는 소리가 들려왔다. 방금 내가 지나온 계단참에서 들리는 소리였다. 시선을 그쪽으로 돌리니, 그쪽에도 나와 함께 계단을 굴렀던 녀석들이 몸을 일으키고 있었다. 모두 다 아래턱을 내리고 원래의 '그것'을 드러내놓고 있었다. 지금 내 눈 앞에서 꿈틀대는 여자처럼 그 중에도 일어서지 못할 정도로 타격을 받은 녀석들도 있는 것 같았으나, 대부분은 팔이 부러지면 팔을 늘어뜨린 채로, 다리가 부러지면 다리를 절면서 내 쪽을 향해 계단을 내려오려 하고 있었다.

나는 더 이상 밑에서 올라오는 사람들이 없기를 바라며 아래층으로 달려 내려갔다. 내가 일하는 사무실이 있는 5층을 지나쳐 4층으로 접어들려는 찰나, 아까부터 자리에 보이지 않던 미연이 머릿속에 떠올랐다. 미연은 어떻게 되었을까? 원래부터 담배를 싫어하던 미연이니, 이 녀석들 모임에 나보다 먼저 참가하지는 않았을 것 같다. 아니, 그럴 시간조차 없었다. 분명 어제까지만 해도 평소와 전혀 다르지 않았으니까. 아직까지는 괜찮을 것이다. 나처럼 이 녀석들을 피해 도망을 다니고 있을지도 모르는 일이었다. 연애 기간이 길어지면서 연애 초기에 비해서는 잔소리도 늘고 둘 사이에 다툼도 늘었지만, 그래도 늘 내 옆에 함께 있었던 사람이다. 이대로 미연의 안전을 확인하지도 않고 건물 밖까지 도망간다면, 그리고 만약 미연이 내가 나가고 나서 녀석들한테 당한다면, 아마도 평생을 후회하게 될 것이다. 그러느니 지금 조금의 (물론 조금은 아니겠지만) 위험을 감수하고 그녀를 찾아 나서는 편이 더 낫다. 이렇게 마음을 먹은 순간, 아래층 쪽에서도 사람들이 달려 올라오는 소리가 들리기 시작했다. 나는 더 생각할 것도 없이 5층으로 통하는 비상구 문을 열고 복도로 뛰어들었다.

"미연아! 어디 있어!"

5층 복도는 조용했다. 비상구에서 그 난리를 쳐도 아무도 내다보는 사람이 없었다. 이제 더 이상 이 건물에 제대로 된 사람은 없다고 가정하고 움직이는 게 더 낫겠다는 생각이 들었기 때문에 나는 녀석들이 듣든 말든 상관없이 5층 복도 중간쯤에 위치한 사무실을 향해 달려가며 소리를 질렀다. 그때였다. 유리로 된 사무실 문이 복도 쪽으로 거칠게 열리며 그 안에서 미연이 무서운 속도로 달려나와 내 쪽을 향했다. 그리고 그 뒤에는 조금 전까지 나와 함께 일하던 낯익은 얼굴의 사람들이 미연의 뒤를 쫓듯이 뛰어나왔다.

"미연아, 빨리! 이쪽으로!"

미연이 무사했다는 안도감과 그녀를 쫓는 녀석들에게 잡힐지도 모른다는 두려움이 뒤섞인 심정으로 막 소리를 질렀을 때였다. 내 쪽을 향해 무서운 속도로 달려오던 미연의 아래턱이 벌어지며 조금 전까지 봤던 '그것'이 미연의 입안에서 모습을 드러냈다. 안도감은 사라지고 그 자리를 절망감이 차지했다.

"끄아아아아아!"

우두머리의 비명과는 사뭇 다른 느낌으로 미연의 '그것'이 괴성을 내질렀다. 그 소리와 동시에 뒤를 따라 무섭게 질주하는 다른 동료들의 입에서도 똑같은 소리가 튀어나왔다. 그와 동시에 내 뒤쪽, 내가 방금 뛰어들어 온 비상구 쪽 문이 거칠게 열리며 옥상에 있던 녀석들과 새롭게 합류한 녀석들이 5층 복도로 뛰어들어 왔다. 이제 정상적인 인간의 얼굴을 유지하는 녀석들은 하나도 없었다. 모두들 자신의 원래 몸을 드러낸 채 괴성을 지르며 내 쪽으로 달려오고 있다. 양 쪽에서 더 이상 도망갈 곳도 없이 완전히 갇혀버린 것이다.

"씨발 새끼들아아아아!"

나는 악에 받쳐 소리를 지른 후 거의 반사적으로 주머니에서 담배를 꺼내 입에 물고 불을 붙였다. 그리고 도진에게 했던 것과 마찬가지로 제일 먼저 달려들던 미연의 얼굴을 향해 담배 연기를 내뿜었다. 그리고 잠시도 망설이지 않고 한 모금을 더 빤 후 내 뒤쪽을 향해서도 연기를 뿜어냈다. 정확하게 담배가 어떤 식으로 녀석들에게 치명적인지는 몰랐기 때문에 반쯤은 도박에 가까운 행동이었다.

"커어억!"

이 도박에 가까운 행동이 내 목숨을 살렸다. 도진의 경우를 생각하며 무의식적으로 취한 행동인데 그게 제대로 먹힌 모양이었다. 달려오던 기세가 너무 강했는지 내가 연기를 내뿜는 걸 보고도 미처 멈추지 못했던 미연이 먼저 목을 움켜쥐며 바닥에 나동그라졌다. 뒤를 이어 내 뒤쪽에서 달려들던 남자 직원 하나도 미연과 마찬가지로 바닥에 나뒹굴었다. 두 번째 녀석은 제대로 조준도 하지 않았는데 재수 좋게 걸려들었던 모양이었다. 그때 처음으로 이 담배 연기가 '그것'에게 어떤 식으로 작용하는지 두 눈으로 똑똑히 볼 수 있었다. 미연의 벌어진 입에 튀어나와 있던 '그것'이 괴상한 소리를 지르며 미연의 입안에서 요동치기 시작했다. 그리고 잠시 후, '그것'이 점차 내가 보는 앞에서 말 그대로 쪼그라들기 시작했다. 그와 동시에 쪼그라든 녀석의 몸통에서 조금 전 도진의 입에서 흘러나왔던 것과 똑같은 하얀색의 액체가 비눗방울이 터지듯이 '팍' 하는 조그만 소리를 내며 사방으로 튀었다. 상황은 뒤쪽에서 달려들던 남자 직원도 마찬가지로, 그 역시 미연과 똑같이 바깥에 튀어나와 있던 '그것'이 쪼그라들며 터지면서 사방에 하얀 액체를 뿌렸다.

"이 씨발놈들! 저리 안 꺼져? 네들도 이렇게 쪼그라들고 싶어? 달팽이처럼 쪼그라들고 싶냐고 이 좆 같은 벌레새끼들아!"

미연의 어이없는 죽음을 바로 앞에서 목격하고도 슬퍼할 겨를도, 아름다웠던 과거를 회상하며 추억에 빠질 시간도 없었다. 나는 나도 모르게 도진이 했던 말도 안 되는 이야기를 그대로 내뱉으며 복도 양쪽으로 나를 둘러싼 무리를 향해 담배 연기를 뿜어 댔다. 녀석들은 나에게서 조금 거리를 둔 채 서서 더 이상 나를 향해 달려들지는 못했다.

손에 쥐고 있던 담배가 거의 다 타 들어갈 때쯤 해서 재빨리 주머니에서 새로운 담배를 꺼내 입에 물고 불을 붙였다. 불이 거의 다 타들어 간 담배는 내 옆에 놔두고 새로운 담배를 입에 물고 조금 전과 같은 행동을 반복했다. 남은 담배는 10개비 남짓. 이걸로 얼마나 버틸 수 있을까. 오전 출근길에 편의점에 들러 새 담배를 사오지 않은 것을 후회했다. 그때만 해도 점심시간에 사면 될 것이라고 생각했었는데. 아마 앞으로 다시는 점심시간을 가질 수 없을 것이다.

바로 직전까지 격렬하게 몸을 움직이고 난 후라서인지, 이제 두 개비째인데 속이 울렁거리고 현기증이 났다. 그대로 자리에 주저앉아 숨을 가다듬었다. 코로 담배 연기가 들어와서인지, 지금 이 상황이 도저히 받아들일 수 없어서인지, 눈앞이 흐려지며 눈물이 났다.

"이제 그만하고 포기하시죠."

세 개비 째 담배를 물었을 때, 옆에서 귀에 익숙한 목소리가 들렸다. 소리가 들리는 쪽으로 담배 연기를 뿜으며 고개를 들어 보니, 역시나 김 대리의 몸을 한 '그것'이 나를 내려다보고 서 있다. 걸레 자루로 후려친 정도로는 더럽게 아프기만 하고 죽지는 않는 가보다. 나는 '그것'을 올려다보며 대답 대신 일부러 더 강하게 담배 연기를 내뿜었다. 다시 한 모금을 더 빨아들이는데 나도 모르게 구역질이 나며 몸속에 들어 있던 음식물을 게워내고 말았다. 오전에 먹은 음식물이라고 해봤자 커피뿐이었다. 황갈색의 액체가 위액과 함께 입 안에서 밖으로 쏟아져 나왔다.

"그것 보세요. 지구인에게도 담배는 좋지 않다니까요."

나는 억지로 다시 담배를 물며 '그것'을 향해 가운뎃손가락을 들어 올렸다.

"좆까."

"담배 얼마나 남았습니까? 얼마나 더 버틸 수 있다고 생각합니까? 저희는 시간 많습니다. 당신이 생각하는 것보다 훨씬 더 오랜 시간을 견뎌왔고, 앞으로도 그럴 수 있습니다. 하지만 당신은요? 제가 볼 때는 5분도 버티기 힘들어 보이는데요. 1분이라도 더 빨리 편해지는 편이 낫지 않겠습니까?"

나는 '그것'을 물끄러미 쳐다볼 뿐 아무런 대꾸도 하지 않았다. 이 녀석은 우두머리답게 다른 사람들보다 아까 얼핏 말한 '적응 기간'이라는 것을 꽤 오래가진 녀석인 것 같았다. 말이 청산유수다. 그에 비하면 그 적응기간이라는 것을 얼마 가지지 못했을 미연이나 다른 동료들은 고작 할 수 있는 게 괴성을 지르는 정도였던 것 같다.

나는 다시 새 담배를 입에 물었다. 조금이라도 더 오래 시간을 끌기 위해 최대한 천천히 피웠는데도, 벌써 다섯 개비 째다. 이 녀석 말대로 이제 앞으로 얼마 남지 않았다. 어쩌면 담배가 다 떨어지기 전에 내 몸이 먼저 못 견딜지도 모르겠다. 한 모금 한 모금 연기를 빨아들일 때마다 목이 아프고 헛구역질이 계속 나온다. 현기증 때문에 주변이 핑핑 돌고 있다. 주위는 우두머리 '그것'을 비롯하여 모두들 아무런 소리도 내지 않고 있어 쥐 죽은 듯이 조용했다.

그래, 씨발. 어차피 앞으로 몇 분 후면 강제든 반강제든 금연하게 될 거, 그 전에 실컷 펴보기나 하자. 금연 다 좆까라 그래.

마지막 남은 담배가 거의 다 타들어 갔을 때, 문득 한 가지 궁금한 점이 생각나서 내가 쉰 목소리로 우두머리 '그것'에게 물었다.

"지금은 나한테서 담배 냄새가 무지하게 날 텐데 말이지, 그럼 이 담배가 꺼지면 내 몸을 바로 빼앗을 수는 없을 테고, 비밀을 알았으니 나를 이 자리에서 죽일 건가? 아니면 며칠 동안 가둬둘 셈이야? 아까도 말했듯이, 둘 중 어느 쪽이라도 내 주변에 있는 가족들이나 친구들 의심을 피할 방법은 없을 텐데."

내 질문에 '그것'은 이번에도 옥상에서 잠깐 보여줬던 잘난척하는 듯한 말투로 바로 대답했다.

"아닙니다. 인간의 육체는 중요하니까요."

내가 '그럼?' 하는 의미로 '그것'을 살짝 올려다보자 녀석이 주머니에서 각진 모양의 무엇인가를 주섬주섬 꺼내며 이어서 말했다.

"껌을 씹으실 겁니다. 아주 오래, 매우 많이요."

녀석이 내민 손에는 양 손 가득 편의점에서 흔히 볼 수 있는 입 냄새 제거용 껌이 들려 있었다. 브랜드도, 맛도 여러 가지다. 나는 모든 것을 체념한 채 고개를 끄덕이고 손에 들고 있던 담배를 입에 물고 힘껏 빨아들였다.

'파지직'

HOOK

신체강탈자문학 공모전 수상작

최철진

1986년생. 한국예술종합학교 협동과정 서사창작과. 신체강탈자 공모전에서 「HOOK」
으로, 제2회 ZA 문학 공모전에서 「나에게 묻지 마」로 우수상을 수상했다.

가출한 아버지는 팬클럽 회장이 되어 돌아왔습니다. 아버지에게 궁금한 것도 많고 그만큼 묻고 싶은 것도 많았습니다. 그동안 어디서 지냈는지, 누구를 만났고 무엇을 먹었는지, 그리고 왜 떠났는지. 하지만 무엇보다 제일 궁금한 건 따로 있었습니다. 하필 많은 가수들 중에 어째서 그 그룹의 팬클럽 회장이 되었는지. 아버지는 대답 대신 CD플레이어에 CD를 넣고 집 안을 울릴 듯 크게 음악을 틀었습니다. 저는 그 음악을 알고 있었습니다. 제목은 「HOOK」. 갈고리로 물고기를 낚아채듯 너를 내 남자로 만들겠다는 내용이죠. 하지만 아무리 들어도 그 음악이 어디가 그렇게 좋은지 알 수 없었습니다.

다른 여자 그만 봐 나만 BARABA BEBE~ 나는 너의 Her 그러니까 까지 마 UH! 제발 돌아봐 하지만 나 차가운 도시 여자 오지 않으면 내가 GO해 (그리고 간주가 나오고) 다른 여자 그만 봐 나만 baraba babe~ 나는 너의 Her 그러니 까지 마 UH!(이 때 목소리는 생목소리가 아니라 기계소리) 내 이름은 HOOK 마치 LIKE Captain HOOK처럼 너를 훅 낚아채지.

멜로디 역시 제 취향이 아니었습니다. 작곡가를 욕할 정도였으니까요. 분명 손가락으로 책상을 무의식적으로 두드리다 '아, 이번엔 이런 템포로 해볼까. 잡다하게 이것저것 효과를 넣으면 멋있어 보일 거야' 하고 대충 만든 게 분명합니다. 돌림노래 같은 가사와 멜로디였죠. 그렇지만 아버지는 그 음악에 열광했습니다. 네, 솔직히 미친 것 같았습니다. 저는 아버지가 그렇게 대중음악을 사랑하는 문화인지 몰랐습니다. 그저 트로트 가수 송박자의 「네 멋대로」라거나 나잡초의 「야, 훈아」 정도만 따라 부르는 아저씨인 줄 알았지요. 그런데 이럴 수가, 아버지가 「HOOK」를 따라 부르면서 안무를 맞추다니. 왼손을 허리에 얹고 오른손으로 가슴을 쓸어내리며 골반을 좌우로 흔들고 상큼한 표정으로 웨이브를 하다니. 아버지가 그 그룹을 얼마나 좋아하는지 확실히 알 수 있었습니다. 그래도 왜 좋아하는지 알 수 없었습니다. 그러나 저는 고개를 끄덕이기로 했습니다. 아버지는 진정으로 행복하게 웃었으니까요. 그렇게 아버지는 똥 씹은 얼굴을 한 어머니를 안방에 두고 자기 방으로 들어갔습니다. 어머니가 한숨을 쉬고 말씀하셨죠.

"저런 인간인 줄 왜 여태껏 몰랐을까?"

아버지는 애시 당초 우리가 자기를 이해할 거라 생각하지 않은 모양이었습니다. 집에 오자마자 빈 방을 '지소'의 브로마이드와 앨범으로 장식을…… 네, 그 유명한 5인조 걸 그룹, 지소입니다. 지금은 모르는 사람이 없을 정도로 유명한 그룹이지만 당시에는 신인이었죠. 아마 '**지**갑에 **소**중히 간직하고 싶은 소녀들'이라는 뜻일 겁니다. 고개를 끄덕이시는 걸 보니 맞나 보네요. 이렇게 긴 걸 어떻게 기억하는지 신기할 따름입니다. 이름도 참 길죠. 요즘 그룹들은 이니셜과 풀 네임을 모두 갖는 걸 좋아하나 봐요. 왜 깔끔하게 하나만 하지 않는지 모르겠어요. 이게 무슨 암호 해독하는 것도 아니고.

아버지 방은 침대와 컴퓨터, TV를 제외하고는 온통 지소와 관련한 아이템들뿐이었습니다. 지소 CD, 사진집, 브로마이드는 물론 지소 멤버들이 프린트 되어 있는 티셔츠와 쿠션까지. 다 합하면 100여 개는 넘을 정도였습니다. 그러나 그것들은 아버지가 간직하고 있는 품목들의 일부에 지나지 않았습니다. 더 많은 아이템들이 자기의 비밀 창고에 보관되어 있다고 하셨습니다. 아직까지 저는 그 창고가 어디에 있는지 알지 못합니다. 제가 자신의 보물지도를 볼 자격이 충분하지 않다고 생각했는지도 모르죠. 솔직히 그다지 보고 싶지 않습니다. 어쨌든 우리 가족은 아버지가 지소 멤버가 프린트된, 자기 키만큼 큰 쿠션을 끌고 자는 걸 보는 것만으로 충분했으니까요. 생각만 해도 목이 타네요. 잠깐 물 좀 마실게요.

네? 아버지는 어떤 분이였냐고요? 그러니까 지소 팬클럽 초기 회장…… 아, 가출하시기 전에. 아버지는 정말 성실한 회사원이

셨어요. 이름만 대면 누구나 알 법한 식품회사 과장이셨죠. 회사에서 부르면 회사에 나가고 집에서 부르면 집으로 오시는 모범적인 아버지셨습니다. 서울에 있는 대학 경영학과를 졸업하시고, 아 그렇게 유명한 데는 아니고 그래도 이름은 댈 수 있을 만한 학교. 공부를 열심히 하시고 변변한 직장에 취직하시고 우리 어머니처럼 참한 색시를 얻으신 분이시죠. 그런 성공을 하셨음에도 독서와 자기공부를 게을리 하지 않았습니다. 그러니까 제 말은, 아버지는, 절대, 지소 팬클럽 회장이, 되실 분이, 아니란 말이죠. 저는 아버지의 가르침대로 TV에 나오는 시시껄렁한 쇼프로나 가요프로 따위는 거들떠보지도 않았단 말입니다. 주로 뉴스나 시사프로를 시청하고 아니면 신문이나 책을 벗 삼았어요. 맞아요, 그래서 제 말투가 문어체이기도 해요. 아, 당연히 연예인 얘기하는 또래 애들이랑은 상종도 안 했죠. 아버지의 지성을 그대로 본받아야겠다고 다짐했으니까요.

물론 아버지의 감성도 닮아 보려고 했습니다. 감성이라고 해야 할지 본성이라고 해야 할지. 사춘기 시절 이성에 눈을 뜬 아버지는 어떤 모습이었나 궁금해지네요. 하지만 전 아버지의 학창시절 사진 한 장 본 적도 없고 그 시절 이야기를 들은 적도 없군요.

그러니까 우선 지소에 대한 인터넷 뉴스나 자료들을 검색해 보았죠. 기대하지 않았습니다. 아버지를 비롯한 소수 극성팬들만 난리를 치나보다 싶었어요. 그 당시에는 쇼 프로에 지소가 패널로 등장해서 얼굴 몇 번 비추는 게 다였으니까요. 뭐 별 거 있나. 마우스 휠을 내리는데 지소에 관한 내용이 밤하늘 별들만큼이나 많았습니다. 아 진부한 표현이겠지만, 그만큼 그 그룹이 스타가 되었다는 뜻이에요. 평소에 인터넷을 자주 하는 편은 아니에요. 공부하다가 필요할 때만 검색을 하죠. 일부러 연예기사를 피하기도 해요. 정신이 흐트러지지 않으려고. 그러니까 제가 기억하고 있던 지소는 이미 기억 저 너머에서 공중분해한 지 오래고 그 때 알게된 지소는 완전히 다른 그룹이었다는 뜻입니다.

눈에 가장 먼저 띈 기사는 지소가 대표곡 「HOOK」으로 올해 가요 신인상을 탔다는 소식이었습니다. 더 놀라운 건 같은 시상식에서 가요 대상까지 받았다는 겁니다. 그 전부터 열심히 활동하던 쟁쟁한 가수들을 제치고 신인상과 대상을 동시에 수상하다니. 지소에 관한 기사에는 오로지 칭찬과 격려만 있었습니다. 수천 개나! 악플은커녕 지소와 상관없는 광고용 댓글조차 없었어요. 제가 그 기사를 본 게 작년 연말이었어요. 네, 그 방송사에서 주관하는 거였어요. 의아했습니다. 기사를 보기 얼마 전까지만 해도 그 그룹을 욕하는 악플들이 넘쳐났었으니까요. 채널을 돌리면 어쩌다 그녀들이 무대에서 노래를 부르는 걸 보게 되는데 관객들의 반응은 영 시원찮을 정도였습니다. 분명 그녀들은 예뻤습니다. 귀엽거나 예쁘거나 섹시하거나. 몸매는 모두들 비슷하게 글래머러스한 가슴과 매끈한 다리를 지녔습니다. 노래실력이야 뭐, 아시겠지만 아이돌의 가창력이 거기서 거기죠. 그렇다고 사이좋게 못 부른다는 뜻은 아닙니다. 못 부르는 것도 아니고 특별히 매력 있게 잘 부르는 것도 아닌, 뭐 그런 뜻이죠. 네티즌들이 어떤지 잘 아시죠?

비슷비슷한 것들이 뭘 하겠다고. 개나 소나 섹시 컨셉이네.

성형수술은 잘 하고 나온 거니? 얼마 안 가서 흐물흐물해진다
언제까지 이딴 노래를 들어야 되는 거임?

그나마 이런 악성댓글들도 활동한 지 조금 돼서야 달렸다고 합
니다. 데뷔 초에는 아무런 댓글도 달리지 않았다니까요. 그야 아
버지께서 말씀해 주신 겁니다. 제가 알고 있는 지소에 관한 정보
는 대부분 아버지를 통해 알게 되었습니다. 가출하고 돌아온 얼
마 동안은 마치 저를 세뇌시키듯 많은 얘길 하셨지요. 지소의 초
창기 시절을 얘기하실 때면 당신의 얼굴은 침통하게 일그러지곤
했죠. 그런데 생각해 보면 태초에 하나님이 천지를 창조하실 때에
도 한 번에 아름다운 세상이 펼쳐진 건 아닙니다. 일주일이란 시
간이 긴 시간은 아니지만, 그래도 하나님도 세상을 단계별로 만
드셨다죠. 하지만 지소는 달랐습니다. 지소가 대중들에게 관심을
얻게 된 건 욕먹은 지 일주일도 안 된 시기였으니까요. 지소에 관
한 기사에 달리는 댓글의 수준도 달라졌습니다. 어떤 공연에서
지소 멤버들 중 막내가 무대에서 어딘가를 응시하는 사진이 실린
기사였습니다.

귀여븐 막내 어디 보는 거임? 오빠 보는 거임?
여신이시다 관객들은 축복받았다
나두 봐주쇼ㅜㅜㅜ
아름다움과 포스가 공존!

제 기억으로 그 막내는 다른 멤버들에 비해 볼 살이 많다는 이유로 악플이 달린 적이 있었는데 말이죠. 지소뿐만 아니라 어느 연예인이든 마찬가지로 공격당하는 점이 있죠. 성형수술. 댓글을 보면 성형의과에서 일하는 사람인지 약물이나 수술에 대해 빠삭한 사람들이 많습니다.

그런데 놀라운 건 무플에서 악플, 그리고 선플이 달리기까지 데뷔 후 일주일도 안 걸렸다는 겁니다. 댓글을 단 날짜를 보면 계산이 그래요. 물론 인터넷이나 미디어의 파급력이 그만큼 무시무시하다는 뜻이겠죠. 그래도 이건 너무 빠르다 싶었습니다. 안 그래요? 쳇, 그럴 줄 알았어요. 다들 그런 반응이죠. 지소니까 당연하다. 그럼 왜 지소만 그랬나요. 다른 아이돌 가수나 연예인들은 대형 소속사에서 아무리 밀어줘도 못 뜨는 경우가 허다한데. 데뷔한 지 얼마 안 돼서 신인상과 대상을 동시에 수상했는데. 외계인이라니 무슨 허무맹랑한 소립니까? 제가 그런 얘길 하고 다녔다고요? 지소가 외계인이라고? 아, 「패컬티」나 「인베이전」 같은 영화처럼 말이군요. 영화를 너무 많이 보셨군요. 그건 모함입니다. 아무리 제가 지소를 좋아하지 않더라도 그런 얘기까지 하지는 않습니다. 지소의 무지막지한 인기를 보면 그런 상상을 할 수도 있겠군요. 하지만 제가 드리고 싶은 말씀은 그런 빈곤한 상상력보다 더욱, 우리 사회에 긴밀한 내용이란 말입니다.

말이 나와서 하는 얘깁니다만 일주일이란 시간은 그렇게 짧은 시간이 아닙니다. 특히 요즘 같은 때에는 더욱 그렇죠. 제가 예전에 6박 7일 동안 중국에 다녀온 일이 있습니다. 정말 긴 시간이었죠. 자금성, 천안문은 물론 압록강까지 다녀왔어요. 그리고 한

국으로 귀국했는데 제가 한국을 떠난 사이 많은 일들이 일어났던 겁니다. 어떤 일은 지금도 진행 중이고요. 그 중에 알 만한 것만 말씀드릴게요. 한국 해군의 군함이 남극 해적단들에게 납치되다가 빠져나온 일은 국제적으로 큰 논란이 일었죠. 그리고 부모님과 명절에 점당 만 원짜리 화투를 쳤다는 이유로 추방당한 연예인이 다시 한국으로 밀입국했어요. 아, 그 사람 인터뷰도 당신이 했다고요? 뭘 그런 사람까지 만났습니까. 연예인이 도박을 하든 말든 무슨 상관이람. 청소년들의 본보기는 연예인이 아니라 어른입니다. 연예인이 도박을 하는 걸 보고 따라 하는 게 아니라 어른이 도박을 하고 거짓말 하고 돈을 몰래 빼돌리는 걸 보고 따라 하는 거죠. 아시다시피 저는 연예인을 옹호하는 입장과는 거리가 멉니다. 특별히 좋아하는 연예인은 한 명도 없어요. 그저 제가 생각하기에 아니다 싶은 얘기를 하는 것뿐입니다. 책임은 어느 누구에게나 있을 수 있습니다. 만만한 상대에게 책임을 전가하는 건 좋지 않아요.

예전에는 뉴스에서 많이 보여줬잖아요, 책임져야 할 지위에 있는 사람들이 책임을 회피하고 져버리는 짓거리들. 그런데 지소가 뜨고 나서 그런 얘기는 사라졌어요. 이 얘기는 하지 말자고요? 아니, 그럴 거면 왜 인터뷰를 하겠다고 온 거에요? 잠깐, 지금 카메라랑 녹음기 제대로 작동되는 거 맞죠? 약속 지키세요. 분명히 말하지만 편집은 없는 겁니다.

일주일 동안 여러 가지 일이 동시다발적으로 일어나는 건 어렵지 않습니다. 반면에 한 걸 그룹이 일주일 만에 무관심과 비난과 찬사를 차례차례 받는 건 쉽지 않습니다. 그 얘길 하고 싶었는데 이야기가 잠깐 다른 데로 샜군요. 하지만 이렇게 하고 싶은 얘길 떠들어 대는 것도 이번이 마지막 기회입니다. 당신과 얘기하는 지금이 아니라면 아무도 내 얘기에 귀 기울여주지 않을 겁니다. 일주일이라니까 생각난 게 있네요. 제가 일주일 동안 중국여행을 다녀오고 아버지가 가출했어요.

아버지는 한 번도 해외여행을 하신 적이 없어요. 젊었을 때는 그럴 경제력이 없어서, 직장을 다니기 시작하고는 시간이 없어서. 그래서 저는 중국에서 있었던 일들을 재미있게 얘기해 드렸죠. 그런데 그때 아버지 표정은, 기분 좋게 듣고 있긴 했지만 어딘가 모르게 쓸쓸해 보였어요. 걱정하셨던 것 같아요. 중국에서 고생한 얘기도 했거든요.

아버지가 가출한 이유라. 그건 아버지가 지소 팬클럽 회장이 된 것만큼이나 뜬금없는 행위였습니다. 말씀드렸죠. 아버지가, 아니 아버지께서 얼마나 성공적인 환경에서 사시는지. 솔직히 말해서 저도 잘 모르겠어요. 끝까지 말씀을 안 하셨어요. 잘 다니던 직장, 잘 살던 집 버리고 왜 몇 개월씩이나 돌아오지 않았는지. 그것도 막대한 돈을 들고 튀었다니까요. 그 일 때문에 아버지에 대한 존경심이 부족해진 것도 사실입니다. 존칭을 쓰기도 하고 쓰지 않기도 하죠. 어쩔 수 없어요. 아버지가 떠나신 후로 집안은 엉망이 되었으니까. 일이라고는 생전 해본 적 없으신 어머니와 저만 남았었죠. 편의점 아르바이트를 했는데 너무 힘들었어요. 가만히 카운터에 서서 바코드를 찍는 일을 몇 시간 동안 해보세요. 식은땀이 흐를 뻔했습니다. 그러다 보니 제가 계획한 공부 스케줄은 엉망이 되었어요. 학점 관리도 안 되고. 휴학해서 학비부터 벌기로 했습니다. 편의점 일만 했어요. 다른 일은 훨씬 더 힘드니까.

저야 젊으니까 일하면 된다손 쳐도 더 큰 문제는 어머니였습니다. 아버지의 빈자리가 너무 컸는지 아이돌 가수를 보면서 그 공허함을 채우신 거예요. 아줌마들의 우상 조용칠도 어찌할 수 없었던 것 같습니다. 이름이 뭐였더라. 슈퍼 A.P.M. 502? 당시엔 꽤 인기가 있는 남자 아이돌 그룹이었습니다. 이름이 무슨 콜라주도 아니고 이것저것 덕지덕지 갖다 붙였는데 애들은 역시 반반하고 잘생겼더군요. 이 그룹이 쇼프로에서 자꾸 웃통을 벗어젖히니까 '근잘남'이란 말까지 생겼죠. 근육이 잘 생긴 남자란 뜻입니다. 잘생긴 근육이라니, 도대체 어디까지 잘생겨야 하는 건지. 근육 생김새도 얼굴만큼이나 비슷비슷한 형태더군요.

어머니는 식사를 하실 때도 주무시기 전에도 항상 그 그룹의 동영상을 보셨습니다. 춤을 따라 추기도 했죠. 아버지나 어머니나 의외로 몸이 유연하시더군요. 그런 걸 다 추다니. 네, 슈퍼 A.P.M. 502의 댄스를 추신 어머니는 지소의 댄스를 추신 아버지를 나무라신 게 맞습니다. 한 가정이라지만 서로 다른 팬이니까 은근히 신경전이 있었나 봅니다. 아버지가 돌아오신 후로도 어머니는 슈퍼 A.P.M. 502를 좋아, 아니 사랑하셨습니다. 아버지가 따로 자기 방을 만드신 이유 중 하나는 어머니가 안방을 온통 슈퍼 A.P.M. 502 사진으로 도배를 했다는 겁니다. 두 분이 식사하실 때 모습을 보면 정말 웃겼습니다. 아예 대놓고 웃었죠. 두 분이 좋아하는 그룹의 뮤직 비디오를 보면서 그들의 춤을 따라 추었으니까요. 오른손에는 숟가락 왼손에는 밥그릇을 들고 말이죠. 밥 먹으면서 춤을 추기도 하고 춤을 추면서 밥을 먹기도 했습니다. 제가 볼 때는 뭔가가 두 분의 몸을 마음대로 조종하는 것 같았어요. 하지만 두 분의 표정은, 네 그래요, 해맑았습니다.

마침내 저는 과감하게 결단을 내렸습니다. 지소 팬클럽에 가입하기로 말입니다. 아버지의 권유가 가장 큰 이유였지만, 화장실 휴지조차 지소 멤버들이 프린트된 것을 쓰는 아버지를, 그러니까 오해하지 마시고, 좀 더 알고 싶었기 때문입니다. 처음에는 아버지가 변태가 아닌가 의심했습니다만 말은 하지 않았습니다. 그저 한시라도 지소와 함께 있고 싶어 하는 마음 때문에 그러는 거라고 이해하는 수밖에.

어쨌든 인터넷으로 팬클럽 카페를 검색해 보니 꽤 여러 개가 나오더군요. 그 중에 가장 규모가 큰 카페를 클릭했습니다. 아버지가 운영하시는 카페였습니다. 아버지의 아이디는 굳이 말하지 않아도 아실 겁니다. 제 입으로 발음하기 민망해서. 네 좌우에 하트가 있는 그거에요. 역시 유명인사시군요 우리 아버지는.

카페는 크게 일곱 개의 상위 게시판이 있었고 그 안에 다양한 하위 게시판들이 있는 구조였습니다. 공지사항을 올리는 게시판과 각 멤버들의 이름과 특징을 따서 만든 5개의 게시판, 멤버에 관한 뉴스나 동영상을 올리는 게시판. 그렇지만 등급이 낮으면 게시 글들을 보는 데 제약이 따랐습니다. 저는 준회원이었는데 카페 매니저의 아들이라고 해서 자동 등업을 해 주지는 않더군요. 그래서 정회원으로 등업을 하기 위해 지소를 얼마나 잘 아는지 확인하는, 지소퀴즈를 풀어야했습니다.

문제1. '지소'의 정확한 뜻은?

문제2. 지소 싱글앨범 발매일은 언제?

문제2-1. 지소 싱글앨범 발매일과 지소 리더 생일을 합한 수는?

문제3. MBS '우리 약혼 할까요'에 출연하는 지소 멤버는?

문제3-1. MBS '우리 약혼 할까요'에 출연하는 지소 멤버가 방송에 나온 전체 시간과 방송에서 했던 대표적인 어록 다섯 가지는?

문제4. 지소 멤버 전체의 키와 체중을 곱한 수에 멤버 수를 나누면?

.

.

.

이런 식의 문제가 스물세 개였습니다. 저는 그 중에 세 개만 맞췄어요. 아버지도 가르쳐주지 않으셨어요. 진정한 팬 마인드는 스스로 만드는 거라고 하셨습니다. 놀라운 건 이걸 맞춘 사람들이 한둘이 아니란 겁니다. 이런, 당신도 정회원이라고? 하긴 지금 이 나라 국민들 대부분이 지소 팬클럽 정회원이겠죠. 어쨌든 저는 정회원이 되기를 포기하고 등급제한 없이 이용할 수 있는 자유게시판을 들어 가보았습니다. 모두 지소예찬, 지소찬양 투성이였습니다. 종종 아버지에 대한 얘기도 나왔는데 아버지는 그곳에서 여신들을 보좌하는 수호천사였습니다. 네, 유명했습니다. 들리는 소문에 의하면 평민들 중에 유일하게 아버지만이 여신들을 사적으로 만날 수 있다고 할 정도였습니다. 그런데 게시판에 올라온 글들을 보면 이 사람들이 얼마나 자기의 인생을 지소에 맞추며 살아가고 있는지 알 수 있었습니다.

오늘 아침은 지소에서 미소를 담당하고 있는 수연 언니처럼 먹었어요. 버터를 바른 토스트에 게맛살을 얹어놓고 먹으니까 배가 부르면서 날씬해지는 느낌이에요^^

요즘 지소 스케줄을 보니까 새벽 세 시부터 여섯시 까지밖에 못 자네요ㅜㅜㅜ 가만 있을 수 없어서 저도 그렇게 하고 있어요! 누나들의 힘이 되기 위해 뭐든 하는 동생이 있다는 걸 잊지 마세요 ~♡

제 소식통에 의하면 넷째 유니가 쓰는 생리대가 '라이트'랍니다. 그래서 저도 그걸 샀습니다. 하지만 저는 남자인지라 반창고 대신으로 쓰고 있습니다. 저도 여자로 태어났다면 유니처럼 살 텐데.

멤버들의 사소한 행동이나 습관 하나까지도 따라 할 정도였죠. 그렇게 하면 마치 자기도 지소 멤버가 되기라도 하는 양. 저는 그런 분위기를 더 이상 견딜 수 없어 카페를 탈퇴했습니다. 그리고 가까운 친구에게 전화를 걸었습니다. 내가 요 근래에 눈으로 본 것들을 보다 확실히 확인하고 싶었습니다. 친구의 컬러링을 들으면서 눈앞이 깜깜해지는 것 같았습니다.

"너 언제부터 컬러링이 「HOOK」이었냐."

"언제부터긴 인마, 노래 나오자마자 바꿨지. 너도 컬러링 좀 바꿔라. 언제까지 모스부호처럼 딱딱하게 살 거야?"

"잠은 딱딱한 데서 자야 건강에 좋은 거야. 그런데 혹시 너도 지소 팬클럽이야?"

친구는 어이없다는 듯 웃었습니다.

"당연한 거 아냐? 얼마 전 정회원으로 등업했다. 대뜸 전화해 놓고 그런 걸 묻냐. 설마 넌 아직이냐?"

"······젠장, 넌 정말 좋은 놈이었어."

저는 전화를 끊고 한 손으로 이마를 짚었습니다. 열은 없었습니다. 환청을 들은 것도 아니었죠. 그러니까 그 친구, 중국에 같이 다녀오기도 하고 저만큼이나 연예계에 관심이 없던, 어떤 면에서는 혐오하기까지 하던 그 친구가, 지소 팬클럽 정회원이 되었다는 건, 분명했습니다. 그것도 정회원이라니. 그 문제들이 정말 풀 수 있는 문제들이었다니.

오랜만에 집을 나왔습니다. 아버지와 어머니가 전시해 놓은 아이돌 아이템들을 보는 게 질렸습니다. 저는 공부하느라 어지간하면 밖에 안 나가요. 독서실 갈 시간조차 아까워서 집에서 모든 공부를 해결하죠. 그 때 휴학하고 나서 이것저것 많이 했죠. 전공 공부는 물론이고 토익이랑 회계사 준비를 했어요. 유통관리사에 금융자산관리사까지. 저에게 필요하다 싶은 건 모조리 공부했고 닥치는 대로 자격증을 땄어요. 말했다시피 TV나 인터넷은 정말 필요하지 않은 이상 쳐다보지 않았어요. 처음에는 아버지의 성공을 동경해서, 나중에는 아버지가 망쳐놓은 것들을 다시 일으켜 세우기 위해서 공부했습니다. 좋은 데 취직하려고요. 그걸 아시는 부모님은 절대 제 방에 손을 대지 않습니다. 함부로 들어오는 일도 없고요. 그런데 언제부턴가 지소와 슈퍼 A.P.M. 502 브로마이드, 음반, 피겨 따위가 책상이나 침대 위에 올려 있는 겁니다. 암세포처럼 나날이 증식했습니다. 물건도 물건이지만 어머니가 슈퍼 A.P.M. 502의 「We Are The Ener-Z」노래에 맞춰 춤을 추며 아침을 시작하는 거나 아버지가 팬클럽 매니저로서 전화연락을 하는 거나(응, 풍선은 파스텔 핑크 컬러에 하트 모양 삼백 개 준비하고 플랫카드에는 '신인상 + 대상! 지소의 승승장구'라는 문구를 넣어. 팬클럽 분들에게 Cat Ears 머리띠 드리고. 그래 고양이 귀. 내건 특별제작 했다고? 그래 그럼 내가 저녁에 가서 써볼게.) 도저히 두고 볼 수 없었습니다. 내가 우리 집에 있는 건지 동물원 우리에 갇혀 있는 건지 헷갈리더군요.

마침 주말이었던지라 명동에는 사람들이 많았습니다. 북적거리는 걸 좋아하지 않지만 그날만큼은 소음을 듣고 싶더군요. 맨날 비슷한 노래만 듣다보니 (내 이름은 HOOK 마치 LIKE Captain HOOK처럼 너를 훅 낚아채지 라든가, 우리가 널 일으켜줄게 We Are The Ener-Z Ener-Z Ener-Z Z Z Z) 다른 소리들에 굶주렸나 봅니다. 화장품 가게, 영화관, 노점상인, 커플들, 친구들. 다양한 풍경이 시야에 들어오자 밖에 나오길 잘했다고 여겼습니다. 그렇게 거리를 걷다 정신 차리고 보니 집에 그대로 있는 게 아닌가 하는 착각을 했습니다. 어느 가게에서나 지소의 노래가 흘러나오는 겁니다. 지금까지 지나친 가게들 앞에 스피커에서 「HOOK」를 비롯한 「소녀를 불러봐」, 「KITYee」 등. 명동 거리 한복판에 멈춰 선 채 주위를 둘러보았습니다. 지나가던 사람들이 부딪히면서 저를 흘깃 쳐다보았습니다. 상관없었습니다. 상관있는 건 다른 게 아니라 그 사람들의 머리를 감싸고 있는 고양이 귀가 달린 머리띠였습니다. 게다가, 다들, 누구나, 파스텔 핑크 컬러에 하트 모양을 한 풍선을 들고 다니는 겁니다. 아찔했습니다. 잠깐 하늘을 쳐다보니, 맙소사. 하늘은 안 보이고 지소의 수상축하 플랫카드 수십 개가 건물 사이에 걸려 있는 겁니다. 아니, 자세히 보니 눈에 보이는 곳마다 지소의 사진이 커다랗게 걸려 있었습니다. 화장품 가게에 붙인 광고 포스터에도, 전자제품 가게 앞에도, 붕어빵 장수의 등에도. 그러니까 광고란 광고, 공간이란 공간에는 어딜 가나 지소 멤버가 웃고 있는 겁니다. 비틀거리며 걷다가 전자제품상점인 '안녕마트'를 지나게 되었습니다. 그 앞에 진열된 HDTV에 지소가 나와 춤을 추었습니다. 그리고 그 옆에 있는 TV에는 뉴스가 나왔습니다. 뉴스를 보자마자 다리에 힘이 풀려 그 자리에 주저앉았습니다.

……지소 팬클럽을 비롯한 수많은 국민 팬들의 열화에 편승한 정부는 내년 초부터 지소 멤버가 새겨진 화폐를 발행하기로 결정했습니다. 올해부터 디자인을 공모할 예정이며 앵커인 저 역시 도전해 볼 생각입니다.

아니 인기가 있는 것도 정도껏이지. 이 나라에는 아예 '정도껏'이란 수준이 없어진 건가?

조금 더 걷다가 눈에 보이는 대로 버스를 잡아탔습니다. 버스 안에 있는 광고판에도 역시 지소가 있었습니다. 차창 밖을 보니 대부분의 차들이 지소 멤버들로 도장(塗裝)되었습니다. 버스 안에 들리는 라디오 방송도 지소 멤버 중 한 명이 진행하는 프로그램이었습니다. 제 앞에 앉은 운전기사 아저씨는 지소의 신곡 「Oh, Bar!」를 흥얼거리더군요. 마치 자기가 가사 속에 나오는 오빠라도 된 것처럼 신나게. 무작정 잡은 버스인지라 어느 노선인지 알 수 없었습니다. 하지만 평소에 자주 타던 버스 안에 있어도 생소한 느낌은 지울 수 없었을 겁니다. 도중에 한 광장을 지나쳤는데 그곳에는 수많은 사람들이 커다란 전광판을 보며 똑같은 몸짓을 하고 있었습니다. 물론 전광판에 비친 모습은 「HOOK」의 뮤직 비디오였고 수 백 명은 족히 넘을 사람들은 일사분란하게 노래에 맞춰 춤을 추었습니다. 이제는 어떤 장관을 보더라도 놀라지 않을 자신이 생기더군요. 그래 어딜 가나 마찬가지일 거야, 하고 말이죠. 실제로 버스를 타고 가는 내내 지소천국을 보았으니까요. 결국 집으로 향했습니다. 그다지 편안하지는 않지만 밖에서 외톨이처럼 있는 것보다 덜 외로울 것 같았거든요.

　인터넷을 하는 게 습관이 되었습니다. 유명 포털 사이트에 가입한 게 화근이죠. 지소가 어떤 애들인지 알려고만 했는데 저도 어느새 인터넷 유저가 되어 버린 겁니다. 아까 뉴스에서 본 화폐 디자인 기사 댓글에는 너도 나도 공모전에 응모하겠다는 내용이 많았습니다. 벌써 다 만들었다는 사람도 있었습니다. 저도 모르게 그들의 댓글에서 헤어 나오지 못 하고 있던 터에 눈을 번쩍 뜨게 하는 걸 봤습니다.

다들 미친 거 아냐?

저는 잠시 넋을 놓았습니다. 이 댓글을 쓴 사람이 미친 게 아닐까 순간 의심스러웠습니다. 이내 정신을 차리고 반가운 마음에 아이디를 클릭했습니다. 하고 싶은 말이 많았습니다. 그런데 쪽지를 보내려고 하니까 탈퇴한 회원이라고 창이 뜨더군요. 알 만했습니다. 그런 글을 남겨놓고 무사할 리가 없었을 테죠. 저라도 지소 팬들의 뜨거운 관심을 견디지 못해 탈퇴했을 겁니다. 하지만 전, 여기서 희망을 얻었습니다.

나 혼자만 그런 게 아니었어!

전 곧바로 사이트 회원들을 무작위로 검색했습니다. 최소한 이름만 알아도 회원이라면 누구라도 찾아내 쪽지를 보낼 수 있는 세상이니까요. 어쨌든 생각나는 대로 혹은 보이는 대로 사람들에게 쪽지를 보냈습니다.

혹시 당신은 지소를 싫어하거나 부정적으로 생각하지 않나요? 사람들이 지소에 미쳤다고 생각하지 않나요? 그래서 외롭지 않나요? 제가 그렇습니다. 만일 당신도 저와 같다면 답장을 보내주셨으면 합니다.

당연한 얘기지만 큰 기대는 걸지 않았습니다. 나 외에 지소에 반대하는 사람을 찾는다는 건 콩나물시루에서 돼지 털을 찾는 것만큼이나 어려우니까요. 그래도 혹시나, 정말 혹시나 나와 같은 사람이 있다면, 밤새도록 술잔을 기울이며 이 미친 세상에 대해 논의하고 싶었습니다. 그런데 역시나, 예상한 대로 답장이 없거나 욕으로 먹칠한 답장들이 도착했습니다. 어떤 내용인지는 말하지 않아도 충분히 알겠죠? 지금 당신의 얼굴도 썩 좋아 보이지 않네요. 그렇겠죠, 사실 저와 이렇게 마주하는 일 자체가 유쾌하지 않을 거예요. 아마 당신도 저한테 성의껏 답장을 보냈을지도 모르죠. 그래도 수백 통의 쪽지 속에서 예상치 못한 답장을 찾기도 했습니다.

저 역시 당신과 같은 생각입니다 우리 말고도 알게 모르게 어딘가에 숨어 있을 거예요 하지만 조심하세요. 팬들이 당신을 해킹하는 건 순식간이니까요 이미 제 신상정보가 인터넷에 떠돌고 있더군요. 저도 당신을 만나보고 싶지만 피해를 입을까봐 두렵습니다. 세상에 다시 평화가 찾아오면 그 때 이런 제길 그들이 찾아왔어요, 아까 제가 달았던 댓글 때문에 보복하러 왔나봐요. 어쩌면 이제 영영 못보겟군ㅇ 해웅능ㄹ빕니다

제가 쪽지를 보내려고 했지만 보낼 수 없던 그 사람이었습니다. 다른 아이디로 가입했을 겁니다. 그 후로 그와 연락할 수 없었습니다. 안타까웠지만 어떻게 할 도리가 없었습니다. 다른 욕설들을 보면서 한숨을 배설했습니다. 아무 생각 없이 스크롤을 내리다가 비교적 점잖은 문장을 발견했습니다.

저는 당신이 찾던 사람은 아닙니다. 잠시라도 지소를 잊어서는 살 수가 없는 수많은 사람들 중 한 명일 뿐입니다. 그러나 당신이 보낸 쪽지에 답장을 하지 않을 수 없었습니다. 당신은 왜 지소에 대해 부정적입니까? 지소가 당신에게 직접적으로 악의 있는 행동을 했던가요. 단지 당신의 마음에 들지 않는다는 이유로 헐뜯으려고 하는 게 아닌가요? 당신의 가족이나 친구들이 지소를 알게 되어 행복해졌다는 걸 아십니까? 괜찮다면 당신과 얘기를 하고 싶습니다. 해코지하려는 건 결코 아닙니다. 저에게도 당신처럼 지소를 반기지 않는 아들이 있다는 걸 밝히고 싶군요.

어쩐지 아이디가 낯익더라니. 우리는 서로 만날 때와 장소를 정했습니다.

아버지와 저는 꽤 오랜만에 함께 술을 마셨습니다. 대학교에 합격한 기념으로 복분자를 마신 적이 있어요. 쓰지 않고 달콤한 술이었죠. 기분 좋게 마셨던 걸로 기억합니다. 하지만 그 이후 서로 바빠서, 아니 솔직히, 아버지와 술을 마시는 자리가 불편해서 술상에 같이 앉지 않았습니다. 친구들이랑 마시는 게 더 즐겁고 편했죠. 그런 나이였으니까요. 그러니까 아버지와 저는 어색하게 앉아 있었습니다.

"여기가 내가 자주 오던 곳이다. 요즘은 매니저 일로 바빠서 못 오고 있지만."

그곳은 웨스턴 무비에 나올 법한 칵테일 바였습니다. 소주나 맥주만 드실 줄 알았는데 칵테일을 즐긴다는 걸 처음 알았습니다. 우리는 바텐더를 마주하고 앉아 주문했습니다. 등 뒤에는 포켓볼을 치는 소리가 들렸습니다.

"솔직히 놀랐다. 네가 올 줄 몰랐어."

"저는 예상하고 있었어요. 예전에 팬클럽 카페에서 본 아이디 였거든요."

"그래, 그랬구나. 그런데 요즘 공부는 잘 되가니?"

"그냥…… 아니, 안 돼요. 공부도 안 되고 평범하게 사는 것도 어려워요. 아버지, 다른 사람들은 그렇다 쳐도 아버지만큼은 변하지 말아야 했어요. 아버지 때문에 어머니까지 그 모양이라고요!"

며칠 만에 아버지를 뵌 건지 몰랐습니다. 집에 돌아오시고 몇 번 얼굴을 마주쳤을 뿐 이렇다 할 대화는 할 수 없었습니다. 지소의 활동이 바쁠수록 아버지 역시 더욱 바쁘게 활동하셨습니다. 집에는 저와 어머니뿐이었지만, 어머니마저 방 안에서 TV만 보고 계실 뿐 밖으로 나올 생각을 하지 않았습니다. 그러니까 제가 아버지에게 처음으로 소리를 지른 게 무례하다고만은 할 수 없는 노릇입니다. 아버지는 마티니를 한 모금 홀짝였습니다.

"예전에 다니던 회사에서 내가 팬클럽 회장이란 걸 알고 승진까지 시켜주더라. 직장이 두 군데야. 지소 매니저까지 겸하고 있으니까. 정말 잘 지내고 있다. 앞으로 돈도 매달 넉넉하게 부쳐주마."

"아버지는 잘 지내고 계신 거겠죠. 하지만 뒤늦게 아버지의 즐거운 인생을 찾은 덕분에 제 인생은 이 모양이 되었어요."

"너도 네 즐거운 인생을 찾아. 우리는 우리 인생을 밝게 되어 감사하고 있다. 네 어머니도 나도, 지소를 알고 있는 모두. 왜 그걸 알려고 하지 않는 거냐."

"……저는, 즐겁지 않으니까요. 지소가 있든 없든 제 인생은 정해진 그대로예요. 공부도, 취직도, 그리고 아버지도 저를 바꿀 수 없다는 걸 알았어요. 분해요. 저는 아버지를 존경했는데, 그 아버지가 완전히 다른 사람이 되었다는 게 너무 분해요."

아버지는 미소를 지으며 제 어깨에 손을 올렸습니다. 그리고 말씀하셨습니다.

"나는 어렸을 때부터 내 배를 하나 갖는 게 소원이었다. 마도로스, 바다를 유랑하는 선장이 되고 싶었지. 하지만 너도 알다시피 이런 꿈은 현실 앞에서 무력해진단다. 대학교에 합격하고 취직을 하면서 내 안정적인 위치에 만족해야 했어. 너희 어머니를 만나고 너를 만든 게 후회된다는 건 아니다. 다만 충분히 내 꿈을 이룰 수 있는 기회가 있었음에도 그것을 저버린 자신이 한탄스러웠을 뿐이란다. 너도 알다시피 내 연봉이 꽤 됐잖냐. 하지만 여행조차 가고 싶지 않았어. 타성에 젖은 거지. 그러다 네가 중국에 다녀오고 상당한 자극을 받았다. 그리고 가슴 한구석에서 뭔가가 끌어 올랐지. 이때 아니면 갈 수 없어! 그래서 한겨울에 무작정 집을 나갔다. 아무런 계획도 없이 인천으로 갔지. 그곳에는 항구도 있고 공항도 있으니까 일단 가 보면 어디라도 나갈 수 있겠다 싶었어. 사실, 난 여행을 해본 적도 없어서 어디로 어떻게 가야 할지 전혀 몰랐다. 할 일 없이 돌아다니다 네가 말한 중국이 생각나서 차이나타운을 찾아갔다. 내가 지금껏 살면서 본 적 없는 분위기였어. 그러나 내게 충격을 준 건 차이나타운이 아니라 어느 작은 무대였다. 그 위에는 맨살을 거의 드러낸 다섯 명의 여자들이 살갗을 뜯어버릴 듯 추운 날씨에도 웃으면서 춤을 추고 있었다. 오리털 파카를 입은 나를 바라보며, 나를 원한다고 손짓하고 있었다. 물론 착각이란 건 잘 알았어. 그러나 정말 그 순간, 푸른 바다 위에 두 팔을 벌리고 서서 나는 살아있다고 외치는 기분이었어. 그런 매력이 있던 거야. 한 번 쳐다보면 쉽게 눈을 뗄 수 없는 고양이처럼. 얼핏 보면 정말 고양이 같은 인상이기도 하지. 그래서 지소의 상징을 고양이로 한 거란다. (술을 한 모금 마시고) 알고 보니 그 그룹은 소속사도, 매니저도 없는 걸 그룹이었던 거야. 그래서 내가 팬클럽도 만들고 매니저를 하기로 했다. 의외로 제안을 쉽게 받아들이더군. 나 역시 나 자신에게 놀랐어. 아무리 아름다운 여자를 봐도 흔들리지 않는데, 어째서 지소에게 끌렸던 걸까. 아무런 기반이 없이 가수라는 꿈을 위해 고군분투하는 게 딱해서였을지도 몰라. 아니면 직감적으로 알고 있었을지도 모르겠다. 저들이라면 나를 알아줄 거라고. 어쩌다 보니 수많은 시간을 제자리걸음 한 나를 말이다. 우리는 그 날 처음 만났지만 서로에 대해 많은 부분을 이해할 수 있었지."

그리고 나머지는 우리가 아는 그대로입니다. 아버지는 지소의 원활한 활동을 위해 자기의 꿈조차 취소했습니다. 아니 변경했습니다. 지소와 함께 바다를 누비며 전 세계를 여행하는 걸로. 아버지와 제가 만났을 때 그 꿈은 어느 정도 이루어진 셈이었죠. 지소가 해외에서 콘서트를 하거나 앨범 작업을 할 때면 아버지도 함께 갔습니다. 그 와중에도 그룹과 매니저 사이에 스캔들은 없었다고 하더군요. 아버지에게 지소는 단순한 걸 그룹이 아닌 하늘이 내리신 은혜라나요.

네 거짓말 했습니다. 저는 아버지가 왜 가출했는지, 어째서 지소를 선택했는지 알고 있었습니다. 인정하고 싶지 않았습니다. 아버지가 떠난 이유가 나와 어머니 때문이라는 것을, 그리고 그런 아버지에게 힘이 되어준 게 일개 아이돌이었다는 것을! 하아. 잠깐, 잠깐만요. 잠깐만 쉴 게요. (그는 한 손으로 목덜미를 주무르고 잠시 동안 눈을 감았다.) 이제 됐어요. 아직도 인정하기 어려워요. 그래서 말하지 않았는데, 인터뷰하다 보니 안 할 수가 없네요. 그리고 긴 대화 끝에 결국, 아버지를 이해해야 하겠다고, 최소한 이해하려고 노력을 해봐야겠다고 스스로를 설득시켰습니다. 지금 이 나라 상황이 지나치지 않느냐고 따지고 싶었지만, 관두기로 했습니다. 집에 돌아와 다시 지소 팬클럽에 가입했습니다. 아버지도 이런 난리를 원하지 않았을 거라고, 그저 그렇게 믿었습니다. 아버지는 지소 스케줄 때문에 다른 데로 가셨습니다.

마음가짐을 달리하고 보니 못 보던 것들을 발견할 수 있었습니다. 그러니까 지소에게 열광하는 사람들이 긍정적으로 보인다는 뜻입니다. 그들은 서로를 헐뜯지 않습니다. 지소의 팬들이 많지 않았을 때는 다른 가수 팬클럽들로부터 공격을 많이 받기도 하고, 역으로 그들을 공격하기도 했죠. 하지만 지소가 모든 연예계, 미디어를 통일했다고 해도 과언이 아닌 지금은 팬들 사이에서 갈등이 생기지 않습니다. 그 어느 정치인도 실현하지 못했던 국민대통합이 이루어진 거죠. 일개 아이돌 그룹 때문에. 지소가 나선다면 남북통일도 가능케 할 기세였습니다. 게다가 지소 팬들은, 다시 말해 대다수의 국민들은 긍정적인 마인드를 지니고 있었습니다. 부정적인 생각이나 언행은 일절 하지 않았어요. 그러한 순기능도 있다는 걸 알고 나니 마음이 편안해졌습니다. 지소를 좋아하지는 않더라도 굳이 싫어할 필요는 없다고 깨달았거든요. 당분

388

간 저는 별 고민 없이 지소의 팬인 척 생활했습니다. 그렇게 끝난 줄 알았습니다. 그런데 사건이 터진 겁니다. 네, 전 국민이, 어쩌면 전 세계가 다 아는 사건일 겁니다.

지소는 아시아는 물론 유럽과 미국 진출까지 성공리에 활동했습니다. 지소의 도안이 찍힌 새 화폐발행도 얼마 남지 않았었죠. 그래서인지 정부에서 뭔가를 해 주고 싶었던 모양입니다. 지소는 대통령의 초청으로 청와대에서 만찬을 갖고 국회에 견학을 가게 되었습니다. 대통령 경호원이며 청와대 공무원은 물론 대통령과 영부인조차 지소의 「HOOK」을 부르며 춤을 춘 건 작은 해프닝에 지나지 않았습니다. 문제는 국회에서 벌어졌습니다. 그날 국회는 초만원이었습니다. 여야 모든 의원들이 출석한 겁니다. 평소에도 열심히 일하는 분들이지만 그 날은 자신의 정치인생을 오로지 그 곳에서만 보내겠다는 일념을 보여주시더군요. 정치인이든 기자든 팬클럽이든 모두가 한 마음 한 뜻으로 지소의 노래를 불렀습니다. 지소를 앞에 두고 지소가 아닌 다른 사람들이 국회의사당에서 지소 콘서트를 열었다고 해도 과언이 아닐 정도였습니다. 이어서 지소가 축하공연으로 「오빠가 좋은 GIRL」을 부르자 남자 의원들이 자리에서 일어나 안무를 맞췄습니다. 시어머니처럼 꼬장꼬장해 보이는 여자 의원들도 만면에 미소를 띠었습니다. 다른 정당에 소속된 정치인들이 이렇게 친해질 수 있다는 걸 처음 알았습니다. 솔직히 저는, 정치인들은 연예인들을 이용해서 대중들의 눈을 멀게 한다고 믿었습니다. 오래전에는 실제로 그런 의도가 있었겠죠. 하지만 그 날 방송을 보고 정치인들 역시 아이돌을 좋아하기 때문에 대중매체에 연예인들이 많이 나오는구나 싶더군요.

그렇게 작은 콘서트가 끝나고 지소의 리더 해영이 의장에게 다가가 의사봉을 건네받았습니다. 그리고 마이크에 대고 말했습니다.

"여러분의 무한한 사랑을 다시 한 번 느껴서 좋았어요. 청와대도 그렇고 국회의사당, 맞죠? 여기도 그렇고 사람들이 친절하게 대해줘서 감사해요. 그런데 좀 아쉬워요. 분위기가 칙칙해서. 앞으로 청와대랑 국회에도 저희 지소 멤버들의 노래로 오프닝을 해주세요. 인테리어도 우리 사진으로 도배해 주시고요. 모일 때마다 우리 춤 꼭 추셔야 해요. 알았죠?"

해영은 그렇게 말한 뒤 의사봉으로 의장의 대머리를 세 번 쳤습니다. 온 힘을 다해서, 정말 세게. 지나칠 정도로 두드렸죠. 제 눈으로 그 대가리가 핏빛이 된 걸 똑똑히 봤어요. 그리고 모두가 광분했습니다. 그 말도 안 되는 제안은 그 자리에서 법안으로서 통과되었습니다. 굳이 그렇게까지 하지 않더라도 지소의 영향력이 매우 대단하다는 걸 알았을 텐데. 그래도 본인들은 더욱 확고히 자신들의 위력을 확인하고 싶었나 봅니다. 아니면 그냥 장난친 걸 수도 있고. 그 사건을 접하고 나니 머리가 아찔했습니다. 네? 아, 갖다 붙이기 좋아하는 사람들은 그렇게 부르기도 하더군요. 연예인이 정치인의 머리를 때린 걸 두고 혁명이라니. 푸핫! 정말 당신이 명명한 거예요? 나 참, 'Idol Revolution'이라니. 기자님은 어디에도 빠지지 않고 활동하는군요. 어쨌든 정신이 아득해졌어요. 보아하니 다른 나라에서도 지소의 인기가 상승세로 치닫던데 이러다가 국제적으로 큰일이 날 것만 같았죠. 저는 다시 지소에 대해 갖고 있던 긍정적인 생각을 지웠고요. 네, 제가 그래서 사고를 친 겁니다. 그 일에 대해선 사람들이 뭐라고 이름 짓던가요? 아뇨, 궁금하지도 않네요. 말하지 마세요. 어차피 촌스러운 브랜드 수준이겠죠.

저는 그날 바로 계획을 짰습니다. 어느 걸 고를까, 어떻게, 언제 할까 심사숙고했어요. 얼마 후 지소의 화폐발행 기념 콘서트 때 작전을 수행하기로 했습니다. 벌써 새 화폐를 발행하기로 한 겁니다. 일반적인 지폐와 달리 단색처리가 아니라 올 컬러에 구김방지 효과까지 있는 고급화폐였습니다. 앞으로 이것만 찍어대겠다고 하네요. 아무래도 화폐가치가 상당히 오를 것 같네요. 아무튼, 아버지가 저를 어느 정도 신뢰하셨는지 아버지와 같이 지소의 옆에서 에스코트를 해 보라고 제안하신 것도 기억했습니다. 그래, 이거다! 아이디어가 떠오르자마자 곧바로 계란 몇 개와 장미, 연탄을 구했습니다. 우선 계란 위에 구멍을 뚫고 베란다에 며칠 놔뒀습니다. 그 동안 장미를 냉동실에 넣어 얼린 뒤 바삭바삭한 꽃잎들을 가루로 만들었습니다. 그리고 밖에서 연탄을 태운 뒤 연분홍 빛 재를 물에 개어 꽃잎들과 섞었습니다. 마지막으로 썩어서 냄새가 나는 계란 속에 연탄재와 꽃잎을 섞은 물질을 정성스럽게 주입했습니다. 이렇게 계란 폭탄을 완성했습니다. 마지막으로 '그 날' 입을 재킷 안주머니를 계란들을 넣을 정도로 충분히 크게 수선했습니다. 그렇게 아이템을 준비하고 몇 번의 시뮬레이션을 거쳐 계획을 구상했습니다. 당연히 실패할 가능성이 컸습니다. 어쩐지 일이 쉽게 풀리는 것 같아 불안하기도 했죠. 그렇지만 제가 초래한 작은 파문이 큰 반향을 불러일으키지 못하더라도 시도는 해 보고 싶었습니다. 며칠 뒤, 마침내 그 날이 왔습니다.

콘서트는 광화문 거리에서 열렸습니다. 그 날은 아무도 자동차 같은 교통수단을 사용할 수 없었습니다. 한국인은 물론 전 세계 각국에서 수많은 사람들이 모여들었습니다. 얼마나 큰 규모였는지는 굳이 설명할 필요 없겠죠. 시간만 잡아먹을 테니까. 그걸 말이라고 합니까? 말할 필요도 없이 너무 긴장했습니다. 실패할까 봐, 그리고 성공할까 봐 두려웠습니다. 복잡한 심정이었죠. 나는 영웅이 되고 싶은 것도 아니고, 사람들 사이에서 튀고 싶은 것도 아닌데. 내가 왜 굳이 이런 짓을 해야 할까. 자괴감도 들었습니다. 저는 아버지와 지소 멤버들이 같이 사람들 사이를 걸어가고 있었습니다. 그때까지도 지소에 대해 환상이 생기지 않더군요. 지소를 가까이하고 있는 저를 질투하고 시샘하는 무리들도 많았을 거예요. 하지만 아무렇지 않았어요, 정말요. 지소의 매력이 나한테는 통하지 않는 걸까. 그런 생각을 하자마자 지소 멤버들이 일제히 저를 쳐다봤습니다. 섬뜩했어요. 입은 웃고 있지만 눈은 매서웠거든요. 분장한 건지 멤버들의 눈 꼬리에 고양이 수염 같은 게 달려 있었습니다. 더듬이처럼 움직이기도 했습니다. 요즘 분장술은 그 정도로 발전했나 봅니다. 그런 걸 보니 너무 당황한 나머지 얼떨결에 재킷 안주머니에 넣어둔 계란을 지소에게 던졌습니다. 계획대로라면 침착하게 멤버 한 명당 한 개씩 던져야 했지만 생각보다 많이 긴장한 탓에 무작정 집히는 대로 던졌습니다. 다섯 개 이상 준비하길 잘했죠. 어떤 건 손에 힘을 너무 쥐어서 제 손 안에서 깨지기도 했습니다. 어우, 그 냄새는 정말 다시 맡고 싶지 않군요. 중국에서 먹은 썩은 두부보다 더 심해요. 계란 폭탄을 두어 개 던질 때쯤에야 사람들이 무슨 일이 일어난 건지 알아챘습니다. 그러거나 말거나 저는 정신없이 지소에게 계란을 다 던지는데 성공했습니다. 멤버들은 계란 폭탄에 맞자 매우 당황한 표정을 지었습니다. 저는 평생 잊을 수 없을 겁니다. 끈적끈적한 계란 폭탄의 진액이 지소의 온몸을 더럽히는 진풍경. 아버지가 지소를 온몸으로 방어하며 저에게 삿대질하던 모습을.

"이 새끼가 범인이야!"

이 인간, 아군이 아니라 역시 적군이었군. 아버지의 용기 있는 신고정신으로 사람들은 저를 주목했습니다. 그러나 바로 저를 공격하지 않았습니다. 주위에서 풍겨 나오는 지독한 냄새가 주춤하게 만든 모양입니다. 이거 효과 있네. 그러나 그것도 잠시, 오래지 않아 사람들은 저를 둘러싸고 구타와 욕설을 퍼붓기 시작했습니다. 맞아 죽을 수 있다는 각오는 해뒀지만 이렇게 고통스러운 줄 몰랐습니다. 내 귀로 내 뼈가 으스러지는 소리를 듣는 것만큼이나 살벌한 경험은 해 본 적이 없었어요. 직감적으로 이제 1분만 더 맞으면 죽겠구나 싶었습니다. 그 때, 구원의 목소리가 들렸습니다.

"그만두세요!"

날카로운 목소리는 태풍처럼 주위를 순식간에 정리했습니다. 모든 사람들이 조용해졌습니다. 마치 태풍의 눈에 들어온 것처럼 광장에 정적이 감돌았습니다. 지소의 리더 해영의 눈가가 촉촉이 젖어 있었습니다. 혼미한 정신으로 그녀를 바라봤습니다. 아까 눈에 띄던 꿈틀대는 고양이 수염 같은 건 어디로 떨어져 나갔는지 보이지 않았습니다.

"분명 저 사람도 그럴만한 사정이 있어서 한 일이겠죠. 하지만 우리는 폭력을 원치 않아요. 우리를 진심으로 사랑한다면 마음속에 쌓여 있는 분노를 거두세요."

연설이 끝나자 저를 죽일 듯 쳐다보던 눈빛들이 언제 그랬냐는 듯 자애로운 눈빛으로 바뀌었습니다. 이제 살았다 싶었습니다. 해영은 이어서 말했습니다. 마이크를 쓰는 것도 아닌데 목소리가 온 광장으로 퍼져 나갔습니다.

"우리를 좋아하지 않는 분이신 것 같아요. 그러니까 저는 이 분께 이런 벌을 드리고 싶네요. 이 광장 가운데에서 죽을 때까지 우리 춤을 추는 거예요."

그 말에 모두들 우오, 라든지 끼악, 역시, 등등 다양한 감탄사를 내뱉었습니다. 저요? 어리둥절했죠. 내가 왜 그래야 돼? 그래도 맞아 죽는 것보다 춤추다 죽는 게 개죽음을 면하는 것 같아서 그렇게 하기로 했습니다. 요즘은 지소의 모든 춤들을 배우고 있어요. 이번 주까지 다 배우고 벌을 받으러 가야 하죠. 방탄유리로 된 상자 안에 갇혀서 춤을 춰야 해요. 아무것도 먹지도 마시지도 않고 쉴 틈 없이 말이죠. 조금이라도 쉬려고 하면 전류가 흘러서 움직이게 하는 구조더군요. 서커스의 춤추는 원숭이도 아니고 뭐 하자는 짓인지.

이제 인터뷰도 막바지로 다다랐네요. 요즘 이런 생각을 해 봤어요. 지소는 도대체 어떤 그룹일까. 그런 일을 겪고도 당당하게 콘서트를 재개하다니, 그 열정은 칭찬할 수밖에 없네요. 인정하고 싶지 않지만 지소는 다른 연예인들이 가지고 있지 못한 뭔가가 있는 것 같습니다. 매력이나 능력이라는 흔한 말로 표현할 수 없는 무언가가…… 그러니까 아무 의심 없이 지소에게 자신을 잃는 사람들이 많은 거겠죠. 아버지도 걔네들에게 홀린 거예요, 서로를 이해하기는 개뿔. 하지만 아무리 생각해 봐도, 정확히 꼭 집어서 말할 수 없네요. 뭐, 이제 됐어요. 저는 죽을 때까지 그녀들의 춤을 추어야 하고, 앞으로 저 같은 테러범은 나오지 않을 테니까. 그래도 지소 덕분에 저도 스타가 됐네요. 아마 당분간은 지소만큼이나 유명한 사람으로 기억될 겁니다. 잊지 않았죠? 약속대로 연예기사 특집으로 싣는 겁니다? 사회면에서 다루는 건 싫습니다. 어제 어떤 영화감독이 제 이야기를 영화로 만들고 싶다고 하기에 허락했습니다. 단, 저작권은 아버지에게 있다는 전제하에. 이렇게라도 용서를(이때 카메라 배터리가 닳아서 전원이 꺼졌다. 그는 눈치 채지 못한 모양이었다.) 빌어야죠. 저에 대한 배신감이 클 테니까요. 아버지는 한 번도 면회를 오지 않았습니다. 그럴 거라고 예상은 했는데, 허전하네요. 바쁘시겠죠. 지소 말고도 '미소'라는 새로운 그룹 매니저까지 하신다니까. 걔네들은 평균연령이 11.6세라던데. 정말이지, 세상은 쉴 새 없이 우리에게 갈고리를 던지는군요.

〈끝〉

추리 · 호러 · 스릴러
밀리언셀러 클럽

10개월 종말이 오다

1판 1쇄 찍음 2012년 12월 7일
1판 1쇄 펴냄 2012년 12월 14일

지은이 | 최경빈 외
발행인 | 김세희
편집인 | 김준혁
펴낸곳 | 황금가지

출판등록 | 2009. 10. 8 (제2009-000273호)
주소 | 135-887 서울 강남구 신사동 506 강남출판문화센터 5층
전화 | 영업부 515-2000 **편집부** 3446-8774 **팩시밀리** 515-2007
홈페이지 | www.goldenbough.co.kr

© ㈜민음인, 2012. Printed in Seoul, Korea

ISBN 978-89-6017-490-0 03810